CB073370

O PRESSÁGIO

Série Magus

Vol. 1 — O Presságio

Vol. 2 — A Astúcia

Vol. 3 — O Abismo

VALERIO EVANGELISTI

Magus

A FANTÁSTICA HISTÓRIA DE NOSTRADAMUS

SOLI DEO

O PRESSÁGIO

VOLUME I

Tradução
CYNTHIA MARQUES DE OLIVEIRA

BERTRAND BRASIL

Copyright © 1999 Arnoldo Mondadori Editore SpA

Título original: *Il Presagio*

Capa: Raul Fernandes, utilizando detalhe da tela *Abraxas, a gnostic pantheos*, de J. A. Knapp. Copyright by Manly P. Hall

Editoração: Art Line

2001
Impresso no Brasil
Printed in Brazil

Cip-Brasil. Catalogação-na-fonte
Sindicato Nacional dos Editores de Livros, RJ

E92p	Evangelisti, Valerio, 1952- O presságio / Valerio Evangelisti; tradução Cynthia Marques de Oliveira. – Rio de Janeiro: Bertrand Brasil, 2001. 406p. – (Magus; A fantástica história de Nostradamus, v. 1) Tradução de: Il presagio ISBN 85-286-0792-5 1. Nostradamus, 1503-1566 – Ficção. 2. Romance italiano. I. Oliveira, Cynthia Marques de. II. Título. III. Série.	
00-1484	CDD - 853 CDU - 850-3

Todos os direitos reservados pela:
BCD UNIÃO DE EDITORAS S.A.
Av. Rio Branco, 99 — 20º andar — Centro
20040-004 — Rio de Janeiro – RJ
Tel.: (0xx21) 263-2082 Fax: (0xx21) 263-6112

Não é permitida a reprodução total ou parcial desta obra, por quaisquer meios, sem a prévia autorização por escrito da Editora.

Atendemos pelo Reembolso Postal.

O PRESSÁGIO

O Século XVI

Este foi um século de conflitos e transformações, de sofrimentos e descobertas. Três grandes Estados dominavam o cenário europeu: Espanha, França e Inglaterra. Em virtude de sua própria potência, estes Estados tendiam naturalmente à guerra e, ao mesmo tempo, a estreitarem ou romperem alianças entre si, de acordo com as circunstâncias do momento. Foi, também, a época em que as fronteiras da cristandade começaram a ser corroídas pelo gigantesco Império Otomano, que tentava, graças a seus corsários, assumir o controle total do mar Mediterrâneo.

Se, por um lado, só raramente a Inglaterra intervinha nas questões continentais, por outro, França e Espanha opunham-se reciprocamente em relação a divergências insanáveis. A Espanha, internamente coesa e enriquecida pelo ouro que começava a provir de suas colônias e pelos lucros de sua frota mercantil, cultivava ambições imperialistas que, em parte, tornaram-se realidade quando, em 1519, o rei Carlos V herdou de seu avô, Maximiliano I, juntamente com a Coroa dos Habsburgos, o título de imperador do Ocidente. Um título que, em teoria, deveria ser respeitado e reverenciado pelos soberanos e por toda a nobreza.

O Império de Carlos V alterou as relações de força, já instáveis, com a França. Esta, detendo a hegemonia nos campos artístico e literário e a potência militar que se devia a sua artilharia, moderna e aparentemente invencível, interligava seu destino ao da Itália, vista como território natural de expansão. Além de seus soberanos virem misturando há séculos o próprio sangue ao das famílias italianas de estirpe nobre, havia, ainda, entre França e Itália um intercâmbio contínuo de artistas e escritores, sempre favorecido pela comum referência à cultura latina clássica, interpretada como modelo supremo da vida intelectual. Quando as ambições espanholas estenderam-se também à Itália e criaram, na região meridional, um domínio direto e, muitas vezes, brutal, o conflito entre França e Espanha tornou-se inevitável, e o solo italiano serviu-lhe de palco.

Estas duas principais potências, em disputa pelo controle da Europa, tinham características profundamente diversas. Ambas diziam-se fervorosamente católicas. Todavia, o catolicismo espanhol era mórbido, austero e rigoroso às raias do fanatismo. Lá, a Inquisição, terrível instituição de origem medieval que havia sido criada pela Igreja com o intuito de aniquilar os heréticos, detinha um poder enorme, tornando-se um instrumento de controle político por parte dos reis da Espanha. Foi a Inquisição espanhola que, em fins do século XV, fez a primeira tentativa de extirpação completa da minoria hebraica. Tal iniciativa deu origem a um verdadeiro genocídio, ao desencadear uma caça àqueles hebreus que, embora convertidos à força, não pareciam dignos de confiança. Milhares deles foram queimados vivos, expropriados e condenados a uma vida de humilhações.

Um outro massacre semelhante vinha se desenvolvendo, sobretudo na Europa setentrional, contra a metade do gênero humano: as mulheres, definidas pelos sacerdotes da Igreja como "poços de maldade". O desprezo em relação a elas era uma constante que, muitas vezes, resultou em verdadeiras cenas de fúria homicida. A punição das supostas bruxas nada mais era do que um castigo pela obediência aos ritmos da natureza, às relações com a terra e seus ciclos. Nem sempre era a Inquisição quem conduzia tais massacres. Eram igualmente ativos os ferozes tribunais civis, nos quais membros da Igreja, príncipes e nobres sentavam-se lado a lado.

A este terror hispano-germânico que, não por mero acaso, deu margem ao surgimento de um só Império, contrapunha-se a civilização francesa, mais pagã e tolerante. Enquanto Carlos V encarnava a própria imagem do medo, a dinastia dos Valois inicialmente encorajou uma certa liberdade de pensamento e tolerou a devassidão frenética da nobreza. As mulheres francesas, muito embora não tivessem peso maior do que as espanholas ou alemãs, pelo menos não viviam sob a ameaça da fogueira. Até mesmo os hebreus, ainda que submetidos a humilhações esporádicas, eram capazes de prosperar, já que leis bastante duras, mesmo que freqüentemente desobedecidas, conseguiam impedir que eles fossem objeto de escárnio ou violência. Muitos deles fizeram fortuna e asseguraram-se uma vida tranqüila, especialmente quando aceitavam renunciar à própria fé. A Igreja e o Estado não demonstravam interesse pelo controle dos grupos étnicos e, sim, das consciências.

Paradoxalmente, as condições de vida da minoria judaica eram melhores na região em torno a Avinhão, conhecida como condado de Venaissin e governada por núncios pontifícios. Por outro lado, a Igreja que, graças a Cesare Borgia, havia se tornado uma potência também territorial, traduzia-se em uma realidade contraditória. Enquanto no baixo clero eram freqüentes os casos de abnegação e solidariedade em relação aos humildes, reinava, em meio ao alto clero, uma total liberdade de costumes compartilhada por muitos pontífices. Estes, mesmo quando não libertinos, possuíam ambições principescas e intervinham ativamente nas questões políticas e dinásticas. Como resultado, a Igreja foi vista, muitas vezes injustamente, como o retrato de uma ânsia desenfreada por riquezas e poder material da qual era corolário a perseguição impiedosa de todos que tentassem reafirmar os valores igualitários e humildes da mensagem evangélica.

Este foi o elemento que fez com que, às tragédias do século, se somasse a da guerra religiosa, que se demonstrou pior que as demais. Em 1517, um padre da Ordem de Santo Agostinho, Martim Lutero, rebelou-se contra a corrupção da Igreja Romana e invocou uma reforma radical. Seguiram-no tanto aqueles que tinham suas mesmas aspirações espirituais quanto os que viam em seus protestos a promessa de emancipação da escravidão material. Estes últimos logo descobriram que Lutero não tinha intenção alguma de subverter a ordem constituída, o que, porém, não impediu que a Reforma se expandisse por toda a Europa.

Àquela altura, até mesmo os reis da França mudaram seu comportamento e, em todo o grande Estado europeu, criou-se uma profunda ruptura. Enquanto a Inglaterra, por pura conveniência, abraçava o novo credo, os soberanos do continente viram-se obrigados a afrontar novos motivos de conflito, desta feita, internos. Foi dessa forma que, às calamidades crônicas geradas pelas guerras, pestes e carestia, juntou-se a do ódio, do fratricídio.

No início do século XVI, portanto, os quatro Cavaleiros do Apocalipse já estavam alinhados, faltando apenas a presença de um poeta que lhes servisse de intérprete. Foi, então, que tal poeta nasceu. Chamava-se Michel de Nostredame.

Abrasax. O gato

SOLI DEO

Nostradamus, mancando, subiu até o quarto no andar de cima, o laboratório, como ele o chamava — um quarto que abrigava seus momentos insones durante a noite. Deixou-se cair exausto sobre o banco de bronze em forma de X que ele havia feito construir à semelhança das cátedras sobre as quais sentavam-se os profetas da era clássica. Seus pés doíam e faziam-no sentir pontadas pungentes. Aos sessenta e três anos de idade, sua constituição física, antes robusta, havia sido enfraquecida pela gota, que o afligia nos momentos mais inesperados. Aquela era, talvez, uma forma de castigo por ter caminhado tanto ao longo de sua juventude.

Para iluminar o ambiente, acendeu a chama de uma vela e, depois, tateando, procurou a bacia que já continha água salgada. Retirou seus chinelos e nela colocou os pés. Este gesto também incluía-se entre os hábitos dos profetas clássicos. Em seu caso, porém, ele servia, ainda, para aliviar um pouco suas dores e, particularmente, evitar o aparecimento de uma dor de cabeça, que já despontava.

Com o passar dos anos, aquela experiência, que ele estava por iniciar, já não lhe causava mais a mesma emoção de outrora. Lembrava-se, ainda, de quando havia descoberto, com espanto, não ser capaz de controlar seu ingresso na imensidão do universo. Tratava-se de um processo no qual o tempo permanecia imóvel, enquanto somente o espaço transcorria, sendo, portanto, diferente daquele, humano, muito embora coexistisse com este. Paracelso o havia definido como luz astral. Todavia, Ulrico de Magonza, um demônio enlouquecido, com feições humanas, havia falado dele como se se tratasse do mundo no qual governava Abrasax, o deus-número — a entidade cósmica antiga e incompreensível dos agnósticos.

— Tomara que esta noite seja mais breve do que a de ontem — murmurou Nostradamus. E acrescentou: — E menos impressionante.

Deu um leve suspiro, apanhou o ramo de louro que se encontrava sobre a mesa e descansou sobre o banco, à espera do que estava por vir. Quando jovem, sentira medo de tais momentos, talvez em função da vida desregrada que levava. Ao lembrá-la, sentia, ainda, certa vergonha. Não mais conseguia se reconhecer naquele jovem ambicioso e superficial que havia sido. Um jovem capaz, tão-somente, de ferir as mulheres que encontrava e, particularmente, uma delas. A única característica identificável naquele mundo sem tempo era a capacidade que criava, naqueles que nele entravam, de dilatar seus sonhos e pesadelos, transformando-os em paraísos ou infernos sem fim. A sua leviandade juvenil havia transformado suas faculdades em um mar de terror. Depois, porém, tal terror havia passado, mas a inquietação de um tempo permanecia viva. Agora, já quase velho, podia considerar-se, finalmente, satisfeito consigo mesmo. Tornara-se um homem bom e, até mesmo, excessivamente sério. Podia deixar-se levar por aquele processo de abandono do corpo físico, sem grandes temores. Era uma pena que uma ponta de remorso, que não podia ser apagada, o impedisse de gozar de uma serenidade plena.

Através de uma janela semi-aberta, contemplou o firmamento estrelado que pairava sobre a pequena aldeia de Salon, imersa no sono. Pensou em seus seis filhos, que dormiam no andar de baixo, à exceção da pequena Diane, de apenas dois anos, que se deitara ao lado da mãe, naquele mesmo andar. Fechou os olhos e preparou-se para um novo encontro com Parpalus, seu espírito-guia. Com os dedos da mão direita, procurou, sobre a mesa, em meio a tantos papéis dispersos, o anel que costumava girar, de forma a facilitar o contato. As dores provocadas pela gota haviam sido bastante atenuadas.

Um instante depois, no entanto, arregalou os olhos e exclamou: — Meu Deus! — Havia ouvido um miado, terrivelmente desafinado e distorcido, de gato. Este seu amigo, um gatinho de rua, sem nome, que do telhado descia em seu escritório, havia pulado para dentro do quarto e vinha em sua direção, lentamente, caminhando de esgueira.

— O que você quer? O que houve com você?

Nostradamus não queria enxugar os pés e recolocar seus chinelos, e, portanto, tentou atrair o animal para junto de si, esfregando as pontas dos dedos, como se costuma fazer. Logo percebeu, entretanto, que havia algo terrivelmente anormal naquele gato, além do som estridente e mórbido que ele emitia. O animal parecia um tanto encurvado, avançando apenas com o auxílio das patas posteriores e mantendo o rabo eriçado. Suas pupilas estavam estranhamente dilatadas e avermelhadas. Sua aparência era de grande sofrimento, embora uma fúria secreta parecesse agitá-lo e obrigá-lo a ir em frente, apesar da dor, quase incontrolável, que o afligia.

Nostradamus sentiu um arrepio e pulou do banco, virando a bacia com a água. Não ousou, todavia, aproximar-se do animal que, com dificuldade, continuava a caminhar em sua direção, olhando-o fixo, com o pêlo arrepiado. Uma olhada distraída para o canto do escritório, onde, normalmente, deixava a comida que oferecia a seu amigo felino, fez com que compreendesse o que havia acontecido. O vaso que continha a infusão de erva sparviera havia sido derrubado da prateleira sobre a qual se encontrava. Restos daquela droga, misturados ao líquido, espalharam-se por sobre as tábuas e recobriam a tigela na qual o gato se servia, sempre veloz e furtivamente.

Nostradamus compreendeu tudo. O animal estava tendo uma experiência semelhante à que ele próprio havia vivido quando jovem, antes de se acostumar com a pilosella (era este o verdadeiro nome daquela infusão de ervas). Apesar dos arrepios, tentou verificar se tinha razão.

Esticou os braços em direção a um astrolábio enorme que se encontrava sobre a prateleira, decidido a atirá-lo no animal. O gato deu um pulo para trás como se fosse capaz de ler suas intenções. Nostradamus, então, recolheu novamente o braço, desistindo de ameaçar o animal. Repentinamente, um castiçal vazio desequilibrou-se e caiu da mesa, exatamente no local onde o gato se encontrava até um momento antes, fazendo um barulho ensurdecedor. Mais uma vez, a lei da clarividência havia revelado a sua própria e implacável lógica. Tudo aquilo que estava escrito no destino sempre acabava por tornar-se realidade, não importando a infinidade de possíveis futuros, mesmo a custo de contrariar os princípios da física e da razão.

—*Você é Parpalus, não é?* — *murmurou Nostradamus, a meia voz. O gato, imóvel, fixou-o com seus olhos vermelhos, já não mais hostis.*

—*Você não deveria entrar em meu mundo. Tem algo a me dizer?*

O gato nem moveu-se, nem miou. Nostradamus, porém, percebeu com clareza, em sua mente, aquela espécie de sussurro perturbado que o demônio, com freqüência, usava ao falar-lhe, imerso em seu universo e fechado em suas trevas. Viu imagens nítidas e, ao mesmo tempo, confusas, relativas a acontecimentos já ocorridos ou que ainda deveriam ocorrer. Foi um monólogo rápido e aterrorizante.

—*Espere, não vá embora* — *disse Nostradamus, gaguejando, no momento em que Parpalus calou-se.* —*Devo transcrever o que você me disse, senão tudo se perderá.*

O gato levantou-se, apoiado sobre as patas traseiras e permaneceu naquela posição incomum. Somente seu rabo, às vezes, mexia-se. O restante do seu corpo assemelhava-se a uma pequena estátua caricatural, esculpida por um artista inexperiente. Seus olhos permaneciam arregalados.

Nostradamus relaxou-se sobre o banco de bronze e esticou a mão direita para apanhar a pena que se encontrava sobre o tinteiro. De início, seus dedos tremiam muito e ele manchou o papel. Depois, de forma quase mecânica, começou a traduzir, por escrito, sua visão em forma de verso rimado. Somente a poesia era capaz de descrever o que havia visto.

Todavia, via-se obrigado a escrever às pressas, antes que aquele pesadelo desaparecesse de sua mente.

Ao terminar, sentiu-se mais calmo. Olhou atentamente os versos que estavam à sua frente:

> L'an mil neuf cens nonante neuf sept mois,
> du ciel viendra un grand Roy d'effrayeur:
> resusciter le grand Roy d'Angolmois:
> avant, après Mars regner par bon heur.[1]

Seus versos pareciam-lhe incompreensíveis. Sim, com toda certeza o rei de Angolmois era Francisco I, antigo conde de Angoulême. Mas quem teria ressuscitado aquele soberano belicoso? Quem teria feito com que Marte, o rei da guerra, imperasse em nome da felicidade?

Por um momento havia esquecido o gato. Quando se lembrou, percebeu que o terror o invadira novamente. O animal continuava de pé apoiado sobre as patas posteriores, sem que fizesse o menor esforço para tal. Seus olhos pareciam-se com o fogo do inferno. Assemelhava-se a um pequeno monstro de porcelana. Nostradamus engoliu em seco antes de conseguir falar.

—Parpalus, ou seja lá quem você for — fez uma pequena pausa, tentando inutilmente readquirir um tom de voz firme —, quem é o rei assustador que deverá descer do céu em 1999? Julho é realmente julho, ou seria o agosto do calendário gregoriano? — Seu esforço era em vão: não conseguia controlar a voz, que parecia rouca e trêmula.

Sabia muito bem que não teria recebido resposta alguma. Depositava sua confiança em uma possível visão esclarecedora. O que obteve, ao contrário, foi uma alucinação instantânea, cujo horror e potência eram dilacerantes. Escondeu o rosto com as mãos.

---

[1] "No sétimo mês do ano de 1999, virá do céu um rei poderoso e assustador, que ressuscitará o rei de Angolmois: isto antes, depois Marte virá reinar em nome da felicidade." (N da T.)

—Não, não! Ele novamente.

Permaneceu naquela mesma posição por muito tempo. Aos poucos, e com certo esforço, retirou as mãos do rosto e olhou para o felino. Tentou controlar a entonação:

—O rei assustador é ele, não é mesmo? É Ulrico?

Como resposta o gato saiu de sua imobilidade e deitou-se sobre as patas anteriores. Voltou a miar. Então virou-se, pulou sobre um pequeno sofá velho e consumido, e dali saltou sobre o parapeito da janela. Desapareceu, silenciosamente, em meio aos telhados iluminados pela lua. Seus olhos haviam voltado ao normal. Muito pálido, Nostradamus sentiu o coração que lhe batia forte no peito. Apanhou o papel que tinha sob seus olhos, mas logo o deixou cair novamente. Fechou os olhos e apertou as pálpebras com as pontas do polegar e do indicador.

—Não, isso é por demais atroz— sibilou.

Imaginou homens e mulheres em 1999, tendo que lidar com Ulrico, ou seja, com o terror em forma de pessoa e sua infinita potência. Não podia permitir que isto acontecesse. Devia interromper o projeto cruel que havia sido criado por aquele que um dia fora seu mestre e que agora era seu inimigo implacável. Somente ele, Michel de Nostredame, teria podido afastar a ameaça do rei assustador. Para consegui-lo, porém, via-se obrigado a penetrar no reino de Abrasax, quem sabe, para sempre. Era impossível tentar tal façanha sozinho.

Vieram-lhe à mente, de repente, os nomes dos três únicos seres humanos que, além dele próprio, eram capazes de entrar naquela dimensão. Eles haviam sido os seus inimigos mais aguerridos. Todavia, agora, precisava deles. Logo, deveria evocá-los e com o máximo de nitidez possível. Fez uma rápida viagem mental por sua própria vida, à procura das imagens daqueles que o haviam odiado com uma energia terrível.

Do lado de fora da janela ecoou um miado longínquo. Nostradamus retomou entre seus dedos aquele pequeno ramo de louro e o agitou suavemente, enquanto lançava seu chamado para além das barreiras do tempo.

O homem com a capa

A carruagem entrou, a toda velocidade, na rua principal de Montpellier, levantando uma nuvem de poeira do chão seco, após tanto tempo sem chuva. Àquela hora, o sol da região, particularmente forte durante o verão árido de 1530, fazia sentir suas fisgadas, e somente um pequeno grupo de comerciantes, postos atrás de seus balcões cheios de mercadorias, levantou os olhos para observar o veículo que, sem identificação, trafegava tão rápido pela cidade. Depois, porém, também eles voltaram a cochilar.

A carruagem parou em frente a uma hospedaria que ostentava, ao lado do tradicional letreiro, uma cabeça de javali mumificada, de olhos arregalados. O nome que aparecia escrito no letreiro era *La Soche*, mas não havia nenhum indício que permitisse a descoberta do significado daquela denominação misteriosa. Ao ouvir os quatro cavalos relincharem, o senhor Molinas abriu um pouco as cortinas cuidadosamente fechadas e, com atenção, olhou para fora. Com a graça de Deus, a viagem havia terminado. Não suportava mais estar sentado sobre aquelas tábuas incômodas e sem almofadas, onde se encontrava já há cinco horas.

Ao descer para abrir a porta para Molinas, o cocheiro foi bruscamente interrompido:

— Não se preocupe comigo — disse Molinas. — Pense antes nos cavalos.

Inclinando-se, o homem obedeceu àquela ordem e dirigiu-se aos criados que vinham saindo da estala da hospedaria.

Molinas arrumou a capa preta, pouco adequada a um clima tão quente, que cobria suas costas estreitas. Todavia, durante a travessia dos Pireneus ela havia sido indispensável, e Molinas não parecia propenso a abdicar de seu conforto. Além disso, se ele a retirasse não mais poderia esconder a pequena espada que carregava ao lado e nem o punhal que se encontrava dentro da bainha costurada no forro do casaco de lã.

Com um olhar aborrecido, Molinas observou o dono da hospedaria, que dele se aproximava: um gorducho, com feições sorridentes e o rosto avermelhado.

— Seja bem-vindo, senhor! — veio gritando, já de longe, o homenzinho. — O senhor tem alguma bagagem? Mando descarregá-la imediatamente.

O hóspede indicou uma caixa preta colocada sobre a carruagem.

— Somente aquela caixa. Peça aos seus criados para tomarem cuidado. O conteúdo é delicado.

— Claro, sem dúvida! — O proprietário deu a ordem a um velho criado que vinha se aproximando e, depois, mostrou a seu hóspede a porta de entrada da hospedaria.

— Siga-me, senhor. Já tem idéia de quanto tempo permanecerá aqui?

— Não só não sei como também não é da sua conta. De qualquer forma, certamente não será uma estadia breve. Dar-lhe-ei uma boa quantia antecipada.

—Mas o senhor não deve se preocupar. Eu perguntei apenas por perguntar.

O dono da hospedaria, agora um pouco retraído, embora excitado com a menção a uma quantia antecipada, acompanhou Molinas até a porta de seu estabelecimento: uma entrada modesta, fechada com uma cortina e sobre a qual fazia sombra a varanda do andar de cima do prédio. Afastou a cortina e mostrou o interior da hospedaria, da qual provinha um agradável aroma de assado.

— Acomode-se, senhor. Mandarei preparar, imediatamente, o almoço. A nossa cozinha é renomada e o nosso vinho de Mirevaulx é incomparavelmente bom.

Chegando à entrada, Molinas parou repentinamente.

— Este lugar é tranqüilo?

O proprietário pareceu um tanto desconcertado e acabou admitindo:

— Bem, quanto a este aspecto, devo dizer que nem sempre. O senhor compreende, Montpellier infelizmente é sede de uma universidade. Aqui há um grande número de estudantes que vêm de quase toda a Provença e, até mesmo, da Espanha e da Itália. Eles fazem uma certa confusão, quanto a isso não restam dúvidas... — Levantou as mãos em um gesto de resignação.

— Entretanto, toda a cidade é assim. O senhor não encontrará nenhuma hospedaria menos barulhenta do que a minha.

Provavelmente o proprietário esperava, por parte de seu hóspede, uma expressão indignada. Surpreendeu-se, porém, ao verificar que no homem de capa preta, pela primeira vez, despontava um sorriso.

— Isso não é problema. — Foi o único e sintético comentário feito pelo viajante.

Molinas entrou no grande cômodo que servia de taberna e que já se encontrava cheio, muito embora ainda não fosse hora do almoço. Logo percebeu a grande quantidade de moças e rapazes malvestidos. Somente em duas mesas, colocadas ao lado da lareira apagada, sentavam-se alguns comerciantes, aparentemente idosos, preocupados em falar de negócios. Um crepitar de carne frigindo vinha da cozinha, ainda que sufocado pelo barulho provocado pelas discussões na taberna.

Seu olhar deteve-se nos grandes ramos de louro que pendiam, em cascata, do teto.

— Será que estão preparando uma festa?

O proprietário agitou a mão direita.

— Não se trata exatamente de uma festa. Amanhã será a eleição do representante dos estudantes, antes conhecido como abade e, mais remotamente, como rei. — O sorriso desapareceu de seu rosto.

— Ao que dizem, o candidato mais forte é o senhor François Rabelais. Se vencer será um verdadeiro problema: ele é o estudante mais devasso. Chegou aqui há pouco tempo, mas já aprontou das boas. Até mesmo seu antecessor, Guillaume Rondelet, apesar de galhofeiro, é menos desenfreado do que ele.

O olhar sempre frio e distante de Molinas repentinamente acendeu-se:

— Há alguma possibilidade de que o eleito seja um tal de Michel de Nostra-Domina?

— Nunca ouvi falar — respondeu o proprietário. Um instante depois, porém, escancarou a boca e disse: — O senhor está se referindo a Michel de Nostredame?

— Ele mesmo — respondeu Molinas, baixando, distraidamente, os olhos.

— Mas nem sequer é candidato. É o melhor amigo de François Rabelais e está apoiando sua candidatura. Está aí um outro que já nos fez comer o pão que o diabo amassou com suas proezas, mesmo sendo ainda somente um "tonto", um calouro. O senhor sabia que ele...

Viram-se obrigados a interromper a conversa. Uma moça de cabelos louros e desgrenhados, vestindo um corpete de cetim, tão decotado que mal conseguia cobrir-lhe os bicos dos seios, havia se jogado sobre Molinas e estava lhe arrancando a capa.

— Por que você está usando essa coisa preta? Quer morrer de calor? Se você a tirar talvez eu também tire alguma coisa.

O dono da hospedaria dirigiu à jovem um olhar severo.

— Este senhor não é como os outros. Vá para junto das suas amigas. Ele a chamará se precisar de você.

A moça fez uma espécie de careta um tanto graciosa, mas retirou-se imediatamente. O proprietário olhou para o viajante como se desejasse pedir desculpas.

— Aqui nesta cidade o clima é este. Aliás, como em toda a França, desde que os Valois subiram ao trono — disse, suspirando. Depois acrescentou, como se quisesse mudar de assunto: —O senhor realmente não desejaria tirar sua capa?

— Não. — De fato, Molinas não se escandalizou. Já esperava uma situação semelhante. Apontou para uma mesa vazia.

— Sentarei lá. Primeiro almoçarei e, depois, escolherei o meu quarto.

— Como for do seu agrado. — O proprietário saudou-o e foi para a cozinha.

Sentado em sua mesa, Molinas pôde observar melhor o ambiente. A taberna parecia um velho celeiro reformado. Barras de madeira sustentavam o teto, resíduos de palha jaziam sobre as pequenas janelas no alto, e havia, ainda, uma lareira feita de tijolos, de construção aparentemente recente. Todavia, sua atenção deteve-se sobre os fregueses.

À exceção dos comerciantes, que vestiam roupas de seda preta e chapéus com plumas, a média de idade não ultrapassava os vinte anos. Eram, na maioria, estudantes, preocupados em brincar com aquela multidão de prostitutas fascinantes e preparados para, sempre que possível, colocar-lhes as mãos em cima. Entretanto, havia também alguns soldados, acalorados pelo tempo passado no confinamento dos quartéis e, até mesmo, um sacerdote que estava sentado, sozinho, em uma mesa e servia-se continuamente de um jarro contendo vinho tinto.

Molinas observou atentamente a pequena escada de madeira que levava à varanda do andar de cima: uma varanda grande, que cobria toda a extensão da taberna. É claro que as prostitutas, nem sempre jovens e bonitas, teriam apreciado o prazer de conduzir clientes aos quartos de cima. Todavia, tanto os estudantes quanto os soldados pareciam se satisfazer com piadinhas lascivas e algumas apalpadelas ocasionais. Além disso, sobre todas as mesas, à exceção daquela onde se sentavam os comerciantes, reinava uma única garrafa, rodeada por uma infinidade de copos. Parecia que por ali não estava sobrando dinheiro.

Foi então que, de repente, a atenção de Molinas desviou-se para um vozerio que vinha de fora e, depois, para o ingresso de um verdadeiro exército de jovens. Todos sorriam, e seus rostos sorridentes contrastavam com seus trajes vermelho-escuros, cujo único tom de elegância era proporcionado pelo colarinho de cetim branco.

O líder do grupo retirou o chapéu de abas largas:

— Bem, meus amigos, o muito pensar acaba por fazer estourar os miolos. Para apagar sua fumaça a experiência nos mostra apenas dois remédios: um bom copo de vinho e o colo acolhedor de um bela moça. Não é verdade, Michel?

— Sem dúvida, François.

O olhar pungente de Molinas logo deteve-se sobre os dois rapazes que haviam acabado de falar. O que se chamava François parecia um pouco mais velho do que seus companheiros de grupo. Possuía um rosto redondo e feições inteligentes, com olhos amendoados e brilhantes e uma boca generosa, moldurada por um grande bigode preto. Seus cabelos longos caíam em forma de cachos por sobre a nuca.

Michel, por sua vez, era mais baixo e mais magro, com uma barba curta e olhos acinzentados que, embora exultassem de alegria, tinham uma ar mais sério, mais austero. Sua pouca idade mostrava-se através de suas faces vermelhas e de sua testa grande e sem rugas. De qualquer modo, toda a sua postura parecia mais assentada do que a de seu amigo, e seus lábios menores e mais finos eram coroados por um bigode estreito ao centro e mais largo nas extremidades.

Assim que os recém-chegados postaram-se em volta de uma grande mesa, as prostitutas abandonaram prontamente os outros fregueses e os rodearam, acompanhadas de algumas criadas. François avançou logo sobre uma das moças, cujos seios eram mais avantajados do que os das outras.

— Venha cá, Corinne, console-me um pouco — disse ele, fingindo-se desesperado. — Você nem imagina quantas vezes sonho com você.

A moça, uma loira alta e formosa, conseguiu escapar dele.

— Não, senhor Rabelais, o senhor conhece muito bem as regras. Primeiro se paga e depois se usa.

Com essas palavras e fingindo proteger-se, Corinne afrouxou um pouco o fio que amarrava a extremidade superior de seu corpete, deixando insinuar-se aquele vale que separava duas montanhas róseas e generosas.

— Mas tudo o que peço é uma pequenina amostra. Não tenho esse direito? — lamentou-se François, cujas mãos haviam permanecido na metade do caminho.

— Ora, meu amigo, você se esquece de que, até há pouco tempo, você era um beneditino e, antes disso, um franciscano? — Havia sido Michel quem havia feito aquele comentário engraçado. Com ar de comicidade, ele acariciou a barba e juntou as pontas dos dedos.

— Sinto-me no dever de lembrar-lhe seus repetidos votos de castidade. Aliás, por demais repetidos.

François deu uma enorme gargalhada.

— Castidade, amigo Michel? Vê-se que você jamais colocou os pés em um monastério. O único limite à luxúria dos fra-

des é a sua assustadora feiúra e a das mulheres que os rodeiam.
— E, apontando para Corinne, maliciosamente parada ali com as mãos nas cadeiras e mostrando abertamente os seios, disse:

— Nos monastérios em que estive a nossa amiga aqui jamais teria sido aceita por ser demasiadamente bonita e virtuosa!

Uma grande risada tomou conta de todos os estudantes, uma risada tão contagiante que até mesmo Corinne viu-se obrigada a enxugar os olhos. Em toda a sala permaneceram sérios apenas Molinas e o sacerdote de dedos trêmulos. Este, aliás, encheu mais um copo de vinho, como se desejasse esquecer o que acabara de ouvir. Sua testa rósea estava encharcada de suor.

Quando a risada se acalmou, um estudante magrelo, com cabelos loiros e ralos, disse bem baixo, como se falasse consigo mesmo:

— Por sorte estamos em Montpellier e não em Tolouse. Se estivéssemos estudando lá, já estaríamos presos na cela dos blasfemos.

Ninguém respondeu de imediato, porque naquele mesmo instante vinha chegando o dono da hospedaria com um jarro de vinho, o qual o depositou sobre a mesa. Todavia, todos os vestígios de alegria haviam desaparecido. Rabelais, sem esperar que chegassem os copos, pegou uma garrafa e bebeu pelo gargalo. Enquanto enxugava o bigode com as mãos, disse:

— Antoine tem razão Tolouse é a capital do fanatismo. Mas, afinal, a Inquisição reina ali absoluta há três séculos.

Ao ouvir a palavra "Inquisição" Molinas deu um pulo. Nem sequer se importou com o proprietário que lhe trazia um prato de bezerro assado mergulhado em um molho à base de vinagre, açúcar e canela, juntamente com uma taça de vinho. O homem, ao chegar, disse-lhe algo, mas ele não ouviu, pois sua atenção estava concentrada na mesa onde sentavam-se os estudantes.

Rabelais havia se virado para Michel.

— Você tem certa experiência neste sentido, não é verdade? Antes de vir para Montpellier você estudou em Tolouse.

— Estudei é maneira de dizer – respondeu Michel, dando de ombros. — De qualquer forma, tanto você quanto Antoine Saporta acertaram em cheio. Em Tolouse, a Inquisição comanda todos os setores da vida cotidiana, e a universidade, neste sentido, não é uma exceção. Os professores não expõem todo o seu conhecimento, por medo de serem acusados de heresia. Todas as disciplinas devem adequar-se às prescrições bíblicas, por mais absurdas que possam parecer, ou, então, ao pensamento daqueles poucos filósofos gregos cujas idéias foram consideradas compatíveis com o cristianismo. Na prática, somente Aristóteles. Vive-se imerso no medo, e a cela dos blasfemos é tão-somente o aspecto mais evidente de uma estupidez generalizada.

Uma atmosfera sombria pairava sobre toda a mesa. Diante daquele clima não muito propício, criadas e prostitutas afastaram-se em silêncio. Somente Corinne permaneceu ali parada no mesmo lugar, muito embora ninguém mais prestasse atenção à sua beleza estonteante.

— Se, em Tolouse, vive-se desta maneira, ninguém lá deve ter vontade de fazer amor — foi o comentário triste que ela fez.

Michel concordou.

— Provavelmente se faz amor, mas em segredo. Ai de quem for descoberto! Basta um nada para se ser acusado de incredulidade ou heresia. Na maior parte dos casos acaba-se sendo absolvido, mas não sem antes experimentar algumas torturas, capazes de tirar toda a vontade de viver e que, ainda por cima, acabam atingindo também todos os seus amigos e conhecidos.

Rabelais parecia bastante chocado e baixou o tom de sua voz:

— Michel, você vem de uma família hebréia...

— Eu sou um bom cristão!

— Está bem, mas seu avô era judeu. Você me contou que ele se converteu em 1450...

— Eu lhe contei isso? — Michel parecia surpreso e um tanto assustado.

— Sim, você não se lembra? Foi na semana passada, logo após a procissão. Você estava tão bêbado que quase não conseguia permanecer acordado. Começamos a falar sobre os hebreus, e você contou a história da sua família. Robinet, se bem me lembro, você também estava presente...

Um rapazinho mirrado, de rosto fino, fez que sim com a cabeça.

— Muitos de nós estávamos presentes, inclusive uns sujeitos de aspecto bem sinistro.

— Aqui, os hebreus convertidos são aceitos, mas na Espanha, não. E a Espanha está logo ali.

— Já faz um século que os Nostredame abjuraram! — Michel ficou tão indignado que acabou se atrapalhando. — Eu, assim como meu pai, sou um cristão fervoroso! E meu irmão Jehan está na linha de frente da caça aos huguenotes!

— Está bem, está bem. — Rabelais abriu os braços em um gesto de paz. — Desejava apenas lhe dizer para prestar atenção ao referir-se a seus antepassados. Dizem as más línguas que a Inquisição espanhola tem agentes e espiões por toda parte, os chamados *famigli*...

— Mas esta aqui é a França.

— Porém, com certeza, você já ouviu falar de Juan de Pedro Sanchez. Há uns quarenta anos, ele se refugiou aqui na Provença, depois de ter participado do assassinato do inquisidor de Saragoça, Arbués. Um estudante que trabalhava para a Inquisição espanhola encontrou-o e o denunciou aos inquisidores de Tolouse. Por puro milagre conseguiu fugir à prisão, mas uma imagem sua foi queimada e todos os seus bens confiscados.

— Houve um outro, que não teve tanta sorte — acrescentou Robinet. — Chamava-se Gaspar de Santa Cruz, e também era suspeito de envolvimento na morte de Arbués. Refugiou-se em Provença e morreu três anos depois. A Inquisição espanhola prendeu seu filho e o obrigou a tornar-se um de seus agentes. O jovem fez um pedido, que foi aceito pelos inquisidores de Tolouse, para que os restos mortais de seu pai fossem desenterrados. Levou-os para Saragoça, onde foram queimados diante de seus olhos. Viu-se obrigado a assistir ao ultraje que recaiu sobre o caixão de seu pai, em plena praça pública.

— Compreende agora, Michel? — disse Rabelais.

— A Inquisição espanhola está em toda parte, e a de Tolouse é sua tradicional aliada. Uma cooperação construída pelo nosso povo mais ignorante e fanático.

— É verdade, só que eu não tenho nada a temer — disse, revoltado, Michel, como se os amigos estivessem tentando atrelá-lo a uma realidade que não lhe dizia respeito.

Rabelais, então, suspirou.

— Deixe-me terminar e não se irrite tanto. O perigo que você está correndo não resulta apenas de suas origens. Todos sabem o que fez em Bordeaux, há três anos.

Michel pareceu surpreso.

— Em Bordeaux? Mas tudo que fiz lá foi combater a peste.

— Claro, mas junto com quem?... Eu digo com quem. Com Ulrico de Magonza. Você não era o seu escudeiro?

Michel empalideceu.

— E daí?

— Santa ingenuidade! — Rabelais, com ar exasperado, ergueu o olhar e, depois, fez sinal para Rondelet.

— Explique você, Guillaume!

Guillaume olhou para Michel, enrugando a testa, com ar preocupado.

—Ulrico de Magonza é conhecido por todos como um mago, um necromante. Há muito tempo a Inquisição vem indagando sobre as suas artes mágicas. Não vai me dizer que você não sabia?

Michel deu de ombros.— Em Bordeaux ele trabalhava apenas como médico. Aprendi muitas coisas com ele.

— Todas as coisas que se limitavam ao campo da medicina? Pela primeira vez, Michel pareceu estar realmente perturbado. Somente depois de alguns instantes foi capaz de responder.

— Não entendo aonde você quer chegar.

— Não seja por isso — respondeu Rabelais.— O que quero dizer é que você já está criando fama de bruxo. Na aula chegou até mesmo a mencionar aquele livro de Ptolomeu... como é mesmo o nome?

— *Tetrabiblos*. Mas trata-se apenas de um simples ensaio sobre astrologia.

— Ah! Sim, a astrologia. Preste atenção, Michel. Havia dominicanos na sala de aula. Para eles a magia natural, os cultos mágicos e a astrologia são a mesma coisa. São todas ciências do demônio. Você esqueceu-se de que o bispo de Rieux, Jehan de Pins, está preso em Tolouse e, talvez, termine na fogueira, por ter recebido uma carta escrita em grego? E que Jehan de Cahors está respondendo a um processo por motivos ainda mais fúteis? Os nossos inquisidores, cada dia mais, comportam-se tal e qual os espanhóis.

Estava claro que a Michel aquela conversa não agradava nem um pouco, e acabou concordando com o companheiro. — Está bem, você tem razão. Serei mais cauteloso. — Via-se, porém, que falava apenas por falar, para pôr um ponto final naquele assunto.

A atmosfera reinante tornara-se pesada. Por sorte, exatamente naquele momento, o proprietário da hospedaria chegou para trazer os copos e todos atiraram-se sobre as garrafas. Bastou um momento para que a alegria voltasse. Um estudante gorducho, de rosto rosado, levantou um brinde, erguendo seu cálice de estanho.

— Brindemos a Montpellier, reino da liberdade, onde todos os maridos são cornos e todas as mulheres sonham somente com os estudantes!

Corinne fez uma cara um tanto maliciosa.

— Senhor Rondelet, os maridos, aqui, são cornos até sem querer. Ouvi dizer que, uma noite dessas, vocês arrombaram a porta de uma casa e arrancaram uma jovem, recém-casada, de seu leito nupcial.

— Quem? Nós? — respondeu imediatamente Rabelais, levantando, assustado, suas sobrancelhas e quase se engasgando com o vinho que estava começando a beber.

— Somos inocentes como cordeirinhos. Já estávamos dormindo há horas quando este fato horrendo aconteceu.

Antoine Saporta confirmou, fazendo sim com a cabeça.

— Além do mais, aquele marido bem que merecia as cacetadas que levou. Afinal, com uma mulher como aquela, e ele dormindo em um outro quarto!

Corinne, com um gesto, demonstrou não concordar:

— Pelo que sei, se a polícia não tivesse intervindo o senhor teria passado por um mau bocado.

— Você deve estar querendo dizer por um *bom* bocado — respondeu Rabelais. — Qual é o dever de um estudante de medicina? Ajudar os aflitos. E aquela mulher encontrava-se em aflição, porque suas necessidades naturais não vinham sendo satisfeitas com regularidade, segundo a prescrição de Hipócrates. Os malandros que tentaram aquela façanha desejavam, justamente, satisfazê-la. O que há de mal nisso?

Corinne, que também estava achando graça, murmurou alguma coisa que Molinas não pôde ouvir e que gerou um verdadeiro coro de risadas. O homem da capa preta havia prestado a máxima atenção ao que havia sido dito sobre a Inquisição da Espanha e sobre seus *famigli*, e, depois, sobre o que se falara quanto ao clima repressivo que reinava em Tolouse. Ele tinha apenas quatro anos, quando, em setembro de 1485, o inquisidor Arbués havia sido morto. Todavia, lembrava-se ainda de quando o povo de Saragoça saíra às ruas, desenfreado, à caça de judeus, fossem eles convertidos ou não.

Seu pai, assim que terminara a caça, havia mostrado a ele, ainda uma criança, seu resultado, digno de orgulho: duas filas enormes de *convertidos* e de hebreus de todas as idades que eram conduzidos à igreja de La Seo, em meio à multidão que deles zombava e neles cuspia. Em sua memória, seguiam-se imagens fugazes. O terror incontrolável que havia dominado os prisioneiros, à vista de uma pilha de toras de madeira. Seu rápido momento de alívio ao perceberem que não estava sendo preparada nenhuma fogueira. E, depois, aquele horror indescritível, que deles se apossara, quando, finalmente, compreenderam qual era a pena a eles reservada: ser pregados, pela mão direita, a um daqueles paus. Pouco depois, um coro de gritos sufocara o vozerio alegre dos espectadores, até o momento em que o arcebispo de Saragoça chegara e ordenara a interrupção do martírio. Havia prometido que a Inquisição faria justiça. Uma justiça mais discreta, porém ainda mais feroz do que aquela que havia sido preparada na praça...

Molinas afastou de sua mente aquelas imagens. Entretanto, não mais conseguia se concentrar na mesa dos estudantes, como teria desejado. O sacerdote solitário, sentado próximo dele, havia emitido um som estranho, semelhante ao de um surto de vômito. Suas mãos tremiam mais do que nunca, ao ponto de permitir que sua garrafa escorregasse entre os dedos, espatifando-se no chão. Pareceu que iria levantar-se, mas caiu novamente sobre a cadeira, fechou os olhos e desabou no chão.

Molinas, surpreso, permaneceu onde estava. Os estudantes, porém, diante daquela cena, levantaram-se todos de uma só vez. Rabelais foi o primeiro a socorrer o enfermo. Dobrou-lhe os joelhos e abriu-lhe a camisa. Seus dedos apoiaram-se sobre o tórax do homem, enquanto Michel abria-lhe os braços.

François, de repente, deu um pulo para trás. Somente após alguns segundos foi capaz de acalmar-se. Apontou para o religioso, que jazia a seus pés.

— Senhores — disse ele, com voz rouca — este pobre homem tem a peste.

A epidemia

Todos os sinos de Montpellier ecoavam continuamente. Por detrás de uma espécie de tenda, construída em frente à igreja de Saint-Firmin, Michel de Nostredame fatigava-se já há três dias, seguindo as ordens de seu professor, Antoine Romier. Mas não havia muito a ser feito. As vítimas, pessoas de todos os sexos, idades e condições sociais, já somavam-se às centenas. Envolvidas em lençóis imundos de sangue e pus, e colocadas sobre macas jogadas ao chão, esperavam pela morte, lamentando-se do frio que sobre elas se abatia, apesar das canículas que ferviam. Os estudantes de medicina, que corriam de um paciente para outro, pareciam ter perdido a jovialidade que sempre os havia caracterizado. Eles haviam esquecido, talvez para sempre, os discursos libidinosos que costumavam constituir seu principal passatempo.

Antoine Romier era um homem grande, de olhar apoplético e barba longa. Distribuía a seus alunos pedaços de algodão que exalavam um cheiro penetrante.

— Inspirem profundamente este líquido — recomendava ele, em tom sério. — É feito à base de *aloe* e tem efeito balsâmico e depurativo. Não quero perder nenhum de vocês em um momento como este. E também não se esqueçam de colocar um dente de alho na boca.

Quando chegou sua vez, Michel pegou o algodão, mas fez sinal de recusá-lo.

— Não desejo contradizê-lo, professor, mas creio que esta essência não serve para nada. Vocês podem ver por si mesmos. Há três dias estamos aqui, em meio aos doentes, e, no entanto, nenhum de nós foi contagiado com a peste. Deve haver um motivo.

Destruído pelo cansaço e irritado em função do calor, Romier teve um acesso de cólera.

— Ora! Vejam só que sabichão! Quem pensa que é, senhor de Nostredame? Vamos, me diga qual é este motivo. Estou ansiando por suas palavras.

Apesar de assustado, Michel não pretendia abrir mão de suas opiniões. Engoliu em seco e disse:

— A meu ver, somos imunes porque, simplesmente, estamos mais atentos à nossa higiene do que estes desgraçados. Mesmo trabalhando aqui, em meio a tantos doentes, moramos em casas sem ratos ou pulgas. E lavamo-nos com freqüência, coisa que nenhum destes infelizes faz.

Romier estourou uma risada que, porém, nada tinha de alegre.

— Vejam só que grande descoberta! Por que acha, senhor de Nostredame, que eu tenho recomendado aos senhores que passem vinagre no corpo? Eu também sei que a limpeza ajuda a preservar. Não sou nenhum imbecil.

Muito embora estivesse um tanto embaraçado, Michel ousou balançar a cabeça em sinal de desacordo.

—Este não é um remédio que se possa prescrever a toda a coletividade. Não creia, porém, que eu esteja contestando a sua sabedoria. O senhor é o único docente da nossa universidade que não aceita a explicação de que a peste seja um flagelo vindo da Pérsia, por vontade de Deus, e deixa que seccionemos os cadáveres desta pobre gente. — Vendo que seu professor estava se acalmando, Michel ousou ir um pouco além.

— Eu proporia que, juntamente com os banhos regulares e os líquidos para inalação, os corpos fossem queimados ou enterrados em valas bem profundas. Tenho a impressão de que as fossas comuns, cobertas com tão pouca terra, empestam o ar.

— Queimar os corpos? Você é louco! Os padres fariam uma verdadeira revolução. Já tenho tido trabalho demais para demonstrar que o contágio é feito por meio do ar — disse Romier, tentando pôr fim ao assunto.

— Agora, peguem o algodão e respirem o seu perfume para umedecerem suas mucosas e, depois, voltem ao trabalho.

Michel iniciou uma leve reverência e fez menção de se retirar, mas, exatamente naquele momento, um barulho, semelhante ao de tamancos batendo no chão, rompeu o silêncio que reinava em Montpellier, antes interrompido somente pelos gritos dos que agonizavam e pelo som incessante dos sinos. Tratava-se de um membro da guarda real normanda de Louis de Brézé, com uma espada na bainha e um chapéu de abas largas. Desceu rapidamente da cela, girando sua capa preta. Provavelmente já conhecia Antoine Romier, porque precipitou-se em sua direção.

— A peste já chegou também em Tolouse — disse ele, sem rodeios. Sentia-se certa ânsia em sua voz.

— Meu superior lhe pede, gentilmente, que vá até lá. Precisamos nos defender desta epidemia antes que todo o sul seja atingido.

Romier enxugou o suor de seu rosto com o dorso da mão e abriu os braços em um gesto circular.

— Olhe bem à sua volta, capitão. Os habitantes de Montpellier estão morrendo como moscas. Por que deveria me transferir para Tolouse?

— Porque é por lá que passarão os filhos do rei da França.
— O oficial tirou o chapéu, como se a simples menção ao monarca exigisse um gesto de reverência. Depois, rapidamente, acrescentou:
— É isto mesmo, professor Romier. Os principezinhos devem ser libertados a qualquer momento e, em breve, estarão atravessando os Pireneus.

Os estudantes de medicina, que se encontravam suficientemente perto dos dois homens para ouvirem sua conversa, logo começaram a sussurrar entre si. Depois de ter humilhado a França, na batalha de Pavia, e de ter mantido o rei Francisco I aprisionado, durante longo tempo, na torre de Madri, o imperador Carlos V finalmente concordara em soltá-lo com a condição de que ele fosse trocado por dois reféns: Francisco, primogênito do rei da França e herdeiro do trono, de oito anos de idade, e seu irmão, Henrique de Orléans, de sete. Nos últimos três anos, não tinha havido uma só igreja na França onde não se tivesse rezado para que fossem libertados, assim como não havia mulher alguma que não tivesse chorado à simples idéia de seu cativeiro no castelo de Pedraza de la Sierra. Todos sabiam que, desde o verão de 1529, haviam sido feitas várias negociações para a libertação das duas crianças e que Cambrai havia sediado um encontro decisivo entre duas mulheres de grande fibra: a rainha mãe, Luísa de Savóia, condessa de Angoulême, e a arquiduquesa Margarida da Áustria, governante dos Países Baixos, que ali se apresentava na qualidade de representante de seu sobrinho, Carlos V. O encontro havia tido um desfecho feliz, embora a libertação dos pequenos reféns viesse sendo protelada há um ano. Ao que parece, porém, o imperador finalmente havia se decidido.

Antoine Romier passou as mãos sobre seus longos cabelos grisalhos e respondeu:

— Entendo. Está certo, não vou fugir ao meu dever. Quando devemos partir?

— Imediatamente.

— Tudo bem. Vou até a minha casa para pegar as minhas coisas. — O médico olhou ao seu redor.

— Onde está o representante dos estudantes?

— Estou aqui. — Rabelais, inteiramente suado, estava colocando um jovem esquelético, cheio de chagas sob os braços, em um catre seco e sem sinais de pus. Entregou o moribundo aos cuidados de um colega e correu em direção ao professor.

— Às suas ordens.

Romier perscrutou-o com muita atenção.

— Agora o senhor terá a oportunidade de me demonstrar seu valor. Preciso sair da cidade por alguns dias. Deixo em suas mãos a responsabilidade de cuidar dos doentes e de organizar as devidas medidas de higiene. O senhor é um bom aluno e tenho certeza de que não irá me decepcionar. Aliás, nenhum de seus colegas irá me decepcionar.

Pelas pupilas escuras de Rabelais passou como que uma sombra de perplexidade que ele evitou, porém, demonstrar.

— Suas ordens serão obedecidas, professor Romier, mas se o senhor me permite uma observação, aqui, em Montpellier, existem outros médicos de grande prestígio. Não sei se eles irão se sujeitar às ordens de um simples estudante.

— Eu confio apenas em meus alunos, que não consideram a peste um castigo de Deus — disse Romier secamente. — Informarei às autoridades locais, sempre que consiga descobrir onde se meteram, que confiei ao senhor as questões relativas à epidemia e ao processo de quarentena.

Virou-se para o oficial. — Estou à sua inteira disposição, capitão. Acompanhe-me até em casa. Se partirmos em uma hora, ainda conseguiremos chegar a Tolouse antes de anoitecer.

O médico, juntamente com o oficial, que segurava seu cavalo pelas rédeas, afastou-se em direção às ruelas que passavam ao lado da austera fachada de Saint-Firmin. Rabelais esperou que os dois desaparecessem de vista e virou-se para Michel, que tinha ouvido a conversa e encontrava-se a poucos passos de distância, ao lado de um grande panelão de água fervente.

— Meu caro amigo, acho que vou precisar de você.

Tudo o que Michel desejava era ouvir uma frase como aquela. Embora não o admitisse facilmente, nem sequer para si mesmo, sua índole ambiciosa e sua extrema segurança quanto à própria capacidade tinham uma necessidade vital de reconhecimento. Quando ouvira Romier designar Rabelais como seu substituto, não havia conseguido reprimir uma leve expressão de inveja. Ao ouvir o chamado do amigo, ele levantou imediatamente a cabeça e respondeu:

— Ora, você pode se arranjar otimamente bem sozinho.

Rabelais, franzindo a testa, respondeu:

— Sem brincadeiras. Você já lidou com esta peste em Bordeaux e sei que sabe muito bem como combatê-la. Bem, acho que chegou a hora de você colocar suas idéias em prática.

Os dois foram interrompidos pelo barulho das carroças que entravam na praça, carregadas de doentes. O odor fétido que já imperava sob a tenda logo se acentuou, favorecido pelo ar parado e pelo calor insuportável que pareciam arrancar das calçadas imundas como que leves colunas de fumaça.

Ouvia-se um coro de gemidos que provinha das carroças, repletas de corpos seminus, devastados pelas chagas. Alguns doentes provavelmente já estavam mortos; era, todavia, difícil distinguir mortos e vivos, em virtude da palidez comum a todos. O único sinal de distinção era uma tosse furiosa que, a intervalos, arrebentava o peito dos empestados ainda vivos, dando-lhes uma aparência falsa e grotesca de vitalidade.

Ficou logo claro que, sob a tenda, não havia catres suficientes para tantos agonizantes. Os voluntários que acompanhavam os doentes nas carroças, denominados no dialeto provençal *alabres*, e que se vestiam com longas túnicas brancas que chegavam até os pés, carregando, pendurados no pescoço, pequenos vidros que continham uma essência à base de âmbar e almíscar, estavam decididos a esvaziar as carroças a todo custo. Rabelais, aos gritos, afanava-se a impedi-los.

Quando Michel tocou-lhe o ombro, o amigo deu um salto.

— E você, o que quer? — gritou, irritado.

— Deixo-os descer, mesmo se não dispusermos de catres suficientes. O nosso problema não são os vivos e sim os mortos.

— O que você quer dizer com isso?

Michel apontou uma outra carroça, parada do outro lado da praça, à espera dos defuntos: — Continuamos enterrando os cadáveres em fossas rasas. Em minha opinião, as valas comuns deveriam ser cobertas com cal. Além disso, não é indispensável que haja catres para todos. Imundos como estão, só servem para facilitar o contágio. Basta termos cobertores limpos, um para cada doente.

Rabelais o observou, boquiaberto. — Mas você realmente acredita que a peste se difunda através do ar ou do contato? Fora o seu querido Romier, nenhuma outra corrente defende uma idéia dessas. A humilhação por que passou o papa, há três anos, quando Roma foi invadida pelos mercenários alemães, pode ter levado Deus a...

— Deus não difunde doenças — interrompeu-o Michel, balançando a cabeça com toda a força. — No caso, o diabo, talvez. Enfim, foi você mesmo quem me pediu para colocar as minhas idéias em prática. Você estava brincando ou falando sério?

Depois de um instante de perplexidade, Rabelais fez um gesto como quem não se importa.

— Estava falando sério. Faça como quiser. — Com o rabo

do olho, ele olhava para os *alarbres* que, aproveitando-se de sua distração, haviam começado a colocar no chão, de qualquer jeito, a sua carga de sofredores.

— Ei, vocês, esperem um momento!

Michel afastou-se. Saiu da tenda e caminhou por algumas vielas desertas, onde todas as portas estavam trancadas. Até mesmo a entrada da hospedaria *La Soche* se encontrava fechada. Bateu na porta com força, até que, da varanda, veio uma voz furiosa:

— Vá embora, Michel! Não vamos aceitar nenhum cliente enquanto tudo não tiver voltado ao normal. Como é que você pode ter vontade de fazer amor em um momento desses?

Era Corinne falando. Michel, achando certa graça, deu um passo para trás até conseguir ver a moça. A prostituta estava meio escondida por detrás do batente de uma porta que dava para a varanda.

— Corinne, você precisa nos ajudar — gritou ele. — Você e suas amigas coloquem algumas panelas com água no fogo. Ponham para ferver todos os lençóis que puderem encontrar e, depois, tragam todos eles até Saint-Firmin. Entendeu?

Corinne saiu de seu esconderijo, bastante perplexa. — Mas para que serve tudo isso? Dizem que a peste é um castigo de Deus por causa dos nossos pecados.

Michel não conseguiu conter o riso. — Se fosse assim, vocês já estariam todas mortas.

Ele sabia que aquela frase era paradoxal. A prostituição que, em teoria, era condenada por todos, na verdade só era considerada um pecado por alguns poucos protestantes carolas. Até mesmo o cristianíssimo rei Francisco I mantinha, para acalmar os ardores de seus cortesãos, um verdadeiro pelotão de *filles de joie de cour*, comandado pela senhora Cécile de Viefville.

— Vá, faça o que estou lhe pedindo. Você terá a gratidão de toda a cidade.

Corinne ficou pensando um momento e depois concordou.

— Está bem Levaremos os lençóis assim que estiverem enxutos.

Satisfeito, Michel despediu-se e pôs-se a caminho. Contudo, não seguiu em direção à praça de Saint-Firmin, mas, ao contrário, contornou o prédio da Faculdade de Medicina e entrou na rua, um pouco mais larga, que levava até a catedral de Saint-Pierre.

Muito embora reinasse por toda parte a mesma desolação, e as vielas iluminadas pelo sol poente estivessem desertas, Michel não se sentia realmente triste. Pela primeira vez na vida, ele tinha a oportunidade de demonstrar, por completo, quanto valia e o conhecimento que havia adquirido, ao longo dos anos, entre viagens e leituras nem sempre permitidas. Tratava-se de uma desforra e tanto. Ele havia passado sua infância experimentando, ainda que ocasionalmente, aquela penosa condição de hebreu, mesmo que convertido. O cristianismo talvez oportunístico de seu pai, aquele seu, bem mais profundo, e o de Jehan e de seus outros irmãos, que chegava até mesmo à beira do fanatismo, não os havia protegido da angústia que os atormentava cada vez que se viam obrigados a deixar a região da Provença, onde o poder dos núncios apostólicos se fazia sentir de forma branda. Fora dali, assistiam às humilhações que a ralé impunha a um povo ao qual também pertenceram seus antepassados.

O momento mais pavoroso, no resto da França e da Europa, era o das festas religiosas. Mesmo nos lugarejos mais impensáveis, não havia procissão alguma, em homenagem a qualquer santo que fosse, da qual alguns hebreus não saíssem feridos, ou até mesmo mortos. Tratava-se, quase sempre, do israelita mais velho da cidade ou aldeia, apedrejado por um bando de meninotes que mal conseguiriam sustentar sobre a cabeça aquelas pedras que se preparavam para atirar. Ou, então, a vítima era a moça mais jovem e bonita, que, despida em meio ao escárnio de todos, era jogada dentro de um barril que ia rolando até um rio, onde, freqüentemente, ela se afogava.

Michel havia assistido a dezenas de espetáculos semelhantes. Em seu íntimo, além do desejo de cancelar para sempre a própria ascendência hebraica, tão incômoda em um mundo dominado pelos cristãos, havia amadurecido, também, aquele de impor-se, de predominar sobre os outros, de surpreender e fascinar todos. Sua família, embora de posses, não tinha poder algum, tão-somente uma certa inclinação para as ciências, que derivava, principalmente, de seu avô materno. Era justamente daquela inclinação que, desde pequeno, ele havia decidido tirar partido. A sua mais tenra adolescência e boa parte da sua juventude Michel havia passado em meio a velas que se apagavam somente quando inteiramente consumidas, enquanto ele, já há tempo, havia reclinado a cabeça sobre o livro aberto à sua frente. Somente agora, porém, após tantos anos de esforços, ele podia traduzir, na prática, tudo aquilo que havia aprendido. Bem, ele haveria de deixar de boca aberta toda uma cidade.

Depois de ter passado pela catedral de Saint-Pierre, que pareceria morta, como todo o resto, não fosse a exuberância de seu campanário, ele entrou no amplo prado onde se encontrava o cemitério dos empestados. Ao centro, havia sido escavada uma fossa com cerca de um metro de profundidade, talvez até menos. Uma dezena de *alarbres* nervosos estava parada a seu lado, juntamente com outros tantos coveiros ou *sandapilaires*, à espera de uma carroça que vinha trazendo uma nova fornada de cadáveres. Eles, então, os seguraram pelos pulsos e tornozelos, afinal seu peso era até por demais leve, e os jogaram na cova, que depois cobriram com algumas poucas pás de terra. Em resumo, os empestados eram sepultados em estratos, até formarem como que pequenas e macabras colinas.

Michel caminhou em direção ao chefe dos *sandapilaires*, um gigante loiro com o peito encharcado de suor. Logo percebeu que o homem estava praticamente bêbado. De resto, quem teria suportado aquele odor nauseabundo que por ali imperava, sem a ajuda de grandes goles de vinho?

Ele deixou que aquele gigante terminasse de engolir o milésimo gole, para lhe dirigir uma saudação propositadamente forçada.

— Sou Michel de Nostredame, estudante de medicina, e estou aqui a mando do senhor François Rabelais, representante dos estudantes de Montpellier, e do professor Romier, decano da faculdade. Trago algumas ordens para os senhores.

O homem deixou escapar um arroto ruidoso e, depois, olhou para o jovem com olhos entorpecidos e repletos de estupor.

— Ordens? Mas que ordens? A única ordem que eu tenho é a de ir enterrando os mortos assim que eles chegam.

Michel ergueu levemente seu queixo. — Os senhores podem continuar a enterrá-los, só que eles deverão ser cobertos com cal e não mais com terra. E as fossas devem ser três vezes mais profundas do que são agora. É esta a ordem.

— Cal? — O homem contemplou a garrafa de vinho vazia e arremessou-a longe, fazendo-a chocar-se contra um muro e estilhaçar-se.

— Os senhores acham que nós somos pedreiros? E onde, raios, eu vou achar cal?

— Não sei. Isso cabe aos senhores, não a mim. Com certeza deve haver algum canteiro de obras por aqui, não? — Percebendo que o olhar de seu interlocutor parecia tornar-se cada vez mais apatetado, Michel acrescentou:

— Façam como queiram. O senhor, certamente, está a par das vozes que correm a seu respeito e de seus homens. Que os senhores espalham a peste, por aí, de propósito, para continuarem a ter serviço.

Mal havia acabado de pronunciar a última frase e uma bofetada daquele colosso quase o jogou no chão. Michel desequilibrou-se e colocou a mão na bochecha, mas conseguiu manter-se de pé e, usando o tom mais soberbo possível, disse:

— Não é desta forma que os senhores vão impedir que estes boatos continuem. Obedeçam-me, é no seu próprio interesse. O uso da cal vai servir para demonstrar a preocupação dos senhores em conter esta epidemia. Para mim dá no mesmo, mas se estivesse em seu lugar, eu aceitaria.

O grupo de *sandapilaires*, que se apinhava em volta de seu chefe, começou a emitir protestos e gritos de indignação. Apesar da dor que sentia no rosto e do medo de ser novamente agredido, Michel, no fundo, sentia-se contente. Aquela história do boato tinha sido ele a inventá-la por completo, mas, ao que parecia, sua idéia havia funcionado. Erguendo os ombros, como quem não se importa, ele fez menção de ir embora.

— Espere um momento! — gritou o gigante, com uma voz já alterada pelo efeito do álcool. — Se fosse por mim, eu deixaria que esta cidade ingrata morresse toda, do primeiro ao último morador. Mas alguns dos meus amigos têm família. Está bem, eu vou procurar a cal. E depois, o que é que eu tenho que fazer?

— Eu já lhe disse. Cavar uma fossa mais funda. — Michel ficou mexendo a mão várias vezes, em sentido horizontal.

— Uma camada de corpos, uma camada de cal. É só isso. Até a fossa estar cheia.

Ele não ficou esperando que respondessem. Virou as costas para o grupo e afastou-se, enquanto os *alarbres* e os *sandapilaires* juntavam-se e interrogavam-se uns aos outros. Caminhou em direção à fachada de Saint-Pierre, um tanto exultante. Quando ainda estava em Bordeaux, três anos antes, ele havia servido a Ulrico de Magonza como um simples "escudeiro", ou seja, um assistente, como, aliás, convinha a um estudante novato. Aqui, porém, pela primeira vez, ele podia dar ordens e ser obedecido. Esta sensação o deixava inebriado e o fazia esquecer a humilhação daquela bofetada.

Estava perto do grêmio dos estudantes e decidiu aproveitar, então, para dar um pulo até lá, comer rapidamente alguma coisa, lavar-se e trocar de roupa. Dividia uma acomodação no primeiro andar, com um outro estudante, Jehan Pedrier, mas o lugar era tão apertado que, quando um dos dois resolvia levar uma moça até lá, o outro via-se obrigado a esperar na rua. Além disso, tanto Michel quanto Jehan tinham uma boa quantidade de livros. Os de Michel consistiam, principalmente, em textos gregos, cuja capa, redigida em latim ou em dialeto provençal, dava a impressão de se tratar de versões da Bíblia ou de livros de orações, quando, na verdade, o conteúdo, muitas vezes, era bem outro. Os livros de Jehan eram, em sua maioria, tratados de medicina, todos empilhados em uma espécie de coluna, meio bamba, que dava a impressão de que iria despencar a qualquer momento, enterrando quem quer que se encontrasse sobre a cama. Um urinol, que raramente era esvaziado, decididamente contribuía para tornar o quarto fétido; todavia, os banheiros de uso coletivo do grêmio, situados na ala norte do prédio, estavam impraticáveis desde tempos imemoráveis e, quem podia, evitava sequer chegar perto. O aluguel, até caro para aquela acomodação pequena e sem luz, ia para os bolsos dos docentes que, não raro, também alugavam quartos em moradias de sua propriedade.

Quando chegou nas proximidades da colunata de madeira, Michel surpreendeu-se ao ver um desconhecido sair repentinamente da sombra que encobria o pórtico e vir ao seu encontro. Era um sujeito de estatura média, todo enrolado, da cabeça aos pés, em uma grossa capa preta, como se todo aquele calor não o incomodasse. Até mesmo a gola era preta e, embora elegante, não era ornada com renda. Tudo isso fazia com que o rosto do homem, que por si só já era pálido, parecesse quase cadavérico. Uma impressão que era acentuada pelas pálpebras caídas, pelos cabelos já grisalhos, pela falta de barba ou bigode, e pelo rosto encavado.

— O senhor de Nostredame, se não erro — murmurou o desconhecido.

Michel ficou a alguns passos de distância, meio na defensiva, ainda que involuntariamente.

— Sou eu mesmo. O senhor poderia ter a gentileza de se apresentar?

O outro homem esboçou um leve sorriso.

— Meu nome é Molinas, Diego Domingo Molinas. Vim da Espanha somente para encontrá-lo. Sei perfeitamente bem que o momento não é dos mais oportunos, mas...

Ao ouvir mencionar a Espanha, Michel franziu a testa.

— Senhor — disse-lhe rispidamente — o momento, realmente, é o menos propício. Estamos lidando com uma peste aqui, e tenho muito o que fazer. Falaremos em uma outra ocasião.

O homem da capa preta não se alterou nem um pouco. Pelo contrário, seu sorriso parece ter-se acentuado, mesmo permanecendo desprovido de vida.

— Michel de Nostredame, basta que eu lhe diga uma palavra para fazê-lo mudar de idéia. Ei-la. — Ele baixou a voz até torná-la quase inaudível: —*Abrasax*.

Michel estremeceu com o susto, mas suas feições imediatamente se distenderam, e, quase em êxtase, ele avançou em direção ao outro homem.

— Irmão, peço mil desculpas! — exclamou. — Eu não sabia... mas, agora, diga-me, o que posso fazer pelo senhor?

Os livros proibidos

Michel de Nostredame perguntou-lhe cordialmente: — O que o senhor tem?

Molinas, que ainda saboreava a alegria de ter finalmente entre as mãos a presa que vinha caçando há um ano, recuperou-se de estalo.

— Ah, nada. Por favor, me perdoe. Sinto-me desgastado pela viagem e pelo fato de ter chegado aqui bem no meio de uma epidemia. — No fundo, ele estava exasperado consigo mesmo pela própria distração.

— Posso compreendê-lo perfeitamente — respondeu o estudante, de forma bastante jovial. — Se o senhor se aprofundou tanto na filosofia oculta a ponto de conhecer o *Abrasax*, ficará curioso em ver a minha pequena biblioteca.

— Certamente. Mas não gostaria de desviá-lo de suas tarefas, que neste momento...

— Não se preocupe, já dei todas as ordens que eram necessárias. Venha comigo e, por favor, não repare na sujeira. Ela se deve, em grande parte, ao meu colega de quarto, Jehan Pedrier.

Enquanto Nostredame apanhava as chaves e abria a pequena porta que dava acesso àquela ala do grêmio, Molinas teve a oportunidade de observar, bem de perto, sua estatura e fisionomia. O jovem tinha os braços e as pernas musculosos, mas ágeis, e sua desenvoltura chegava mesmo a ser excessiva, o que dava a impressão de tratar-se de uma pessoa que se sentia por demais segura de si e não tentasse escondê-lo. Seu rosto espelhava inteligência, com um nariz adunco e um olhar penetrante, ágil e um tanto insolente. Olhos como aqueles, pensou Molinas, um apaixonado estudioso de fisionomias, podiam passar, rapidamente, da austeridade à jovialidade; entretanto, quem os olhasse, jamais entenderia os verdadeiros sentimentos que expressavam, já que a maneira de gesticular do estudante era a de um ator experiente. Era o tipo de homem que ele, Molinas, uma criatura sempre fechada em seu próprio e frio raciocínio, mais detestava.

Depois de passarem por um átrio apertado, revestido com painéis de madeira, uma nova porta se abriu, descortinando um pequeno quarto repleto de livros e quase inteiramente ocupado por duas camas, sem cabeceiras ou baldaquins, colocadas uma ao lado da outra. Algumas manchas suspeitas sobre os lençóis deixavam claro que ali residiam dois rapazes, pouco preocupados com a limpeza e que não desdenhavam uma ocasional companhia feminina.

Nostredame foi logo esticando uma das mãos em direção a uma pilha de livros e abriu um deles, levantando uma nuvem de poeira.

— Olhe bem! — exclamou satisfeito. — Trata-se de uma edição raríssima!

Sem pegar o livro em suas mãos, como se temesse contaminar-se, Molinas observou a capa, cuidadosamente trabalhada. Nela se lia: *Joannis de Monte Regio tabulae directionum profectionumque*. Balançou a cabeça. — Não é um livro assim tão raro.

Regiomontanus era um autor muito apreciado pelo papa Sisto IV, e, na Itália, algumas bibliotecas conservam as suas obras. O senhor não tem nada um pouco mais incomum?

Sem deixar-se desconcertar, Nostredame dispôs alguns exemplares sobre a cama e, depois, começou a agitar um, que parecia ser mais fino que os outros.

— O que me diz deste aqui? É o *Planispherium* de Claudio Ptolomeu, uma leitura indispensável à compreensão do *Tetrabiblos*. Em uma avaliação otimista, devem existir em toda a Europa somente umas cinco ou seis cópias. Esta aqui foi bem cara.

Molinas fingiu interessar-se e resolveu folhear o livro, um manuscrito em grego, escrito com uma tinta já quase sem cor. No fundo, porém, ele não via a hora de chegar a resultados mais concretos. Havia pronunciado a palavra *Abrasax* sem conhecer seu significado, mas na certeza de que ela causaria impacto. Ouvira-a, pela primeira vez, nos subterrâneos úmidos da Suprema Corte de Ávila, dita por uma velha que havia sido presa em 1527, durante a investigação sobre as *jurginas*, as bruxas de Navarra. A mulher, dada a sua idade, não tinha sido torturada, mas somente chicoteada. Em meio a seus lamentos, chamara de *Abrasax* um horrível amuleto que trazia consigo. Devido a sua simples função de *famiglio* da Inquisição espanhola, Molinas não pudera intervir no interrogatório, que fora conduzido pelo cardeal Manrique. Havia, entretanto, anotado aquela estranha palavra, pensando em pesquisá-la no momento oportuno.

A segunda vez havia ocorrido durante um processo contra um médico conhecido e desprezível, um certo doutor Eugenio Torralba, acusado de relacionar-se com uma criatura diabólica chamada Ezequiel. Torralba havia admitido pertencer a uma sediciosa "Igreja dos Iluminados", para a qual *Abrasax* era uma espécie de símbolo. Ele entrara para a seita na época da peste em Bordeaux, em 1527, quando, então, conhecera seu fundador, Ulrico de Magonza. O jovem assistente deste, Michel de Nostredame, descendente da estirpe hispano-judaica dos Ben-Astruch e dos Santa-Maria, parecia conhecer as artes do ocultismo tanto quanto seu mestre.

Agora, enquanto Michel lhe mostrava livros que continham ilustrações e códigos antigos, Molinas esperava, ansiosamente, o momento, para ele inevitável, em que o estudante o faria ver algum manual de feitiçaria. A partir daquele momento, o último expoente de um inteira geração de ímpios seria, finalmente, exterminado.

Ficou decepcionado. O exemplar mais comprometedor que o estudante lhe mostrou foi uma cópia manuscrita da celebérrima obra *Grande Alberto*, uma coletânea de aforismos e receitas redigida por Alberto Magno.

— É um texto antiquado, mas repleto de alusões interessantes — explicou Nostredame, abrindo o volume, com um cuidado quase sagrado. — Por exemplo, seria interessante aprofundarmos o conselho, que aparece no terceiro volume, de usar o estrume de cabra para curar os tumores. De fato, a cabra é o único animal que nunca tem câncer.

Molinas não conseguiu disfarçar a sua impaciência:

— O senhor não tem nada ainda um pouco mais raro? Quero dizer... — baixou seu tom de voz — algum daqueles livros que os padres condenam.

Nostredame arqueou uma das sobrancelhas.

— O senhor se refere a algum *grimoire*, ou coisa do gênero?

— Sim. Algo que fale a respeito de nosso deus, *Abrasax*.

Molinas teve boas razões para amaldiçoar a sua própria impaciência. Ao ouvir a última frase, Nostredame ergueu-se de um pulo. Apontou o dedo para o estrangeiro, enquanto seus olhos enchiam-se de cólera. — Existe um só Deus, uno e trino! — exclamou. Indicou a porta. — Eu não sei quem o senhor é, mas lhe ordeno que saia imediatamente! Está claro que o senhor não passa de um provocador e que não tem a menor idéia do significado de *Abrasax*. Vá embora com suas próprias pernas antes que eu o chute para fora.

Por um instante, Molinas teve medo de que o jovem quisesse agredi-lo. Colocou a mão sobre o punhal, de um tipo bem pontiagudo, chamado *misericordia*, que ele mantinha escondido sob a capa.

Mas ainda conseguiu escapar em tempo até a porta e despencar na rua, mantendo a cabeça sempre baixa. Sentindo-se humilhado, ousou tão-somente dar uma olhada para trás. Nostredame o tinha seguido até a saída e o observava com furor. O espanhol entrou na primeira ruela que encontrou.

Assim que dobrou a esquina, Molinas apoiou-se ao muro de uma pequena casa e respirou com afano, como se tivesse corrido. A vergonha pela derrota que havia sofrido, muito embora tivesse sido enorme, era pequena, se comparada ao rancor que sentia em relação a si mesmo por ter sido tão imprudente. Merecia ser punido. Com a mão direita, remexeu sua capa para retirar dela o punhal, agudo e cortante como uma navalha. Deixou que a lâmina ficasse cintilando por alguns instantes, à luz do sol que já se punha e, depois, enfiou-a com violência no braço esquerdo. Seus olhos ficaram cheios de lágrimas. Não contente, ficou revirando continuamente o punhal dentro da ferida, até que a dor se tornasse tão aguda a ponto de sentir que poderia desmaiar. Trincou os dentes, retirou o punhal e o recolocou dentro da capa, com gestos propositadamente lentos. A capa, na altura do braço ferido, cobriu-se com manchas de sangue, em parte escondidas, graças apenas à cor do tecido.

Molinas sentiu-se um pouco aliviado. Aproximou-se, com prudência, da embocadura da ruela, apertando com os dedos o corte que lhe doía. Viu Michel de Nostredame deixar o grêmio e apressar-se em direção a Saint-Firmin. Ele o seguiu a distância, mal agüentando-se de pé. A cada passo, ia deixando um rastro de gotas de sangue, mas não havia testemunhas que pudessem contemplar o que ocorria.

Sob a grande tenda, agora iluminada pelos primeiros archotes, já haviam chegado os lençóis trazidos pelas prostitutas. Corinne, rodeada por um bando de amigas, esforçava-se em ajudar os estudantes a colocarem os doentes sobre aqueles panos, sem perceber que as alças de seu vestido de vez em quando caíam, deixando à mostra seu insinuante seio. Por outro lado, em meio àquela carnaça, ninguém prestava atenção a futilidades do gênero. Os lamentos elevavam-se acima de qualquer outro som, os corpos contraíam-se febris, homens e mulheres haviam se tornado meros invólucros de dor. Àquela altura, o pus já havia impregnado todo o terreno, deixando o ar irrespirável.

Molinas manteve-se a distância, mas nem tanto a ponto de não ouvir a exclamação de Rabelais, ao ver Nostredame voltar.

— Onde diabos você se meteu? Os *sandapilaires* vieram se lamentar comigo. Você teria ordenado que os cadáveres fossem sepultados sob a cal. Isso é verdade?

— Verdade. Eles já o fizeram?

— Sim, mas estão se perguntando qual é o motivo. E eu também me pergunto... Mas, afinal, por que você está olhando aí em volta? Está procurando alguém?

Molinas imediatamente se agachou por detrás de uma das extremidades da tenda. Conseguia continuar ouvindo a voz de Nostredame, porém bastante atenuada.

— Por acaso você viu por aí um homem com cara de falcão, coberto por uma grande capa preta? Ele estava em *La Soche* ontem, na hora do almoço.

— Não, não me lembro. Além disso, se você ainda não percebeu, eu tenho mais em que pensar. — Rabelais falava com um timbre de voz irritado, mas não em demasia. — Por quê? Quem seria esse tal homem?

— Acho que talvez seja um espião da Inquisição.

—Então esperemos que ele adoeça e morra... Ah, eis aqui Corinne. E com os peitos de fora. Muito bem, minha pequena, mas agora não é o momento.

Molinas ouviu uma pequena risada, e depois a voz, ligeiramente rouca, da moça: — Eu gostaria de saber se há mais alguma coisa que eu e minhas amigas possamos fazer. Quem dá as ordens por aqui? François ou Michel?

— Nós dois damos as ordens — respondeu Rabelais.— Não, acho que vocês já podem ir, não é verdade, Michel?

— Sim, permaneçam fechadas em seus quartos até que tudo tenha passado. Comam na taberna, sem sair da hospedaria, e não deixem entrar nenhum cliente. Toda a Montpellier deverá agradecer a vocês pelo que fizeram.

Corinne fez uma espécie de careta levemente irônica.

— Sabemos muito bem por que tipo de agradecimento podemos esperar. Muito bem, senhores estudantes, se precisarem de nós sabem onde nos encontrar.

Rabelais lhe deu uma piscadela.

— Acho que muito em breve precisaremos de vocês. — Esperou que as moças se afastassem e, depois, enxugou o suor que lhe corria testa abaixo até os ombros, estreitos e fortes, apesar de seu corpo não ser muito musculoso. — Pelo menos você parece ter as idéias claras — disse ao amigo. — Aqui, nenhum de nós sabe muito bem o que fazer. Somos todos futuros médicos e, mesmo assim, não sabemos como enfrentar uma epidemia.

— O problema é que só nos ensinaram teorias. Gramática, retórica, filosofia. Até parece que a medicina não exige mais do que isso. — O tom exasperado que Nostredame usava deixava intuir que o rapaz havia refletido longamente sobre tais questões. — Se não fosse Romier, que nos deixa seccionar um cadáver por ano, um só, você entende?, não saberíamos sequer como é feito o corpo humano. Até mesmo o seu *pater*, o professor Jean Scuron...

— Schyron — corrigiu Rabelais.

— O que é que ele ensina a você? Hipócrates e Galeno, Galeno e Hipócrates, e mais um monte de noções inúteis. Eu mesmo, se não tivesse tido um avô materno que era farmacêutico...

Um som ensurdecedor dos sinos tocando, seguido pelo barulho de uma caravana de carroças que traziam outros moribundos para o leprosário, impediram que Molinas continuasse ouvindo a conversa. Afastou-se, mancando, aproveitando a escuridão da noite cerrada. O braço esquerdo doía terrivelmente, e aquele lado da capa estava encharcado de sangue. Todavia, as gotas de sangue não mais pingavam no chão, sinal de que a hemorragia havia estancado.

Não sabia bem para onde ir. Certamente não para a hospedaria que, com toda certeza, já havia trancado os portões. Também não podia se arrastar até o mosteiro dos dominicanos; ficava distante demais para suas forças. Sabia que não muito longe dali havia um convento franciscano, mas preferia morrer ali na rua do que se apresentar diante dos inimigos mortais da ordem a qual servia e, ainda por cima, ver-se obrigado a revelar a própria identidade.

Nada mais lhe restava a não ser apostar na sorte. Quando os doentes eram levados embora, na maioria das vezes, os enfermeiros deixavam as portas das casas escancaradas. Ele só precisava procurar uma casa que estivesse abandonada e não tivesse sido trancada, para depois acomodar-se em um quarto qualquer, desde que não fosse aquele no qual os proprietários haviam agonizado e morrido.

Molinas já havia encontrado a construção ideal para ele, uma casa de dois andares com uma pequena porta de madeira e janelas arqueadas, quando um golpe de sorte ou, quem sabe, um sinal do destino, alterou seus planos. Do final da ruela, que àquela altura já estava iluminada pela lua, viu aproximar-se um rapaz, vestindo um fraque e calças colantes de veludo vermelho. Lembrou-se de que já o havia visto na hospedaria *La Soche*, ao lado de Rabelais, e que Nostredame o havia chamado de Jehan. Jehan Pedrier? Nem sequer ousou ter tantas esperanças, mas de uma coisa tinha certeza, tratava-se de um estudante. Não custava nada tentar. Caminhou na direção do jovem e o interpelou: — Se não erro, o senhor é Michel de Nostredame? — E, imediatamente, acrescentou: — Que sorte tê-lo encontrado! Veja só o que fizeram ao meu braço!

— Eu não sou Michel de Nostredame — respondeu o estudante — mas eu o conheço. É o meu colega de quarto. —Foi impossível, para o rapaz, evitar que olhasse, com olhos clínicos, o braço ferido que havia sujado de sangue a capa. — Meu Deus! Quem fez isso ao senhor?

— Saqueadores — respondeu Molinas, fingindo um certo esforço ao falar. — Eles estão depredando as casas abandonadas. Quem se opõe acaba esfaqueado.

O estudante levantou delicadamente a capa, para observar melhor a ferida.

—Não parece ter sido causada por uma faca e sim por um punhal. Por que o senhor estava procurando justo Michel de Nostredame?

— Disseram-me que ele é um médico extremamente talentoso.

O rapaz fez uma careta. — Ele não é um médico, é somente um estudante de medicina, exatamente como eu. Quanto ao seu talento... Bem, certamente ele acredita tê-lo. — Apontou para o final da ruela. —Venha, eu o acompanho até o leprosário. Lá encontraremos o necessário para que eu possa tratá-lo.

Molinas fez parecer que estivesse apavorado. — Oh, não! Com a graça de Deus, até agora consegui fugir desta peste. Não quero me misturar com os doentes.

O rapaz pensou por um momento e depois disse:

— Escute, o grêmio onde moro não fica longe daqui. Se o senhor vier comigo, posso improvisar um curativo. Mas temos que correr, porque meus amigos estão me esperando.

— Eu lhe ficarei imensamente grato, senhor...

— Jehan Pedrier. Venha, não vamos perder mais tempo.

Mais uma vez, Molinas estava percorrendo aquele mesmo caminho que levava até o prédio da universidade. Durante uma boa parte do percurso, Pedrier não disse uma palavra. Ninguém havia se preocupado em acender os lampiões, e toda a atenção do estudante estava concentrada em evitar que pisasse nas poças, esgotos e trastes vários que os *alarbres* haviam jogado no chão, à procura sabe-se lá de que tesouro. Finalmente, verbalizando um pensamento que há muito já devia estar martelando sua cabeça, perguntou:

— Quem lhe falou sobre Michel de Nostredame? Como eu lhe disse, ele é o meu colega de quarto. Não sabia que ele era assim tão famoso.

Sentindo no tom de voz do rapaz uma certa ponta de inveja, Molinas pensou que o melhor para ele seria alimentá-la.

— Oh, quanto ao fato de ele ser famoso, não restam dúvidas. Eu venho da Espanha e ouvi falar dele lá, através de um jovem que estudou com ele em Avinhão. Pensei que ele tivesse se diplomado lá.

— Ele realmente estudou em Avinhão — Pedrier respondeu bruscamente — mas não se diplomou. A peste que assolou a cidade em 1524 e a invasão da Provença pelos homens do condestável de Bourbon fizeram-no interromper os estudos. Foi exatamente por isso que, uma vez restabelecida a paz, ele voltou para Montpellier depois de anos de vagabundagem. Havia iniciado o curso de medicina e agora deseja terminá-lo.

— É verdade que em Bordeaux ele foi ajudante de um médico muito conhecido? Ulrico...Ulrico de...

— Ulrico de Magonza. Mais do que um médico, eu diria que se tratava de um bruxo. Ele curava os empestados colocando uma cruz em suas costas e derramando sangue de rato. Imagine só. — A essa altura, eles já haviam chegado aos portões do grêmio. Enquanto colocava a chave na fechadura, o estudante acrescentou: —Acho que a tão falada fama de Michel realmente se derive de seu avô Saint-Rémi, um farmacêutico que trazia suas ervas da Índia e de Catai. Para não falar de certos livros dos quais um verdadeiro cristão não chegaria nem perto.

Esta última frase provocou em Molinas um sobressalto de alegria. Enquanto entrava naquele quarto, que ele já havia visitado, perguntou, com planejada indiferença: — Livros? Que livros?

— Agora o senhor mesmo vai ver. — Pedrier parou, meio atônito, ao lado da cama. — Michel já deve ter estado aqui, à tarde. E, como sempre, deixou tudo uma bagunça.

Recolheu alguns livros que estavam espalhados por cima dos lençóis. — Olhe aqui! Ele jogou a sua papelada até no meu lado do quarto, como se só ele morasse aqui.

Molinas esperou um pouco até que o ódio do rapaz se acalmasse um pouco, mas não tanto a ponto de deixar que o assunto morresse.

— São aqueles ali os livros sobre os quais o senhor me falou?

— Não, não, estes ele esconde muito bem. Agora eu preciso medicá-lo, depois talvez eu os mostre ao senhor.

Pedrier, depois de ter esvaziado a cama, apanhou algumas ataduras dentro de um baú já todo carcomido, e pediu a Molinas que despisse o braço. Quando ele viu a ferida, sibilou:

— Minha nossa! A arma que eles usaram devia ser finíssima e afiada como uma navalha. Um punhal digno do pior dos facínoras.

— É uma gentinha capaz de tudo — lamentou-se Molinas, em tom enigmático.

O estudante lavou o ferimento com a água que apanhou em um jarro, depois enrolou o braço com uma atadura longa e estreita.

— Se a carne em volta da ferida inchar, como é provável que aconteça, coloque umas compressas frias. Em poucos dias o sangue já estará estancado.

Estava claro que, agora, o rapaz tinha pressa de se livrar do estrangeiro. Molinas, entretanto, precisava satisfazer uma curiosidade imperiosa.

— O senhor me falou a respeito de alguns escritos proibidos que pertencem ao seu colega — lembrou-lhe. Depois, sentiu-se no dever de acrescentar: — Sabe, eu sou um colecionador de livros raros.

— Bem, olhe embaixo da cama. Pegue um livro qualquer e julgue o senhor mesmo.

Molinas obedeceu. Retirou de sob o colchão de palha um manuscrito bastante volumoso, com uma encadernação de couro. Abriu em uma página qualquer, deixando seu olhar fixar-se em uma ilustração rudimentar. Representava uma flor que ele jamais vira antes. Logo depois, desenhou-se, em sua boca árida, um sorriso que, nele, era bastante incomum.

— Olhe só — murmurou consigo mesmo. — Era exatamente isso que eu estava procurando.

O corvo capturado

SOLI DEO

Os sinos de Montpellier voltaram a tocar, desta vez, porém, com alegria. Dez dias após o início do contágio, a peste finalmente já havia sido debelada, e as carroças chegavam em Saint-Firmin quase vazias, para grande alívio dos cavalos. Sob a tenda do leprosário improvisado, somente poucas camas ainda estavam ocupadas, e os pacientes vinham melhorando rapidamente. Uma onda de otimismo invadira a praça, aquecida por um brando sol matinal.

Rabelais arrancou uma garrafa de vinho das mãos de um jovem estudante e bebeu o líquido que escorria até seu queixo.

— Quem teria imaginado? — perguntou a Michel, depois de um solene arroto. —Montpellier está salva, enquanto em Provença e em Liquadoce as pessoas continuam morrendo. Parece um milagre. Só que, agora, você deve me dizer como conseguiu.

— Você mesmo viu — respondeu Michel, com falsa modéstia. — Precauções higiênicas elementares, limpeza e lavagens freqüentes. Mais nada.

Honoré Castellan, o jovem estudante, pegou de volta a garrafa das mãos de Rabelais.

— Você não nos engana, Michel — disse, maliciosamente. — As medidas que usou serviram para ocultar alguma teoria. Você parece estar convencido de que as doenças passam de uma pessoa para outra através do ar, do contato ou da respiração. Nenhum professor ensina coisas desse gênero.

Michel sorriu interiormente, mas sentiu-se também um tanto inquieto. Ai dele se tivesse expressado, mesmo entre amigos, opiniões que destoassem daquelas da academia. A Inquisição podia ter ouvidos por toda parte.

— Não, eu não tenho nenhuma teoria — disse, cautelosamente. — Pelo contrário, eu apenas retomo as teses de Hipócrates quanto à importância do clima e da localização das cidades na difusão de doenças. Tanto a Provença quanto a Liquadoce são áridas e expostas aos ventos do sul, portanto, o fleuma e a natureza úmida prevalecem nas pessoas, é preciso usar a água para...

Rabelais deu uma gargalhada.

— Deixa para lá, Michel. Está claro que você é o último a acreditar nisso que está dizendo. Eu me arrependo de não ter lhe dado um soco muito mais forte, na hora da inscrição.

Rabelais referia-se à cerimônia da matrícula que, em Montpellier, era feita de uma forma toda especial. Uma vez que o novo aluno havia respondido a algumas perguntas feitas pelo regente da turma quanto a uma doença qualquer, e depois que o secretário havia recitado a fórmula solene de posse (*Indues purpuram, conscende cathedram et gratias agis quibus debes*), o jovem podia tomar o seu lugar ao lado de seus futuros professores, vestindo uma toga vermelha, com mangas largas. Antes, porém, ele recebia um soco de todos os seus colegas; e sempre tinha alguém que se aproveitava da ocasião para bater com vontade, divertindo-se com as caretas de dor do "calouro".

Michel, meio desconcertado, tentou mudar de assunto.

— Nenhum de vocês tem notícias de Antoine Romier?

Honoré Castellan desgrudou os lábios da garrafa que estava acabando de esvaziar. — Voltou ontem à noite, deve estar por aí... Sim, olha ele lá, ao lado daquele doente. Venham, vamos cumprimentá-lo.

Assim que viu os três estudantes se aproximarem, Romier levantou-se com um largo sorriso cordial.

— Já ia procurar o senhor! — exclamou, indo em direção a Rabelais e pegando suas mãos. — Devo congratular-me com o senhor. Pensei que iria encontrar Montpellier agonizando e, em vez disso, chego aqui e descubro que a epidemia acabou. Mas como foi que o senhor fez?

Michel não pôde conter um ar de despeito. Por sorte, Rabelais apontou em sua direção.

— Todo o mérito é do, aqui presente, senhor de Nostredame. Não sei o que ele tinha em mente. Mas, ao que parece, as suas idéias funcionam, e salvaram sabe-se lá quantas vidas.

Romier dirigiu seu sorriso para Michel.

— Evidentemente, a confiança que depositei no senhor como *pater* teve a sua recompensa. Reparei nos lençóis limpos. Ter transformado os estudantes de medicina em lavadeiras não deve ter sido uma tarefa fácil.

— Bem, as moças de *La Soche* nos deram uma mãozinha — respondeu Michel, tentando disfarçar sua satisfação.

O olhar de Romier tornou-se um tanto malicioso. — É mesmo? Se eu fosse mais jovem, saberia como recompensá-las. Pensem os senhores nisso. Desta vez a faculdade paga. Procurem o senhor Mulet, o tesoureiro, em meu nome.

Rabelais fez uma reverência comicamente composta.

— Assim será feito, não tenha dúvida.

— Quanto ao senhor, Rabelais, comportou-se de forma extraordinária. Em minha opinião, o senhor já está pronto para se diplomar. Falarei com seu *pater*, o doutor Schyron. Marcaremos os exames assim que for possível.

— Mas só me inscrevi há alguns meses!

— Não tem importância. Quantos anos o senhor tem?
— Trinta e seis.
— Está na idade certa. Além disso, o senhor já tinha fama de sábio. Dê-nos alguns poucos meses e será doutor.

As sobrancelhas de Nostradamus altearam-se. Por mais que Rabelais fosse seu amigo, não conseguia sentir-se feliz por ele. O sucesso em conter a peste tinha sido mérito seu, somente seu. Para completar, ele já tinha anos de estudos nas costas. Claro que vinha de uma universidade com pouco prestígio, como a de Avinhão, enquanto Rabelais havia estudado em Paris. Mas a suspeita de que aquela discriminação tivesse alguma coisa a ver com sua origem hebraica lhe sobreveio com toda a força...

Fez de conta que não se importava:

— Meus parabéns, François! — disse ele, em um tom pouco convincente. — Você já pensou qual será o assunto da sua tese?

— Mas é claro! — respondeu Rabelais com um ar meio dissimulado. — Será um comentário sobre o famoso Tratado de Arduíno a respeito da arte de peidar em público.

— Sumam já da minha frente! — ordenou Romier, com um tom fingidamente severo. – E não se esqueçam de procurar o senhor Mulet!

— E quem poderia se esquecer? — replicou Rabelais, colocando as mãos sobre os ombros de Michel e Honoré, e indo embora.

Algumas horas depois, os três estudantes, agora acompanhados também por Antoine Saporta, François Robinet e Guillaume Rondelet, jantavam alegremente em *La Soche*, que havia reaberto suas portas. Corinne estava sentada com eles, jovial e maliciosa como sempre, e, a seu lado, outras duas moças: Marie, uma jovem de cabelos loiros e pele branquíssima, iluminada por seus olhos verdes, e Gemealle, uma morena, um pouco tímida, com uma testa larga, moldurada por cabelos encaracolados.

Enquanto o proprietário lhes servia um empadão de vitelo condimentado com uma infinidade de especiarias, Rabelais falou com Michel ao pé do ouvido.

— Meu caro amigo, você está de cara amarrada. Acho que posso adivinhar por quê. Não tenha dúvidas: todos sabem que a vitória sobre a peste é mérito seu. Até mesmo Romier sabe disso. A minha formatura era uma coisa que já estava decidida há muito tempo. O meu *pater* já a tinha previsto no momento da minha inscrição.

Michel, tendo visto expostos os rancores que havia tentado esconder, reagiu de forma brusca.

— Não estou preocupado com isso agora. — Estava mentindo. — Algum de vocês viu de novo aquele espanhol de capa preta que há dez dias esteve no meu quarto?

Antoine Saporta falou em tom exasperado.

— Ainda com essa história! Com o que é que você está preocupado? Afinal, ele não lhe fez nada.

— Sumiram alguns livros do meu quarto.

— Livros? Quais livros? — Vendo que Michel não queria responder, Saporta deu de ombros. — Pedrier, seu colega de quarto, deve tê-los pego.

— Não foi Pedrier, ele não se interessa pelas mesmas leituras que eu.

Rabelais balançou a cabeça e dirigiu-se para as moças:

— Vocês se lembram do homem de capa preta? Ele voltou aqui?

— A taberna só reabriu hoje — respondeu Corinne. E, depois, acrescentou: — Eu me lembro bem daquele sujeito. Pálido como um cadáver e com uma cabeça que parecia a de uma caveira. — Fez uma careta de desgosto. — Nunca iria para a cama com um homem daqueles.

— Mas ninguém lhe pediria tanto. As suas delícias mais secretas estão destinadas a nós. Aliás, a Michel, que é o herói do dia.

— Eu acho que Michel está mais interessado em Gemealle do que em mim. Se não estivéssemos falando de um herói eu até diria que ele a está comendo com os olhos.

Muito embora Michel não fosse nem um pouco tímido e, naquele momento, estivesse às voltas com uma infinidade de preocupações, enrubesceu. De fato, de vez em quando, seu olhar se fixava em Gemealle, tão graciosa e, ao mesmo tempo, tão arisca. Agora, seus olhos haviam se encontrado com os castanhos da moça que, imediatamente, se esquivou. E ele, para sua própria surpresa, também esquivou os seus.

Todos que estavam à mesa perceberam a pantomima, que provocou uma risada geral, deixando embaraçados os dois protagonistas. Rondelet tomou a palavra com seus lábios vermelhos, que criavam uma expressão infantil em seu rosto de querubim, moldurado com seus cachos louros.

— Acho que esta noite estamos assistindo ao nascimento de um novo amor — observou, com um tom adulador.

— O que sempre é um grande acontecimento — comentou Corinne, na maior alegria. E virando-se para a amiga, com ar de professorinha: — Vamos lá, senhorita Gemealle, não seja arredia. Hoje à noite a senhorita terá em sua cama não um cliente qualquer, mas o senhor Michel de Nostredame, um ilustre cientista e destruidor de epidemias. Pelo que estou vendo seu espartilho está amarrado até o pescoço. Afrouxe estas fitas e mostre ao senhor médico com o que ele irá se divertir depois do jantar.

As orelhas de Gemealle ficaram como brasa, provocando uma nova explosão de risadas. A moça tomou a coisa como um desafio. Levantou-se, irritada, e abriu corajosamente o seu decote.

Rabelais emitiu um leve assobio.

— Minha Nossa, Corinne é bem-dotada, mas Gemealle também não brinca em serviço. Só agora eu entendo quais são as "gêmeas" às quais seu apelido se refere.

Mais embaraçado do que nunca, Michel deu somente uma rápida olhada naquela pele tão cândida, embelezada por um pequeno sinal de nascença sobre o seio direito. Para poder se controlar, ele levou uma taça de vinho aos lábios e a esvaziou de um gole só. Ao levantar a cabeça, novamente seu olhar encontrou o de Gemealle, que, desta vez, parecia estar pedindo ajuda. Toda aquela coragem que havia demonstrado um minuto antes havia desvanecido. Repentinamente, ele sentiu-se um verdadeiro covarde. Colocou a taça bruscamente sobre a mesa, levantou-se, aproximou-se da moça e, de forma rude, fechou novamente o decote, recobrindo seu peito.

— Venha, vamos dar um passeio — disse-lhe ele. — O ar por aqui está se tornando insuportável.

Rondelet balançou a cabeça, sorrindo.

— Meu Deus, é amor mesmo.

— E que seja amor! — exclamou Rabelais com sua voz de barítono. — Amigos, um brinde aos nossos pombinhos! Mesmo em meio às epidemias, a vida continua!

Michel não deu atenção à gritaria que se seguiu. Levou Gemealle para fora e, depois, já na rua, caminhou ao seu lado, sem dizer uma palavra nem tocá-la. Somente quando já estavam bem longe de *La Soche* ele disse, sem deixar transparecer qualquer sentimento:

— Você não está usando nenhuma capa. Deve estar com frio.

A moça o olhou, bem dentro dos olhos, e sorriu:

— Frio? Estamos em agosto, e o dia foi ensolarado.

— É mesmo. Foi ensolarado. — Michel não tinha a menor idéia do que dizer. — E agora o céu está cheio de estrelas.

— Você as estuda, não é mesmo? Foi Guillaume Rondelet quem me contou.

Michel, sem perceber, estremeceu. — Guillaume foi para a cama com você? — perguntou ele, mesmo sabendo o quanto era estúpido fazer tal pergunta a uma prostituta.

Gemealle replicou, com um olhar decididamente sedutor, talvez por seus olhos estarem iluminados pelo reflexo da lua. — Não pense nisso agora. Vamos aproveitar que as ruas estão desertas.

Ela pegou Michel pelos pulsos e o conduziu até a porta de uma pequena casa com as janelas fechadas. Olhou-o fixo, quase como se quisesse desafiá-lo, enquanto ela mesma desamarrava o corpete. Abaixou as alças da blusa, deixando aparecerem seus seios grandes e formosos. Repentinamente, sua voz tornou-se novamente tímida:

— Eles lhe agradam? — perguntou, em tom hesitante.

— Se me agradam? — Michel a agarrou e, com seus lábios, procurou os da moça. Quando os lábios já haviam se tocado, lentamente colocou sua língua entre os dentes de Gemealle, que se abriram, sem nenhuma dificuldade. As duas línguas como que dançavam juntas, cada qual tentando aferrar-se à outra. Michel apalpava um dos seios, tremendo ao contato com o túrgido bico.

Quando já não tinha mais nenhum fôlego, ele deslizou sua boca dos lábios da moça até aquele sinal que havia notado sobre a candura de sua pele. Ele o beijou e depois desceu até o bico do seio, e o lambeu e sugou como se desejasse retirar dele algum néctar dos deuses.

Naquele exato momento, Gemealle teve um sobressalto mais forte do que o mero tremor do prazer. Afastou a cabeça de Michel e apontou para a porta da casa em frente.

— Lá longe! — murmurou, agitada. — Há alguém nos observando!

Michel olhou naquela direção, mas não viu nada.

— Que história é essa? — perguntou, um tanto irritado. — Não tem ninguém lá!

Gemealle já estava fechando de novo a blusa e o corpete.

— Olhe direito. Ali tem um homem! Ele está usando uma capa preta e está se escondendo.

— É ele! — exclamou Michel, furioso. Correu até a porta em frente. Viu uma sombra que tentava se tornar invisível, achatando-se contra um muro, mas o estudante agarrou uma das extremidades da capa e a puxou com toda a força. Apareceu o rosto daquele desconhecido, agora mais pálido do que nunca. O espanhol segurava um de seus braços como se desejasse protegê-lo.

— Espero que o senhor tenha uma espada! — gritou Michel, já fora de si.

Os olhos semicerrados de Molinas deixaram entrever um olhar frio, muito embora ele estivesse visivelmente perturbado, quase amedrontado. — Pode até ser que eu a tenha, mas o senhor, não — sussurrou, com uma voz levemente rouca. — O senhor não é um nobre, ainda que seu pai tenha feito de tudo para que o considerassem como tal. O senhor não passa de um judeu miserável, descendente de gerações de judeus. Um *retaillon*, um circuncidado.

Michel ergueu os braços para agredir o espanhol, bem no meio do rosto, mas o homem foi mais rápido do que ele. Em uma fração de segundo, retirou de sua capa um punhal fino e afiado que brilhou à luz da lua.

— Não faça nenhuma loucura! — gritou. — Deixe-me em paz, ou me verei obrigado a matá-lo.

Ouviram-se o grito desesperado de Gemealle e o som de passos. Antoine Saporta foi o primeiro a chegar ao local, seguido pelos outros estudantes.

— Seja lá quem o senhor for, jogue esse punhal imediatamente no chão — disse, em tom ameaçador. — Ou não sairá vivo daqui.

— Pode até ser que o senhor consiga ferir ou mesmo matar Michel — reforçou Rabelais, que se encontrava atrás dele. — Mas tem idéia do que lhe faremos depois?

O espanhol ficou parado, com o punhal levantado, dirigindo seu olhar a cada um dos jovens que o cercava, como se fossem caçadores em torno de uma fera ferida.

— Os senhores não sabem com quem estão se metendo — murmurou, gaguejando um pouco. — Estou avisando. Os senhores estão correndo risco de vida.

— Por enquanto, o único que está se arriscando aqui é você — replicou Saporta, abrindo os botões do casaco. Trazia, na cintura, uma pequena espada. Colocou a mão sobre a empunhadura. — E agora, vai ou não largar este punhal? Afinal, você já sabe muito bem que, pelo menos esta noite, não vai conseguir levar a cabo o seu projeto homicida.

— Os senhores me deixarão ir embora?

— Sim, claro que deixaremos que vá embora.

O espanhol ainda hesitou um instante, mas depois colocou o punhal novamente sob a capa. Rondelet jogou-se imediatamente sobre ele e o agarrou pelo cangote, enquanto Michel acertava, bem no meio do seu rosto, aquele tapa que, há muito, queria dar. Rabelais afastou o amigo e colocou seu dedo no peito do desconhecido.

— Agora, você vai nos dizer quem você é, antes que percamos, de vez, a paciência.

— Os senhores haviam prometido... — protestou o espanhol.

— Fique tranqüilo, manteremos a promessa. Antes, porém, você deve nos responder esta simples perguntinha. Quem, diabos, você é?

Meio sufocado por Rondelet, que continuava a lhe apertar o pescoço, o prisioneiro tossiu várias vezes. As feições cadavéricas do seu rosto estavam contraídas pelo medo. Sua resposta, entretanto, ainda trazia as marcas de uma certa soberba:

— Sou um membro... da Inquisição espanhola.

— Um maldito corvo! — exclamou Corinne, que se mantinha a distância, com as mãos nas cadeiras.

Rabelais balançou a cabeça. — Não pode ser. Os frades, sejam eles dominicanos ou franciscanos, não têm permissão para portar armas. Além disso, você não está de túnica. Amigos, este homem está mentindo.

Rondelet apertou-o ainda mais. O espanhol tossiu novamente.

— Não sou... um frade. Sou um *famiglio*. A nossa Inquisição... tem os seus agentes.

— Agora me sinto mais tentado a acreditar — foi o comentário satisfeito de Rabelais. — Um servo e um espião. — Virou-se para Saporta: — Antoine, aquilo lá longe não é madeira? No escuro não consigo enxergar direito.

— Acho que é. Parecem-me estacas do pórtico.

— Então arranque alguns bastões, de preferência bem grossos. Este homem aqui é um servo e deve ser punido como um servo.

Saporta obedeceu, entusiasmado, as ordens do amigo e, junto com ele, foram também Rondelet e Robinet. Molinas fixou seu olhar, cheio de ódio, em seus algozes.

— Os senhores haviam prometido... — sussurrou, com voz rouca.

— Meu caro amigo, você já está se tornando monótono — respondeu Rabelais com um ar ao mesmo tempo alegre e irônico. — Pode ter certeza de que o deixaremos ir embora. Mas não sem antes de você ter recebido o castigo que merece.

— Tenho um braço ferido...

— E quem falou em braços? São suas costas que queremos endireitar.

— Talvez fosse melhor despi-lo — sugeriu Corinne, com ar de santinha.

Rabelais balançou a cabeça. — Nada disso. Nós gostamos de tirar a roupa de vocês, mulheres. Preferimos os homens vestidos. Este, então, é feio de dar dó — deu uma olhada naquele monte de paus que Saporta lhe estava mostrando. — Ótimo, o maior você dá para Michel. Ele tem o direito de dar o primeiro golpe.

Nem foi preciso falar duas vezes. Enquanto Rondelet obrigava o espanhol a virar-se de costas, Michel pegou um dos paus e conferiu sua espessura. Depois bateu, com toda a força, nas costelas do espião, arrancando dele um gemido de dor.

— Uma ótima tacada — comentou Rabelais, como quem assistisse a um jogo de tênis. — Agora é a minha vez. Vamos ver... — Ele pegou um bastão meio envergado e desferiu vários golpes, com toda a força, ao longo das costas do espanhol, que se curvou de dor. Desta vez seu gemido foi bem mais forte.

Um de cada vez, todos os estudantes usaram toda a sua energia sobre as costas de Molinas. Depois, foi a vez de Corinne e das outras moças que saíram da taberna, tão entusiasmadas quanto os rapazes. Somente Gemealle, ainda apavorada, ficou ali, parada, observando a cena. Finalmente, Rondelet abriu os braços, e o homem caiu no chão, parecendo desmaiado.

— Muito bem, foi feita justiça. Esse corvo aí não vai nos incomodar mais, por um bom tempo.

Rabelais largou o bastão e virou-se para os companheiros:

— Caros amigos, acho que as nossas donzelas daqui a pouco começarão a exigir aquilo a que têm direito. Está na hora de voltarmos e satisfazê-las. Para Michel, então, está reservada uma florzinha especialmente perfumada, que, se não me engano, já deve estar coberta de orvalho. Não é verdade, Gemealle? A moça baixou os olhos e sorriu. Rabelais suspirou, como se estivesse prestes a fazer um grande esforço. — Venham, vamos cumprir o nosso dever.

Em meio a risadas, os jovens dirigiram-se para *La Soche*. Estirado no chão, Molinas tremia e gemia.

Projetos de vingança

Molinas, ali deitado sobre os tijolos que recobriam o pavimento, não havia perdido os sentidos. As costas lhe causavam uma dor alucinante, e até mesmo o braço ferido começara a doer novamente. Todavia, não lhe parecia que suas costelas estivessem quebradas, e isso lhe dava um certo consolo. Só não conseguia ainda se mover, sem que de sua garganta saísse, para seu malgrado, um gemido rouco. Sentia-se, acima de tudo, esmagado por uma humilhação incomensurável, inominável. Teria preferido estar morto, ou, então, ter a chance de matar aqueles que o haviam deixado naquele estado. Naquele momento, porém, não podia fazer nem uma coisa nem outra.

Foi graças ao ódio que ele encontrou forças para se levantar. Aqueles jovens canalhas podiam voltar, a qualquer momento, para lhe dar outras pauladas. Isso não podia mais acontecer. Moveu os dedos das mãos entorpecidas e apoiou-se no chão. A mão direita estava muito fraca, mas a esquerda ainda tinha um pouco de energia. Tentou equilibrar-se e levantar as costas. Viu tudo vermelho e, por um instante, pensou que a dor o tivesse levado à loucura. Sua primeira tentativa foi um fracasso repleto de sofrimento.

Molinas tentou, então, visualizar, em sua mente, a imagem do Cristo visigodo, com um olhar duro e o lado ensangüentado, que aparecia retratado na sala de reuniões da Suprema Corte. Fez um novo esforço, sem importar-se com as lágrimas que escorriam por seu rosto até a boca. Desta feita, conseguiu levantar as costas e dobrar a perna direita na altura do ventre. Com um impulso doloroso, ficou de pé, mas sentiu-se tonto. Viu-se obrigado a sustentar-se em uma coluna para conseguir permanecer de pé, apoiando à madeira seu rosto, que se encheu de farpas.

Permaneceu alguns minutos naquela posição, enquanto seu coração batia acelerado. Finalmente, sentiu que poderia dar alguns passos, mesmo que a custo de grande esforço. Largou a coluna e tentou caminhar. A dor que sentia era tremenda, mas, pelo menos, suas pernas eram capazes de sustentá-lo de pé. Observou, com ódio, a fachada de *La Soche*, onde, com toda a certeza, os estudantes estavam gozando seus prazeres obscenos. Afastou-se lentamente, às escondidas, esgueirando-se pelos muros.

Para sorte sua, a peste havia deixado as ruas vazias e não havia ninguém por ali para ouvir seus lamentos. A luz do luar, ainda forte, permitia-lhe ver o que estava à sua frente, naqueles raros momentos em que seus olhos não eram ofuscados pelo sangue que escorria. Atravessou algumas ruelas estreitas e, depois, voltou a cair. Desta vez foi capaz de levantar-se com mais facilidade. Vamos lá, o pior já passou...

Não era bem assim. Restava, ainda, a vergonha de ter sido espancado, agravada pelo fato de ter sido descoberto, assim tão facilmente, e de ter tido que revelar sua identidade. Só poderia haver remédio para a vergonha, para a culpa, não. Deveria, absolutamente, punir-se, e a punição deveria ser bem adequada.

Entrou em um pátio fedorento, rodeado por varandas desertas e fantasmagóricas. Arrastou-se até o poço, que ficava ao centro. O balde havia sido deixado ali ao lado, e refletia a luz das estrelas. Com a mão direita apanhou o balde, e apoiou a esquerda, com os dedos bem abertos, sobre os tijolos do poço. Pensou, intensamente, na imagem do Cristo visigodo, coberto de sangue, e jogou o balde, com a máxima violência, sobre os dedos da mão esquerda. Suas unhas quebraram-se imediatamente, fazendo-o emitir um grito intenso. Mas ainda não lhe parecia ser suficiente. Com os dedos da mão direita e trincando os dentes, ele agarrou os fragmentos de unha e os arrancou à força, sem dar importância ao sangue que lhe escorria, copioso. Sentiu uma dor atroz. Provavelmente, ele merecia uma punição ainda maior, mas com o braço ferido e as costas martirizadas pela dor, não ousava exagerar para não correr o risco de desmaiar novamente.

Retomou lentamente o seu caminho pela cidade deserta, deixando, mais uma vez, um rastro de pequenas gotas vermelhas. O mosteiro dos dominicanos estava muito distante. A única solução que lhe restava era vencer o desprezo e bater à porta do convento dos franciscanos, que ficava entre Saint-Pierre e as muralhas da cidade.

Teve que puxar o cordel da campainha várias vezes antes que a pequena janelinha, entalhada no portão, se abrisse e nela se visse o rosto de um frade jovem e magro. Seu capuz estava abaixado, cobrindo-lhe a testa, e ele tinha um vidrinho de essências perto da boca e do nariz.

— O que o senhor deseja? — perguntou o franciscano, em tom hostil. — Aqui estão todos dormindo.

— Se o senhor olhar para mim, compreenderá — respondeu Molinas. Aproximou-se daquele tênue feixe de luz que saía da janelinha e mostrou seus dedos ensangüentados. — Recorro à vossa caridade cristã. Preciso de ajuda.

O jovem afastou-se um pouco e exclamou, horrorizado: — O que o senhor tem? Está doente?

— Olhe com atenção; não tenho chagas e, sim, feridas. — Visto que o outro parecia perplexo, acrescentou com certa exasperação: — Tenho direito à caridade que lhe estou pedindo. Também sirvo à Igreja. O bispo de Maguelon me conhece bem. Se me ajudarem, ele lhes ficará grato.

Aquele nome parece ter causado impressão sobre o jovem, mas não o suficiente para que ele se convencesse por completo.

— O senhor não é um frade — comentou.

— Não, não sou, mas é quase como se fosse. Peço-lhe que chame o seu superior. A ele explicarei quem sou e por que os senhores me devem hospitalidade.

— Já lhe expliquei que ele está dormindo. Se o senhor voltar em uma hora menos...

Molinas, como em um repente, teve uma inspiração. Emitiu um gemido agudo e deixou-se cair no chão, como se tivesse desmaiado. Com a queda, todo seu corpo doeu, mas não deu importância. Ouviu o jovem exclamar "Oh, meu Deus!" e, logo após, o som da janelinha que se fechava. Agora, era só esperar. Aproveitando aquele momento de espera, apanhou, com a mão direita, o punhal que trazia junto ao peito e o jogou longe. Procurou, tateando ao lado da cintura, o espadim, mas lembrou-se de tê-lo deixado na choupana onde abrigara-se durante a epidemia. Melhor assim. Voltou a fechar os olhos, extraindo, mesmo em meio a tanta dor, algum prazer do frescor das pedras que revestiam a calçada. Esperou um bom tempo, depois a pequena janela abriu-se novamente. Molinas baixou suas pálpebras o mais que pôde, tentando permanecer completamente imóvel. Ouviu a voz do jovem, que dizia:

— Ei-lo ali. Está todo ensangüentado, como quem foi atacado por bandidos. Não podia deixar de lhe avisar.

— Você fez bem — respondeu alguém, cuja voz parecia séria e catarrenta. — Você tem certeza de que ele não tem a peste?

— A julgar pelas aparências, eu diria que não. Parece-me que ele está cheio de equimoses e muito ferido, isto sim.

— Não pedi um parecer seu. Vá examiná-lo.

Aquela ordem não deve ter entusiasmado muito o jovem. De fato, passou-se muito tempo antes que Molinas sentisse aqueles dedos trêmulos que lhe abriam a capa, desabotoavam seu casaco de couro e arreganhavam sua camisa.

— Ele não tem chagas sob os braços — disse o jovem, depois de uma inspeção bastante breve.

— Parece febril?

— Eu diria que não. Ele me parece mais ter sido esmagado, e suas roupas estão manchadas de sangue.

— Muito bem. Chame um dos irmãos para ajudá-lo e o levem para uma cela. Tirem suas roupas e cuidem de seus ferimentos. Se ele voltar a si, me chamem.

Somente algum tempo depois, Molinas ouviu algumas vozes excitadas e o som de passos sobre a calçada. Quando sentiu que o estavam levantando, a dor foi tal que temeu não conseguir conter seu grito. Por sorte, a sua força de vontade foi maior que sua dor e abandonou-se, inerte, nos braços robustos daqueles que o seguravam.

Enquanto percorria corredores que não podia ver, recolheu os fragmentos de um diálogo sussurrado:

— Trazer para o convento um desconhecido, durante uma epidemia! O padre superior parece ter perdido a pouca razão que ainda lhe restava.

— Pode ser que este aqui seja um amigo do bispo de Maguelon.

— Pior ainda. Aceitamos aqui dentro um possível empestado só porque ele é amigo do bispo.

— Não, ele não contraiu a peste. Não está assim tão pálido, apesar do sangue que perdeu.

— Isso é verdade, mas nós não sabemos como tratá-lo. O frade enfermeiro morreu, e o barbeiro cirurgião sabe-se lá quando vai aparecer.

— Deixemos que as criadas cuidem das feridas superficiais.

— Isto seria perfeito, mas o padre superior não quer que se saiba que há mulheres por aqui.

— Há mulheres em todos os conventos da França. Todos sabem disso e, fora os protestantes, ninguém fica escandalizado.

— Por falar nisso, você já dormiu com Magdelène? É aquela que tem cabelos ruivos e seios pequenos. Por debaixo das saias ela é um vulcão, e tem um traseiro bem torneado.

— Magdelène? É uma nova? A mim não importa que os seios sejam pequenos, desde que os bicos sejam proeminentes...

Molinas não conseguiu ouvir mais nada. Ele estava sendo colocado sobre um catre, e uma dor aguda o paralisou. Tentou distender os braços e as pernas, mas foi pior. Preferiu, então, aninhar-se como um bebê, esperando o que viria pela frente.

Os frades que o haviam socorrido afastaram-se. Molinas levantou as pálpebras e olhou ao seu redor. Encontrava-se em uma cela comum, vazia e coberta apenas com reboco. A única luz provinha de uma lamparina colocada sobre uma mesinha, a que se resumia toda a mobília existente no local. As paredes, com várias manchas de umidade, convergiam para um teto abobadado, e havia uma só clarabóia, sem grades mas com batentes robustos.

Ouviu passos no corredor. Acreditou que não fosse mais o caso de continuar a fingir que estava desmaiado e observou, com curiosidade, o homem que vinha entrando. Devia ter uns sessenta anos, mas estava bem conservado. Era um franciscano alto e magro, com uma barba grisalha curta e crespa, olhos azuis e uma farta sobrancelha. A julgar pela coloração da pele, rosada, apesar da idade, mas com nuances marrons, parecia tratar-se de um homem de origem saxônica ou, talvez, normanda.

O frade, seguido por um criado que segurava uma vela, aproximou-se de Molinas, sem demonstrar o menor sinal de benevolência.

— Estou contente que já esteja acordado — disse, friamente. — Sou o superior do convento, padre Heinrich. Agora, poderia me dizer quem é o senhor?

Teria sido inútil mentir: — Meu nome é Diego Domingo Molinas. Sou um *famiglio* a serviço da Santa Inquisição da Espanha, sob ordem direta do grande inquisidor, o cardeal Manrique.

O padre superior fez uma leve careta.

— Posso até acreditar no que está me dizendo, mas poderia me explicar quem lhe causou tanto estrago?

— Eu lhe contarei tudo, desde que fiquemos a sós.

O padre superior acenou, bruscamente, para o criado.

— Pode se retirar e leve com você suas mentiras, aqui tem luz mais do que suficiente. — O criado obedeceu, sem mais protestos. Assim que ele saiu, o franciscano inclinou-se sobre o catre. — E agora? Estou esperando uma resposta completa.

Molinas levantou-se um pouco, contendo o gemido que já lhe vinha aos lábios. Observou seu interlocutor. — Estou conduzindo uma investigação que diz respeito a práticas de magia executadas por sediciosos hebreus convertidos. Aqueles que nós chamamos de *conversos* e vocês de neófitos ou marranos.

— Continue. A mando de quem o senhor está investigando?

— Eu já lhe disse. A mando do quinto inquisidor, Alfonso Manrique. Mas as investigações começaram ainda ao tempo do terceiro, Adriano.

— E quem é o objeto de tais investigações?

— No início era Ulrico de Magonza, um necromante, fundador de um igreja secreta cuja pretensão era suplantar a nossa. Com o tempo, porém, fomos percorrendo a cadeia de seus cúmplices, até chegarmos a Michel de Nostredame, um estudante de medicina inscrito nesta universidade. O senhor já ouviu falar dele?

— Não, nunca. Ficamos bem longe dos estudantes. Não passam, em sua maioria, de uns blasfemos, beberrões.

No modo veloz como padre Heinrich respondia às suas perguntas, Molinas percebeu um toque de hostilidade. Não iria ser fácil domar aquele frade. Deveria assustá-lo tanto, a ponto de obrigá-lo a lhe obedecer. — Agora já lhe disse o motivo de minha presença aqui. Tenho certeza de que desejará me ajudar. Todos devemos obediência à Santa Inquisição.

O superior deu de ombros, como quem pouco se importa.

— Estou às ordens da Inquisição de Tolouse, mas não à da Espanha. Mesmo admitindo que tudo o que o senhor me contou seja verdade, o senhor está fora de sua jurisdição. Se as autoridades eclesiásticas soubessem, ficariam profundamente irritadas.

Molinas sentiu-se invadir por uma fúria incontrolável, acentuando as dores que já estava quase esquecendo.

— Desde que cheguei, apresentei minhas credenciais, primeiro à Inquisição de Tolouse e, depois, ao bispo de Maguelon.

— E o que lhe disse o bispo?

Na verdade, o prelado não lhe havia dito nada. Depois de ter lido a carta de apresentação da Corte Suprema, ele limitara-se a proferir algumas palavras cerimoniosas, sem, todavia, lhe conceder nenhum salvo-conduto. A sua única preocupação era com os huguenotes luteranos que começavam a ganhar terreno em Montpellier. Naquele momento, pouco lhe importavam os hebreus ou os feiticeiros.

Molinas usou a astúcia.

— Ele me disse que, no momento, sua maior preocupação é a luxúria que vem se espalhando pelos conventos da região.

Falou-me a respeito de criadas que se divertem com homens da Igreja. Certamente ele está enganado: aqui, por exemplo, eu vi apenas homens. Encarregou-me, porém, como tarefa extra, de relatar-lhe quanto à presença de mulheres em locais onde elas não deveriam estar.

O padre superior estremeceu e, depois, dirigiu a Molinas um olhar reflexivo. Sabia muito bem que o espanhol estava mentindo, sem o menor pudor. Mas também era perfeitamente consciente de estar sendo chantageado. Molinas, compreendendo o que estava passando pela cabeça do padre, divertia-se, apesar da dor que sentia.

Depois de um longo momento de silêncio, padre Heinrich suspirou:

— Afinal, o que posso fazer pelo senhor?

— Ajudar-me. É só o que lhe peço — respondeu Molinas, tentando expressar uma espécie de sorriso. — Antes de mais nada, ajudar-me a ficar bom. E, depois, colocar à minha disposição alguns de seus frades para que colaborem comigo nas investigações. Aliás, seria melhor se fosse um leigo. Melhor ainda se fosse mulher.

O superior ainda tentou um último e frágil protesto:

— Mas do que é que o senhor está falando? Não tenho nenhuma mulher a meu serviço.

Molinas fez um beiço, de fingida inocência.

— Mas é claro! Eu me referia a alguma beata que freqüente a sua igreja para fazer suas orações. Fiquei sabendo de uma tal de Magdelène, uma moça magricela, com cabelos ruivos, que vem sempre à missa aqui. Ela me seria de grande ajuda.

O superior literalmente congelou, mas não tentou negar.

— Está bem, falarei com ela. Quando o senhor gostaria de vê-la?

— Agora não — respondeu Molinas, balançando a cabeça. — No momento, estou precisando de ataduras para os dedos e o braço, e de ungüento para as costas. Além disso, preciso, absolutamente, descansar algumas horas.

— Mas, afinal, quem deixou o senhor neste estado? Michel de Nostredame?

— Ele mesmo. Ele e os seus amigos. — Molinas sequer tentou conter o ódio que deixava rouca a sua voz: — Teria mais um favor a lhe pedir.

— Fale.

— Nos últimos dias, por causa da peste, dormi em uma cabana de caça, logo saindo da cidade, na parte sul da muralha, perto do lago Lenz. Só existe aquela por ali, não há como errar. Debaixo de um montinho de palha, eu escondi um livro.

— Que livro?

— Um livro de que estou precisando, impresso e com várias ilustrações. Eu gostaria de lhe pedir um imenso favor de mandar alguém buscá-lo e trazê-lo para mim.

— Está certo. Mais alguma coisa? — perguntou o padre Heinrich, irritado por ter que obedecer às ordens de um desconhecido.

— Não, só um pouco mais de consideração. Em primeiro lugar, depois de ser medicado, gostaria de ser levado para uma cela digna. Amanhã, pela manhã, o senhor avisará o prior dos dominicanos quanto à minha presença e lhe pedirá o favor de vir me ver. Em terceiro lugar, não esqueçam que eu como apenas carne, exceto às sextas-feiras, quando não como nada. O peixe me causa repugnância; além disso, considero que alimentar-se nos dias consagrados, como fazem algumas pessoas, é, de qualquer forma, uma violação das normas do jejum.

Diante de tamanha cara de pau, o padre superior ficou de boca aberta. Recompôs-se, mantendo um olhar cheio de indignação.

— O senhor está me tomando por um servo seu? — gritou, com uma voz meio sufocada.

— Mas é claro que não — respondeu Molinas, placidamente. — Eu mesmo sou um servo, um servo de Deus. Acredito que tenhamos, ambos, o mesmo senhor — emitiu um suspiro, cheio de hipocrisia. — Que maravilhoso exército formaríamos, se tantos dos nossos não cedessem ao demônio da luxúria. O senhor não concorda?

O padre Heinrich não soube como replicar. Furioso, levantou a barra da túnica e foi rapidamente embora.

Satisfeito consigo mesmo, Molinas relaxou seu corpo martirizado. Curiosamente, a dor que sentia agora lhe dava uma espécie de estranho prazer. Distendeu-se, contraindo, somente de vez em quando, seus membros feridos para infligir-se uma pontada. Logo em seguida, sentia um arrepio de dor, de certa forma, delicioso. Atribuiu aquela sensação à forma inteligente como estava servindo à causa, e sua satisfação cresceu ainda mais.

Recebeu, com certo desprazer, a chegada de um frade gordo e suado, com cabelos longos e a barba por fazer.

— Não conseguimos encontrar nem o enfermeiro e nem o barbeiro — explicou-lhe o recém-chegado. — Eu, porém, às vezes ajudo os dois e conheço um pouco de farmacêutica. Deixe-me dar uma olhada.

Em primeiro lugar, examinou os dedos da mão esquerda de Molinas, que continuavam a sangrar.

— Meu Deus! — exclamou. — Arrancaram-lhe as unhas!

— Tenho inimigos muito cruéis — respondeu o espanhol, de forma evasiva.

— Nunca tinha visto nada tão horrível. Exceto em uma ocasião, há muito tempo durante o interrogatório de uma bruxa. Agitava-se como uma galinha quando lhe puxam o pescoço. O senhor, ao contrário, está me parecendo muito calmo.

— A sua bruxa tinha Satanás como seu protetor. Eu tenho Deus. É bem diferente.

— Sim, o senhor tem razão. Desculpe-me pela comparação — murmurou o frade, um tanto embaraçado. — Eu preciso de algumas boas ataduras limpas. Acredito que posso encontrá-las. Antes, porém, deixe-me ver o braço. — Afastou as extremidades da capa e o orlo cortado da manga da camisa. — Eles também o apunhalaram! E, pelo que vejo, com muita força. Parece ter sido com uma arma fina e bastante afiada. Estranho que não tenham enfiado ainda mais profundamente.

— Não queriam me matar. — Molinas já começava a ficar cheio daquela conversa fiada do frade.

— De fato, não. Por sorte o sangue já coagulou. O senhor é bem resistente. Agora eu vou...

— Espere. É preciso trazer ataduras para as costas também. Bateram-me com pedaços de pau. Creio que nenhum osso foi fraturado, mas me sinto todo dolorido.

— Estou vendo, estou vendo — murmurou o frade, que, na verdade, não estava vendo coisa alguma. — Acho que, por enquanto, algumas compressas à base de mel serão suficientes. É claro que o senhor deve ter inimigos terríveis. Aposto que são huguenotes.

— Pior, muito pior — balbuciou Molinas, fechando os olhos. — O castigo que os aguarda não terá limites. — Tossiu e deitou-se de lado, sentindo ainda muita dor.

Medicus

Em 1.º de novembro de 1530, a peste, que havia solapado Montpellier até dois meses antes, tornara-se uma mera lembrança. As tabernas e lojas já haviam reaberto suas portas, os sobreviventes, rapidamente, já haviam esquecido os mortos, e os cursos universitários haviam recomeçado. As ruas fervilhavam novamente, repletas de vendedores ambulantes, muitas vezes quase atropelados pelas carruagens dos nobres que passavam a toda velocidade.

Em meio, porém, a tanta vivacidade, permanecia uma certa inquietação. Se Montpellier estava salva, o mesmo não se podia dizer do resto do sul, onde os casos de peste continuavam a ser freqüentes. É claro que o frio invernal os havia tornado um pouco mais raros, especialmente nas grandes cidades, mas alguns focos epidêmicos ainda eram cotidianamente descobertos nos centros menores, particularmente ao longo da costa.

Quem não estava nem um pouco preocupado era Rabelais que, naquele dia, celebraria seu *actus triumphalis*. Ajustou a toga em frente ao espelho que havia colocado bem no meio do quarto que ocupava no grêmio.

— Que tal? — perguntou aos amigos. — Estou bem?

Michel sorriu. — É claro. Você está elegantíssimo.

— Tome cuidado com as calças — disse, maliciosamente, Antoine Saporta. — Estão tão justas que, quando você se inclinar diante do seu *pater*, corre o risco que se rasguem, deixando seu traseiro à mostra.

Guillaume Rondelet, ainda mais malicioso, caiu na gargalhada.

— Não tem importância. Afinal, esta é a única parte do corpo de François que mostra a seriedade de um verdadeiro cientista. Se, no caso, ele correr o risco de que a confundam com seu rosto...

Rabelais virou-se imediatamente, levantando o dedo e fazendo de conta que queria botar medo. — Atenção, *Rondibilis* — ameaçou, usando o apelido que havia dado ao amigo. — Estou saindo de um período infernal. Hoje estou parecendo calmo, mas não se iluda, é só aparência. As suas alusões obscenas poderiam me irritar.

Em tudo aquilo que Rabelais dizia, aliás, rindo com os olhos, havia um fundo de verdade. As provas finais para os que iriam se diplomar em medicina, chamadas *examen per intentionem*, eram feitas através de etapas duríssimas. No primeiro dia, o aluno devia expor, frente a um professor, um tema que só lhe era comunicado na noite anterior e responder às perguntas que todos os outros professores desejassem lhe fazer. O dia seguinte era supostamente de descanso, o que de fato não acontecia, já que era vivido em meio à mais profunda tensão nervosa. Depois lhe comunicavam um novo tema, sempre à noite. E, assim por diante, quatro vezes consecutivas.

Depois da última entrevista, havia um intervalo de oito dias, passado o qual o estudante devia apresentar-se ao decano da faculdade (nesse caso, Antoine Romier) e escolher, ao acaso, um assunto dentre as páginas da obra *Ars parva* de Galeno e, depois, ao secretário geral e fazer o mesmo com *Aforismi* de Hipócrates. No dia seguinte, o candidato era obrigado a expor, durante quatro horas consecutivas a partir do meio-dia, uma tese sua, baseada em temas previamente indicados, replicando, com sucesso, eventuais perguntas que os professores lhe fizessem. Para cair nas graças de seus professores, o estudante ainda era obrigado, segundo um antigo costume, a enchê-los de doces e a distribuir uma boa quantidade de vinho.

Todavia, mesmo que este turno se concluísse com sucesso, suas tarefas ainda não haviam terminado. Para obter a permissão do bispo, ele devia, antes de tudo, pagar-lhe uma soma substancial que, embora ninguém quantificasse, não podia ser medíocre. Só, então, ele estava autorizado a participar das *triduanes*, a fase decisiva.

Em um dia prefixado, ele entregava ao decano e ao secretário uma lista contendo doze doenças. Estes dois juízes escolhiam seis delas, três cada um, e marcavam a data da entrevista final. Esta entrevista durava três dias inteiros, do alvorecer ao pôr-do-sol, durante os quais diversos professores interrogavam o candidato sobre as doenças escolhidas, entrando nos mínimos detalhes. Isto acontecia na presença de todos os outros estudantes, que podiam participar livremente, fazendo perguntas, muitas vezes bem complexas.

Finalmente, os professores, se já estavam satisfeitos, saíam em fila da igreja, enquanto os colegas de curso corriam a parabenizar o candidato, a essa altura, já doutor. O caminho estava aberto ao *actus triumphalis* conclusivo.

Rabelais havia chegado ao final daquele tormento, exausto, mas feliz. No dia anterior, os sinos de todas as igrejas haviam tocado por muito tempo, anunciando a iminente consagração de um novo *medicus*. Agora, uma vez paramentado, só lhe restava esperar. Saiu da frente do espelho e sentou-se na beirada da cama.

— Rapazes, sabem de uma coisa? Se no lugar dos professores tivesse se apresentado um bando de jumentos para me interrogar, ninguém teria notado a diferença.

Michel, que havia conseguido superar a inveja que tinha nutrido pelo amigo, dirigiu-lhe um sorriso.

— Não exagere, François. Em relação a você, os professores foram bastante benevolentes. Perceberam muito bem que você estava procurando um pretexto qualquer para provocá-los.

— Provocá-los? Eu só tentei mostrar o quanto eram burros. À exceção de Romier e Schyron, todos falavam sobre doenças que só conheciam de nome. Isto para não mencionar que nenhum deles sabia quem era Paracelso.

— Neste caso é possível que estivessem fingindo. Paracelso é um luterano. Mencioná-lo pode ser perigoso.

— Pode até ser luterano, mas foi ele quem explicou como usar o éter para fazer dormirem os pacientes durante cirurgias. Quantas vezes os doentes morrem em nossas mãos porque seu coração não agüenta ou porque enlouquecem de dor? A medicina é técnica; os dogmas devem ser deixados para os padres.

Rondelet abriu os braços.

— Fazer o quê? Ensinam-nos a física, a fisiologia e a anatomia através de Aristóteles, a história natural através de Plínio e Teofrasto. Seccionamos apenas um cadáver por ano e, assim mesmo, porque Romier fez de tudo para nos conceder este privilégio.

Michel concordou.

— É verdade. Os únicos textos sobre medicina que estudamos são os de Hipócrates e Galeno. Avicenna foi banido, a farmacêutica é considerada um elemento estranho à faculdade, e a anatomia é um campo simplesmente teórico. Sabe quando foi que vi você realmente em crise, François?

— Posso imaginar. Quando um cretino togado me pediu para descrever as anastomoses que unem grandes veias e artérias.

— Exatamente. E você não podia dizer que nunca tinha visto aquelas anastomoses. Ele teria respondido que Galeno fala a respeito delas e que, portanto, elas devem existir.

Rabelais deu de ombros. — É toda esta moda de voltar ao classicismo que nos leva... Parece que estou ouvindo uma música...

Rondelet, que estava perto da janela, abriu um pouco os vidros e se debruçou. — Sim! Chegou seu momento, François! O corpo acadêmico está chegando em peso!

Do final da rua vinha descendo uma banda de música que tentava harmonizar o som de pratos, flautas e tambores. Atrás vinham os professores da Faculdade de Medicina, precedidos pelo decano e pelo secretário, vestindo, todos, suas solenes togas vermelhas. O bispo de Maguelon também estava presente, rodeado por um grupinho de padres e frades das ordens mendicantes.

Seguia-lhes, a certa distância, a multidão alegre e desordenada das *filles de joie* que tanto contribuíam para tornar menos austera a vida dos jovens estudantes. Atrás delas seguia uma multidão de pessoas que se acotovelavam para poder participar do evento, tentando não pisar nas crianças que se enfiavam por toda parte.

Quando chegou em frente ao grêmio a banda parou, continuando a tocar até que François, empurrado pelos amigos, apareceu na janela. Ouviu-se o som de ovações que vinham da rua. O decano, Antoine Gryphius, deu um passo à frente e levantou os braços, fazendo com que todos se calassem.

— Desça, doutor Rabelais. A cidade de Montpellier deseja homenagear o novo *medicus*.

Muito embora não fosse nem um pouco tímido, Rabelais enrubesceu. Robinet agarrou-o pelos ombros e o empurrou em direção às escadas.

— Vá, meu amigo. A festa é sua.

Assim que apareceu na porta, Rabelais foi engolido pela multidão e carregado até Saint-Firmin. Michel encontrou-se no meio das *filles de joie*, tão alegres que mais parecia que o doutorado era delas. Corinne, que comandava o grupo, lhe deu uma piscadela e o convidou a seguir sua alegre brigada. Michel, porém, com os olhos, procurava Gemealle, decepcionado por não encontrá-la. Finalmente, pôde vê-la, mais bonita do que nunca, com um vestido de veludo simples, mas elegante. Foi empurrando várias moças para conseguir chegar até ela. Uma vez a seu lado, levantou-lhe o queixo e beijou-a nos lábios.

— Por um instante pensei que você tivesse ficado na hospedaria — sussurrou em seu ouvido. — Se assim fosse, teria tido que deixar a cerimônia e ir ao seu encontro.

A moça lhe fez uma leve carícia nas costas e deu-lhe o braço. — Como você pode ver, eu estou aqui. Será que você realmente achava que eu iria perder uma ocasião tão propícia para encontrá-lo?

Há três meses Michel vinha visitando Gemealle, pelo menos duas noites por semana. O relacionamento dos dois já não tinha mais nada de venal. Mesmo desafiando o mau humor de Corinne, Gemealle acolhia em seu corpo o pênis ereto até o completo orgasmo de Michel e o ajudava a liberar-se de seus humores, sem pretender nenhum pagamento. Pelo contrário, é provável que fosse ela a tirar, de seu próprio bolso, o dinheiro com que pagava à amiga uma cota da quantia que não havia recebido. Corinne lamentava-se, por questões de princípio, mas, quanto à contabilidade, não tinha do que se lastimar. E, assim, acabava fazendo de conta que nada estava acontecendo.

O verdadeiro problema estava na mente de Michel. Ele sabia muito bem que, depois de seu orgasmo tão bonito e natural, os seios maravilhosos de Gemealle seriam acariciados por outras mãos e a sua púbis penetrada por estranhos. Mas não sabia o que fazer, a não ser sofrer. Mais cedo ou mais tarde se tornaria tão rico que poderia retirar a moça daquele ambiente das tabernas. Disso ele tinha certeza.

— É um dia glorioso, você não acha? — perguntou Gemealle, apertando com força o braço de Michel.

Ele já estava quase respondendo, com um tom igualmente alegre, quando sentiu que alguém havia segurado seu braço esquerdo. Virou-se, perplexo, e ficou ofuscado por um rosto impressionantemente bonito. Era o de uma outra moça que, já há algum tempo, parecia estar rodando em volta dele. Tudo o que sabia a seu respeito era que se chamava Magdelène, nascida em Agen e que, de uma hora para outra, havia aparecido em *La Soche*, não como uma prostituta e sim como uma simples hóspede, o que havia suscitado um certo alvoroço. Aliás, um alvoroço bastante compreensível. Seu rosto beirava a perfeição, não fossem algumas sardas sobre o nariz e nas bochechas, detalhe importante em uma época em que se desejava que as mulheres tivessem uma pele branca como mármore. Os olhos, porém, eram azuis, a boca pequena e perfeita. Uma linda cascata de cabelos ruivos, incomuns naquela região, servia de moldura a um rosto cuja regularidade chegava a provocar vertigens.

O único defeito, além das sardas, era seu seio pequeno, que talvez correspondesse a antigos cânones de beleza. Só que, para Michel, que adorava manejar seios bem grandes e redondos, não era um defeito desprezível. Todavia, o fato de Magdelène ser ainda muito jovem deixava supor que seu seio ainda estivesse esperando o momento justo para desabrochar, e seus grossos bicos, bem visíveis sob a camisa, pareciam representar uma auspiciosa promessa neste sentido. Quanto ao resto do corpo, nem mesmo Vênus poderia oferecer mais.

— Como vai, Michel? Faz tanto tempo que não o vejo. Sabe que senti a sua falta?

O estudante já estava quase respondendo, quando Gemealle, furiosa, se antecipou a ele: — O que é que você quer, putazinha sardenta? Não está vendo que estamos juntos?

Era interessante ver Gemealle, normalmente tão reservada, enfurecer-se daquela forma. Magdelène a humilhou da pior maneira possível: nem sequer olhou para ela. Ficou contemplando o rosto barbado de Michel, com ar de adoração.

— Gostaria de encontrá-lo mais vezes. Você sabe o quanto me agrada.

Michel gostava de receber elogios, e até demais, mas aquelas palavras o deixaram um tanto embaraçado e travaram sua língua.

— Tenho estudado muito e não tenho tempo para...

— Diga, vai, que você está comigo! — gritou Gemealle, que parecia ter perdido até o último resíduo de timidez. — Não é verdade? Ou, então, você não vem mais para a cama comigo!

Michel, muito provavelmente, teria respondido, mas Magdelène, dirigindo um olhar altivo em direção à outra moça, se lhe antecipou:

— Isso me pareceria curioso. Sua cama é freqüentada por todos os homens de Montpellier. Basta pagar para entrar.

O rosto de Gemealle transfigurou-se. Toda a sua beleza desapareceu por completo por detrás de uma máscara de raiva, que lhe ofuscava os olhos e enrugava sua testa.

— Você acha que é melhor do que eu, sua maldita cadela com cabelos de estopa? Olha só a virgenzinha! Parece tão virtuosa, mas mora sozinha em uma hospedaria!

Magdelène não se deixou perturbar.

— Eu moro sozinha, mas em frente ao seu quarto tem sempre uma fila. Parece até uma padaria, só que o pão que você distribui é a sífilis napolitana.

Gemealle deu um grito furibundo e partiu para cima da sua rival. Michel, profundamente embaraçado por causa daquela briga e das risadas que ouvia à sua volta, conseguiu segurá-la pelo ombro e conter seu ímpeto. Rouca de raiva, Gemealle apontou para o seio, pouco volumoso, de sua rival, que o decote do vestido não ajudava a valorizar.

— Michel, você não vai me dizer que se sente atraído por aquelas duas peras murchas? E olhe só, ela tem o rosto todo manchado!

Desta vez, Magdelène pareceu ter sido atingida em cheio; mesmo assim, não perdeu a calma.

— As suas manchas, você passa para os outros. Toda a cidade sabe que você é doente. Não há regimento que volte da Itália que não procure por você. São verdadeiras goteiras de podridão que se espalham como se saídas de um barril de água suja.

A ofensa foi de tal forma pérfida e sanguinária que Gemealle, sufocada pela indignação, conseguiu emitir, tão-somente, um sussurro incompreensível. Michel compreendeu que deveria dizer alguma coisa em defesa de sua amante, mas os olhos azuis de Magdelène o estavam enfeitiçando. Limitou-se, portanto, a murmurar, e de forma muito atrapalhada:

— Vamos lá, moças, se acalmem. As pessoas estão olhando — falou, porém, dirigindo-se à sua nova amiga.

O fato de ter-se esquecido de Gemealle, por um instante, custou-lhe a vitória naquele *front*. A moça, de repente, desatou a chorar, largou o seu braço e correu para longe. Michel tentou chamá-la, mas ela acabou desaparecendo em meio à multidão. Não podia sequer segui-la, pois Magdelène o havia aprisionado. Só o que podia fazer era seguir o fluxo do cortejo.

— Não se preocupe com ela — disse-lhe, contente, a moça de cabelos ruivos. — Se você realmente quiser, sempre poderá reencontrá-la e consolá-la. — Como se quisesse encerrar para sempre aquele assunto, ergueu seu nariz até o queixo barbado de Michel. — Sei que você dedica seu tempo à astrologia. Há alguns anos, quando ainda era uma menina, li um almanaque que previa um dilúvio para fevereiro de 1324. A sua doutrina não deveria ser assim tão precisa. Naquele mês praticamente não choveu.

— Você sabe ler! — exclamou Michel, impressionado. E

depois, um tanto escandalizado, acrescentou: — Os livros não foram feitos para as mulheres de condição mais baixa, e muito menos a astrologia.

Magdelène fez uma expressão infantil com os lábios.

— Eu sei que os livros podem não ser lá muito adequados a nós, mulheres, mas eu gosto tanto de aprender as coisas. Você poderia me ensinar um monte delas. Todos dizem que você é um sábio.

Os olhos de Magdelène eram de tal forma fascinantes que Michel logo se esqueceu de Gemealle.

— Falaremos sobre isso em um outro momento — disse-lhe com um sorriso. — Já chegamos na igreja. Vamos tentar entrar.

De fato, o cortejo já havia chegado a Saint-Firmin, e professores, estudantes e o povo todo haviam invadido a nave central, que já se encontrava quase cheia. Michel e Magdelène tiveram que ficar ao lado da pia de água benta, tão grande era a multidão. Por sorte, havia sido erguido um palco em frente ao altar, o que fazia com que todas as fases da cerimônia pudessem ser vistas em cada ponto da igreja.

O bispo sentou-se sobre uma cátedra e o mesmo fizeram o reitor da universidade e os decanos da Faculdade de Medicina, entre os quais Antoine Romier e Jean Schyron. Rabelais, que parecia estar um tanto assustado, foi erguido pelo povo até o palco e permaneceu ali, como uma estátua, em frente à fileira de professores. Um deles, conhecido simplesmente pela chatice de suas aulas, compostas de leituras de textos em árabe ou grego, lançou-se em um discurso em latim do qual ninguém entendeu coisa alguma. Tratava-se de recomendações genéricas sobre como atuar com fervor e seguir os preceitos da Igreja. Não demorou muito para que na nave, já repleta de todo tipo de ruído, começasse a sentir-se o eco das reclamações e dos bocejos. O professor acabou por atrapalhar-se todo, esqueceu o resto de seu discurso e caiu, humilhado, sobre sua cátedra. Rabelais, que agora parecia estar se divertindo, agradeceu-lhe, fazendo uma reverência exageradamente pomposa.

Havia chegado o grande momento. Antoine Romier levantou-se, aproximou-se do aluno e colocou-lhe sobre a cabeça uma espécie de chapéu quadrado, com um pequeno pompom vermelho. A multidão, atenta, calou-se. Romier levantou a mão direita de Rabelais e enfiou, em seu dedo indicador, um anel de ouro. Recebeu, então, de um criado, uma cópia dos *Aforismi* de Hipócrates e a entregou ao novo *medicus*. Depois, acompanhou-o até uma cátedra que permanecera vazia, ao lado do coitado que havia proferido o discurso incompreensível.

Mas ainda não havia acabado. O bispo aproximou-se de Rabelais, que havia baixado a cabeça, e lhe deu a bênção. Logo depois, todos os decanos da faculdade abraçaram o novo diplomado. Enfim, Schyron colocou-se em frente a seu protegido e gritou a plenos pulmões:

— *Vade et occide Caïm!*

Era o sinal para a exultação geral. Enquanto os sinos tocavam sem parar, aquela multidão de pessoas que se acavalava na igreja começou a berrar: — *Vade et occide Caïm!*, fazendo tremerem as antigas paredes da construção.

Vendo que Michel movia as mandíbulas, repetindo o grito geral, Magdelène aproximou seus lábios do ouvido do rapaz, ficando na ponta dos pés, e perguntou-lhe: — O que quer dizer?

Michel olhou para ela, um tanto desconcertado. — Não sei e nem os professores sabem. Ninguém sabe. É uma tradição por aqui.

Jamais deveria ter olhado bem dentro daqueles olhos azuis, tão luminosos, porque, imediatamente, sentiu-se perdido. Magdelène era impressionantemente bela, e de uma beleza que lhe parecia espiritual, enquanto a de Gemealle era carnal e se fundava sobre a opulência. Era uma pena que ela tivesse aquelas sardas que lhe manchavam a pele. Todavia, sentiu um profundo prazer observando os lábios da moça se mexendo para lhe perguntar: — O que vai acontecer depois?

— Não sei bem; acho que um banquete. Devo estar entre os convidados.

— Acha que eu também posso ir?

Ele deveria ter dito que não. Somente poucas mulheres podiam participar dos banquetes de formatura, umas poucas privilegiadas que faziam parte de duas categorias opostas: ou eram casadas com professores e, portanto, bastante velhas para não suscitar escândalo caso rissem das piadinhas obscenas que os estudantes sempre faziam, ou, então, eram cortesãs, geralmente uma só, quando muito duas, pagas para tornar o final da festa ainda mais delicioso para o recém-formado.

Magdelène não pertencia a nenhuma das duas categorias, mas Michel consentiu, categórico. — É claro que você pode ir. — Assim, de alguma forma, ele poderia descarregar todo o rancor que, mesmo um tanto adormecido, havia acumulado nos últimos meses. Quem ousaria levantar objeções ao fato de que a moça mais bonita fosse destinada a ele, e não ao novo *medicus*? Se Rabelais pudera diplomar-se tão depressa havia sido somente graças a um certo Michel de Nostredame, que debelara a peste em seu lugar. Era justo que este último recebesse, pelo menos, alguma migalha de recompensa.

A multidão começou a se retirar, e Michel e Magdelène acompanharam o fluxo. Rondelet aproximou-se deles e disse, como se tivesse que ir embora correndo: — O jantar vai ser em Castelnau, na hospedaria de sempre.

Michel apontou para a sua companheira. — Ela também vai.

Rondelet hesitou por um instante e, depois, disse:

— É para François? Já chamamos Corinne e, em geral, basta...

— Não é para François; é para mim.

— Está bem. Está marcado para depois do pôr-do-sol. Daqui a mais ou menos uma hora as carruagens vão estar à disposição. Em frente ao grêmio.

Depois que Rondelet se afastou, Magdelène dirigiu a Michel um grande sorriso. — Muito, muito obrigada.

Michel acariciou-lhe a face, infelizmente cheia de sardas, rosadas e delicadas. — Sou eu que devo agradecer a você. Só espero que o excesso de bebidas não acabe estragando a festa. Se algum bêbado tentar molestar você, tenho certeza de que serei capaz de matá-lo.

Como resposta, recebeu mais um sorriso.

Poucas horas mais tarde, Michel e Magdelène encontravam-se sentados na extremidade de uma mesa enorme, de ferro batido, na mesma hospedaria de Castelnau, ampla e acolhedora, onde, desde tempos imemoráveis, era feita a cerimônia de matrícula dos novos alunos. Uma boa parte dos convidados já estava bem alta e, mesmo assim, o vinho de Mirevaulx continuava a jorrar das garrafas, aos borbotões, enquanto o perfume dos assados e das carnes no espeto enchia a sala com uma fragrância deliciosa.

Rabelais, todo paramentado, sentara-se ao centro da mesa, com Corinne, em grande forma, a seu lado. Dos dois lados do casal estavam os *magistri*, Romier e Schyron, já claramente meio bêbados. Por sorte, Michel estava bastante longe para não ouvir as pilhérias ridículas com as quais o amigo, certamente, estava se divertindo e que deviam versar, em sua maioria, sobre ele e sua jovem companheira. Aliás, ele não estava ouvindo absolutamente nada, até porque tudo o que lhe interessava eram as palavras que trocava com Magdelène, muitas vezes inaudíveis, em virtude da barulheira geral.

— Quem ensinou você a ler? — perguntou-lhe, a uma certa altura.

— O pároco de Agen — respondeu a moça. — Mas leio muito mal e bem devagar.
— Eu poderia ajudá-la a ler melhor.
— Oh, isso seria maravilhoso!
A resposta da moça foi encoberta por um madrigal, em dialeto provençal, que falava sobre o costume dos estudantes de encomendarem aos especieiros alguns perfumes afrodisíacos, *drogas finas*, para que os ofertassem a suas namoradas.

Naquele exato momento, um criado havia deixado sobre a mesa uma bandeja com geléias e pedacinhos de doces cristalizados, rodeados por cerejas. Michel, que não estava com fome alguma, pegou distraidamente uma cereja pelo caule. Magdelène arrancou-a de sua mão. Fixou seu olhar no rapaz, com grande intensidade, e, depois, em vez de comer a fruta, reteve-a, por um momento, entre os lábios, sugando-a lentamente. Retirou-a, então, da boca e, sempre olhando Michel bem dentro de seus olhos, começou a lamber, com a ponta da língua, seu sulco.

Foi justo naquele instante que os comensais começaram a cantar os versos de uma balada libertina, mais do que secular, conhecida como *Le chevalier qui fit les cons parler* ("O cavaleiro que fez as vaginas falarem"). Michel percebeu que estava suando. Não conseguiu ver mais nada.

— Magdelène, eu te amo! — exclamou. O vozerio e a cantoria eram, porém, altos demais. Então, ele berrou a plenos pulmões: — Eu te amo, entende?

A sua voz sobressaiu-se a todos os demais ruídos. Houve, na sala, um instante de silêncio perplexo; contudo, depois, todos os convidados começaram a divertir-se, aplaudindo e ovacionando.

Arbor mirabilis

SOLI DEO

Uma porta fechou-se, rangendo, ao fundo do pórtico do mosteiro dos dominicanos. De lá saiu o prior, padre Joseph, estranhamente alegre. Apesar da idade já avançada, dirigiu-se, lépido, até Molinas.

—Olhe só! — exclamou feliz. — Uma carta para o senhor! O senhor deve voltar para Madri!

Molinas entristeceu-se. A idéia de ser arrancado daquela paz de que gozava, há meses, o incomodava. O mosteiro dos dominicanos era bem mais austero do que o dos franciscanos: celas minúsculas, corredores escuros, um claustro eternamente na penumbra. Desde que havia se transferido para aquele novo refúgio, Molinas sentia-se muito mais à vontade. Ele lhe trazia de volta à memória as trevas dos monastérios madrilenos, nos quais cada capitel e cada ornamento lembravam um cristianismo tétrico e dramático, que desprezava a luz, um falso e inútil brilho mundano.

Das dores provocadas por suas feridas, restava, apenas, uma vaga recordação. Havia ficado sob os cuidados dos franciscanos e, depois, dos dominicanos, durante todo o inverno. Dois dedos de sua mão esquerda ainda permaneciam sem unhas, mas não doíam mais. Quanto às costelas, o fato de não terem ocorrido fraturas fez com que os hematomas logo desaparecessem. Em seu braço restava apenas uma cicatriz insignificante.

Se, em meio às inquietações que obcecavam Molinas, havia alguma que pudesse assemelhar-se à felicidade, ele a estava experimentando exatamente naquele local. Por isso, falou com o prior em tom agressivo: — Como o senhor sabe que estão me chamando de volta a Madri? O senhor abriu a minha carta?

O outro ficou meio paralisado e, depois, respondeu:

— Não estava lacrada. Entre nós não existe correspondência privada. Faz parte das minhas tarefas ler todas as cartas.

— Só que estou percebendo restos de lacre, aqui — comentou Molinas, com uma cara carrancuda, enquanto examinava o envelope. — Aposto que havia o lacre da Inquisição da Espanha. Mas deixe para lá, aqui é o senhor quem comanda. Resuma seu conteúdo para mim.

Padre Joseph estava cada vez mais embaraçado, todavia decidiu que era melhor fazer de conta que nada estava acontecendo.

— Pelo que pude entender, o quinto inquisidor, sua eminência Manrique, está precisando de *famigli* de confiança para darem uma força para o chefe do Santo Ofício na Sicília, Agostino Camargo. Todos os *famigli* que estão no exterior devem voltar para a sede para receberem instruções daquela que os senhores chamam de Suprema Corte.

— E o senhor está bastante feliz, não é mesmo? — Sem esperar que o outro respondesse, Molinas perguntou: — Aquela mocinha que eu chamei, já chegou?

A essa altura, o prior já estava até gaguejando: — Sim, já está aqui. Acho que está esperando em sua cela. Eu não gostaria que o senhor pensasse que...

— Eu sei bem o que pensar, e isso não lhe interessa.

Enquanto falava, Molinas respirava fundo aquele ar úmido

do claustro, como se tivesse medo de deixar passar despercebida alguma fragrância que só ele conhecia. Depois de um inverno interminável, a primavera, finalmente, havia voltado e já estava quase indo embora para deixar lugar ao verão que, naquele ano de 1531, ao que tudo indicava, seria tórrido. Dentro do mosteiro, fechado entre as muralhas altíssimas que se afogavam na umidade, a mudança de clima só podia ser percebida através de raios de sol esporádicos. Isso era suficiente para que o espanhol gozasse, em silêncio, de seus passeios cotidianos, feitos na mais rigorosa solidão. Somente uma vez ou outra seu silêncio era perturbado pelo canto dos pássaros, aninhados sobre os ramos de uma árvore que crescia para além da fortaleza. Se dependesse dele, teria feito com que derrubassem a árvore. Infelizmente, não tinha autoridade suficiente para tomar uma decisão dessas.

Molinas escondeu a carta em um bolso secreto da capa e dirigiu-se para a porta. Dois lances de escada, em forma de caracol, com um vão escuro, levaram-no até um corredor com teto baixo e onde a luz entrava, apenas, através de finíssimas janelinhas. Passou por diversos arcos até chegar à sua cela. A porta, semifechada, rangeu ao abrir-se.

Magdelène estava sentada na beirada de seu catre. Vestia uma roupa vaporosa, que colocava em relevo a sua pele rosada, em contraste com seus cabelos vermelhos que lhe desciam até os ombros. A luz, que passava através do fino alabastro, parecia agraciar sua imagem harmoniosa.

— Levante daí! — ordenou-lhe Molinas, brutalmente. — Não quero encontrar minha cama cheia de pulgas.

Tantos meses de humilhações, muitas vezes simplesmente ofensivas, outras atrozes, haviam deixado Magdelène quase insensível àquelas maneiras rudes do espanhol. Levantou-se, sem protestar, e sentou-se sobre um banco colocado ao lado de uma pequena escrivaninha, o único móvel do quarto que tinha algum valor. Esboçou um sorriso amigável, mas um simples olhar de Molinas foi suficiente para fazê-lo desaparecer.

O espanhol desabou sobre a cama, emitindo um leve gemido, como se estivesse se sentindo exausto. Permaneceu, porém, na beirada, com aquele seu rosto cadavérico estendido para a frente. Mostrou-lhe a carta. — Devo voltar para a Espanha e, depois, talvez tenha que ir para a Sicília. Vou partir hoje mesmo. — Esperou que alguma luz de esperança aparecesse nos olhos da moça e, então, disse: — Não se iluda, putinha. Vou controlar você, mesmo de longe. O bispo já foi informado do fato de que você era a meretriz dos franciscanos. O desejo dele é fazer você desaparecer. Se eu não o tivesse proibido, ele já teria entregue você à Inquisição de Tolouse, acusada de heresia ou relações com o demônio. Você tem os cabelos da mesma cor das chamas do inferno e isso, por si só, já é um indício. Além disso, já ficou claro que você induziu à tentação frades conhecidos por sua santidade e que está tendo relações com um provável mago. Se você não me mandar relatórios regulares, direi ao bispo que retiro minhas reservas quanto ao seu caso e que ele poderá fazer com você o que quiser.

Molinas teria preferido que Magdelène tivesse desatado a chorar como costumava fazer nas primeiras vezes em que ele brincara cruelmente com ela. Em vez disso, como vinha acontecendo nos últimos tempos, apareceram apenas duas pequenas lágrimas ao lado de seus olhos azuis, lágrimas que sequer escorreram. Isto o deixou ainda mais irritado em relação à moça. Um choro incontrolável teria significado arrependimento. Aquele choro, ao contrário, era a demonstração de sua consciente obstinação em pecar.

Magdelène engoliu em seco para que sua voz fluísse:

— O senhor foi quem quis que eu me envolvesse com o mago.

— Por quê? Antes, por acaso, você era virgem? Uma mulher que desiste de defender sua virgindade expõe-se, para sempre, a todo tipo de humilhação. Pelo menos agora, mesmo fazendo algo ruim, você consegue fazer alguma coisa boa. Há alguma esperança de salvação para a sua alma. — Molinas encolheu-se, chateado com aquele tipo de conversa. Não lhe agradava ter que se justificar.

— Vamos ao que interessa. O que está fazendo Nostredame neste período?

Feliz porque a conversa havia tomado outro rumo, Magdelène fez um gesto vago.

— Nada de especial. Estuda, escreve, prepara-se para a colação de grau. Está traduzindo, do latim, o livro daquele médico famoso, Galeno. Algumas vezes faz pequenas viagens à procura de ervas ou geléias que tanto lhe agradam.

— Ele ainda se encontra com a sua rival?

— Gemealle? Ah, não, eu basto para ele. Além disso, depois que Rabelais partiu, Michel só vai até *La Soche* muito raramente.

Molinas notou que a moça estava se sentindo mais segura. Decidiu conceder-lhe mais alguns minutos de precária serenidade, necessários para que ela lhe dissesse o que ele tanto queria ouvir.

— O que você acha dele? Ele lhe parece ser bom?

Magdelène fez uma pequena careta.

— Mau ele não é, pelo menos comigo. No máximo, ele pode ser considerado um pouco ambicioso demais. Gosta de estar sempre no centro das atenções. Eu sou uma pobre ignorante, mas isso eu acho que compreendi.

— Você fala como se estivesse apaixonada por ele — comentou Molinas, mostrando os dentes em um riso sarcástico que pretendia parecer-se com um sorriso.

Magdelène abriu os braços.

— Eu comecei a gostar dele, mas ele parece amar somente a si mesmo. Só estou com ele porque o senhor assim me ordenou.

— Queria só ver se você não me obedecesse. — Molinas estava se perguntando se não teria chegado o momento de esmagar aquela insolente, mas decidiu adiar mais um pouco. — Vamos falar daquilo que mais me interessa. O que ele lhe falou sobre sua família?

Magdelène hesitou um pouco, como se temesse irritar o seu algoz. Depois decidiu-se a murmurar: — Ele nunca fala a respeito. Tentei lhe perguntar, mas ele não responde. Foram seus amigos que me contaram que ele é hebreu, e que seus antepassados sempre viveram entre Arles, Carpentras, Avinhão e Saint-Rémy.

— E, mesmo assim, sua família tem um emblema no qual aparece escrito *Soli Deo*.

— Acho que foi seu pai quem o inventou para poder se passar por nobre e para que esquecessem suas origens. Michel talvez não se importe nem um pouco com este tipo de fingimento, mas se adequa. Até porque seu irmão, quatro anos mais novo, tem esse mesmo tipo de obsessão do pai.

— Pelo que você sabe, ele teve algum parente astrólogo e feiticeiro, chamado Jehan de Saint-Rémy?

— Sim, por parte materna. Mas quem iniciou Michel na arte da magia foi uma outra pessoa, chamada Ulrico.

Molinas deu um pulo. — Ulrico de Magonza, por acaso?

— Algo parecido. Michel nunca fala dele, mas, muitas vezes, sonha com ele. Já o senti agitando-se na cama, pronunciando esse nome. Esse tal Ulrico deve ter-lhe feito muito mal. Às vezes, quando o vê em seus pesadelos, Michel acorda aos gritos. Mas recusa-se a falar a respeito.

— Se ele grita deve ter um motivo. Você conseguiu intuí-lo?

— Acho que Michel associa Ulrico a alguma sensação de dor. Dor física, quero dizer. Sempre sacode o braço direito como se estivesse doendo. Pode acreditar em mim, não sei mais nada.

Molinas registrou aquele dado precioso, mas, naquele

momento, um outro pensamento o invadia. Magdelène estava se expressando de uma maneira polida e com uma desenvoltura pouco adequada ao seu sexo e à sua condição social. Parecia, até mesmo, inteligente. Estava claro que algum demônio estava habitando em sua mente e, talvez, até mais de um. Sentiu o impulso de agarrar aquele rostinho tão gracioso e desfigurá-lo com as unhas. Conteve-se, ao imaginar que a tinha escolhido, exatamente, por sua capacidade de ler e escrever, tão incomum nas mulheres. Um dia lhe daria uma punição memorável, mas agora, querendo ou não, devia usá-la e explorar os seus dotes.

— Acho que você, sua puta, está me escondendo toda a verdade. Mas sou um cristão fervoroso demais para me zangar com você. Prefiro fingir que acredito que você realmente não sabe nada. De qualquer forma, agora veremos se está à altura da tarefa que lhe dei. Escreveu os nomes dos livros que Nostredame esconde?

— Sim, estão aqui. — Magdelène pegou dentro de seu decote um pequeno papelzinho.

Molinas ficou meio perturbado com aquele gesto. Pela primeira vez, havia notado que, aos poucos, os seios da moça estavam se tornando cheios e maduros. Não tirou os olhos daquela exibição despudorada de feminilidade, mas desviou sua atenção mental, comentando, secamente: — As outras listas que você me trouxe não tinham a menor importância. Livros de medicina, almanaques de astrologia e alguns textos em latim ou grego de conhecimento público.

— Mas eu não tenho condição de saber se...

— Não perca tempo se desculpando. Me dê logo o papel.

Magdelène obedeceu. Molinas pegou o papel e colocou-o no bolso. Depois, formulou a pergunta que tanto queria fazer.

— Faça um esforço de memória, se é que você tem alguma em seu cérebro minúsculo. Você já ouviu Nostredame pronunciar a palavra *Abrasax* ou *Abraxas*?

— Não, nunca — respondeu Magdelène, sem pensar duas vezes.

— E já ouviu ele falar sobre o desaparecimento de um livro da sua biblioteca?

— Ah, sim! Ele fala muito sobre isso, e acusa seu antigo colega de quarto, Jehan Pedrier. É um manuscrito chamado *Arbor*...

— *Arbor mirabilis*. Ele lhe disse por que se importava tanto com aquele livro?

— Não, ele nunca falaria disso comigo.

— E teria razão. — Molinas passou a mão pela testa, embora não tivesse nem uma gota de suor. — Agora, vire-se e faça como das outras vezes.

Pega de surpresa, Magdelène ruborizou-se.

— O senhor não vai querer que...

— Você me entendeu muito bem. Obedeça imediatamente. Além disso, não estou lhe pedindo nada que seja contrário à sua natureza de cadela.

Novamente, duas lágrimas apareceram no canto dos olhos da moça. Desta vez, porém, para satisfação de Molinas, elas começaram a escorrer e perderam-se em meio às suas sardas.

Quando encontrou forças para se levantar da cadeira, Magdelène soluçava com vontade. Todavia, seguindo um roteiro que já havia interpretado antes, colocou-se de frente para Molinas e curvou-se para trás até que seus cabelos ruivos tocassem o chão. Mal conseguia equilibrar-se, mas levantou sua saia até a altura dos quadris.

— Vamos, o que está esperando? — murmurou, então, o espanhol, com voz rouca. — Mostre-me. Sabe-se lá quantas vezes você já o fez, diante do seu Michel.

Magdelène, quase sufocada pelas lágrimas, fungou, sem, contudo, impedir que uma gota caísse ao chão. Depois, com um gesto brusco, tirou a calcinha.

Molinas, repentinamente febril, encostou seu rosto no ventre da jovem. Ignorou suas coxas bem torneadas e concentrou sua atenção no sexo da moça. Olhou aqueles lábios proeminentes e rachados, tão graciosos e delicados, e a abertura suculenta que eles selavam. Mesmo não querendo, ficou pensando que, fora algumas flores, poucas coisas na natureza conseguiam concentrar tanta simplicidade e beleza.

O corpo de Magdelène continuava a tremer, em virtude dos soluços. — Pegue-me se quiser — sussurrou a moça. — Toque-me, faça o que quiser. Só não me deixe assim.

Arrancado de seu estado de encantamento, Molinas reagiu com uma raiva terrível. Afastou seu rosto da penugem loira e fina e deitou-se na cama.

— Você está me confundindo com um daqueles jovens depravados que costuma freqüentar? — gritou. — Eu gostaria de ver aquela sua abertura obscena dilacerada sobre o *aculeum*. Fique aí onde está e nem ouse se mexer!

Magdelène já não tinha mais lágrimas, mas sua garganta havia sido invadida por muco.

— Não me faça nenhum mal, eu lhe suplico — implorou com um fio de voz. — Farei tudo que o senhor quiser.

Molinas concordou, como se tivesse compaixão.

— Está bem. Então, preste atenção às minhas ordens. Eu vou para a Espanha e para a Sicília, mas vou voltar. Nesse meio tempo, você deve convencer Michel de Nostredame a casar-se com você. Isso não deve ser muito difícil. A arte da prostituição você conhece bem e está me demonstrando isso, aqui e agora.

Magdelène não respondeu. Não conseguia mais falar e sentiu uma leve ânsia de vômito.

Apavorado com a idéia de que aquela mulher pudesse emporcalhar seu quarto, Molinas se apressou em dizer: — Está bem, levante-se e vista-se. Você já demonstrou bastante sua natureza animal. Entendeu bem as minhas ordens?

Enquanto se recompunha, Magdelène acenou que sim.

Molinas continuou: — Antes, ele deverá se diplomar, suponho. Faltam só dois anos. Assim que puder, estarei de volta. Enquanto isso, farei você saber onde me encontrar. Você deverá me escrever uma carta por semana e contar-me, com detalhes, tudo aquilo que tiver feito. Com detalhes, entendeu bem? Responda!

— Sim — sussurrou Magdelène, de frente para a parede.

— Sim, o quê? — gritou Molinas. — Olhe para mim e fale como gente!

A moça virou-se, com o rosto ainda cheio de lágrimas. Mantinha a cabeça baixa, mas, por um instante, conseguiu levantar os olhos. — Sim, o senhor será obedecido — sussurrou. Depois baixou novamente os olhos e escondeu o rosto por debaixo dos braços, encharcando a manga.

Molinas sentia-se satisfeito. Humilhar uma rameira era como prestar um serviço a Deus. Ficou de pé, assumindo uma postura quase benevolente.

— Acho que ainda há esperança para você — disse, com um tom involuntariamente solene. — Se obedecer minhas ordens, ainda chegará o dia em que se transformará em uma boa mãe. Não posso dizer que será uma boa esposa porque o homem com quem irá se casar é um perdido. Mas uma boa mãe, sim, já que o seu ventre é sadio e seus seios estão crescendo. Daqui a alguns anos estarão suficientemente grandes para se encherem de leite.

Molinas calou-se à espera de uma resposta que nunca chegava. Finalmente, irritado, mas não exacerbado, perguntou:

— Então, como é que se fala?

Magdelène teve que vencer aquele aperto que lhe fechava a garganta. Conseguiu, com um fio de voz, sussurrar:

— Obrigada.

— Assim está melhor! Viu como é fácil? — disse Molinas,

desta feita sinceramente benevolente. — Agora vá embora, vá cumprir com o seu dever. Nos veremos, sabe Deus quando. Você, porém, não se esqueça de me obedecer e de me escrever regularmente. Caso contrário, encontrarei você, não importa onde, e farei com que seja queimada, vestindo o *sambenito*.

A moça saiu correndo, soluçando muito. Um minuto depois, Molinas já a havia esquecido. Abriu a gaveta da escrivaninha e dela retirou um livro grande, que começou a folhear distraidamente.

— *Destructio destructionis* — murmurou. — Sabe-se lá o que Nostredame acha de tão interessante em Averroè? Acho que vou ter que reler o livro todo.

Mergulhou na leitura sem perceber o tempo passar.

A noite do prodígio

A vida dos estudantes havia sido profundamente afetada pela partida de Rabelais. Enquanto se aproximava o verão de 1531, Montpellier parecia quase uma cidade tranqüila, sem esposas seqüestradas do leito nupcial e sem muitas brigas nas tabernas. Quanto à peste, ela continuava atacando o condado e as regiões vizinhas, mas não conseguira mais superar as muralhas da cidade.

Michel havia deixado a hospedaria dos estudantes e tinha ido viver com Magdelène em um pequeno quarto. Tratava-se de um daqueles imóveis que o governo da Provença colocava à disposição da universidade, e dos quais cuidava, preocupando-se, inclusive, em evitar que os artesãos abrissem oficinas por ali, para que não houvesse barulho. A razão da mudança, além da vontade de dormir todas as noites nos braços macios e doces de Magdelène, havia sido a hostilidade, sempre maior, de Michel em relação a Jehan Pedrier, que ele suspeitava não passar de um ladrão. Mas, claramente, o amor por Magdelène, sempre mais ardente e declarado, muito havia pesado na decisão.

Na noite de 6 de junho, quando o dia já estava clareando, foi com imensa tristeza que Michel deixou os braços da moça, que o havia aconchegado naquelas poucas horas de sono. Magdelène bocejou e olhou-o com seus olhos azuis semi-abertos.

— Você já vai embora?

— Ontem cheguei atrasado na aula; hoje, porém, não posso fazer o mesmo — respondeu Michel, colocando suas calças, bem justas, de veludo amarelo e estendendo a mão para apanhar a camisa de seda que estava apoiada sobre o espaldar de uma cadeira. — Sei que se trata de tempo jogado fora, mas como quero me diplomar tenho que seguir as regras.

Magdelène espreguiçou-se. Levantou o lençol para cobrir seu corpo nu.

— Não agüento mais esta vida monótona. Todos os dias são iguais. Você vai para as aulas e eu fico esperando até anoitecer. Não vejo a hora de isso acabar.

Michel ajeitou o colarinho de renda, depois colocou o colete e começou a amarrar o cordão.

— Isto só irá acabar quando me tornar doutor e nós nos casarmos. Mas não consigo entender o que você espera, assim de tão especial, do futuro. Não haverá nada de excitante.

— Bem, pelo menos voltarei para Agen... Lembra-se? Você me prometeu... Lá eu tenho meus parentes e minhas amigas de infância.

Michel balançou a cabeça.

— Quanto aos parentes, tudo bem, mas as amigas você pode ir esquecendo. Eu quero uma mulher que cuide da casa e cumpra seus deveres.

— E quais seriam estes deveres?

— Vá, não me irrite — ameaçou Michel, em tom severo. — Você sabe muito bem. Tomar conta do marido, fazer filhos, amamentá-los...

Magdelène esboçou um sorriso malicioso. Apontou para o

próprio seio, já praticamente maduro. — Pode-se dizer que este último dever eu já cumpri. Lembra? Ontem à noite você parecia um recém-nascido. Se eu tivesse leite, não teria sobrado nem uma gota, depois de seus beijos...

Michel, definitivamente, não lhe retribuiu o sorriso.

— Uma coisa é a nossa vida atual, outra bem diferente é aquela que teremos. Eu quero uma esposa devotada e respeitada por todos por suas virtudes. Se eu não tivesse certeza de que você poderia se tornar uma mulher assim, não teria passado por cima da vida, que eu não diria exemplar, que você vem levando até hoje. Quantos outros homens teriam se comportado como eu?

Ao pronunciar estas palavras, Michel sentia-se muito satisfeito consigo mesmo. Sentia-se magnânimo e cheio de dignidade. Ele sequer notou que os olhos de Magdelène pareciam entristecer-se um pouco.

— Você quer se mudar para Agen, porque lá ninguém sabe dos meus... pecados. Não é isso? — murmurou a moça.

— E se fosse? O que importa é que desejo ficar com você, embora quando a conheci você não fosse mais virgem. Só o que estou lhe pedindo é para se tornar uma mulher honesta. Não me parece pretender muito, não é?

Magdelène talvez tenha querido dizer alguma coisa, mas deveria se tratar de algo que não podia falar, pois mordeu seu lábio inferior e permaneceu calada. Michel dirigiu-se para a porta, mas, ao chegar lá, virou-se.

—Tem uma coisa importante que eu quero lhe pedir desde já. Eu cedi a seus desejos e a ensinei a ler e escrever melhor. Mas estas atividades não são adequadas a uma mulher temente a Deus e de condição humilde. Peço que pare de se ocupar de tais atividades, e o mais rápido possível. Você não é nenhuma Margherita di Navarra.

— Mas é tão raro que eu...

—É verdade, só muito raramente você lê, até porque meus livros são quase todos em latim. Mas na semana passada eu a surpreendi escrevendo e você ainda escondeu o papel. Talvez você ache que eu não percebi.

O rosto de Magdelène enrubesceu-se.

— Ah, mas eram só bobagens que...

— Sei muito bem que eram só bobagens. Nem sequer exigi que você me mostrasse, coisa que qualquer outro, em meu lugar, teria feito. De qualquer forma, fique sabendo que, se depois do casamento você continuar a perder seu tempo desta forma, o chicote a espera. Portanto, é melhor que você comece desde agora a abandonar essas suas manias estúpidas, se é que lhe interessa casar-se comigo e mudar de vida.

No rosto da moça formou-se uma expressão infantil que prenunciava um choro. Finalmente, Michel percebeu e adotou um tom de voz mais gentil: — Ei, minha pequena, o que é que há? Não lhe parecem razoáveis essas minhas ponderações?

Ele não esperava nenhuma resposta, mas Magdelène, ao contrário, respondeu com voz tênue: — Eu só tenho patrões...

Michel balançou a cabeça. Falou sem ódio, mas com voz decidida.

—Esta é sua condição natural; como é que você não entende? Até hoje nunca bati em você, mesmo expondo-me ao escárnio dos amigos. Mas acho que chegou a hora de começar. Transformar uma *fille de joie* em uma esposa é como domar um poldro. É preciso usar o chicote. — Interrompeu seu discurso, ao ver o rosto de Magdelène cheio de lágrimas. Sentiu uma certa ternura. — Fique tranqüila, só a espancarei quando você merecer. Pelo contrário; olhe, esta noite vou lhe mostrar um espetáculo extraordinário. Uma coisa que você não pode sequer imaginar.

Magdelène tentou engolir seu pranto e olhou para o amante com ar interrogativo.

— Isso mesmo — assegurou-lhe Michel com um sorriso. — Mas não me pergunte o que é. Você vai descobrir por si mesma. Todos vocês vão descobrir. — Empurrou a porta e saiu.

Na rua, o sol faiscava e, embora ainda fosse muito cedo, o calor já começava a aumentar. Os comerciantes e os artesãos abriam suas oficinas, escuras e úmidas, ou então, com a ajuda de aprendizes, começavam a montar suas bancas. As mulheres estavam quase todas na igreja, na primeira missa, mas assim que saíssem iriam à procura de mercadorias e mantimentos. Os negociantes corriam para se antecipar a elas.

Enquanto andava, a passos largos, em direção à universidade, Michel perguntava-se se em seu diálogo com Magdelène ele teria sido suficientemente severo. Provavelmente não, mas não conseguia ser duro com ela. Gostava por demais dela. Mas havia chegado o momento de colocar as coisas em seus devidos lugares. A decisão de casar-se com uma meretriz para tentar transformá-la em uma mulher de bem lhe havia custado muito sofrimento e tormento. Seu avô, seu pai e agora ele haviam lutado muito para conquistarem certa honorabilidade e fazer com que suas humilhantes raízes judaicas ficassem esquecidas. Um simples passo em falso poderia reconduzir Michel novamente à degradação e à vergonha. Magdelène representava um grande risco que nem sequer o projeto de mudança para Agen poderia afastar totalmente. Ai dela se, em vez de demonstrar-lhe uma gratidão submissa, persistisse em comportamentos atrevidos e escandalosos.

E, mesmo assim, Michel não conseguia desistir da moça. Não era simplesmente em função das carícias com que ela aliviava suas tensões. Cada vez que ele tinha uma idéia nova, incomum, que não poderia expressar publicamente, por se arriscar a ser mal interpretado, sabia que Magdelène estaria ali, para ouvi-lo, com atenção e interesse. Ele podia contar com aquele olhar concentrado e lhe mostrar, sem impor-se barreiras, todas as maravilhas da astrologia, das conjunções celestes, dos segredos mais escabrosos da filosofia oculta; em resumo: tudo aquilo que ele vinha aprendendo naqueles livros, com títulos ou longos demais ou curtos demais, que poucas pessoas ousariam ter em casa. Magdelène representava um projeto do auditório a que ele acreditava ter direito. Mas, daí a lhe permitir ler ou mesmo escrever...

Toda aquela reflexão sobre livros fez com que, por um instante, viesse à mente de Michel a imagem de Ulrico de Magonza. Foi como se ele tivesse sido queimado por um ferro incandescente. Para sorte sua, habituara-se a esconder a lembrança daquela noite na cripta, antes escura e depois iluminada por um muro de chamas. O coração batia-lhe acelerado, mas ele conseguiu acalmar-se, respirando fundo. Mais cedo ou mais tarde, ele conseguiria apagar aquele pesadelo de sua memória...

Ele já chegara à universidade, bem na hora em que a campainha tocava, anunciando o início das aulas. Estavam em pleno período de *petit ordinaire*, e os professores titulares cediam suas cátedras aos formandos. Até onde podia lembrar-se, aquele era o dia de Guillaume Rondelet. Ficou bastante surpreso ao ver o amigo, com suas roupas comuns, vir correndo ao seu encontro, meio afobado.

— Michel, desgraçado! — exclamou Rondelet — Você se esqueceu de que hoje é a sua aula?

— Que brincadeira é essa? — perguntou Michel, meio aturdido. — Hoje é a sua!

— Não, estou lhe dizendo! A minha é só amanhã! Vá logo se trocar, ainda dá tempo.

Michel não esperou nem mais um segundo. Correu em direção à portaria, onde o sacristão, mudo e carrancudo, o recebeu com gestos exasperados. Deixou-se colocar sobre as costas a capa vermelha-escura, sem ter sequer substituído suas roupas pela túnica preta que o sacristão estava lhe oferecendo. Naturalmente, ele deixou dentro do armário o chapéu com pompom vermelho, reservado apenas aos professores e doutores.

Quando entrou na sala, a campainha já havia parado de tocar há um bom tempo, e os alunos estavam fazendo barulho. Subiu na tribuna, mas quase escorregou na palha que o sacristão havia colocado, abundantemente, sobre os degraus. Se ela era útil durante o inverno, para proteger um pouco do frio, tornava-se absolutamente supérflua nas proximidades do verão. Só que o sacristão tirava, da venda da palha, aquele escasso dinheirinho que tinha e, portanto, pouco lhe importavam as estações.

Finalmente, Michel chegou ao alto da tribuna e olhou para o auditório. O vozerio se atenuou um pouco, mas não de todo. Os "calouros" só o conheciam de vista e divertiam-se murmurando e fazendo-lhe gestos um tanto impróprios. Por sorte, vários outros formandos estavam na platéia. Michel viu Antoine Saporta levantar-se e acertar uns tapas em alguns alunos mais impertinentes. Até mesmo Jehan Pedrier mandou que se calassem. Aos poucos, o vozerio terminou.

O difícil mesmo ainda estava por vir. Michel não havia preparado nada. A norma era que o professor lesse, durante meia hora, um texto em latim, e, depois, por mais meia hora, o comentasse, sempre em latim. Mas Michel não havia trazido consigo nenhum livro. Deu um grande suspiro e, do alto da tribuna, começou a falar, tentando esconder seu pânico:

— São muitos os que sustentam que entre a medicina e a astrologia não existe nenhuma relação. Mas nós sabemos que a determinados sinais que vêm do céu correspondem acontecimentos funestos, aqui na terra. Tudo depende de se compreender a correlação que possa existir.

O vozerio recomeçou. Aqueles que pareciam estar mais incomodados eram os espanhóis e os italianos, habituados com a língua latina ou, pelo menos, a fingir que a conheciam. Aquele dialeto provençal de Nostredame, eles, definitivamente, não entendiam. Um deles chegou a gritar — Paracelso! —, fazendo uma clara alusão ao dia no qual, na Universidade da Basiléia, o famoso Teofrasto Bombasto começara sua aula falando em alemão, em vez de latim. Isso havia acontecido, exatamente, quatro anos antes, em 5 de junho de 1527, mas aquele tinha sido um acontecimento tão clamoroso, que se tornara legendário entre os estudantes de medicina de toda a Europa. Relembrá-lo, porém, não era exatamente um elogio: Paracelso era um luterano e, em uma fortaleza católica, como era a Universidade de Montpellier, seu nome não tinha uma fama lá muito boa.

Michel engoliu muita saliva. Na verdade, ele havia falado em dialeto, não por uma escolha deliberada e, sim, sob o efeito da emoção. Agora, porém, não podia mais voltar atrás.

— Não prestem atenção à língua em que falo, mas aos conceitos — disse, com firmeza, parecendo estar seguro de si. — Galeno estudou, durante muito tempo, a relação entre a configuração dos astros e as doenças. Mesmo Hipócrates o fez. Desde então, porém, a ciência médica e a dos astros tomaram caminhos distintos. Nós estudamos os males que afligem a humanidade sem levarmos em consideração que o homem é um microcosmo que reflete o macrocosmo. Examinamos aqueles corpos, esquecendo-nos do fato de que eles trazem em si uma alma, compreendida como uma alma universal, cuja existência foi teorizada pelos gregos, árabes e italianos. E perdemos o hábito de investigar o céu, reflexo da alma. — Michel inspirou. — Os senhores sabem qual é o resultado? O resultado é que nenhum dos senhores está a par do prodígio que ocorrerá esta noite e, ainda que estivessem, não saberiam como relacioná-lo às epidemias que atormentam a nossa boa gente da Provença.

A platéia estava perplexa. Quatro frades dominicanos, que estavam sentados ao centro, levantaram-se, de forma barulhenta, e dirigiram-se para a saída, com uma expressão indignada. Michel compreendeu que lhe restava pouco tempo.

— Estudantes, colegas, *magistri*! — gritou. — A magia natural não é a idolatria do demônio, como pretendem alguns fanáticos, mas um instrumento de estudo perfeitamente compatível com a verdade cristã! É um útil instrumento para aqueles que, por amor, escolheram ajudar os outros, talvez por intuírem que é o amor a substância fina que mantém unido o universo! Olhem para o céu hoje à noite! Olhem para ele e pensem que aquilo que os senhores verão será o reflexo das vidas de todas as criaturas inteligentes! Um reflexo sereno, quando aqui reina a saúde e a calma; um reflexo doentio e assustador quando em nosso mundo brotam doenças. E se os senhores tiverem medo, digam, para si mesmos: eu sou um médico. Alguém que sabe ler os perigos que pairam sobre a vida e sabe usar suas faculdades para evitar a morte.

Com um gesto dramático e premeditado, Michel desamarrou a capa vermelha e deixou que ela escorregasse de suas costas. Depois desceu da tribuna, com uma expressão solene tal como a de quem acabara de oferecer um dom precioso a uma gente incapaz de apreciá-lo. Por detrás da máscara da indiferença o coração lhe batia descompassado.

Houve um longo momento de silêncio e, então, Antoine Romier levantou-se e começou a aplaudir. Muitos estudantes viraram-se para onde ele estava, tentando descobrir quem era aquele louco. Quando viram de quem se tratava, também se levantaram e aplaudiram. Até mesmo os mais céticos viram-se obrigados a imitá-lo, e com entusiasmo redobrado. Michel dirigiu-se para a saída sob ovação geral.

Em frente à porta, porém, encontrou Guillaume Rondelet, muito sério.

— E se hoje à noite não acontecer nada?

Michel encolheu as costas.

— Nesse caso vou quebrar a cara. Mas o que estou prognosticando vai acontecer.

— E do que se trata? Para mim você pode dizer.

— De uma estrela cabeluda. Você sabe o que é?

— Sim, eu sei — Rondelet abriu os braços e saiu da frente da porta. — Espero realmente que você tenha razão.

— Sempre tenho razão — respondeu Michel, categórico. Foi para a rua, onde o sol já estava alto e escaldante.

Durante o resto da manhã e da tarde, nada aconteceu. Michel foi para a biblioteca, onde ficou até a hora de comer um almoço rápido, à base de lingüiça condimentada, em uma taberna da periferia. Depois do almoço, saiu da cidade e foi pelos campos à procura de ervas raras e perfumadas. Só ao pôr-do-sol decidiu voltar para o seu quarto. Magdelène já havia colocado um vestido de linho com mangas bufantes e estava pronta para sair.

— Aonde vamos? — perguntou a moça, cheia de esperança.

— Ah, só até a rua. O espetáculo será ali.

Ela não levantou nenhuma objeção. Saíram, de braços dados, pelas ruas quase desertas, e pararam ao lado do pórtico. Michel apontou para o céu, ao sul, para além dos telhados. Já podiam ser vistas algumas estrelas muito pálidas. — Virá dali. É questão de instantes.

— Sim, mas o que virá?

— Algo indescritível. Se eu tentasse lhe explicar agora, você não entenderia nada, ou quase nada. Tenha um pouco de paciência.

— E como é que você sabe?

— Ah, simples cálculos. O meu bisavô paterno, Pierre de Santa-Maria, era um astrólogo muito conhecido e me deixou vários livros. Não é preciso muito para prever o aparecimento de estrelas cabeludas. O difícil é saber interpretá-las. Mas este é um assunto que não lhe diz respeito.

Magdelène calou-se, amuada. Apertou o braço de Michel e parecia estar feliz com o fato de que ele não a rejeitara. Passaram-se ainda alguns instantes e, depois, do outro lado da cidade, veio um som de gritos agudos.

— Chegou a hora — disse Michel. — Daqui a pouco você verá o reflexo celeste da nossa imagem. Temo que seja terrificante.

E foi mesmo. De repente, o céu incendiou-se de um lado ao outro, como se estivesse de dia. Mas um dia mais sangrento do que luminoso. Logo depois, uma enorme língua de fogo, como um imenso dragão, escondeu as outras estrelas e invadiu o firmamento. Um grupo de homens veio para as ruas, gritando de pavor. Um deles tropeçou, caiu no chão, levantou-se, ficando de joelhos, e começou a rezar em voz alta. Duas senhoras de idade, que vinham na direção oposta, viram-no e se ajoelharam junto a ele, levantando os braços para o céu. Ecos de gritos provinham dos quatro cantos de Montpellier.

O dragão flamejante descia, enorme e assustador, escondendo as estrelas por detrás de seu reflexo de sangue. Esperava-se que ele crepitasse e rugisse. Mas, ao contrário, ele se movia no mais absoluto silêncio, o que aumentava o pavor dos observadores. Algumas cintilas pareciam descolar-se do corpo central e precipitar-se sobre os telhados, prontas a causarem explosões apocalípticas. Quase todas, porém, apagavam-se antes de chegarem ao chão, exceto algumas poucas que caíam bem longe, iluminando o horizonte. Daquele bólido não emanava calor, e sim medo.

Magdelène tremia inteira, mas mantinha seu autocontrole, mesmo agarrando-se a seu companheiro. Michel, pela primeira vez, sentiu uma certa admiração pela força de espírito da moça.

— É um cometa — disse-lhe. — Muitas efemérides anunciaram a sua passagem. Infelizmente, este é um presságio de calamidade.

— Quando vai acabar? — perguntou Magdelène, com voz rouca.

— Ainda vai demorar um pouco, mas fique tranqüila, logo o céu estará sereno novamente. — Michel olhou para sua amiga e, repentinamente, estremeceu. — Meu Deus! — exclamou.

— O que foi, Michel? — perguntou Magdelène, bastante perturbada. — Por que você está me olhando desse jeito?

Michel não respondeu logo. Ficou ali, mudo, contemplando os olhos da moça, que, de azul, haviam passado ao vermelho, talvez em virtude da luz intensa que incendiava o céu. O presságio certo de uma condenação.

— O que é, Michel? Você está me assustando! — A voz de Magdelène enchera-se de angústia.

O jovem não respondeu. Enquanto ele observava os olhos escarlates de sua amante, ele escutava, ao pé do ouvido, palavras entrecortadas e roucas, murmuradas depressa por alguém ou por alguma coisa que se escondia na escuridão. As frases eram incompreensíveis e perturbadoras e terminavam como ecos de soluços. Seu sentido, porém, era o de uma sentença inapelável.

— Afinal, Michel, quer me dizer o que está acontecendo com você?

Finalmente Michel despertou. A alucinação havia passado sem deixar rastros, salvo uma sensação desagradável e febril.

— Nada, não é nada — foi o que o rapaz, finalmente, respondeu, sem conseguir, todavia, inspirar segurança. Os olhos de Magdelène haviam voltado a seu azul natural e também aquela brasa que havia cruzado o céu estava perdendo seu fulgor. Mas aquilo que Michel vira não podia ser apagado. — Não se preocupe — murmurou. — Daqui a pouco a noite ficará novamente serena.

A moça olhou para ele perplexa e assustada, sabendo que Michel lhe escondia alguma coisa. Tudo à sua volta, a inteira Montpellier, estava de joelhos e rezava, inquieta, observando os ramos fluorescentes do rabo do dragão, agora já tênue e distante.

As celas subterrâneas de Palermo

Da base dos bastiões, na parte direita da esplanada da Marina, vinha vindo a procissão que o povo palermitano esperava há horas. Todos aqueles sacerdotes e frades das ordens mendicantes que vinham à sua frente, entoando salmos, atraíam pouca atenção por parte da multidão. Os olhos de todos estavam voltados para os *penitenziati*, ou seja, aqueles que, acusados de heresia ou de retorno ao hebraísmo, haviam abjurado e, assim, reconciliaram-se com a Igreja, muitas vezes sob tortura.

Eles avançavam alinhados, com a cabeça baixa, formando uma mancha amarela que se expandia lentamente. Todos vestiam o *sambenito*, uma espécie de camisolão, justamente de cor amarela, que deixava seus joelhos de fora. A veste era decorada com duas listras, formando a cruz de Sant'Andrea, ou, então, se a heresia não era apenas suspeitada mas sim comprovada, com chamas viradas para baixo. Este era o sinal de que o *penitenziato* havia sido salvo da fogueira graças a uma completa abjuração, mas que a ameaça continuaria a pairar sobre sua cabeça e poderia concretizar-se ao primeiro passo em falso. A grande pedra que o acusado pela Inquisição via-se obrigado a carregar entre os dentes, todas as vezes em que saía de casa, aprisionava-o em seu próprio ambiente, em uma cortina de horror e isolamento. Além disso, todos os domingos ele era obrigado a comparecer à missa, vestindo o *sambenito*.

O senhor Molinas assistia, com um certo tédio, à entrada do cortejo na esplanada. Naquele ano, já era a sétima condenação à fogueira a que comparecia, e lembrava-se somente do nome dos outros condenados: Donato di Iurato da Spaccafumo, Angela di Costanzo da Sciacca, Giovanni Russo da Mineo, e assim por diante. Todos hebreus que haviam voltado para seu antigo culto, apesar de sua adesão formal ao cristianismo. Na Sicília, como também na Espanha, só muito raramente era queimada uma *hechiquera*, uma bruxa. O inquisidor, Agustín Camargo, preferia atacar os *rejudaisados*, chamados na Sicília de neófitos, e os luteranos, esperando atrair a simpatia do imperador Carlos V e da Suprema Corte de Ávila, dirigida pelo poderosíssimo cardeal Alfonso Manrique. Portanto, os "espetáculos"(maneira como os *autodafé* eram chamados na Sicília) eram todos iguais, feitos de prantos, gritos excitados do povo, lamentos sempre lacrimosos e colunas de fumaça que a brisa marinha se ocupava em dissipar.

Molinas preferia as raras execuções de bruxas. Freqüentemente elas subiam ao patíbulo gritando obscenidades, tentando rasgar suas vestes, urinando pela excitação e pelo medo. O espanhol extraía daquelas exibições tão temerárias um prazer misterioso, talvez pela segurança que tinha de que, juntamente com a vida daquelas mulheres, Deus também estava apagando uma manifestação de seu mais ferrenho inimigo.

— Eis o condenado — murmurou em seu ouvido Lancillotto Galletti, um *famiglio* da baixa nobreza, a serviço do inquisidor Camargo.

Molinas olhou para o lado que ele lhe indicava. Um homem,

com longas barbas grisalhas, caminhava, mancando, entre dois guardas, com o rosto desfigurado e inundado de lágrimas. Ele lembrava-se de seu nome: Giovanni di Polino da Modica, um hebreu convertido ao cristianismo que, depois, segundo poucos testemunhos, se teria *rejudaysado*. Vestia um *sambenito* diferente dos outros, sobre o qual aparecia bordada a imagem de demônios que jogavam corpos humanos nas chamas do inferno. A comprida carocha, chamada na Espanha de *coraza*, repetia esse mesmo tema.

Algumas pessoas do povo, excitadas, desciam dos espaldões, armadas com bastões. Os guardas, que escoltavam o condenado, sequer fingiam protegê-lo. Um daqueles energúmenos encostou a tocha na barba de Giovanni di Polino, que acabou pegando fogo. O condenado deu um grito forte e agudo e tentou cobrir seu rosto com as mãos, mas as correias que atavam seus pulsos e os empurrões dos guardas o impediram. Toda a parte inferior do seu rosto logo transformou-se em uma chaga horrenda. A multidão, exultante, aclamou aquela antecipação à fogueira.

Galletti parecia estar enojado. — Essas coisas não deveriam ser permitidas — murmurou, virando seu olhar em outra direção.

Molinas deu de ombros. — É um hábito comum na Espanha queimar a barba dos *marrani* que estão indo para a morte.

— Qualquer dia desses poderemos ser acusados de crueldades inúteis.

— Fique tranqüilo. Sempre existirão historiadores prontos a negar que tudo isso tenha acontecido ou, pelo menos, a minimizar a sua importância. O tempo é inimigo da memória. No fundo é essa a nossa força.

Atento a outros pensamentos, Molinas observou distraidamente a continuação da cerimônia. Os *penitenziati* tomaram seus lugares sobre um palco em frente ao lugar onde ele próprio estava sentado, um lugar reservado às autoridades. Giovanni di

Polino foi levado diretamente para a fogueira e amarrado a uma estaca. Continuava a se lamentar pelas queimaduras, mas, agora, com pouquíssima força. Nas três estacas levantadas ao lado da sua estavam um cadáver, já em estado de decomposição, que havia sido exumado especialmente para a ocasião, e dois fantoches grotescos. Eles representavam os foragidos, condenados a serem queimados em efígies.

O pároco da igreja de San Domenico fez um sermão furioso, cobrindo os *penitenziati* de insultos. Um tabelião começou, então, uma leitura monótona do imenso texto da sentença, decretada em Palermo no dia 13 de outubro de 1532, no calor de um outono que mais parecia verão. A honra de atear fogo sobre a pilha de lenha coube a um dos dois guardas, saudado com uma ovação por parte dos espectadores. Levou algum tempo até que a chama da tocha ateasse o fogo. Depois, finalmente, uma labareda levantou-se da lenha embebida em um óleo combustível. O condenado, inebriado pela dor, parecia não acreditar no que seus olhos viam, soltando um berro desumano. A fumaça enevoou a cena, mas ainda foi possível ver seu corpo que se contorcia, se inchava e se deformava completamente. Os gritos cessaram.

Quando Giovanni di Polino já tinha sido reduzido a uma carcaça enrolada em cinzas, absolutamente idêntico aos fantoches que estavam a seu lado, Galletti voltou a se dirigir a Molinas, desta vez levantando a voz para poder superar os gritos de júbilo da multidão:

— Estou surpreso que o vice-rei não tenha querido vir. Afinal, a sentença foi lida pela primeira vez no palácio real, de forma solene.

Molinas observou aqueles traços joviais, contornados por cabelos loiros e encaracolados, de seu colega.

— É exatamente o palácio real o lugar dos desentendimentos entre o inquisidor Camargo e o vice-rei. Este último gostaria de nos desalojar e colocar-se em nosso lugar. Além disso, o parlamento siciliano não se cansou de mandar mensagens a Carlos V protestando contra o inquisidor e julgando-o por demais violento. O imperador parece não lhe dar muita importância, mas já o vice-rei se mostra sensibilizado.

Galletti concordou. — Sim, já me falaram a respeito. Um dos motivos de protesto seriam os privilégios de que nós, *famigli*, gozamos. Como se a nossa tarefa fosse fácil.

— Para alguns de nós ela é fácil e para outros nem tanto — respondeu friamente Molinas, observando o colega. — Quanto aos privilégios, alguns de nós jamais teve nenhum. Enquanto outros parecem achar que o serviço prestado à Inquisição seja um caminho rápido para obter um título de barão.

— O que você quer dizer com isso? Olhe que eu... — replicou Galletti, um tanto zangado.

— Deixe para lá — respondeu Molinas. O vento, que havia mudado de direção, e agora trazia ao seu nariz aquele odor de carne queimada, o estava incomodando. — Eu só disse aquilo que sei, e que você e todos também sabem.

Depois de dizer essas palavras, Molinas, ignorando os protestos do colega, desceu as escadas para ir embora. Nem sequer olhou para a fogueira, que já se havia apagado, e nem para os carnífices que aguardavam o momento certo para retirar as cordas que mantinham o cadáver do hebreu preso à estaca que já se havia transformado em cotoco.

Seguiu em direção à beira-mar. Quando já estava longe da esplanada das execuções, suspirou, respirando um pouco daquela brisa marinha. Finalmente estava livre para se dedicar àquilo de que mais gostava. Retirou do bolso a carta que havia recebido naquela manhã, pouco antes do "espetáculo", e desdobrou-a com seus dedos longos, que pareciam tremer.

Já havia reconhecido a caligrafia rudimentar de Magdelène, feita de letras ou grande demais ou pequenas demais, alinhadas de forma irregular, sem espaços entre uma palavra e outra. Se isso, por si só, já tornava difícil a sua leitura, a enorme quantidade de erros, uma sintaxe quase inventada, frases incompreensíveis e expressões em dialeto provençal a transformavam em um verdadeiro enigma. Molinas, todavia, dispunha de tempo e de paciência. Dobrou sua capa preta, colocou-a sobre um degrau de pedra, sentou-se sobre ela e começou a decifrar a carta, cuidadosamente. Nem mesmo a visão de um veleiro que se aproximava do porto e os gritos de alegria que provinham dos barcos dos pescadores foram capazes de distrair sua atenção.

Levou quase uma hora, mas, depois, conseguiu interpretar, pelo menos, o sentido geral da maior parte da carta. À exceção do cabeçalho e das gentilezas de praxe, dizia mais ou menos o seguinte:

> Sei que não venho cumprindo bem com meus deveres, mas depois de meu casamento tornou-se muito difícil para mim lhe escrever. Como já havia lhe contado na carta anterior, Michel de Nostredame quis que o nosso matrimônio fosse celebrado em Agen, onde meus pais são muito respeitados e onde ninguém sabe nada sobre a vida que levei nos últimos anos. Ele comprou uma pequena casa e eu passo os dias ali, enquanto ele está a maior parte do tempo em Montpellier, para concluir seus estudos. Fez-me jurar que não sairia de casa em sua ausência, e, até mesmo a comida, devo fazer com que meus pais ou minhas irmãs me tragam. No início, a solidão não me pesava muito, até porque, quando Michel estava em casa, me batia muito, não por maldade, mas para me ensinar os deveres de uma boa esposa. Ele não é uma má pessoa, mas se preocupa muito com a sua imagem perante a sociedade, e tem medo de que eu me comporte mal ou de que seja vista por alguém que tenha me conhecido antes do casamento. Agora, porém, a solidão me pesa um pouco mais, porque, desde

que engravidei, Michel não me bate mais; aliás, tornou-se muito carinhoso, mesmo insistindo que eu o trate de senhor, tanto privadamente, quanto em público. Na minha casa, tudo que tenho é o consolo de minhas irmãs e da criatura que trago dentro de mim. Mas não posso ler nenhum livro e não disponho de papéis para escrever. O senhor pode, então, compreender por que não pude respeitar meu compromisso de lhe escrever uma vez por semana. Se estou podendo escrever-lhe esta carta, é somente graças à cortesia de um homem, que me traz a lenha, que conseguiu obter com o primo, que é escrivão, algumas folhas de papel, uma pena de ganso e um pouco de tinta.

Toda esta parte da carta deixou Molinas totalmente indiferente. Tudo o que lhe interessava vinha na parte final, mais difícil de ser decifrada, pois a caligrafia tornara-se mais desordenada:

Em breve serei mãe, e, agora, tornei-me uma mulher honesta, devotada à casa e sem outros relacionamentos senão com meu marido e meus parentes. Não tenho mais condição de lhe escrever e nem de lhe contar nada sobre Michel, que vem aqui apenas para ter notícias de seu futuro filho e depois parte novamente. Não sei nada sobre como ele vive, quais livros lê e que amigos freqüenta. Quando tentei lhe perguntar alguma coisa a respeito, ele me olhou de tal modo que teria preferido ter sido chicoteada como ele fazia no início. Por isso, venho lhe suplicar, de joelhos, visto que o senhor é um homem temente a Deus e, portanto, sensível à caridade humana: me libere de minha promessa e me esqueça para sempre. Fui uma pecadora, mas serei uma mãe exemplar e a mais submissa das esposas. Caso Michel tente fazer algo que seja contrário à nossa religião, tentarei dissuadi-lo e fazê-lo desistir. Mas, aqui, em Agen, ele é considerado um bom cristão e um homem virtuoso. Espero, com lágrimas nos olhos, uma carta sua, um sinal de que, em sua infinita bondade, o senhor me compreendeu e me perdoou. Depois viverei para meu filho e me anularei por amor a ele.

Molinas leu várias vezes a última parte da carta, depois a amassou e a jogou no mar. — Meretriz — murmurou consigo mesmo. Não havia ódio em suas palavras. Tratava-se de uma simples constatação. — Nenhuma mulher temente a Deus escreveria algo assim.

Levantou-se, pegou sua capa e, depois de havê-la jogado sobre as costas, dirigiu-se, a pé, para a cidade. Um vôo de gaivotas sobre sua cabeça o enervou com seu barulho. Nesse meio tempo, o veleiro continuava a aproximar-se lentamente do porto, insinuando sua grande estrutura maciça por entre as caravelas que boiavam sobre as águas.

Molinas detestava Palermo. Na cidade, faltavam aquelas cores lúgubres e dramáticas que impregnavam todas as ruelas espanholas, onde um sol escaldante, repentinamente, deixava lugar a uma espessa penumbra. Ali, o sol estava por toda parte e parecia aliviar o sofrimento dos desgraçados: os inumeráveis mendigos, a multidão de carregadores e os pobres, em geral. Como raça, os sicilianos o enojavam. Astutos além de qualquer limite, briguentos e aduladores, eles manifestavam, aos gritos, sentimentos que sequer eram verdadeiros. Todos na ilha costumavam gritar aos quatro ventos que se haviam unido ao império por livre vontade. Entretanto, à primeira oportunidade eclodiam tumultos sanguinários, cujos alvos eram sempre a Espanha e suas instituições, particularmente a Inquisição.

Segundo a opinião de Molinas, Carlos V deveria, antes de mais nada, dissolver o Parlamento siciliano, que vivia se lamentando das supostas vexações dos inquisidores, acabando por incitar o povo. Depois, ele deveria mandar uma tropa mais numerosa, sob as ordens de um vice-rei menos acomodado e menos interessado em uma boa vida. Ele sabia, porém, que isso jamais aconteceria e que, pelo contrário, o imperador vinha fazendo todos os esforços possíveis para melhorar as relações com os habitantes da ilha. Tudo esforço jogado fora, tratando-se de pessoas tão traiçoeiras.

Ruelas imundas, mas bem arejadas, repletas de lojas, mendigos e levas de crianças descalças o conduziam até o palácio real. Uma pequena multidão ficava parada em frente ao edifício, decorado com um estandarte onde apareciam desenhadas uma espada, uma cruz e uma folha de oliveira, contornadas pelo lema *"Exurge domine et judica causam tuam"*. As pessoas ali reunidas eram parentes de prisioneiros que se encontravam nas celas subterrâneas do palácio ou tratavam-se de *famigli*, armados com espadas ou punhais, com uma expressão agressiva e insolente.

Os privilégios do Santo Ofício siciliano permitiam que os inquisidores pagassem uma verdadeira multidão de guardas, que, a cada ano, crescia. No início, os *famigli* eram indivíduos de baixa condição social, recrutados entre artesãos e até mesmo entre os fora-da-lei. Depois, o direito ao porte de armas e muitos outros privilégios haviam atraído expoentes da burguesia, principalmente tabeliães e comerciantes, e até a baixa nobreza ou aspirantes a títulos nobiliárquicos. Por isso eram freqüentes os casos em que um ex-marginal andava de braços dados com um barão e o carregador mantinha um relacionamento bastante amigável com o advogado.

Ao verem Molinas se aproximar, todos na praça interromperam sua conversa e abaixaram respeitosamente a cabeça. Em teoria, o espanhol era igual a eles, mas todos sabiam que ele era um emissário do grande inquisidor Manrique. Ele sequer se dignou a responder à saudação, e continuou em frente, em direção aos portões do palácio.

Sem prestar atenção aos guardas, entrou em um corredor amplo e úmido. Passou em frente à porta escancarada da sala onde os consultores estavam reunidos discutindo um caso, e depois seguiu em frente, em direção ao porão. Desceu duas rampas escavadas entre paredes que transbordavam de salitre até chegar ao andar onde se localizavam as celas. Agradeceu com a cabeça a saudação dos soldados que já se haviam familiarizado com sua presença. Tornara-se hábito seu descer até os porões, todas as manhãs, para verificar se havia novos prisioneiros ou se algum dos antigos havia confessado.

Estava já se dirigindo a um oficial, para se inteirar das novidades, quando percebeu a presença de Ingastone Lo Porto, um dos poucos *famigli* que não lhe parecia detestável, em pé diante de uma cela que um dos carcereiros estava fechando à chave. Andou em sua direção.

— O que o senhor está fazendo aqui? — perguntou-lhe, sem rodeios.

— Vim acompanhar um prisioneiro, Giovanni da Parigi, de Mineo. Ele fingia ser um convertido, mas as pessoas continuavam a chamá-lo *lu rabi*. Já informei ao inquisidor Camargo, que me mandou prendê-lo.

— Parece-me a coisa certa. Ele já falou alguma coisa?

— Ainda não foi interrogado.

— Como ficou sabendo sobre ele?

— Ele vivia com uma mulher, uma tal de Perna, cujo apelido era a esposa de *lu rabi*. Este apelido chegou-me aos ouvidos quando estava de passagem em Mineo. Informei-me melhor e, depois, com a autorização do doutor Camargo, fiz a prisão do seu companheiro.

Molinas concordou, vivamente.

— Muito bem. O senhor também prendeu a mulher?

Ingastone, apesar de seu rosto quadrangular, que parecia vender energia, e de um corpo robusto, enrubesceu um pouco.

— Não. Sobre ela não pesa nenhuma culpa a não ser a de conviver com um *rejudaysado*. Deveria tê-la prendido?

— Sim. — Ao falar, Molinas acenou secamente com a cabeça, mas sua voz não era azeda. Na verdade, as palavras que disse, logo depois, foram pronunciadas com um certo tom de cumplicidade quase afetuosa: — Em nosso trabalho, meu amigo, as mulheres são preciosas, desde que saibamos usá-las. Elas têm uma inclinação natural à passividade que as torna um instrumento ideal. Uma vez subjugadas, torna-se fácil submeter também o homem que está a seu lado. Nunca se esqueça disso.

Mesmo não compreendendo por que o espanhol lhe estava fazendo uma recomendação assim tão óbvia, Ingastone concordou.

— Nunca irei me esquecer, senhor. Os seus conselhos sempre são preciosos.

— Tenho certeza disso. A Inquisição saberá levar em consideração o seu zelo. Faça prender imediatamente esta Perna e coloque-a em uma cela onde seu homem possa ouvir os seus lamentos. O doutor Camargo saberá apreciar a sua sagacidade. Lembre-se de que a baronia de Xumantino continua à disposição. — Molinas deixou que esta última frase deslizasse, com ar de indiferença, fingindo não perceber as cintilas que iluminaram o olhar de seu colega. — Agora, gostaria, eu mesmo, de interrogar *lu rabi*. Posso?

— Mas é claro! — Ingastone chamou de volta o carcereiro, que havia se afastado um pouco para não ouvir uma conversa que talvez pudesse ser perigosa. — Abra a cela e faça entrar este senhor.

A cela onde se encontrava o prisioneiro era como uma pequena gruta, com o teto baixo, onde só o pavimento havia sido nivelado e, assim mesmo, de qualquer jeito. Não parecia úmida, mas fazia um frio terrível. Aquele *sambenito* leve que o homem vestia certamente não o protegia do frio, e ele tremia todo, agachado sobre o catre. A única luz que entrava na cela era fornecida por uma vela, sobre um castiçal apoiado em um vão.

Molinas pegou o castiçal e aproximou-o do rosto do prisioneiro. Viu uma testa larga, dois olhos amarelados e assustados, um nariz adunco e uma barba preta que caía sobre um peito raquítico. Soltou um leve suspiro.

— Você sabe que não há nenhuma esperança para você — disse, fingindo piedade. — Somente um arrependimento completo, unido à denúncia de outros judeus que compartilham sua fé, poderiam salvá-lo de ser entregue aos braços da justiça secular. A Igreja sabe perdoar aqueles que, reconhecendo suas próprias faltas e entregando seus cúmplices, demonstram estar arrependidos da própria traição.

— Mas eu sou um bom cristão! — protestou o prisioneiro com voz rouca.

— Vai, nunca se ouviu falar de um bom cristão cujo apelido fosse "o rabino". Você é um sacerdote hebreu.

O homem sacudiu a cabeça.

— Chamam-me de *lu rabi* porque na França, onde nasci, eu ensinava a língua e a doutrina hebraicas. Mas eu as ensinava a cristãos de fé comprovada, que me convenceram a me reconciliar com a verdadeira Igreja.

Molinas piscou os olhos.

— Você percebe o que está me dizendo? Você acabou de admitir que tentava recrutar seguidores entre os cristãos. Como espera que possamos salvá-lo diante de uma culpa assim tão grave?

— Não, não! — Giovanni da Parigi abriu seus braços esqueléticos em sinal de inocência. — Nunca tentei converter ninguém! Na França, naquela época, havia um grande interesse pelas tradições hebraicas. O próprio rei, Francisco I, tinha professores que lhe ensinavam a cabala, e o mesmo faziam muitos sábios....

— Você, então, seria um cabalista. — A voz de Molinas, aos poucos, tornava-se mais dura. — Alguém que praticava a magia, a necromancia. O inquisidor Eymerich escreveu: "Não existe nenhum hebreu que, em segredo, não faça sacrifícios aos demônios e não os evoque."

— Eu lhe peço, deixe-me terminar! — Os olhos do prisioneiro encheram-se de lágrimas — Eu nunca fui um cabalista. Eu só aproveitava o interesse dos franceses para ir, de cidade em cidade, dando aulas de língua hebraica. Eu o fiz em Paris, Lion, Avinhão, Montpellier, Dijon. Depois disso, veio a guerra, e eu, que me encontrava na Borgonha, ameaçada por Carlos V, me alistei e segui o meu rei na campanha da Itália. Depois da derrota, fui capturado pelos espanhóis e deportado para a Sicília, onde tentei refazer a minha vida. Isso é tudo.

Molinas levantou-se por precaução, tentando evitar as gotas de cera que caíam do castiçal. Recolocou a vela em seu vão. — Talvez um franciscano ignorante pudesse acreditar em você. Mas se você pensa que pode me enganar, está completamente errado. — Virou-se, em um pulo, em direção ao catre. — Antes você me disse que ensinava a língua e as doutrinas hebraicas. Quais doutrinas além da cabala? Você mesmo disse que era esta a que interessava aos franceses. Ou, quem sabe, você mostrava-lhes os preceitos do *Talmude* para poder convertê-los?

Agora, Giovanni da Parigi chorava abertamente.

— Não, eu lhe asseguro. A única doutrina que eu conheço um pouco é a gematria. É esta que eu ensinava.

— A gematria? E o que seria? — perguntou Molinas, perplexo.

— É a arte de explicar as palavras através do valor numérico de suas letras. Os hebreus a usam para explicar algumas passagens da Torah, a lei do povo de Israel.

— Valor numérico? Continuo não entendendo.

Para conseguir falar, o prisioneiro teve que cuspir sobre o pavimento o catarro que estava fechando sua garganta.

— Existem palavras que escondem um número particularmente importante. É o caso de Mithras, ou do equivalente Abraza...

Molinas deu um pulo, como se tivesse sido tocado por um ferro em brasa.

— Você disse Abraza?

Giovanni da Parigi olhou para ele, surpreso.

— Sim; na verdade, trata-se de uma palavra grega, *Abraxas*.

— Então, você sabe o que significa... — Qualquer esforço que Molinas fizesse para se manter calmo era miseravelmente frustrado. O seu timbre parecia rachado pela angústia, quase como se temesse perder o fio que agarrava entre os dedos.

— Sim, claro. É simples.

Molinas voltou a aproximar-se do catre, febril e com o coração disparado. Conseguiu, todavia, falar com bastante frieza:

— Agora, me escute bem. Você irá me explicar, da forma mais completa possível, o que significa *Abraxas* e todas as suas possíveis implicações. Eu sei que você mora com uma mulher chamada Perna. Eu já vi, muitas vezes, marido e mulher subirem para a fogueira juntos e, às vezes, ela ter sido queimada antes dele, para que o castigo fosse maior. Se você agora me disser a verdade, estará salvando Perna, mais do que a si mesmo. Comece a falar, estou ouvindo.

Molinas ficou nos porões secretos durante quase uma hora. Quando saiu, foi procurar o inquisidor Camargo. Encontrou-o quando este vinha saindo da missa.

— Ilustríssimo — disse, em tom convulsivo — peço-lhe que escreva para a Suprema Corte dizendo que não mais precisa de meus serviços. Devo, absolutamente, voltar para a minha missão anterior.

No rosto regular e nobre de Camargo desenhou-se uma expressão de surpresa, e suas sobrancelhas, grossas e brancas, ergueram-se.

— É tão urgente assim?

— É.

— Está bem. Venha comigo até o meu gabinete.

Parto com dor

SOLI DEO

Michel de Nostredame desceu da carruagem, na praça principal de Agen, em frente à catedral de Saint-Caprais, segurando com ambas as mãos seu chapéu quadrado preto com pompom vermelho, com medo de que o vento o levasse. Há horas ele não largava aquele chapéu, símbolo de um sucesso que teria enchido de orgulho seus antepassados. Descendente de uma família hebraica condenada à humilhação, diplomado médico, e, portanto, elevado à categoria dos homens importantes! Ainda soavam em seus ouvidos o som dos sinos de Montpellier, as palavras de elogio de Antoine Romier e do decano Gryphius e as saudações dos estudantes e dos bacharéis. Decididamente, o ano de 1533 se anunciava como o mais feliz de sua vida.

Embocou o caminho de casa, quase correndo, notando, de passagem, os olhares admirados dos transeuntes com os quais alimentava seu orgulho. Naquele mesmo instante, decidiu que não mais retiraria aquele chapéu repleto de glórias. Se o seu emblema de família — *Soli Deo* — era motivo de escárnio, se suas origens continuavam a suscitar ceticismo (e ele próprio sabia com quanto fundamento), o chapéu que segurava era um sinal incontestável de autoridade e competência. Se não diante dele, as pessoas se inclinariam respeitosamente diante de seu chapéu.

Bateu, com nervosismo, na porta da casa de dois andares na qual havia segregado sua esposa. Esperou impaciente; depois, finalmente, a porta se abriu. Magdelène apareceu, segurando nos braços seu filho. Michel ficou alguns instantes contemplando-a em silêncio. Desde que dera à luz, a pele da mulher havia embranquecido quase como se seu sangue tivesse defluído, e aquela mancha dourada de sardas, que tanto contrastava com os critérios de beleza da época, havia se tornado muito pálida, até quase desaparecer. Porém, embora tivesse tido uma gravidez difícil, Magdelène continuava muito bonita, e seus olhos azuis e brilhantes eram suficientes para compensar seu rosto, um tanto definhado.

— Então, o que me diz? — perguntou, sorrindo, Michel, apontando para seu chapéu.

— Ah, você... O senhor está muito bem!

Magdelène aproximou seus lábios, mas Michel beijou antes a testa do menino, que, meio perdido, agitava os bracinhos. Somente depois ele deu um leve beijo na boca da esposa. Quase imediatamente afastou seus lábios.

— A senhora já preparou o jantar? — perguntou-lhe. — Desisti do jantar em Castelnau para vir correndo vê-la.

A testa de Magdelène ficou vermelha.

— Para dizer a verdade não esperava que o senhor viesse assim tão cedo. Mas posso sempre encontrar alguma coisa para comermos. Sente-se, e deixe que eu cuido de tudo.

Pela primeira vez naquele dia, a testa de Michel enrugou-se.

— Não há nenhum marido que, ao voltar para casa, não espere encontrar um jantar, como Deus comanda. Especialmente no dia de sua formatura.

Magdelène gaguejou: —Mas como eu poderia saber... Não, o senhor tem razão. Os cuidados com nosso filho me tomam todo o tempo. Não tenho nenhuma mulher para me ajudar, a não ser minhas irmãs, que já têm muito o que fazer por conta de seus próprios filhos. É por isso que, às vezes, esqueço-me de meus deveres.

— Não às vezes, mas freqüentemente. Até demais! — gritou Michel, com severidade.

A mulher baixou os olhos, o que, porém, não o impediu de nutrir um certo rancor por ela. Naquele dia, de tanta alegria, ela conseguira, mais uma vez, suscitar seu mau humor. Quase arrancou-lhe o menino dos braços.

— Vá para a cozinha. Eu fico com René. É porque o amo que não lhe dou um castigo. Mas fique sabendo que da próxima vez não terei compaixão.

Enquanto Magdelène desaparecia pelos corredores, Michel foi para o seu escritório, ninando o menino em seus braços. O pequeno era lindo, não fossem seus cabelos, tendentes ao ruivo, que herdara da mãe. Michel teria preferido que o filho se assemelhasse um pouco mais a ele. Todavia, sentia-o como parte de si mesmo e enchia-se de ternura ao sentir suas minúsculas mãozinhas que mexiam em sua barba, tentando segurá-la.

O escritório era uma sala bastante simples, com uma grande lareira, uma escrivaninha, uma cômoda, algumas cadeiras e um pequeno sofá. Não havia nenhum livro. Decidido a derrotar a paixão insana de Magdelène pela leitura, Michel havia deixado em Montpellier não apenas sua biblioteca como também tudo que fosse necessário para escrever. Ficou, portanto, bastante surpreso ao reparar, enquanto passava em frente à escrivaninha, uma mancha de tinta sobre o móvel. Mas como estava com o menino nos braços, não deu muita importância.

Estava levantando seu filho, tentando fazê-lo rir, quando ouviu baterem na porta.

— Magdelène! — exclamou. — Vá ver quem é!

Alguns segundos depois, sua esposa veio até o escritório.

— É um homem grande e forte — disse ela — vestido como um príncipe. Disse que veio para homenageá-lo.

— Ele lhe disse o nome?

— Sim, mas é muito complicado. Não entendi nada. De qualquer forma, parece ser alguém importante.

— Fique com o menino. Vou ver.

Michel colocou René nos braços da mãe e, depois, atravessou o corredor até a porta de entrada. O indivíduo parado ali, na rua, de fato era importante. Alto e musculoso, tinha cabelos aloirados cortados bem rente e uma barba quadrada que tocava a extremidade do bigode. O nariz era alongado, a testa ampla e recoberta de cachos. As rugas na testa e ao lado dos olhos mostravam que devia ter, mais ou menos, uns cinqüenta anos, mas estava em plena forma. Entretanto, o que mais chamava a atenção era sua roupa: capa de veludo bordada, colarinho de seda e um casaco de couro, cravejado de brilhantes. Parecia mais com um cruzamento do rei da França com um saltimbanco de circo.

Assim que viu Michel, o visitante retirou seu chapéu, recoberto de plumas, e fez uma reverência à espanhola.

— Vim render minhas homenagens a um confrade e a um eminente cientista — disse com voz de barítono. — Deixe que me apresente. Meu nome é Jules-César de Lascalle de Bourdonis, sou italiano. Mas, aqui, para simplificar, me chamam de Scaliger. Jules-César Scaliger.

— O senhor, por acaso, tem parentesco com os famosos Scaligeri de Verona?

— Isso mesmo, bravíssimo — respondeu o italiano, com um sorriso de orelha a orelha — Não me gabo porque sou tendente à modéstia. Certamente o senhor recebeu minha carta...

— Carta? Que carta?

— A que lhe mandei há seis meses, na qual convidava o senhor, ilustre médico, a estabelecer-se em Agen, para enriquecer a nossa pequena comunidade intelectual. Mas vejo que o senhor atendeu ao meu chamado. Uma escolha da qual muito me orgulho.

Muito embaraçado, Michel sacudiu, negativamente, a cabeça.

— Para dizer a verdade, não recebi nenhuma carta. E, depois, me desculpe, mas quem lhe falou a meu respeito?

— Uma pergunta muito lógica — disse Scaliger, com ar de aprovação. — O senhor certamente está a par de que seu amigo François Rabelais passou algum tempo aqui, antes de se inscrever na Universidade de Montpellier. Eu e François somos como irmãos. Claro, ele tem fama de ser um grande mulherengo. Há até quem o defina como ladrão, porco e gigolô. De qualquer forma, enquanto esteve aqui, em Agen, não fez outra coisa senão elogiar o senhor.

Michel estava cada vez mais embasbacado.

— Desculpe-me, senhor, mas, quando conheci Rabelais, ele já tinha deixado Agen há muito tempo!

— E que importância tem isso? — perguntou Scaliger sem perturbar-se nem um pouco. — Ao que parece, ele já havia ouvido falar de sua sabedoria. E pensar que todos o consideram um ignorante, quase um imbecil! Quanto é infundado o julgamento do mundo!

Michel não sabia o que dizer. Repentinamente, percebeu que havia deixado o visitante na rua, violando as regras da boa hospitalidade. – Entre, por favor. Não posso convidá-lo para jantar, porque minha esposa não esperava que eu voltasse ainda hoje. Mas podemos conversar um pouco.

Ao ouvir que não poderia contar com uma boa refeição, Scaliger fez uma pequena careta. Entretanto, logo se recompôs e entrou.

— A conversa é o veículo natural através do qual os grandes espíritos entram em contato — sentenciou. Depois, em voz baixa, acrescentou: — Pelo menos vinho o senhor tem, não é?

— Bem, acho que sim...

— Ah, mas não se preocupe com isso. Não vou beber mais

do que um copo, ou, talvez, no máximo, dois ou três. A minha saúde não me permite.

Michel convidou Scaliger até o escritório.

— Acomode-se no sofá, vou lhe trazer algo para beber. — Surpreso e perplexo, dirigiu-se para a cozinha. Magdelène, com o menino no colo, controlava uma panela onde os legumes estavam cozinhando.

— Tem vinho aqui? — perguntou-lhe.

A mulher apontou para algumas garrafas que estavam em um canto escuro da cozinha.

— Tem *hypocras*. O senhor quer que eu sirva?

— Não, preocupe-se com o jantar.

Michel voltou para o escritório trazendo dois copos de terracota, um pela metade, e outro cheio até a borda.

— O senhor conhece o *hypocras*? É vinho com açúcar e canela.

— Uma bebida excelente, salutar e benéfica. Poderei beber uma gota a mais sem preocupar-me com o meu intestino. — Scaliger encostou o copo em seus lábios e engoliu, ruidosamente, um gole do líquido aromático. — Ótimo, realmente ótimo. Não por mero acaso, os antigos trovadores cantavam as virtudes desta mistura. Hoje, porém, transformou-se em uma beberagem de farmacêuticos. O senhor, por acaso, entende de farmacêutica?

— Sim. Meu avô preparava remédios, e eu também estou pensando em fazer o mesmo nesta cidade.

Scaliger fez um gesto de aprovação. — Sábia decisão. Eu mesmo, uma vez ou outra, também trabalho com a botânica medicinal. Venho tentando dar um nome latino a todas as plantas da Provença. Na pior das hipóteses, isto talvez baste para que meu nome entre para a história. — Tomou outro gole, esvaziando o copo. — A sua competência me demonstra estar certo em minhas decisões. Eu o terei sob a minha tutela, sem pretender nada em troca.

Michel ficou boquiaberto. — Tutela? O que o senhor quer dizer com isso?

— Um jovem cientista que se estabelece em Agen precisa da proteção de pessoas ilustres, que o introduzam na sociedade e o ajudem a conquistar o devido respeito. Um Della Scala, em geral, recusa tais incumbências, mas o senhor, meu caro jovem, me convenceu. Façamos, portanto, um brinde à nossa nova aliança. — Ao dizer isso, Scaliger apoiou sobre a mesa o copo vazio e fez sinal para enchê-lo.

Michel hesitou por um instante, mas, depois, saiu e voltou com o copo cheio. O sujeito que estava diante dele parecia ser totalmente louco. Todavia, ele sabia, perfeitamente, que iniciar uma atividade farmacêutica em uma cidade desconhecida não era fácil. Os outros farmacêuticos tentariam impedi-lo e, muito provavelmente, também muitos doutores. Uma certa hostilidade recíproca entre a medicina e a farmacologia já vinha de longa data. Ele pertencia a ambas as categorias, mas não sabia se o parlamento local levaria isso em consideração. Apesar de toda a sua excentricidade, Scaliger vestia trajes que pareciam colocá-lo entre personagens de relevo. Uma amizade do gênero, de fato, poderia demonstrar-se preciosa em um ambiente como aquele.

Desta vez, o visitante bebeu todo o conteúdo do copo de um gole só e, depois, emitiu um grande suspiro de prazer. — Ah, como é fácil sentir o poder curativo desta mistura! — exclamou, em estado de quase êxtase. Depois, sem mais delongas, mudou de assunto: — Ando precisando de todas as minhas forças, nos últimos tempos. Estou destruindo aquele vigarista do Erasmo!

— Erasmo?

— Sim, Erasmo de Rotterdam! Um trapaceiro, que não merece a fama que tem, porque, na verdade, não passa de um gigolô, e, com perdão da palavra, um emérito peidão. Assim que ele ler o livro que estou escrevendo contra ele, morrerá de infarto. Bem, eu certamente não vou chorar nem um pouco. Se o senhor pensar que...

Scaliger parou de falar e ficou de pé. Magdelène apareceu na porta com o menino no colo, talvez para avisar a Michel que o jantar estava pronto. Antes, porém, que ela pudesse falar, o visitante já havia feito uma reverência, ainda mais pomposa do que a anterior. Depois, correu para acariciar a testa do bebê. Seu olhar, todavia, não se descolava de Magdelène.

— Que linda mulher! Pena as sardas! É sua esposa? — perguntou, virando-se para Michel, que havia permanecido atrás dele. Não esperou, porém, que ele respondesse. — Senhora, eu também casei-me há pouco tempo, e tenho certeza de que a senhora e minha cônjuge tornar-se-ão grandes amigas — disse, em um tom bastante pomposo. — Jamais, em toda a minha vida, vi uma criança tão bonita. Quando nascerá o próximo?

Magdelène esboçou um sorriso um tanto embaraçado.

— Ah, é muito cedo para pensarmos nisso. Por enquanto, temos que cuidar de René.

— Minha cara senhora, a senhora tem os quadris largos, adequados a uma prole numerosa. Como foi seu parto? Doloroso?

Pega de surpresa, Magdelène gaguejou um pouco.

— Bem, sim. Ainda me sinto muito cansada.

Scaliger balançou a cabeça.

— Trata-se de um cansaço passageiro. Da próxima vez, verá que tudo será mais fácil. A senhora sabe quantos filhotes uma gata consegue gerar?

A frase era terrivelmente inconveniente, a ponto de fazer com que Magdelène sorrisse, dada a sua absurdidade.

— Eu já lhe disse, senhor, que no momento temos que pensar em René.

— É uma sábia preocupação, mas vê-se que seu René está

pedindo um irmãozinho ou irmãzinha para não se sentir só. De minha esposa, eu espero, pelo menos, uns dez filhos, e acredito que não haja nenhum desejo mais cristão.

O sorriso de Magdelène amarelou-se.

— Existem mulheres que são aptas para a maternidade — observou. — Sua esposa ficará bem feliz em lhe oferecer uma família numerosa.

— *Todas as mulheres honestas são aptas à maternidade.* — Não havia sido Scaliger a falar e sim Michel, e com uma raiva difícil de disfarçar. Seus olhos acinzentados tornaram-se negros como tições. — A senhora, com certeza, concorda comigo.

Magdelène, claramente assustada, abaixou a cabeça.

— Ah, claro, concordo. — Foi, certamente, a presença de um estranho a dar-lhe coragem para acrescentar: — Porém...

Scaliger, repentinamente, correu em direção à porta do escritório, como se quisesse impedir que a esposa de seu anfitrião dissesse um absurdo.

— Já está tarde e devo ir embora. Teria bebido, com prazer, um outro gole daquele *hypocras*, que tanto conforta o fígado e o intestino, mas fica para uma outra vez. Senhor de Nostredame, o senhor e sua esposa me darão o prazer de virem jantar em minha casa uma noite dessas. A nossa aliança já esta selada.

Mesmo perdido em meio a outros pensamentos, Michel ainda conseguiu dizer:

— Permita-me que o acompanhe até a porta.

— Ficarei muito grato.

Quando voltou para a sala, Magdelène mantinha seu filho bem estreito a si, como se aquele gesto afetuoso pudesse superar sua angústia. Dirigiu ao marido um olhar tímido e, sabe-se lá como, conseguiu insinuar um sorriso. — Michel, o jantar está pronto — disse, timidamente. — Fiz o que pude, com aquilo que encontrei em casa. Acredito que o resultado deixará o senhor impressionado. O senhor sabe, sem condimentos e só um pouco de legumes... Sorte que havia um pouco de carne... E aquela geléia que o senhor mesmo fez, alguns meses atrás... Lembra-se?... Sua paixão pelas geléias salvou um jantar que...

Michel permaneceu à porta, de braços cruzados, sem dizer uma palavra. A fúria que ele sentia no início havia dado lugar a um gelo ainda mais cortante. Esperou que aquela conversa atrapalhada da esposa naufragasse em um murmúrio confuso, para depois perguntar, com a mesma frieza com a qual um juiz lê uma sentença de condenação:

— A senhora percebeu o que disse diante de um estranho? Que a senhora recusa a idéia do parto porque pertence a uma categoria de mulheres que o considera uma coisa secundária. Exijo uma explicação e que seja convincente.

Levou algum tempo antes que Magdelène, sem olhar para o marido, conseguisse articular uma resposta.

— O senhor não me entendeu, ou talvez tenha sido eu que... — Sua voz era pouco mais do que um sussurro. — O parto de René foi muito doloroso. Ainda é muito cedo para que eu consiga pensar em... Eu preciso de mais tempo. Apenas um pouco de tempo.

Michel observava a mulher como se entre eles houvesse uma distância abissal. De repente, pareceu-lhe claro aquilo que deveria fazer. Perguntou-se se aquela sugestão proviria de uma parte obscura de sua mente, mas logo descartou a possibilidade. Não, não havia nenhuma alternativa. Ele imaginou Scaliger contando a todos na cidade como Michel de Nostredame havia se casado com uma mulher que, por livre escolha, decidira não ter filhos, como costumam fazer as meretrizes. A respeitabilidade que ele havia conquistado teria desaparecido, seu *status* social teria desabado, antes mesmo de se ter consolidado. Ele veria de volta aquele mesmo pesadelo contra o qual sua família lutara durante séculos: um homem sem pátria, desprezado e condenado a viver à margem da sociedade... Um arrepio envolveu-o completamente. Não, decididamente, não havia alternativas.

— Eu quero que a senhora me dê outros filhos — gritou. — Acredito que a senhora saiba melhor do que eu aquilo que farei.

Não devia ser verdade, porque Magdelène apertou o menino contra o seu corpo com mais força ainda, como se quisesse usá-lo como escudo.

— Por favor, não me bata, não por enquanto. Ainda estou amamentando René e não gostaria de perder meu leite.

— Não tenho a menor intenção de bater na senhora. Venha comigo até o quarto.

Magdelène parecia faiscar.

— Mas o senhor realmente está pensando em... — gaguejou, antes que algumas lágrimas de incredulidade escorressem de seus olhos. Pela milionésima vez tentou sorrir, mas não conseguiu. — O jantar está pronto — murmurou, com um sopro de voz. – Talvez depois...

— Agora! Venha comigo até o quarto. Hoje a senhora irá conceber o nosso segundo filho.

Magdelène parecia estar paralisada. René havia começado a chorar, como se estivesse entendendo a dramaticidade da situação. Michel o retirou dos braços da mãe e, delicadamente, colocou-o sentado no sofá. Fez-lhe uma rápida carícia sobre os cabelos ruivos e ralos.

Depois, agarrou Magdelène, que parecia imbecilizada, e a levou para fora da sala. Não foi preciso sequer arrastá-la: ela o seguiu passivamente, como se tivesse perdido toda a vitalidade. Michel sentia uma estranha excitação, quase como se o poder que estava exercendo, além de seu amor-próprio, estimulasse seus sentidos.

Jogou a esposa sobre a cama, sem importar-se com o gemido confuso que ela emitia. Esticou as mãos para desnudar-lhe os seios, mas logo as retirou: ela estava amamentando e poderia sentir dor. Foi para não comprimir-lhe os seios que ele a agarrou pelos quadris e a fez girar. Levantou sua saia e sua blusa. Depois abaixou suas próprias calças. Logo em seguida, ele a penetrava, sentindo contra o próprio peito o tremor das costas dela.

Quando terminou, abandonou-a sobre o colchão, imóvel e sem qualquer energia, como se fosse inanimada. Correu, então, até o escritório, onde o pequeno René, em total solidão, chorava. Ninou-o com muita doçura.

Abrasax. O deserto

A planície deserta, com apenas algumas colinas aqui e ali, refletia os tons vermelhos do céu e os raios amarelados que o atravessavam. Três sóis incandescentes, perfeitamente alinhados no horizonte, acariciavam a areia com línguas de fogo. A luz que eles emitiam, embora não escondesse as estrelas, aumentava as sombras a grandezas incomensuráveis. As sombras mais inquietantes e grotescas eram as de monstros corcundas, com asas enroladas como as dos morcegos e que, agachados, alinhavam-se a intervalos regulares, ao longo de toda a planície. De vez em quando, alguns deles emitiam um ruído gutural que se perdia no silêncio daquela terra árida. Nenhum eco era capaz de refratar aqueles gritos.

Nostradamus estava ali, imóvel, sentado sobre um monte rochoso, observando o fulgor dos três sóis, sem parecer perturbar-se. Virou seu rosto barbado somente quando viu aproximarem-se três figuras que provinham de direções diversas, fazendo grande esforço para caminharem sobre aquele terreno escabroso. Pôde reconhecer seus traços apenas quando as figuras já estavam mais próximas. Tratava-se de um homem, envolto em uma capa preta, de uma mulher com um vestido luxuoso e de um jovem padre. Os seus inimigos.

Um dos demônios negros deixou seu lugar e cavou, freneticamente, com suas unhas, um buraco na areia. Entrou nele, assustado. Este havia sido o único sinal de atividade, naquele rigor mortis *da planície, no momento em que os três se aproximaram.*

— Onde estamos? — *perguntou o homem da capa preta, quando chegou à base do monte.*

Nostradamus apontou para os três sóis que incendiavam o horizonte.

— O senhor não entendeu? Estamos fora do tempo.

A mulher, que chegou, já sem fôlego, à base do monte, deu uma gargalhada sarcástica. — Você está delirando. Não há nada fora do tempo. — *Acariciou, distraidamente, as costas de um dos monstros que jaziam sobre o terreno, fazendo-o tremer. A criatura agitou seu rabo e depois voltou à sua imobilidade.*

— Você tem razão — *respondeu Nostradamus com um murmúrio que o silêncio amplificou, transformando-o em um som cavernoso.* — Estamos, precisamente, no nada. Mas é somente daqui que podemos ver tudo. O início e o fim.

— Bobagens — *disse o jovem padre, balançando a cabeça, irritado.* — O início e o fim estão em Deus. Nós não estamos Nele.

Nostradamus deu de ombros.

— Você é um péssimo teólogo. A última esfera da criatura é uma continuação de Deus. Entre os homens, você está morto, como também eu e seus companheiros. Mas, aqui, vivemos, porque onde não há tempo a morte não existe.

— Se não há morte, também não há vida.

— Exatamente. Nenhum de nós está morto e nenhum de nós está vivo. Não é uma condição fácil, mas é a nossa. Fomos retirados do tempo e devemos nos adaptar a esta nova realidade. Espera-nos uma existência efêmera, mas sem limites.

Naquele momento, uma borboleta gigantesca obscureceu, por alguns instantes, os três sóis, voando lentamente sob suas esferas de fogo. Os astros oscilaram e depois modificaram suas posições, embora permane-

cendo sempre alinhados. Toda a configuração celeste mudou, juntamente com eles, enquanto se ouvia uma espécie de gemido.

O homem da capa preta lançou um olhar ameaçador em direção a Nostradamus.

— Você fala de uma continuação de Deus, mas isso é uma blasfêmia. Somos prisioneiros do demônio ao qual você serve, e torna-nos seus escravos.

O profeta sorriu-lhe.

— A sua escravidão e a de seus amigos é voluntária. Os três passaram a maior parte da própria existência me perseguindo e tentando compreender o meu segredo. Conseguiram apanhar apenas alguns farrapos. Àquela altura era inevitável que me seguissem até aqui. Com o seu ódio, os senhores escreveram, sozinhos, a própria condenação.

— Eu ainda o odeio. Eu o odiarei para sempre.

— Eu também — disse a mulher.

— E eu também — fez coro o jovem padre.

Nostradamus concordou.

— Eu sei disso. Penso que esta será a sua prisão.

Com um vislumbre esverdeado, os três sóis mudaram novamente de posição. Um dos monstros bateu suas asas, feitas de membranas, e depois voltou a se parecer com uma rocha. Todas as criaturas, homens ou animais, ficaram imóveis, observando a nova ordem das estrelas.

O silêncio voltou.

Epilepsia

Se fosse capaz de sentir as emoções normais dos fracos e dos simples, Diego Domingo Molinas estaria feliz por estar de volta à França meridional. No fundo, ele adorava aquelas cores quentes e o eterno sol que as acariciava. Também adorava as pedras acinzentadas das aldeias, os telhados reclinados e as numerosas fontes. Um panorama bem diferente daquele sombrio e monótono de Aragão, onde ele havia nascido.

Todavia, sua parte racional percebia a frivolidade do contexto, onde uma alegria esfuziante contagiava tudo, das plantas aos homens. Um lugar em que o sabor do pecado emanava, de forma evidente, até mesmo da arquitetura suave dos castelos e das mansões nobiliárquicas, onde, apesar de tantas guerras, os jardins eram mais numerosos do que as torres.

Agen também tinha muitas outras características negativas. Para começar, uma comunidade hebraica, grande e próspera, que, tranqüilamente, se enfiara em meio aos bairros cristãos. E, depois, uma presença maciça de huguenotes, sempre em maior número, condicionando as instituições e até mesmo introduzindo nelas seus elementos mais capazes. Foi, portanto, com profundo mau humor que Molinas, enrolado em uma capa preta que atraía olhares impressionados, naquele verão de 1534, atravessou de carruagem as ruas de Agen, dirigindo-se para o vale de Vivès, fora da cidade. Um mau humor que era aumentado pelo fato de que, em meio àquela frivolidade típica da França dos Valois, ele ia ao encontro do mais frívolo dos homens.

Quando chegou ao seu destino, desceu da carruagem e ficou parado durante algum tempo, à sombra de uma cerejeira repleta de frutos, em frente à casa do homem que ele devia encontrar. Tratava-se de uma pequena mansão pretensiosa, fechada por um portão que trazia um emblema representando uma escada, tendo em torno um jardim que descia até o córrego de Saint Martin de Fouloyronnes, que cortava o vale. O conjunto provocava uma sensação agradável, e o jardim era bem-cuidado. O portão, porém, estava tomado de ferrugem, à exceção do emblema, que devia ser recente, e a construção parecia suportar-se sobre a hera que o contornava muito mais do que sobre a solidez de suas paredes.

Molinas ficou ainda alguns instantes observando, e só depois tocou a campainha. Não ouviu-se som algum. Abriu então uma das antas, apenas encostada à outra, e andou em direção à mansão.

Alguém deve ter ouvido o barulho do portão enferrujado, porque, antes mesmo que ele chegasse à porta, esta já estava se abrindo. Apareceu uma mulher, com algum bigode sobre os lábios, e pêlos também no queixo. Ela fechou um dos olhos, não em gesto de cumplicidade, mas provavelmente porque enxergava apenas com o outro.

— O senhor Scaliger e sua esposa estão descansando — disse, bruscamente.

Molinas deu de ombros.

— Eu marquei um encontro, e estou bem na hora. Acorde o senhor Scaliger e lhe diga que o homem que foi mandado por sua eminência, o cardeal Antonio della Rovere, já chegou.

Diga-lhe também que só esperarei alguns minutos e depois me verei obrigado a ir embora. Aqueles que fazem o meu trabalho desconhecem o que seja repouso.

A velha criada ficou perplexa. Muito provavelmente não havia entendido nada a não ser o nome do cardeal. Desapareceu silenciosamente pela casa afora. Enquanto contemplava as sebes dos jardins que contornavam a casa, Molinas perguntava-se o que uma criatura daquelas teria podido referir a seus patrões.

Havia sido por demais pessimista. O que quer que ela tivesse dito, surtira efeito, porque logo depois ouviu-se um grande alvoroço e Scaliger apareceu à porta.

— Meu Deus, mas que honra! — gritou o italiano a plenos pulmões. — Um cidadão da nobre Espanha e ainda mais um amigo do cardeal della Rovere! — observou, extasiado, o estrangeiro. — Como percebe-se, de imediato, a genialidade espanhola! Vestir uma capa preta com este calor! Original, originalíssimo! Acho até que vou procurar meu casaco de pele de urso para vesti-lo sem me importar com as convenções!

Molinas ergueu uma das sobrancelhas, perguntando-se se o outro não estaria troçando dele. Concluiu que não era esse o caso. Tudo aquilo que tinha ouvido falar sobre aquele homem deveria tê-lo deixado preparado para ouvir coisas bizarras e insensatas.

— O cardeal della Rovere pediu-me para cumprimentá-lo — disse, fazendo uma pequena reverência. — Logo voltará de Marselha.

— Sim, li sua carta. Foi lá, então, que o senhor o encontrou? Em Marselha?

— Sim, desembarquei naquele porto, há um mês, vindo da Sicília.

— Sua eminência nos faz uma falta enorme. Aqui em Agen estão acontecendo coisas terríveis. Terríveis! — Qualquer outra pessoa, ao pronunciar uma frase daquelas, teria baixado o tom de voz. Scaliger, ao contrário, o aumentou. — Mas venha comigo para dentro, por favor. Aqui, até as paredes têm ouvidos.

Molinas pensou que, se aquilo fosse verdade, os tímpanos daquelas orelhas já deveriam ter arrebentado. Além disso, não havia outras casas ali por perto, e a única pessoa nas proximidades era o cocheiro, que estava cuidando de seus cavalos. Seguiu o anfitrião através de um corredor que tinha cheiro de mofo, mas era decorado com espelhos elegantes e uma tapeçaria de valor, apenas desbotada em alguns pontos. Quando chegava próximo a uma escada de madeira, o corredor mudava de direção e levava a uma pequena sala.

Scaliger deu um grito em direção ao topo da escada:

— Audiette, quando estiver pronta, desça! Temos uma visita importante! — Depois olhou para Molinas. — O senhor deseja me dar a sua capa?

— Não, obrigado, não estou com calor.

— Ah, mas que original! Então, acomode-se. Farei trazer um bom vinho de Cahors e geléia de ameixa.

Enquanto Scaliger procurava pela criada para lhe dar as ordens, Molinas deu uma olhada em volta. A pequena sala, iluminada por uma grande janela, era decorada de uma forma que poderia ser considerada de bom gosto e, até mesmo, refinada. Só que ela estava repleta de objetos enfiados por toda parte: dentro da lareira que, evidentemente, não era muito usada, sobre as cadeiras, sobre a escrivaninha e na beirada de um sofá. Uma couraça do século quatorze, toda empoeirada e sem um braço, despontava austeramente sobre uma pilha de livros.

Scaliger voltou e apontou para o sofá.

— Mas o que o senhor está esperando? Sente-se, por favor. — Procurou, inutilmente, uma cadeira vazia, depois sentou-se, ele também, no sofá, na outra extremidade. Falava com um tom de seriedade. — Eu estava lhe dizendo que aqui em Agen estão acontecendo coisas preocupantes. O senhor sabia que temos a nossa própria universidade, embora pequena? Bem, mesmo prevendo que o senhor ficará horrorizado, devo lhe dizer que existem professores que não tentam esconder sua admiração por... adivinhe quem?

— Não faço idéia.

— Por Erasmo! Por Erasmo de Rotterdam! Aquele filósofo de araque idolatrado pelos huguenotes, aquele sodomita, aquele monstro! O que o senhor me diz disso? Não é assustador?

Molinas encolheu-se no sofá.

— Talvez o seja. Mas quando a Inquisição tentou queimar suas obras foi exatamente o seu rei, Francisco I, quem se opôs. Sabe-se que ele nutre uma admiração enorme por Erasmo.

Nos olhos amendoados de Scaliger brilhou uma luz de astúcia e maldade.

— Não por muito tempo. Acabei de mandar para seu soberano um texto no qual faço Erasmo em pedacinhos. O senhor verá que o rei Francisco logo mudará de idéia e renegará aquele jumento. Além disso, desde o ano passado a nossa justa causa tem uma aliada poderosa. Não quero citar nomes...

— Vamos, de quem o senhor está falando? — Molinas já estava se chateando, mas compreendeu que o outro esperava, exatamente, aquela pergunta.

— Não quero citar nomes; porém, visto que já é notório, não tenho problemas em dizer que se trata de Caterina de'Médici. Sim, a esposa do duque Henrique de Orléans. É uma boa cristã e assim que meu livro estiver em suas mãos...

Scaliger teve que parar sua conversa, pois haviam chegado o vinho e a geléia. Quem vinha trazendo não era a criada bigoduda e barbada, e sim uma moça, quase uma menina, toda vestida de azul, que mal agüentava o peso da bandeja.

— Muito bem, Audiette — disse Scaliger. — Este aqui é o conhecido humanista e cientista espanhol Diego Abelardo Mendoza.

— Diego Domingo Molinas — corrigiu o interessado, sem se incomodar. Levantou-se e fez uma reverência diante da moça. Pegou, então, a bandeja de suas mãos e colocou-a sobre uma mesinha de mármore, afastando os livros que estavam sobre ela. Naquele momento, a moça, que mantinha a cabeça baixa, levantou levemente os olhos. Dois olhos negros, um tanto ingênuos, que tinham luz própria. Aquela luz não parecia denotar inteligência, mas uma curiosidade boba, como aquela dos recém-nascidos. E, exatamente como os recém-nascidos, ela parecia, de certa forma, fechada, longe do mundo externo. Era como alguém que se afasta de coisas que lhe são incompreensíveis.

Curioso, Molinas continuou a observá-la. O rosto de Audiette era regular, tanto que parecia mais insignificante do que bonito. Ela praticamente não tinha corpo. Uma estrutura sem formas que o vestido azul não era capaz de modelar, dada a falta de matéria. Parecia inconcebível que alguém pudesse sentir, por aquele pequeno grão, mais do que aquela ternura a distância que se sente por tudo aquilo que é frágil. Era ainda mais inconcebível que aquela criatura inexpressiva pudesse tornar-se mãe.

Scaliger, ao contrário, parecia estar orgulhoso em exibir uma jóia tão triste.

— Senhor Ramirez, apresento-lhe minha cônjuge, a senhora Audiette de Roques-Lobéjac. Entre nós há trinta e quatro anos de diferença, e isso demonstra o quanto a força do pensamento supera o tempo. Audiette, antes mesmo do nosso casamento, já era a minha fiel e aguerrida companheira de batalha, irmã de armas, antes mesmo de ser minha amante. É dotada de um tal ardor católico, capaz de suscitar inveja até mesmo em um bispo. E odeia os huguenotes tanto quanto eu.

Se isso era verdade, aquele ardor estava bem escondido. Depois de ter-se livrado da bandeja, a menina parecia não saber muito bem o que fazer e olhava insistentemente para a porta, esperando a hora de sair. Depois, sem mais nem por quê, saiu sem cumprimentar, como se obedecesse a um chamado longínquo.

Scaliger parecia não ter percebido a perplexidade de seu hóspede e voltou a falar, mudando bruscamente de assunto:

— Sua eminência della Rovere me disse ser sua intenção fazer uma espécie de *tour* pela França, como costumam fazer os nossos estudantes quando entram na universidade.

— Bem, não é exatamente isso — respondeu Molinas. — Veja bem; mesmo não sendo médico, eu me interesso tanto pela medicina quanto pela farmacologia, bem como pelos progressos destas duas ciências. Neste setor, o meu país está bem mais atrasado que o seu, e a Sicília, onde transcorri o último ano, não tem grandes talentos, a não ser Gianfilippo Ingrassia. Decidi, então, transferir-me para a França com o intuito de encontrar-me com os médicos mais renomados daqui.

— E o senhor fez muito bem! — Scaliger encheu o peito. - Mesmo sem ser doutor, eu entendo de medicina mais do que qualquer outra pessoa neste país. E a farmacologia, para mim, não tem segredos, embora deva confessar que detesto agrião, e nem suporto vê-lo. É a minha fraqueza e não vejo motivos para escondê-la do senhor.

O tom de voz de Molinas tornou-se cauteloso.

— Ah, mas o valor de seus conhecimentos é bem conhecido até mesmo além das fronteiras. Entretanto, ouvi dizer que o senhor não é a única celebridade que reside aqui, em Agen. Se me informaram bem, aqui mora um amigo seu, ou talvez um seu discípulo, que está fazendo sucesso na medicina...

— Um outro médico ilustre? Impossível; eu sou o único.

— Ah, mas eu não queria me referir a alguém à sua altura. Estava falando de um homem que encontrou no senhor um guia e um mestre. Michel de Nostredame.

Scaliger levantou uma das sobrancelhas.

— Ah, sim, Michel. Trata-se de um amigo que vem sempre me visitar. Eu tento instruí-lo como posso, mas seus conhecimentos têm grandes lacunas. Não me sinto à vontade, porém, para falar mal de alguém que estimo, apesar de seus limites evidentes... Desculpe-me, mas como o senhor ficou sabendo de uma pessoa tão insignificante?

— Disseram-me que, alguns meses atrás, o senhor e Nostredame teriam pensado em se transferir para um outro lugar. E que os cidadãos importantes teriam vindo até os senhores, carregados de presentes, para lhes pedir que ficassem. E que os senhores teriam decidido destinar aqueles presentes aos pobres e aos doentes. Um gesto belíssimo, tanto que, ao que parece, no dia seguinte o povo os levou em triunfo pelas ruas. É verdade?

Cada traço do rosto de Scaliger demonstrava o quanto se sentia atordoado, mas também, de certa forma, indignado.

— Nada disso é verdade! — exclamou. — Oh, Deus, se eu decidisse ir embora, com toda a certeza o parlamento da cidade decretaria luto. E sei perfeitamente que o povo de Agen pensou, várias vezes, em carregar-me em triunfo. Quanto aos presentes, eu certamente teria respondido exatamente como lhe disseram. Mas é impensável que a um personagem secundário como Michel de Nostredame possam ser reservadas honras deste tipo. É um bom amigo, claro, e uma boa pessoa. Tanto que não revelaria a ninguém o segredo difamante que ele tenta esconder...

— Qual segredo?

— Ele tem origens judaicas. É melhor que ninguém fique sabendo, ou pensariam mal dele. Mas ele está cheio de boa vontade e eu lhe falo durante horas sobre as cidades italianas que visitei, sobre a cabala hebraica, sobre o modo de preparar geléias, sobre os remédios contra a peste. Não sei se ele entende tudo, mas a amizade me diz para não deixar de tentar todo o possível para elevar o seu nível cultural.

— É muita generosidade de sua parte — disse Molinas. — O que ele faz para viver?

— Pratica, às vezes, a atividade farmacêutica, graças a

algumas receitas que lhe ensinei. Mas, sobretudo, ele ajuda Jean Schyron, quando ele não tem compromissos em Montpellier. O senhor conhece Schyron?

— Já ouvi falar. Como o senhor o julgaria?

— Bem, aliás, muito bem, se ele não fosse, em certos momentos, um trapalhão e um herético incorrigível. Recentemente, ele resolveu abraçar a fé huguenote, o que não espanta aqueles que acompanharam, nos últimos anos, a sua inexorável decadência. O senhor certamente não sabe que, em Montpellier, ele foi o *pater* de um outro mau-caráter, François Rabelais.

— Nunca ouvi falar.

— Melhor assim. Este Rabelais, há pouco tempo, publicou um livro intitulado... intitulado... espere. — Scaliger procurou um livro que estava na base de uma enorme pilha, quase fazendo cair todos. — Está aqui. *Os horríveis e espantosos feitos e proezas do mui afamado Pantagruel*. Uma piada sobre todos os nossos conhecimentos. Ele não me cita de forma explícita, mas sei que era a mim que ele queria atingir.

— O senhor se reconheceu em algum trecho? — perguntou Molinas que, àquela altura, já não agüentava mais aquela conversa grotesca.

— Para dizer a verdade, não. Poderia, porém, estar falando de mim e de minha esposa Audiette no capítulo intitulado *"Como dos peitos de Pantagruel foram gerados milhares de pequenos homens e de sua vaidade outras tantas pequenas mulheres"*. A provocação está muito clara, mas eu responderei. Ah, se eu responderei!

Molinas teve que evitar um bocejo.

— Tenho certeza disso. Mas estávamos falando de Michel de Nostredame. Ele é casado?

— Sim, e com uma linda mulher. Mas nunca a vemos. Vive em reclusão, até porque, depois do primeiro filho, já está esperando o segundo. Ou, talvez, já tenha até nascido, sei lá. Michel nunca fala dela. Um comportamento típico dos maridos cornos.

— Por que, segundo o senhor, ele é corno?

— Não, não tenho provas. Mas tudo indica que...

A frase de Scaliger ficou pela metade, interrompida por um grito agudo que vinha do andar de cima. Ouviu-se um grande barulho de passos descendo e, depois, a criada aproximou-se da porta.

— A senhora Audiette está tendo uma nova crise! — gritou com a mão no rosto. — Baba, delira e se agita toda! Exatamente como das outras vezes!

Scaliger, em um pulo, ficou de pé. Olhou para Molinas com ar de desespero.

— Se o senhor entende de medicina, por favor, venha comigo! Minha esposa está mal!

Subiram correndo os degraus até o andar de cima. Um corredor pequeno os levou até o quarto, coberto com tapetes vermelhos e quase inteiramente ocupado por uma cama com um dossel de onde saíam cortinas também vermelhas. Audiette contorcia-se entre os lençóis, batendo a cabeça contra os travesseiros.

— Ela sofre da doença comicial — explicou Scaliger, enquanto levantava a cabeça da esposa. — Aquela que também chamam de...

— Epilepsia — concluiu Molinas. Aproximou-se da cama e examinou os lábios da moça, que salivava muito. Olhou, severamente, para seu anfitrião. — O senhor, agora há pouco, me disse que era médico. O que o senhor faz em casos como este?

Toda a euforia de Scaliger havia desaparecido, enquanto tentava manter a cabeça de sua esposa parada. — Para dizer a verdade, eu... Não faz parte de meus conhecimentos o... — Estava muito pálido e gaguejava. Depois, conseguiu encontrar uma resposta plausível: — Eu lhe dou ervas, é o que faço. Sim, lhe dou ervas.

— Que ervas?

— Não sei. Quem me prepara... Quem me prepara é um farmacêutico.

— Por acaso, Michel de Nostredame?

— Sim, ele mesmo.

— E onde está a tal erva?

Foi a criada, que havia entrado silenciosamente no quarto, quem respondeu: — Está ali. — Apontou para um pequeno vaso colocado sobre uma mesinha. — Por aqui, costumam chamá-la *sparviera*.

— *Sparviera*? Nunca ouvi esse nome. — Molinas esticou o braço. — Dê-me.

Após destampar o vaso, o espanhol observou o conteúdo e sentiu seu cheiro. Depois colocou algumas folhas ressecadas, feitas em minúsculos fragmentos, sobre a palma da mão esquerda. Sentiu novamente seu cheiro e, então, olhou para Scaliger, com franca ironia.

— O senhor realmente não sabe do que se trata? Porque não existe nenhum farmacêutico que não saiba o nome desta substância.

Scaliger sequer o ouviu. As convulsões de Audiette haviam se tornado mais violentas e ele se esforçava para mantê-la parada.

Molinas dirigiu-se para a criada.

— Os senhores lhe dão esta erva durante as crises? Seria bem estranho.

A mulher balançou a cabeça.

— Não, não. Contra a doença comicial, uma mistura de *pilosella*.

— Nunca ouvi esse nome antes — murmurou Molinas. Apontou para a criada. — Os senhores acrescentam outras ervas?

— Eu, com certeza, não. É o senhor de Nostredame quem prepara a mistura.

As convulsões de Audiette pareciam ter-se acalmado; depois, repentinamente, ela deu um grito. Um córrego de baba escorreu-lhe da boca, molhando todo o queixo. Isso, talvez, tenha liberado sua garganta, porque ela começou a falar de forma bem clara:

— O primogênito do rei... se afoga, se afoga, pelas mãos de Sebastiano... água fresca em um copo. É ali que ele se afoga... Uma vida infeliz que o tornou mau... Morte pela água.

Como se tivesse se libertado de um peso, o corpo de Audiette relaxou-se. Ficou claro que a crise havia passado. Scaliger pôs-se a chorar e a beijar a testa larga e pálida da esposa. A criada juntou as mãos e murmurou uma oração.

Molinas afastou-se da cama. Deixou caírem os fragmentos de folha seca que ainda estavam em suas mãos. Depois retirou-se, sorrateiramente.

A *erva sparviera*

O primeiro aviso do que estava para acontecer em Agen ocorreu em agosto de 1536, quando o calor era tórrido e os prados e colinas da região haviam assumido uma coloração amarela. As ruas da cidade foram invadidas por um numeroso cortejo, doloroso e assustador, acompanhado por uma fila de carroças que pareciam quebrar-se sob o peso de trastes empilhados. Eram camponeses com os pés descalços e ensangüentados, mulheres que arrastavam filas de crianças, soldados feridos que, para conseguirem andar, tinham que se apoiar em estacas e usá-las como muletas. Eles andavam silenciosamente e a passos largos, sem olharem à sua volta, como se estivessem indo em direção a uma meta distante.

Magdelène, que estava ninando sua filha recém-nascida, junto à janela da sala, enquanto René brincava a seus pés, viu a cena e deu um grito: — Michel! Venha ver! Algo de estranho está acontecendo!

Logo depois, Michel apareceu à porta, acompanhado do visitante que estava com ele na cozinha, em meio a panelas repletas de água, nas quais as frutas estavam cozinhando para se preparar geléias.

— O que há?

— Olhe o senhor mesmo.

Michel debruçou-se à janela, juntamente com seu visitante, um homem magro vestido com uma roupa elegante de seda vermelha.

— Eu diria que se tratam de prófugos — comentou, um tanto agitado. — O que o senhor acha, Philibert?

— Com toda a certeza são prófugos — respondeu o outro.

— Mas o senhor certamente está a par do que vem acontecendo ao sul e em toda a Provença.

— Philibert, o senhor sabe muito bem que eu só me interesso pelos meus estudos e minhas pesquisas. Deixo a política para os outros.

— Existem casos, porém, que é a política que vem à nossa procura. O senhor tem um exemplo bem diante de seus olhos. — O homem dirigiu-se a Magdelène: — Senhora, peço-lhe desculpas por ter que abordar temas que entediam uma mulher.

Provavelmente aquela era uma forma cortês de lhe dizer para sair, mas Magdelène fez de conta que não entendeu.

— Ah, mas o senhor nunca me entedia, senhor Sarrazin. Podem continuar, façam de conta que não estou aqui.

Um pouco embaraçado, Sarrazin voltou sua atenção para Michel.

— O senhor, certamente, não ignora o fato de que estamos combatendo a batalha decisiva entre o nosso soberano e Carlos V. O nosso comandante-chefe, o duque de Montmorency, decidiu sacrificar a Provença, para poder preservar a Savóia e o Piemonte. Todas as plantações foram incendiadas e muitas aldeias foram destruídas. O exército imperial atravessou os Alpes, dez dias atrás, e encontrou somente terra queimada. Agora ele está assediando Marselha, Montpellier e as outras cidades principais. Mas falta comida nos campos, e os invasores estão descontando nos camponeses.

Agora Michel parecia realmente alarmado.

— O senhor está querendo dizer que a guerra está vindo para cá?

— Não. Pelo que sei, o palco das batalhas ainda está longe daqui. Todavia, deveremos assistir a uma invasão por parte da população em fuga, que foi reduzida à miséria por Montmorency e, depois, torturada pelo exército imperial.

Michel voltou a se debruçar na janela. Aquela triste procissão dos prófugos não parecia ter fim. Os moradores de Agen estavam indo para as ruas e oferecendo aos fugitivos pão, vinho e outros alimentos. Aquelas oferendas eram aceitas em silêncio e só seus olhares refletiam a sentida gratidão. Escondidas, por detrás dos postes, muitas mulheres choravam. Alguns gritos isolados de "Viva a França! Viva o rei!", feitos pelos espectadores, não foram reiterados pelo cortejo. Para aqueles infelizes, a fome havia surgido sob a insígnia de seu próprio soberano.

Em meio a uma atmosfera tão séria, a pergunta de Magdelène pareceu boba e bizarra:

— Senhor Sarrazin, o senhor acredita que um espanhol correria riscos se morasse aqui na cidade?

Michel olhou para sua esposa com uma expressão de raiva:

— Mas do que está falando? Por que lhe interessam os espanhóis?

Sarrazin, muito embora surpreso, respondeu educadamente:

— Acredito, senhora, que, neste momento, a emoção, aqui em Agen, seja muito forte. Um súdito espanhol correria o risco de ser visto como um agente de Carlos V e nem ouso imaginar o que poderia lhe acontecer. Mas não conheço nenhum espanhol que more por aqui.

— Ah, não preste atenção ao que ela diz! — exclamou Michel, olhando Magdelène com olhos fumegantes. — Como acontece com todas as mulheres, minha esposa fala só por falar. Meu amigo Rabelais escreveu, com toda a razão, no segundo volume de sua obra *Pantagruel*: "*A própria existência das mulheres parece fruto de uma natureza que perdeu o bom senso*".

Se a frase tinha a intenção de ser uma brincadeira, pareceu, na verdade, violenta e transbordante de desprezo. Sarrazin, evidentemente embaraçado, tratou de mudar de assunto:

— Espero, em nome desta pobre gente da Provença, que, junto com Carlos V, estejam somente os espanhóis e os brabantes. São, com certeza, ferozes, mas não abusam em suas crueldades. Já os mercenários alemães que vem trazendo com ele...

— Aqueles que saquearam Roma uns nove anos atrás?

— Estes mesmos. São capazes de atrocidades inomináveis. Por onde eles passam não fica um único ser vivo, ou uma mulher virgem, não importa a idade que tenha. Eles trazem consigo verdadeiros exércitos de escravas arrancadas às suas famílias e cujo destino será terrível.

Michel levantou uma das sobrancelhas.

— Philibert, gostaria de lhe fazer uma pergunta um tanto delicada. Estes mercenários que o senhor condena são luteranos. Não é segredo para ninguém que o senhor abraçou esta mesma fé. Como o senhor faz para conciliar esta repugnância que nutre por eles e o fato de compartilhar sua doutrina?

Sarrazin passou as mãos sobre o cavanhaque e insinuou um sorriso benevolente.

— Vamos, Michel, que tipo de pergunta é essa? O senhor é um católico convicto e nem por isso gosta das atrocidades cometidas pela Inquisição mais do que eu. Os mercenários não são ferozes porque são luteranos, mas porque são soldados por profissão, recrutados entre a população ignorante e selvagem. Em todos os tempos e em todos os lugares, os exércitos sempre agruparam os piores elementos da sociedade e, muitas vezes, os piores dentre os piores.

Os sons que provinham das ruas, repentinamente, transformaram-se em um profundo silêncio.

— Eles já passaram — disse Michel, que estava olhando pela janela. — Mas acho que logo virão outros.

— Eu também — suspirou Sarrazin. Apontou para a cozinha. — É melhor que voltemos para as geléias e as receitas que o senhor estava me ensinando.

Os dois homens passaram o resto da tarde diante do fogão e, depois, Michel acompanhou seu visitante até a porta. Apoiou-se um instante ao batente, respirou fundo e voltou para a sala. Magdelène, que havia aceso um lampadário de bronze, estava sentada no sofá, bordando, com seus dois filhos ao lado, dormindo agarrados a seus quadris. Ela estava linda, mas o estado de espírito de Michel não lhe permitia notar.

— Mais uma vez a senhora me fez passar por uma situação humilhante. Como pode se justificar?

A mulher levantou seus olhos azuis nos quais não havia sinais nem de surpresa e nem de medo.

— Michel, você não conseguirá mais...

— Chame-me de senhor.

— Como quiser. O senhor não vai conseguir mais me apavorar. O senhor me bateu tantas vezes que já perdi a conta, me manteve segregada e me proibiu tudo que lhe passou pela cabeça. Até mesmo a minha Priscille — apontou para a recémnascida que dormia a seu lado — é fruto de um ato de violência que o senhor cometeu. Tudo que ainda lhe resta é matar-me. Mas não conseguirá mais me incutir terror. Nunca mais.

Michel engoliu em seco, sentindo-se vencido pelo ódio misturado a um sentimento de impotência. Do conflito entre estes dois elementos surgiu uma frase, cheia de raiva, mas dita com um tom de voz hesitante:

— Eu deveria ter previsto. Casar-se com uma meretriz, sem nenhum dote, e tentar emancipá-la significa ter como recompensa o ódio e a insolência.

— O senhor sabia perfeitamente quem eu era. Na verdade,

era eu quem não sabia quem era o senhor. Para onde foi aquele estudante que desprezava todas as convenções? A sua desenvoltura acabou sendo destruída por uma ambição desmedida e por uma tal obsessão pela respeitabilidade que chega a ser ridícula.

— Mas desde quando uma mulher fala nesse tom? — gritou Michel, tão forte que René acordou e começou a chorar. — Tentei de todas as formas corrigi-la e fazê-la ter uma vida honesta. Retirei as sardas de seu rosto com um preparado à base de bile de boi para que se parecesse com uma senhora. Cheguei a ter que violentá-la para fazê-la procriar. Começo a pensar que a senhora é uma bruxa, pronta para a fogueira.

— Uma acusação curiosa por parte de alguém que enche a senhora Scaliger de drogas para que ela leia o futuro e destila sangue dos ratos. Se eu for para a fogueira não irei sozinha.

A ameaça foi violenta, tanto que Magdelène, talvez consciente de ter-se excedido, baixou a cabeça e pegou René em seus braços. Acariciou a cabeça do menino, tentando fazê-lo parar de chorar. Nos olhos da mulher, porém, não havia sinais de lágrimas.

Michel ficou sem fôlego.

— Uma chantagem — murmurou, inteiramente perturbado. — A senhora está tentando me chantagear! Depois de tudo que fiz pela senhora!

— De tudo o que o senhor me fez, lembro-me apenas do creme nojento para tornar minha pele mais branca e das surras. Não quero outros filhos do senhor. Se isso o deixa indignado, tudo o que pode fazer é me matar. Acredito que o senhor seria perfeitamente capaz disso.

Michel sentiu-se tonto. Levou suas mãos à cabeça, mas elas esbarraram no ridículo chapéu quadrado com pompom vermelho. Jogou-o longe.

— Escute bem — disse, com veemência. — Vou lhe dizer uma coisa que não repetirei nunca mais. Se a senhora sofreu, não pode sequer imaginar o quanto eu sofri — interrompeu, por sentir uma estranha sensação de coceira ao lado dos olhos. Lágrimas? Enxugou-as com a manga. Não queria e nem podia permitir-se fraquejar, nem mesmo em um momento de tamanha sinceridade.

"É duro descender de uma família de hebreus, mesmo que convertidos. Ver-se obrigado a fechar os olhos diante do espetáculo cotidiano de sua própria gente sendo perseguida e assassinada em meio à aclamação geral. Ver pessoas idosas transformarem-se em simples brinquedos, com a cabeça coberta por chapéus grotescos, com a barba raspada à força por algum jovem que pretende divertir seus amigos. Esta respeitabilidade que a senhora condena torna-se, então, a única tábua de salvação. Tornar-se cristão não é suficiente: em toda a Espanha estão ardendo fogueiras com os corpos de judeus cristianizados. É preciso abrir caminho na sociedade, através da ciência ou do comércio, já que todas as outras estradas estão fechadas. Fugir a qualquer crítica, levando uma vida que ninguém possa censurar. E, talvez, criar, também, antepassados ilustres, desenhar emblemas inexistentes, estabelecer uma falsa genealogia. A senhora pode compreender isso?"

Os olhos de Magdelène haviam se tornado um pouco mais ternos, porém não manifestavam uma comoção verdadeira. Michel sentiu-se muito mal, porque as palavras de sua esposa lhe pareceram incompreensíveis.

— Michel, eu passei toda a minha vida sofrendo humilhações não menores do que as suas. Ser uma mulher sem protetores ou parentes importantes significa ficar exposta a todo tipo de arbítrio. Não vou me alongar porque o senhor sequer poderia compreender, mas lhe digo uma coisa: se chegassem aqui os mercenários sobre os quais falava com o senhor Sarrazin, quem teria mais a temer? O senhor ou eu? Reflita bem e talvez o senhor entenda quais são os dissabores de ser mulher em um mundo tão brutal. — Repentinamente, o tom de voz de Magdelène pareceu mais terno. — O senhor também deve conhecer a lenda do hebreu e da hebréia errantes que atravessaram o mundo para um dia poderem se encontrar e se libertarem um ao outro. O mesmo não poderia acontecer também entre nós?

Por parte da mulher, o fato de ter evocado um mito hebraico foi um grave erro. Se havia algo que Michel não tolerava era tudo que dissesse respeito à cultura judaica. Sua mão foi em direção ao cinto, mas se conteve. Não, ele não queria bater nela: teria sido inútil. Ao contrário, ele encheu os pulmões e disse: — Eu peço somente uma coisa: honradez. Não aquela honradez vazia e cheia de ostentação dos nobres, mas a honradez sólida dos burgueses sérios e trabalhadores. Nem a senhora e nem ninguém conseguirão me impedir de atingir os meus objetivos. Mesmo que isto me custe repudiá-la e botá-la para fora de casa com seus filhos.

Magdelène não reagiu. Enquanto segurava René com a mão direita, com a esquerda acariciava Priscille, ainda adormecida. Michel notou aquele gesto e pensou que, finalmente, havia conseguido assustar a meretriz. Aproveitou para lhe fazer a pergunta que ele mais temia:

— Por que a senhora perguntou a Sarrazin o que poderia acontecer a um espanhol que fosse pego aqui na cidade? Uma pergunta tão estranha não pode ter sido casual. Em quem a senhora estava pensando?

— Em ninguém. Foi apenas uma pergunta casual — respondeu Magdelène. Porém, um impulso incontrolável fez com que acrescentasse, em um tom involuntariamente dissimulado: — O senhor sabe muito bem que nós, mulheres, governadas pela lua, falamos sem pensar. O senhor mesmo me disse ser contrário às essências, por demais perfumadas, que fazem nosso útero revirar-se e nos fazem delirar. Portanto, não procure outra explicação para um simples delírio feminino.

Michel tremeu de ódio e teve que se conter para não estrangular, com suas próprias mãos, aquela mulher que o estava fazendo de palhaço.

— A senhora vai pagar por isso — gritou com voz rouca. — Ah, se vai! E não pense que poderá me esconder seja lá o que for. De mim não se pode esconder nada!

Ele deixou a sala correndo, sem perceber que, assim que se havia virado, Magdelène, finalmente, desabara em um choro sem fim. Michel sentia-se em um estado de agitação febril, mal conseguindo se sustentar nas pernas. Correu para o andar de cima, tropeçando, várias vezes, nos degraus da escada. Atravessou o quarto e entrou em uma espécie de depósito, iluminado por algumas velas. Uma escada feita de estacas levou-o até o sótão. Seus dedos trêmulos fizeram com que temesse não conseguir sustentar-se, mas Deus quis que ele pudesse chegar até em cima. O sótão, iluminado por um candelabro aceso, estava entupido não só de livros, mas também de vasos e ampolas colocados sobre uma estante. Afastou um grande compasso aberto e apanhou uma ampola de *diarodon*, um pó de rosas vermelhas ao qual ele havia acrescentado folhas de *Hieracium pilosella*, a *erva sparviera*.

Foi difícil para ele controlar o tremor em suas mãos e, várias vezes, a ampola vacilou, enquanto colocava um pouco do seu conteúdo em uma taça, à qual acrescentava algumas gotas de um licor à base de velenho que havia retirado de uma garrafa. Deveria ter misturado tudo, mas estava impaciente demais. Bebeu todo o produto e deixou-se cair em uma poltrona de veludo desbotado.

Depois de tantas experiências feitas com Audiette, sob o pretexto de curá-la da epilepsia, era a primeira vez que ele próprio bebia aquela mistura. Não estava certo de poder alcançar *Abrasax*. Segundo o terrível Ulrico de Magonza, que lhe havia ensinado a receita após aquela noite horrenda em Bordeaux, somente os predispostos poderiam conseguir. A única coisa de que tinha certeza era que passaria por uma experiência assustadora. Começou a contar mentalmente, tentando visualizar o significado de cada número: 1, 2, 100, 1, 200, 1, 60...

O primeiro sintoma foi uma salivação abundante. Sem conseguir impedi-lo, sentiu a baba invadir-lhe a boca e, depois, ao abrir os lábios para respirar, aquela baba caiu, como uma cascata, até seu queixo. Começou a sacudir-se com violência e depois suas pernas começaram a se contrair. Sua perna direita se distendeu bruscamente, jogando seu chinelo longe, e seu pé começou a vibrar e a se contorcer como se estivesse sendo apertado.

Depois suas costas se curvaram. Michel caiu da poltrona, que despencou sobre ele. Desabou sobre o chão, tentando, inutilmente, se levantar. Seus dedos se enrijeceram como ramos secos. Sentiu uma dor de cabeça alucinante, mas que durou pouco tempo. Sua vista se embaçou, sem que ele perdesse, porém, a consciência. Pensou que iria morrer, vomitar, ficar cego.

Todavia, ao contrário, sentiu-se invadir por uma profunda sensação de bem-estar, cada vez mais intensa. Sua visão voltou, mas não havia nada para se ver, a não ser luzes entrecortadas por filamentos de sombras. Estes filamentos convergiram entre si, ocupando as extremidades de seu arco visivo. Formavam um círculo, dando uma visão semelhante àquela que se tem quando se olha dentro de um tubo. Depois a luz perdeu sua intensidade, revelando um céu estrelado.

Michel, concentrado e aterrorizado, acompanhou um vôo de morcegos que cruzavam a grande velocidade o firmamento. A uma distância desmedida aconteciam fenômenos estranhos. Sóis ensangüentados rodavam enlouquecidos, enxames de estrelas reuniam-se em espiral, nuvens gasosas flutuavam e explodiam em meio ao nada. Uma criatura grotesca, escondida nas sombras, sussurrava-lhe frases incompreensíveis, pronunciadas propositadamente com grande frenesi. Foram aquelas palavras atrapalhadas que fizeram com que a visão do céu desaparecesse, dando lugar a uma imagem muito mais familiar.

Era a imagem de sua casa e, mais precisamente, da sala onde ele acabara de estar. Sua esposa estava bordando, com René a seu lado, e Priscille, que dormia em seu berço. A janela da sala foi obscurecida por uma sombra preta. Era um corvo gigantesco batendo suas asas. Magdelène viu o pássaro e gritou. Seu bordado caiu no chão.

Tratava-se, na verdade, de uma ilusão ótica. Havia um homem, do lado de fora, que batia nos vidros. A visão alargou-se. Michel pôde ver um rosto pálido, com olhos semicerrados. Um raio inesperado cancelou aquela visão, tingindo tudo de vermelho. Depois, a mesma imagem voltou, mas de costas. Uma capa preta, uma figura magra, com braços compridos e duas mãos apoiadas ao vidro, como se fossem garras. E Magdelène que saía do sofá e corria para a janela....

Michel agora sabia quem era o espanhol com quem sua esposa se preocupava. O seu perseguidor misterioso, o homem que havia se interessado por seus livros e que ele havia surrado juntamente com seus amigos, naqueles tempos despreocupados da vida estudantil. Como se chamava? Diego... Diego alguma coisa, pois haviam se passado anos demais para que ele pudesse se lembrar....

Agora que havia obtido a informação que procurava, Michel poderia voltar à realidade. Infelizmente, porém, não era ele quem controlava a ação da poção. Ulrico lhe havia avisado:

— Acabará agindo mesmo contra a sua vontade. Este é o preço que se paga para se alcançar o conhecimento supremo.

O demônio que se escondia nas sombras havia parado de sussurrar, mas isso não havia libertado Michel. Viu-se obrigado a deixar-se levar por uma catalepsia dolorosa, à qual seu corpo imóvel estava ligado, através de um filamento obsceno que saía de sua nuca, a uma réplica de si mesmo que girava no ar, observando abismos cósmicos, escondidos às vistas dos homens.

Finalmente, aquele tormento se foi. Michel viu-se estendido sobre as tábuas que recobriam o sótão, a grande distância da poltrona. Tocou suas pernas e percebeu que haviam readquirido a sensibilidade. As contrações musculares estavam parando. Depois de vários esforços, conseguiu levantar-se, mesmo tremendo e balançando. A cabeça ainda lhe doía, mas cada vez menos.

Conseguiu revirar a poltrona e sentou-se nela, exausto. Talvez tenha adormecido repentinamente, como se tivesse desmaiado. Quando acordou, possuía novamente o pleno domínio de seu corpo, e sua mente estava mais lúcida do que nunca. Não sentia nenhuma dor na cabeça e nem nas pernas. O coração estava acelerado, mas isso era previsível, depois de uma emoção tão forte.

Agora tudo o que tinha a fazer era descer até onde se encontrava Magdelène, e gritar-lhe o nome que ela havia tentado esconder. E, talvez, matá-la, caso ela confessasse que o espanhol era seu amante....

Não, matá-la não. O futuro de Michel desmoronaria naquela mesma noite e a meretriz acabaria se vingando. O melhor seria humilhá-la, cobri-la de vergonha e, depois, talvez, botá-la para fora de casa, mandando-a de volta para as tabernas e para um futuro nos bordéis mais mal-afamados.

Determinado a agir daquela forma, Michel dirigiu-se à escada. Um obscuro tormento, porém, o impediu de descer. Tudo aquilo que ele havia visto estava desaparecendo, como um sonho depois que acordamos. Poderia perder todos os fragmentos de sua visão. Precisava escrevê-los antes que se evaporassem por completo. Sem, porém, transformá-los em uma escrita racional, para que não fossem apagados pelo próprio ato de querer dar-lhes uma forma acabada.

Correu até a mesa, fechando sua mente para conseguir conservar as imagens nela contidas. Porém, continuava a ouvir aquele sussurro rouco em seus ouvidos. Afastou uma cadeira, pegou a pena de ganso que estava apoiada sobre o tinteiro e escreveu em um papel o que a voz lhe sugeria:

"Voultour de nuict se cache sous Selin."

Talvez devesse ter escrito Selene, a lua. Mas não tinha o domínio de sua própria mão. Parecia ser o primeiro verso de uma poesia. *Um abutre noturno esconde-se sob a lua*. Deixou que a pena deslizasse sobre o papel, compondo os outros versos:

> *La rue l'éclair allume d'exilés*
> *mensonge horrible la stérile Magdelène*
> *comète d'autrefois l'avait prédicté.*

Quando terminou de escrever estas palavras, sentiu-se aliviado e, novamente, dono de si mesmo. O sussurro em seus ouvidos havia desaparecido. Michel releu aquilo que havia escrito. A visão fixara-se nos aspectos essenciais. Um abutre, o espanhol, escondido na noite iluminada pela lua, na mesma rua, onde naquela tarde havia passado o cortejo dos fugitivos. Magdelène, inimiga da maternidade que, naquela noite, havia dito a sua milionésima mentira. O que fazia pensar que o cometa que haviam visto juntos, cinco anos antes, anunciasse não apenas guerras e catástrofes naturais, mas também a traição dela.

Michel dobrou o papel e o escondeu em uma gaveta. Depois, levantou-se, apagou o candelabro e foi em direção à luz que provinha das escadas. Sentia o sabor da sutil punição que infligiria à esposa.

A fuga do abutre

As previsões mais pessimistas foram se tornando realidade, uma após a outra. As tropas de Carlos V continuavam a ocupar toda a Provença, mas a falta de briônias[3] impedia o assédio das cidades maiores. As tropas, compostas de espanhóis, mercenários italianos e dos famigerados mercenários alemães, disseminavam o terror pelos campos, mas sem conseguirem obter resultados estratégicos. Talvez Carlos V tivesse acreditado poder encontrar-se com o outro exército imperial, sob o comando do conde de Nassau, que, proveniente do norte, tentava assediar Paris. Mas a tenacidade havia se esgotado, e o moral dos combatentes estava em frangalhos.

A Provença, segundo o projeto do duque de Montmorency, revelara-se uma armadilha mortal para as tropas imperiais. Campos, um tempo verdejantes, estavam cobertos por um tapete de cinzas e, nas aldeias, quase desertas, os depósitos de grãos estavam desoladamente vazios. Depois de ter matado um número impressionante de camponeses e de ter violentado

---
[3] Antiga peça de artilharia. (N. da T.)

mulheres de todas as idades, o exército de Carlos V estava passando fome. Ainda restavam os conventos, onde tantos fugitivos haviam encontrado refúgio, muitas vezes levando alimentos consigo. Todavia, o imperador, que não desejava destruir sua fama de bom cristão e pretendia conquistar a amizade do novo papa Paulo III, havia transmitido a seus comandantes a ordem taxativa de respeitar os monastérios e os lugares de culto. Até mesmo os mercenários alemães, talvez porque desta feita fossem minoria, tiveram que acatar tais ordens. Ainda que, vez por outra, algum deles disparasse um tiro de arcabuz contra as muralhas de uma construção religiosa, somente para transmitir a quem se escondesse ali dentro que o encontro com a morte havia sido apenas adiado.

Como acontecia com freqüência, a presença de tantos soldados, e ainda mais famintos e sem moradia, constituía um foco natural de doenças. No início, tratou-se de tuberculose, distúrbios intestinais, parasitas e febres causadas pela água poluída. Depois, mais uma vez, se fez presente a rainha de todas as doenças: a peste. Os primeiros sinais foram notados na Linquadoce ou em cidades mais ao norte, como Agen, onde se escondiam os desesperados foragidos da Provença ocupada. Começaram a chegar os prófugos enfermos, alucinados e com as roupas sujas de um pus malcheiroso. Muitas vezes caíam ao chão e ali morriam, libertando-se, com um suspiro final, dos arrepios que os haviam sacudido durante dias. Em Agen, chegou até mesmo uma carroça repleta de cadáveres, dirigida por um homem, que também havia morrido durante o percurso, e arrastada por cavalos assustados com sua inesperada liberdade. Foi, então, que o prefeito deu ordem para que fechassem os portões e não recebessem outros fugitivos.

Quando Diego Domingo Molinas tomou conhecimento do bloqueio da cidade, rapidamente ponderou sobre seus prós e seus contras.

— De qualquer forma, pode-se sair, não é verdade? — perguntou, preocupado.

— Ah, sim, pelo menos por enquanto pode-se sair da cidade. Mas quem sair não poderá voltar.

Molinas ficou ruminando a notícia. Estava hospedado na casa dos Scaliger há um mês, e há dois anos vinha, regularmente, a Agen. Normalmente, ficava hospedado com o cardeal Della Rovere. Este, porém, depois da invasão da Provença havia preferido se afastar. Assim, mesmo sem muito entusiasmo, Molinas passara a hospedar-se em casa de Scaliger, vencendo a resistência deste, por meio de generosos presentes.

— O senhor acredita que Nostredame virá visitá-lo hoje? — perguntou o espanhol.

Scaliger fez uma meia careta.

— Acredito que sim, mas será uma das últimas vezes. Estou grato a ele por ter curado minha esposa da epilepsia com o uso de suas poções, mas não posso suportar a sua amizade com um huguenote como Philibert Sarrazin. Uma boa pessoa, é claro, e um ótimo farmacêutico. Todavia, é também um herético digno da fogueira e, como costumam dizer, um lobo em pele de cordeiro.

— Mas ontem mesmo o senhor me dizia que pretendia assumi-lo como preceptor de seus filhos quando crescessem.

— É verdade, mas porque tenho esperanças de que, nesse meio tempo, ele volte para a verdadeira fé.

Molinas começava a não suportar mais as contradições de seu anfitrião. Preferiu mudar de assunto.

— O senhor deu uma olhada no manuscrito que lhe deixei para examinar?

— Aquele que se intitula *Arbor mirabilis*?

— Sim. Ao que me parece, foi o único que lhe dei.

Scaliger abriu os braços.

— Ainda estou folheando. É um verdadeiro enigma, escrito em um alfabeto totalmente desconhecido, embora se pareça com o nosso. Certamente está codificado, mas, à primeira vista, é a própria língua que é diferente. Tanto da nossa quanto de todas as outras línguas.

— As ilustrações não lhe sugeriram nada?

— Medo. Na primeira parte estão representadas plantas, algumas das quais são conhecidas, mas outras não existem em nenhuma região do mundo. Quando se passa, depois, às figuras humanas, o enigma se torna ainda mais obscuro. Somente as notas, em árabe, parecem ser decifráveis.

— São exatamente estas que me interessam. O senhor me disse que conhecia a língua árabe. — Molinas estava cada vez mais entediado.

— E, de fato, eu conheço, como de resto, todas as línguas meridionais e orientais, mas a grafia é complicadíssima e muito espremida. Ao que parece, são passagens retiradas de um outro autor, um certo Al Farabi.

— O senhor sabe quem é?

— Não. E se eu não sei, certamente ninguém sabe. Hoje em dia é difícil encontrar um verdadeiro humanista. O senhor teve a sorte de me encontrar, já que sou, com certeza, o melhor e, também, o mais conhecido. Mas ainda vou precisar de um pouco mais de tempo. Nem mesmo os meus conhecimentos, embora vastos... Meu Deus!

Scaliger correu até a janela aberta e debruçou-se. Um instante depois, deu um passo atrás, pálido e muito perturbado.

— Veja! Veja o senhor mesmo!

Molinas recusou o convite com um gesto.

— O senhor sabe muito bem que eu não posso aparecer. O que foi que viu?

— Lá do fim da rua, vêm vindo alguns homens vestidos de branco — gaguejou Scaliger. — Têm grandes cabeças de pássaro, bicos e olhos cintilantes. São monstros, monstros terríveis!

Molinas levantou-se, muito nervoso. Curvou-se para olhar, tomando cuidado para não ser visto. — São médicos e enfermeiros — explicou com uma suave seriedade. — Os bicos são tubos para a entrada do ar, e os olhos são lentes colocadas em máscaras de tela. São usadas em casos de epidemia. Sabe o que significa?

— Não. Diga-me o senhor.

— Significa que é oficial. A peste chegou em Agen. Daqui a pouco os cadáveres vão começar a encher as ruas.

Scaliger deu um grito. Logo depois, alguém batia freneticamente à porta de casa. O italiano escancarou a boca e juntou as mãos.

— Os *alarbres*! Já estão aqui!

Molinas deu de ombros.

— Mas é claro que não estão. O senhor não reconhece esta batida? É o seu amigo Nostredame. Eu vou me esconder no depósito de sempre.

Scaliger, angustiado, entrelaçou os dedos.

— Como posso deixar que ele entre? Talvez já tenha contraído a peste. Pode morrer aqui e nos contagiar a todos!

— Gente como ele não morre com facilidade. Vá, não perca tempo. Deixe que eu me esconda e vá abrir.

Sacudido de seu estado de torpor, Scaliger abriu uma pequena porta, quase invisível, por detrás da tapeçaria, ao lado da couraça. Manteve-a aberta até que Molinas entrasse e, depois, fechou-a com cuidado. Ouviu baterem novamente. Ele já estava indo abrir quando a criada, que vinha descendo a escada, antecipou-se. Pouco depois, a mulher entrou na sala. Pareceu surpresa ao ver que Scaliger estava só.

— O senhor Michel de Nostredame está aqui — anunciou com afã — e gostaria de falar com o senhor.

O italiano suspirou.

— Está bem, deixe-o entrar.

Nostredame irrompeu na sala com um ímpeto fora do comum para ele. — Senhor Scaliger, já sabe das novidades? — perguntou, sem muitos rodeios.

— Sim, já sei. A peste chegou à cidade.

— Não, não se trata disso. Acabei de receber uma notícia perturbadora. O primogênito do rei morreu, dois dias atrás.

Na escuridão do depósito, Molinas estava com as orelhas grudadas à porta. Sentiu seu coração bater mais rápido e transmitir as pulsações às têmporas. Tentou não fazer nenhum barulho e aguçar os ouvidos. Scaliger, mais do que emocionado, parecia surpreso.

— Isso é grave, gravíssimo — disse, com uma voz tão baixa que Molinas pôde apenas perceber o sentido de suas palavras, sem conseguir ouvi-las. — Um homem como eu, fiel à nossa monarquia a ponto de ter servido o senhor Lautrecq, na Itália, deve fazer uma grande reverência diante de uma tragédia que...

— O senhor não me entende! — A voz de Nostredame superou as barreiras da porta do depósito. Parecia superexcitada. — O herdeiro ao trono, o Delfim, morreu porque bebeu um copo de água! E acredita-se que quem o envenenou tenha sido o conde Sebastiano Montecuccoli!

— Sim, mas... e daí?

— O senhor não se lembra? Há uns dois anos o senhor me disse que sua esposa, durante uma crise, havia falado sobre o Delfim que se afogava, e atribuía sua morte a um certo Sebastiano.

— É verdade, o senhor tem razão. Em nome de Deus, é um prodígio!

— Não, não é. — Nostredame parecia estar exultante. — É a confirmação de todas as minhas pesquisas. Onde está a sua esposa agora?

— Lá em cima, descansando. O senhor sabe que ela está grávida, novamente?

— O senhor pode me levar até ela?

— Sim, mas...

— Ótimo. Então vamos.

Molinas esperou que os dois homens saíssem e, depois, cuidadosamente, abriu a pequena porta do depósito. Ouviu o barulho dos passos que subiam as escadas e, quando ele cessou, Molinas saiu de seu refúgio, tomando todas as precauções ao fechar novamente a porta. Percorreu, rápida e silenciosamente, o corredor. Abriu, delicadamente, a tranca da porta principal e foi para a rua. Ajustou sua capa de forma a que, sem dar na vista, ela lhe cobrisse a parte inferior do rosto.

O sol escaldava uma cena que mais parecia um pesadelo. Os médicos, com movimentos lentos devido ao peso de seus corpetes de couro, queimavam, por toda parte, incensos à base de aloé, almíscar e outras essências. Máscaras grotescas, que faziam com que se parecessem com monstruosas galinhas, aumentavam o terror daqueles que, por detrás das portas encostadas das casas, assistiam ao espetáculo. Ninguém transitava pelas ruas a não ser uns dois mendigos que ficaram sem refúgio e um soldado que se apoiava a uma estaca, tremendo de febre. Em meio àquele ar fétido, o único som que ainda se fazia ouvir era o de uma sineta, longínqua, que talvez pertencesse a uma carroça de *alarbres*. Mas logo os sinos da catedral começaram a tocar incessantemente.

Molinas caminhou em direção à rua. Como ele já esperava, dois médicos fantasiados de pássaros o interceptaram.

— Aonde o senhor está indo? — perguntou o mais baixo dos dois.

— Para a casa do senhor Michel de Nostredame, o farmacêutico. Preciso de ungüentos para proteger a minha família.

O médico estremeceu e virou-se para seu colega:

— Michel mora aqui?

O outro acenou positivamente.

— Sim. Você não sabia? Ele veio para cá há vários anos. E, antes dele, Rabelais também morou aqui.

O médico baixinho olhou para Molinas.

— Parece-me já tê-lo visto, mas pode ser que esteja enganado. Escute bem. Mestre Schyron, que foi designado pelo rei secretário de saúde desta comarca, deu ordens para que todos se fechem dentro de casa. Todavia, se o senhor está indo à casa do doutor Nostredame, não seremos nós a impedi-lo. Pedimos-lhe, apenas, que o avise de que dois de seus amigos estão aqui na cidade: Guillaume Rondelet e François Robinet. Ficaríamos felizes em vê-lo.

Molinas agradeceu a Deus pelo colete de sua capa impedir que os dois vissem que seu pomo-de-adão estremecia. Lembrava-se muito bem de Rondelet. Quanto a Robinet, suas lembranças estavam um pouco confusas. A julgar por sua estatura, devia ser o jovem mais alto dentre aqueles que, anos atrás, o haviam surrado nas ruas de Montpellier. Fez uma meia reverência e murmurou: — Eu lhes agradeço, senhores, também em nome de minha esposa e de meus filhos. Não me esquecerei de dar o seu recado. — Depois, afastou-se, rapidamente.

Conhecia muito bem o caminho até a casa de Nostredame. Agora, a pequena casa de dois andares, simples mas decorosa, tinha, ao lado, uma modesta loja, coberta por uma tenda. Sobre ela havia um letreiro escrito em grego *Apotheke*, feito em letras góticas e tendo, ao lado, o desenho de um serpente. Contudo, atrás do balcão, coberto por uma toalha, sobre a qual estavam colocados vasos, ampolas e taças de barro, não havia ninguém.

A rua, porém, não estava nem um pouco deserta. Pouco mais adiante, aproveitando a sombra de um pórtico, alguns prófugos provençais repartiam um pão, indiferentes à epidemia. Quase em frente, alguns sobreviventes da guerra, que haviam retirado seus elmos mas continuavam a carregar o gibão para as armas, sentavam-se, ociosamente, sobre o balcão de uma alfaiataria abandonada, falando alto e passando, de mão em mão, uma garrafa.

Molinas seguiu na direção da porta principal da casa de Nostredame. Bateu duas vezes. Passaram-se alguns minutos e, depois, uma voz feminina perguntou: — Quem é?

— Sou eu, Magdelène. Abra logo.

Do outro lado houve uma nítida hesitação e, depois, a voz respondeu negativamente:

— Meu marido já vai voltar. O senhor não deseja que ele o encontre aqui, não é?

— Não, ele ainda vai demorar. Abra logo, sem se fazer de rogada.

Ouviu-se o barulho de uma tranca complicada e, depois, a porta se abriu.

Molinas entrou no corredor, úmido e fresco, como quem fosse o dono da casa. Somente quando chegou ao escritório, ele virou-se para olhar Magdelène, que levava seus dois filhos pelas mãos. O menino já se mantinha bem de pé, enquanto a menina equilibrava-se graças ao apoio da mãe. Magdelène ainda era muito bonita, mas seu rosto havia definhado. Uma mancha vermelha do lado direito do rosto levava a crer que havia sido surrada recentemente. Outras rachaduras na pele indicavam que ela havia usado cosméticos de ação abrasiva.

Molinas apontou para o escritório.

— Vem, vamos arrumar aqui. Talvez seja melhor que você coloque seus filhos para dormir.

Magdelène balançou a cabeça.

— Não. Eles nunca dormiriam a esta hora e daqui a pouco tenho que amamentar Priscille. Não tenho uma babá nem ninguém que me ajude a cuidar deles.

— Michel economiza nos gastos, não é verdade?

— Não é culpa dele. A farmácia só abriu há pouco tempo e as visitas médicas que ele faz lhe rendem muito pouco.

Molinas entrou no escritório e sentou-se em uma pequena poltrona, ao lado da janela, com a desenvoltura de quem já o havia feito outras vezes, até sentir-se o verdadeiro dono da casa. Magdelène sentou-se no sofá. Pegou a menina em seus braços enquanto René brincava sobre o tapete.

Molinas ficou observando a mulher, tentando deixá-la desconcertada. Vendo que não conseguia seu intento, disse, bruscamente:

— Faz muito tempo que não recebo mais seus relatórios. Já perdi a conta de quantos meses.

— Ainda vale o que lhe escrevi quando o senhor estava na Sicília. Michel não quer que eu escreva e não me fornece os meios para fazê-lo. — A voz de Magdelène demonstrava uma segurança que, em outros tempos, teria sido inimaginável: — Além disso, o senhor já está aqui há tanto tempo que comunicar-me por carta me parece desnecessário. Pergunto-me por que tamanha obsessão. Já poderia ter pego Michel se tivesse desejado.

Molinas deu um suspiro.

— Na verdade, eu não me importo nem um pouco com Nostredame. Estou procurando indícios da mais horrenda das conspirações jamais armada contra a cristandade. A instituição de uma nova Igreja muito mais perigosa do que a huguenote, porque tenta alterar a posição do homem frente à criação. Você já ouviu Michel mencionar uma certa Igreja dos Iluminados?

— Não, nunca. O senhor já me perguntou isso outras vezes.

— E Ulrico de Magonza?

— Já tive a oportunidade de lhe dizer. Ele o chama, às vezes, durante seus pesadelos. Eu diria que este nome suscita nele um terror ilimitado.

— A verdade é que tenho certeza de que ele foi o seu mestre. Estou tentando chegar até Ulrico através de Michel. Não há nenhum lugar da Europa onde os Iluminados não tenham deixado sinais de suas atividades diabólicas contra o reino de Cristo. É por isso que o inquisidor da Espanha me deixa vir, de vez em quando. — Molinas percebeu, tarde demais, que estava justificando seu comportamento diante de uma mulher. Mordeu os lábios e depois tentou desviar a atenção de Magdelène da única maneira possível: falando de sua vida pessoal. — Vejo que o seu Michel continua batendo em você.

A mulher, automaticamente, colocou a mão sobre a parte inchada do rosto. — Agora o faz muito raramente — murmurou, de forma confusa. — Não que ele tenha se tornado bom, mas desde que lhe estou dando filhos... — Retirou a mão do rosto e a colocou sobre o ombro da menina que estava em seus braços. — Não é mais como antes. Evita até mesmo zangar-se comigo por não lhe ter oferecido um dote. É um ótimo pai.

— Mas um péssimo marido. — Molinas juntou as mãos. Havia chegado o momento do discurso crucial que ele tinha em mente. Deveria expô-lo de forma cuidadosa e lógica. — Escute-me, Magdelène. Já estamos trabalhando juntos há vários anos. Admito que, no início, eu a mantive sob controle através de chantagens. Não me arrependo, porque o fiz em nome de Deus e da causa pela qual luto. Mas, desde que se casou com Nostredame, entendi que não eram mais as minhas ameaças que a mantinham ligada a mim. Havia dois motivos muito mais fortes.

— Quais? — perguntou Magdelène, que parecia chocada.

— O primeiro é a necessidade de um pouco de aventura em sua triste vida cotidiana. Michel mantém você fechada aqui, como um peru em uma gaiola, aliás, como uma galinha. Eu devo lhe parecer detestável, mas, de certa forma, lhe dou a oportunidade de se afastar, um pouco, deste seu destino cinzento e esquálido. Faço você participar de um jogo que supera os confins destas paredes. Já faz pelo menos um ano que você se tornou gentil em relação a mim. Não tente negar que este é o verdadeiro motivo.

Magdelène baixou a cabeça.

— Não nego — disse com um fio de voz.

— Mas há ainda um outro motivo. — Molinas, contente com seu primeiro sucesso, tentou sufocar a euforia em relação ao segundo.

— Talvez Michel a ame, mas a mantém submissa a ele como se você fosse sua propriedade exclusiva. Não deixa sequer que você vá à Igreja aos domingos. Além disso, apesar de você ter medo das dores que lhe laceram o ventre, ele quer que você lhe dê um filho atrás do outro. Como aquela espécie de boneca idiota, casada com Scaliger. Sem falar que Michel procura todos os pretextos para bater em você e lhe nega qualquer distração cuja finalidade não seja o parto. Você foi violentada de muitas formas; esta é a pior delas.

Há alguns anos Magdelène teria começado a chorar. Agora, mesmo com os olhos banhados, manteve seu olhar sobre o espanhol.

— Digamos que seja verdade; o que o senhor me propõe?

— De não ser mais uma colaboradora passiva e sim uma agente ativa a serviço da Inquisição! De apoiar-se na força mais poderosa da cristandade para poder vingar-se! Não seremos mais senhor e serva e, sim, irmão e irmã, agindo na mesma missão: desmascarar Michel de Nostredame e trazer à baila o plano diabólico que o liga aos sediciosos Iluminados. Confundir o homem que bate e humilha você. Liberá-la a si mesma e a seus filhos do domínio do algoz que lhes prende. Não mais ter que se curvar aos seus desejos. Enfim, você me entendeu. O que me diz?

Houve uma breve pausa e, depois, ao invés de responder, Magdelène perguntou:

— O que deveria fazer, em tal caso?

— Ah, nada de diferente daquilo que já fazia, mas com mais entusiasmo e dedicação. Preciso de informações sobre aquele Sarrazin, a quem seu marido parece estar tão ligado. Seria útil para mim uma descrição completa e detalhada de todas as ervas e ungüentos que Michel mantém em seu laboratório no sótão. Devo conhecer o título de cada novo texto pelo qual se interessa.... A propósito, ele ainda fala a respeito daquele livro que lhe roubei?

— De vez em quando. Parece que ele continha informações que lhe são essenciais.

— É... De qualquer forma, acho que você entendeu o que quero de você. Aceita?

Magdelène enrugou a testa e, depois de um breve silêncio, concordou.

— Aceito.

— Muito bem. — Molinas estava entusiasmado. Foi talvez a euforia, junto com a certeza de uma vitória iminente, que o fez pronunciar as palavras que ele não pretendia dizer: — Agora me mostre.

— O quê?

— Você sabe. Como costumava fazer.

Magdelène ficou boquiaberta. Sua face ficou vermelha como fogo, enquanto seus olhos tornaram-se frios e hostis. Apertou bem a menina contra seu corpo e aproximou de si o menino.

— Eu não sou mais aquela mulher — disse, decididamente. — Sou mãe, tenho filhos. O senhor não pode me pedir isso.

Molinas já havia percebido o erro que havia cometido, inspirado sabe-se lá por qual demônio. Sua testa encheu-se de suor. Tentou remediar, mas sua defesa pareceu atrapalhada.

— Desculpe-me, não queria dizer o que disse... O diabo tomou conta de mim, não sei como. Não quero obrigá-la a nada, quero que você obedeça por... que você o faça de forma consensual.

— Consensual? — A indignação de Magdelène não tinha limites. Apertou sua filha nos braços e correu até a janela. — Socorro! — gritou, em direção ao final da rua. — Um espanhol aqui na minha casa!

Molinas deu um pulo e ficou de pé, aterrorizado.

— Mas o que está fazendo? Olhe que...

Da rua veio uma voz rouca de bêbado:

— O que está acontecendo, senhora?

— Há um soldado espanhol aqui! — gritou Magdelène. — Um dos homens de Carlos V! Está tentando me desonrar!

Veio um vozerio de fora. Molinas exclamou, furibundo, e correu para a porta. Já na rua, viu uma pequena multidão de prófugos e foragidos que o perseguia. Procurou o punhal que mantinha escondido sob a capa, mas não conseguiu segurá-lo: a arma escorregou de suas mãos e caiu no chão.

Correu, a todo vapor, em direção a uma praça onde estava chegando uma carroça cheia de cadáveres. A capa dificultava seus movimentos e, por isso, tentou, inutilmente, retirá-la. Um instante depois, uma pedra atingiu o seu ombro.

Caiu para a frente. Bateu com o nariz e sentiu o sangue inundar seu rosto. Seus ouvidos, zumbindo, faziam-no ouvir os gritos, sempre mais próximos, de seus perseguidores e o som da sineta dos empestados.

O prelúdio da tragédia

O parlamento municipal de Agen, normalmente ordenado e profundamente tedioso, estava irrefreavelmente turbulento naquela noite. Na igreja de Saint-Pierre, que sediava suas reuniões, os bancos rangiam pela agitação dos conselheiros, envolvidos em discussões animadas e, às vezes, furiosas. O prefeito, sentado ao centro, fazia um grande esforço para tentar acalmá-los, e, freqüentemente, consultava o mestre Schyron, nomeado, segundo as ordens reais, secretário de saúde em toda a região compreendida entre Languedoc e Gasconha. Muitas vezes, porém, o prefeito viu-se obrigado a virar-se para frear as intemperanças do guardião das chaves de Agen, o *clavier* ou tesoureiro, que estava do seu outro lado: Jules-César Scaliger. Este alternava pausas de profundo silêncio com sanguinárias agressões dirigidas a esta ou aquela pessoa, na maioria das vezes sem motivo algum.

Michel de Nostredame chegou atrasado, ajustando em sua cabeça o chapéu quadrado com pompom vermelho. Notou que havia um banco livre e sentou-se, tomando fôlego. Schyron estava sentado bem em frente a ele. Michel o saudou com um aceno, mas ele pareceu não reconhecê-lo. Parecia estar curioso em relação ao chapéu, que ele conhecia bem. Depois de um instante, girou seu olhar em outra direção.

Um dos conselheiros havia se levantado e falava com veemência:

— Os senhores sabem por que os nobres não estão aqui? Porque assim que souberam da peste correram para se trancar em seus castelos! Mais uma vez, cabe a nós, homens importantes e burgueses, decidirmos o futuro desta cidade, arriscando as nossas vidas!

O prefeito abriu os braços.

— Sempre foi e sempre será assim. O que o senhor quer fazer?

— O que quero fazer? — o conselheiro estava exasperado. — Deixem que eu lhes diga o seguinte. Virá o dia em que não mais manteremos, com o nosso trabalho, os aristocratas parasitas, desprovidos de sentimento cívico e dedicados apenas a seus ímpetos imorais. Desde que deixaram Agen, o que mudou? Nada. Nem mesmo percebemos. Se no futuro eles forem embora para sempre saberemos como nos governar sozinhos, exatamente como estamos fazendo agora!

Michel ficou surpreso e preocupado com aquele discurso. Não que, em linhas gerais, ele não concordasse, mas tinha certo sabor de um ataque contra a monarquia. Por sorte, o conselheiro foi obrigado a se calar por um colega, que gritou, do fundo da igreja:

— Cale a boca! Você está falando como um huguenote!

Começou um bate-boca. Pelo menos um quarto dos presentes era huguenote, quer o confessasse ou não. Em teoria eram uns foras-da-lei há quase dois anos, e podiam ser condenados ao suplício da roda. Mas eles eram tantos que, na maior parte da França, o terrível edito de 11 de janeiro de 1535 havia permanecido só no papel.

Foram, portanto, muitos os que reagiram. O prefeito, entretanto, encontrou a maneira certa de trazer a calma de volta.

— Senhores, estamos diante da peste! Os senhores se esqueceram? A peste!

Repentinamente, o silêncio voltou. Aproveitando aquele momento de trégua, o prefeito dirigiu-se ao mestre Schyron:

— Senhor secretário de saúde, gostaria de nos explicar qual é a situação?

O médico levantou-se e olhou todos à sua volta, com ar severo.

— A situação é clara. Os mortos ainda são relativamente poucos, mas os doentes são muitíssimos. Prevejo que amanhã teremos uns cinqüenta mortos para enterrar, e a situação vai piorar nos próximos dias. Estamos adotando todas as medidas higiênicas conhecidas, mas a cidade está condenada.

Um arrepio tomou conta de todos. Um homem ancião e calvo, com ar de tabelião ou advogado, em vista da roupa preta que usava, balançou a cabeça.

— Não deveríamos ter deixado entrar tantos prófugos. Sabe-se que à guerra segue-se a peste. Toda a Provença está infectada. Um refugiado é um perigo para si mesmo e para os outros.

Schyron levantou o dedo. — A ordem de dar refúgio aos fugitivos veio do rei Francisco I em pessoa — disse, escandalizado. — Acrescento, ainda, que é um gesto de caridade cristã. Nem Agen e nem as outras cidades da Garonha podiam se furtar.

— Bravo, sábias palavras! — Um jovem padre, chamado Michaelis, que talvez tivesse procuração para representar o clero, abriu os braços, com ênfase. — Amigos, antes de culparmos, pela peste, os infelizes que fogem da fome e da guerra, pensemos na hipótese mais provável. Sabemos, com certeza, que há espiões do imperador aqui na cidade. Não lhes parece lógico supor que tenham sido eles a nos trazerem a peste para nos enfraquecer, permitindo que seu exército invada as nossas terras?

Seguiram-se alguns olhares perplexos.
— Espiões? Que espiões? — perguntou alguém.
O prefeito avançou, sem levantar-se.
— O padre Michaelis tem razão. Esta tarde, um espanhol, cuja identidade desconhecemos, foi preso. Os meus guardas chegaram na hora, pois do contrário teria sido morto pelos soldados provençais. Agora está na cadeia, mas tão ferido que ainda não pude interrogá-lo.

Scaliger ficou pálido.
— Onde foi capturado? — perguntou com a voz trêmula.
— Na casa de uma jovem dama que ele tentava ultrajar — explicou o prefeito. Depois exclamou: — Ah, mas estou vendo seu marido! Senhor de Nostredame, gostaria de nos explicar o que aconteceu com a sua corajosa senhora?

Michel, que ao ouvir falar de um espanhol havia ficado irritado, sobressaltou-se. Naquela tarde não havia colocado os pés em casa. Depois de ter ficado quase duas horas com a esposa de Scaliger, ele tinha ido à casa de Sarrazin e jantado com ele. Depois, pelas ruas, havia sabido da reunião do parlamento e tinha corrido para lá. Mas jamais teria ousado admitir sua própria ignorância.

— Peço-lhe desculpas, senhor prefeito. Não sinto que possa falar de uma coisa tão horrenda.

— Michel de Nostredame! Agora eu o reconheço! — A exclamação vinha do mestre Schyron, todo sorridente. O médico, que havia permanecido de pé, dirigiu-se aos conselheiros: — Senhores, em meio à desgraça os senhores tiveram alguma sorte. Este jovem médico, há seis anos, contribuiu para acabar com um foco de peste em Montpellier. Eu o nomeio meu assistente e peço aos senhores que lhe forneçam toda a ajuda possível.

Em outras circunstâncias, Michel teria ficado orgulhoso ao ouvir tantos cumprimentos. Naquele momento, no entanto, todo o seu pensamento estava concentrado em sua esposa e na conversa dela com um desconhecido com capa preta. De maneira quase distraída ele fez um sinal de aceitação com a cabeça.

— Às suas ordens.

O prefeito parecia sentir-se orgulhoso.

— O senhor de Nostredame é bem conhecido na cidade por sua habilidade como farmacêutico e pela sua conduta exemplar. Ficaremos todos felizes em vê-lo exercer a atividade de médico. Não é verdade?

Todos concordaram, exceto Scaliger, nitidamente despeitado.

— Senhor prefeito, mestre Schyron, a sua escolha é sensata e oportuna. Acredito, porém, que o senhor de Nostredame deva ser assistido por alguém mais maduro, a par dos mais recentes progressos da ciência médica, capaz de unir a doutrina e o humanismo.

— O senhor está se referindo a alguém em particular? — perguntou Schyron, meio perplexo.

— Se a minha modéstia me permitir gostaria de indicar a mim mesmo. Não acredito que o amigo Nostredame já tenha visto o livro de Gerolamo Cardano, *De malo medendi usu*, que me chegou às mãos ontem, vindo de Veneza, recentemente publicado.

— Por quê? Trata-se de um livro assim tão útil?

— Ah, não. Tem tantos erros que não se consegue entender nada. E este tal de Cardano parece ser um completo imbecil. Todavia...

Schyron fez um gesto seco.

— Não preciso de mais nenhum assistente além do senhor de Nostredame. E agora, se os senhores me derem licença, gostaria de falar com ele em particular. — Desceu e fez sinal para que Michel o seguisse. Passaram por detrás do altar e entraram em uma das naves da igreja, anuviada por uma escuridão perfumada. O pároco, em virtude da epidemia e da presença dos parlamentares na catedral, devia ter misturado, ao incenso tradicional, um pouco de aloé e de outras substâncias aromáticas. O resultado era que mal se conseguia respirar.

— O senhor vai me dar uma ajuda? — perguntou Schyron quando chegaram perto da pia com água benta. — Na época da peste em Montpellier, Rabelais explicou-me a importância da sua participação. Poderia lhe conseguir o título de *conservator pestis* e, também, um pequeno salário.

Michel, que estava segurando seu chapéu, fez uma pequena reverência, deixando ver a calvície que já lhe despontava.

— Será um prazer ajudá-lo, mestre, mesmo sem nenhum encargo oficial. Agora, porém, peço-lhe que me deixe ir para casa. O senhor mesmo ouviu o que houve com a minha esposa.

— É claro; com certeza, ela está precisando do senhor — concordou Schyron. — Pode ir; nós nos veremos amanhã bem cedo, aqui na frente da catedral.

Michel saiu e, uma vez na rua, andou apressado. Agen estava deserta, mas, de muitas janelas que estavam abertas, ouviam-se gemidos terríveis e o pranto de crianças. De longe provinha o som das sinetas e o eco das canções obscenas dos *alarbres*, que só mesmo muito bêbados podiam encontrar forças para executar o seu horrível ofício. Muitos sobreviventes, sem trabalho, deviam ter-se juntado a eles.

Michel notou que a lua, perfeitamente circular, ao centro de um céu que parecia sem estrelas, tinha tonalidades róseas. Um mau sinal. Mas a sua inclinação ao pessimismo, inata em seu coração de homem nascido sob a regência de Saturno, era reforçada por suas profundas reflexões. Um espanhol apanhado em sua casa! Não restava dúvidas quanto à sua identidade. A visão que ele tivera, tempos atrás, sob o efeito da *pilosella* não deixava margem a equívocos. Ele só duvidava de que o estrangeiro tivesse querido usar a violência sobre Magdelène para possuí-la.

Vieram-lhe lágrimas aos olhos. Magdelène era a sua eterna cruz, um obstáculo permanente à realização das suas ambições. Em relação a ela, porém, ele sempre tinha sido vergonhosamente fraco. Depois de ter tido a visão, realmente havia batido nela, tanto a ponto de fazê-la desmaiar, mas aquela mulher parecia indomável. Não só não lhe havia confessado nada, como também o havia tratado como se fosse um alucinado e chegando ao ponto de rir dele. Àquela altura, era necessário colocá-la para fora de casa e deixá-la morrer em um prostíbulo. Mas o que iriam dizer os outros cidadãos de Agen? Eles o tratariam como um corno e, talvez, até nutrissem uma certa simpatia por ela. O seu decoro desapareceria de uma hora para outra.

Quando chegou perto de casa e reparou na tenda da farmácia, as poucas lágrimas de Michel transformaram-se em um pranto copioso. Aquela humilde lojinha, erguida com tanto esforço, representava o primeiro degrau da sua emancipação. Teve que se resignar com a atividade de farmacêutico para não suscitar a inveja dos outros médicos locais, que estariam prontos a evocar suas origens hebraicas. Tinha certeza de que, entre eles, fingindo ignorarem seu catolicismo fervoroso, o chamavam de *recutitus*, um apelido pejorativo reservado aos hebreus convertidos que se faziam reconstruir, cirurgicamente, o próprio pênis. Somente o fato de viver isolado havia evitado invejas e desprezo. E, agora, sua esposa...

Enxugou os olhos e o nariz na manga. Mexeu nos bolsos à procura das chaves de casa, mas estava nervoso demais. Bateu, então, furiosamente na porta. Pouco tempo depois, Magdelène veio atendê-la. Michel jogou-se sobre ela, agarrou seu pescoço e a empurrou contra a parede, fazendo-lhe cair o candelabro das mãos. Por sorte, um candeeiro apoiado sobre um pequeno móvel espalhava uma tênue luz.

— Como ele se chama? — rugiu, apertando ainda mais o pescoço da esposa.

Magdelène tossiu várias vezes, mas, ao final, conseguiu falar: — Chama-se... Diego... Diego Domingo Molinas.

— Ah, finalmente. É o seu amante, não é?

Muito embora estivesse inquieta e alarmada, Magdelène não parecia aterrorizada.

— Não, não. Ele tentou... me fazer mal.

— Fazer-lhe mal! Como se eu não a conhecesse! — Michel encostou o rosto no da esposa. — Agora você vai me contar tudo, não é verdade? Responda! Não é verdade?

Magdelène parecia decidida a resistir, mas do andar superior ouviu-se o choro das crianças.

— Sim, vou lhe contar tudo — sussurrou.

Michel largou-a e a empurrou consigo até a sala. Antes de entrarem, ela o olhou com uma expressão de súplica.

— Permita-me ir pegar as crianças. Não posso deixá-las sozinhas.

Ele balançou a cabeça.

— São os *seus* filhos. Visto o seu comportamento, não tenho provas de que sejam meus filhos. Mas fique tranqüila, não vamos demorar. — Encostou um castiçal ao lampadário preso ao teto e o acendeu. Com o castiçal na mão, ele se aproximou da mulher, que havia se largado sobre o sofá. — Diego Domingo Molinas — murmurou. — Quem é, exatamente?

Magdelène, perturbada mas não desesperada, respondeu sem se esquivar:

— Um agente da Inquisição espanhola. Um *famiglio*, como ele costuma dizer.

Michel estremeceu.

— A Inquisição espanhola! E por que está interessado em nós?

— Porque está convencido de que você pratica a necromancia e descende de uma família de bruxos.

— Eis que as histórias que meu pai inventou para nobilitar nossa família se viram contra mim — refletiu Michel em voz alta, enquanto uma ruga desenhava-se em sua testa. No fundo de seu coração sabia que a acusação podia ter motivações ainda bem mais fortes, mas não queria nem sequer pensar. Voltou a inclinar-se na direção da esposa. — Há quanto tempo você o freqüenta?

— Ah, desde que o senhor ainda era estudante.

— E você diz isso assim, sem a mínima vergonha, como se fosse uma coisa normal.

— Tente me entender. Confessar-lhe tudo é, para mim, uma espécie de libertação.

Michel não conseguia mais olhar nos olhos de Magdelène. Não via neles sinal algum de amor, nem de submissão e nem de arrependimento. Ela parecia preocupada apenas com o choro das crianças que eles continuavam a ouvir. Passou a mão na testa, encharcada de suor.

— Tente não mentir. Você foi amante dele?

— Não. Nunca.

— Mas trabalhou como uma espiã para ele.

— Isto sim. Ele me chantageava. Ameaçava me denunciar como bruxa.

Michel deu de ombros.

— Hoje quase não se queima mais nenhuma bruxa. A Inquisição só se preocupa com os luteranos e, mesmo assim, não é muito poderosa.

— Mas até alguns anos atrás não era assim.

— Os tempos mudaram e você sabe muito bem disso. E, mesmo assim, continuou a me espionar. Não é verdade?

Magdelène parecia estranhamente serena, como se não se importasse com seu destino.

— É verdade — admitiu.

— Por quê? Dê-me uma boa razão.

A mulher respondeu com certo ímpeto: — Porque Molinas é uma criatura abominável, mas é muito melhor do que o senhor!

Michel sentiu-se como se tivesse levado uma pancada no estômago. Caiu sentado na extremidade oposta do sofá, e o castiçal em sua mão quase escorregou por entre seus dedos. Colocou-o no chão. Precisou de um pouco de tempo para recuperar o fôlego.

— Você me despreza tanto assim, meretriz? — perguntou.

— Sim. Do senhor eu só recebi humilhações e feridas. Colaborar com Molinas era a minha maneira de me vingar. Mesmo ele sendo uma espécie de serpente com aparência humana.

Houve um longo silêncio, tão longo que até mesmo as crianças pararam de chorar, sufocadas pela escuridão e pelo terror. Michel, com os cotovelos apoiados nos joelhos, ficou algum tempo com a cabeça entre as mãos. Depois levantou novamente seu olhar.

— Magdelène — disse, chamando a esposa pelo nome, depois de anos —, sabe o que pretendo fazer com você?

A mulher deu de ombros.

— Imagino que irá me matar. Ou talvez, antes, queira me bater ou até me violentar. Mas depois irá me matar. É próprio da sua honrosa respeitabilidade.

O tratamento de cortesia "senhor", agora usado somente por ela, começava a soar como uma tomada de distância, tornando-se uma lâmina afiada e gélida.

Michel ficou surpreso. Olhou para a esposa como se a estivesse vendo pela primeira vez. Seus longos cabelos continuavam fascinantes, bem como seus olhos, de um azul intenso. Mas naquele rosto, do qual as sardas haviam sido retiradas à força por meio de pomadas e pastas, haviam aparecido olheiras e rugas profundas, concentradas principalmente nas pálpebras e na testa. A boca, que tempos atrás era sempre sorridente, exibia agora linhas estranhas que se prolongavam até o queixo em uma expressão dura e quase contorcida.

Mas não estava na hora de pensar em frivolidades. Michel levantou-se, imperioso.

— Você me atribui intenções de um mercenário, o que só demonstra a sua má-fé. Você ainda está em tempo de demonstrar que estou errado se me der uma resposta sincera à pergunta que vou lhe fazer. Você participou do roubo de um manuscrito que me pertencia?

Surpresa, Magdelène abriu os braços.

— Não. Naquela época ainda não nos conhecíamos, não se lembra?

— Então você sabe do que eu estou falando. O manuscrito está com Molinas?

— Sim, pelo menos acho que sim. Vez por outra ele o mencionava como sendo o elemento que nos levaria à ruína.

— Mas você sabe o que ele tem de tão interessante?

— Não... a não ser que tenha alguma coisa a ver com uma palavra que ele vivia repetindo e que muito o atormentava.

— Qual palavra?

— Acho que *Abra... Abrasax*.

Michel gritou uma tal maldição que, se estivesse em Tolouse, o teria feito expor-se à punição pública. Levantou-se, com um pulo, e apontou o dedo para a esposa.

— Não vou bater em você nem violentá-la. A partir de agora repudio você. Vá pegar suas coisas e saia da minha casa. Nunca mais quero ver você.

Embora tremesse, ela nem piscou. Engoliu e, depois, com um fio de voz disse: — Já está de noite e não saberia para onde ir. Peço-lhe que me deixe ficar até amanhã de manhã. Prometo que assim que amanhecer deixarei sua casa para sempre.

— Não. Quero que você vá embora já. Está emporcalhando toda a minha casa.

Michel permaneceu de pé, com a cabeça baixa. Não se moveu enquanto Magdelène saía com um passo cansado, e nem enquanto ela subia para arrumar suas coisas e preparar as crianças para a viagem. Perguntou-se como teria reagido se sua esposa lhe tivesse pedido perdão. Tirou essa pergunta de sua mente. Agora deveria se concentrar em um outro problema. Como justificar, perante os outros moradores, o afastamento de sua família? Claro que se ele dissesse que se tratava de uma mulher indigna e de crianças cuja paternidade era incerta, teria arrecadado a simpatia de muitos. Mas, desta forma, não poderia comprometer a sua própria dignidade?

Estava tão absorvido em seus pensamentos que, não fosse pelo choro das crianças, nem teria notado Magdelène. A mulher, carregando tantas coisas, arrastava-se em direção à porta de casa. Michel virou de costas para a porta da sala e continuou a manter a cabeça baixa. Logo depois, ouviu o som da tranca que se abria. Passou-se mais algum tempo e a porta se fechou com uma rajada de vento.

Da rua provinha o som da sineta da carroça dos empestados, que caminhava lentamente, enquanto os *alarbres*, superexcitados pelo vinho, cantavam, em alta voz, uma de suas canções. Foi até uma das janelas que dava para a rua, iluminada pela luz da lua. Magdelène se desequilibrava sob o peso das duas crianças e da trouxa com as suas coisas. Michel viu-a dar alguns passos, extenuada e sem saber aonde ir. A carroça dos *alarbres* começou a parar.

Um dos voluntários esticou-se em direção à mulher e lhe disse algo. Michel não ouviu, mas intuiu que devia se tratar de um convite brincalhão e vulgar para que ela entrasse. Para sua surpresa, Magdelène aceitou. O comportamento dos *alarbres* mudou imediatamente. Dois deles levantaram as crianças, enquanto um outro pegou a trouxa. Aquele que parecia ser o chefe ajudou a mulher a subir na carroça e lhe disse algumas palavras. Talvez a tenha avisado para não tocar nos corpos dos mortos e nem nos dos agonizantes. Ela, porém, não entendeu e se deixou cair em meio aos doentes, chamando os filhos para junto de si.

Michel sentiu uma angústia indescritível. Tentou abrir a janela e avisar a esposa. Mas suas mãos tremiam e, de imediato, não conseguiu levantar os vidros. Quando, finalmente, conseguiu, a carroça já ia longe, balançando sobre o pavimento desnivelado da rua.

Michel não suportou aquela situação. Correu até o sótão à procura da *pilosella*. Sentia uma necessidade desesperada de sair de seu tempo, ainda que em um mero afastamento fugaz.

Cara a cara

SOLI DEO

Em toda Agen não existia uma prisão de verdade, por isso Molinas, totalmente lívido e ensangüentado, foi colocado no porão de uma hospedaria de má reputação. O lugar-tenente do setor criminal, um cambista chamado Serrault, assim que viu o prisioneiro ser jogado ao centro do local por dois soldados comandados pelo prefeito, apontou para a única clarabóia por onde entrava algum ar na cela. — Não se iluda. Aquela grade parece frágil, mas não conseguirá nem quebrá-la e nem limá-la. – Depois, vendo que o prisioneiro não respondia, acrescentou: — Em tempos comuns o senhor teria sido processado em poucas horas e, certamente, teria sido condenado à morte. Agora, com a peste, não creio que conseguiremos reunir um tribunal assim, tão rápido. Prepare-se para uma longa espera e não se lamente demais. Talvez seja melhor para o senhor.

Molinas, depois que o lugar-tenente saiu, ficou estendido no chão, com o rosto contra o pavimento úmido. Aquele frescor parecia aliviar um pouco a dor de suas feridas. Depois, com muito cuidado, tentou ajoelhar-se. Foram necessárias várias tentativas antes que ele conseguisse, e isso lhe custou muita dor e a perda de sangue das feridas abertas. Nessa posição, pediu perdão a Deus, mais uma vez, por ter-se deixado levar pelo demônio da carne, comprometendo, assim, o êxito de sua investigação sobre a misteriosa seita dos Iluminados. Rezou durante muito tempo, como sempre, com muito fervor, mesmo com as pernas tremendo. Mas o Cristo visigodo que, em sua imaginação, servia de ponte entre ele e o Criador, parecia permanecer hostil e zangado, apesar da impassividade de seus traços.

Ele percebeu que era necessária uma punição à altura do pecado que cometera. Talvez a morte à qual estava destinado não fosse uma expiação suficiente, ou, quem sabe, o céu lhe reservasse algo diverso. Com um esforço terrível, colocou-se de pé e, balançando, pôs-se sob a clarabóia. Não estava mais vestindo sua capa, e o casaco de veludo preto se encontrava em frangalhos. Através dos rasgos pôde ver suas feridas, ainda não cicatrizadas, e sabia que havia outras em suas costas. Suas calças aderentes estavam encharcadas de sangue.

Olhou ao seu redor. No porão havia só tonéis, dentre os quais um estava inteiramente quebrado e envolvido por uma roda de ferro. Foi até ele mancando e o examinou. Com certo esforço conseguiu retirar dele um grande prego retorcido. Aquilo de que precisava.

Agora devia pensar em como agir. A ação mais lógica teria sido a autocastração, que, talvez, fosse o que o Cristo visigodo lhe exigia, assim como havia feito com Orígenes. Molinas ficou tentado com a idéia, mas, depois, a afastou. Uma mutilação de tal porte lhe teria causado uma hemorragia, provavelmente fatal e, caso conseguisse sobreviver, o teria deixado à mercê de seus inimigos. Era preciso pensar em alguma outra coisa, igualmente dolorosa, mas que não o conduzisse ao pecado do suicídio.

Voltou para debaixo da clarabóia e, com os dedos da mão esquerda, arrancou um pedaço de seu casaco, já rasgado, na altura de seu ventre, deixando descoberta uma ferida. Em torno, ela ainda estava muito inflamada, mas o sangue já começava a coagular e a formar uma espécie de lodo escuro e gosmento. Trincou os dentes, colocou o prego sobre a extremidade do corte e, com um gesto rápido e decidido, fez a ponta correr ao longo das bordas da ferida. Sentiu uma dor dilacerante, enquanto o sangue fresco escorria em meio àquele coagulado, inundando-lhe todo o ventre.

Logo depois, procurou uma segunda ferida, que tinha no peito, e repetiu a mesma operação. Desta vez não conseguiu conter um grito atroz. Enquanto perdia os sentidos, pareceu-lhe ver a face do Cristo distender-se em um sorriso.

Acordou sentindo uma dor insuportável e imerso em um fedor, que ele bem conhecia, de carne queimada. Gritou tão forte que se arriscou a deslocar a mandíbula. O homem que estava à sua frente retirou, rapidamente, o ferro em brasa que estava segurando e o jogou longe.

— Já está feito — ouviu-o dizer. — As feridas foram cauterizadas. Se isto não me parecesse tão incrível, diria que ele tentou infectá-las por conta própria.

Os olhos febris de Molinas perceberam mais dois homens em pé no local. Seu olhar, ofuscado pelas lágrimas, não permitiu que ele os distinguisse, mas ouviu claramente um deles dizer.

— Com tanta coisa para fazer lá fora, estamos aqui perdendo tempo com este miserável. Se o tivéssemos deixado morrer ninguém teria se lamentado. Por que você se preocupa tanto com ele, Michel?

— Você não o reconhece, Guillaume? É aquele espanhol que surramos em Montpellier.

Michel de Nostredame! A voz era, sem dúvida alguma, a dele. E o outro devia ser Guillaume Rondelet... Uma imediata lucidez iluminou sua mente, superando dor. O terceiro, mais alto, era, com certeza, François Robinet. Molinas estava nas mãos dos seus piores inimigos!

— Você tem razão. É ele, mas está mesmo em péssimas condições – disse Rondelet. — Parece que está voltando a si. Daqui a pouco poderemos lhe fazer algumas perguntas.

— Não, deixe ele comigo — respondeu Nostredame. — Temos várias contas antigas para acertar. Levem embora os ferros e o carvão em brasa. Eu os encontrarei no leprosário assim que for possível.

Molinas viu Robinet colocar a mão sobre o ombro do amigo.

— Não será perigoso ficar sozinho com este homem, Michel?

— Não, como você mesmo pode ver, ele não está em condição de me fazer nenhum mal. E, além disso, o lugar-tenente da criminal deixou aqui fora um guarda, por segurança. Pode ir, eu não vou demorar muito.

Molinas, vítima de novas dores alucinantes, fechou os olhos e não viu saírem os dois médicos, mas ouviu o barulho das correntes que sustentavam o prato no qual estava o carvão, levado com todo o cuidado escada acima, até a porta da cela. Sentia-se inteiramente em paz consigo mesmo. O castigo, que se havia inflingido, o havia purificado, de corpo e de alma. Agora podia deixar-se levar por uma espécie de prazer, provocado pelas terríveis dores, catárticas e redentoras.

—Não finja estar ainda desmaiado — disse Nostredame com um tom de voz duro. — Você está perfeitamente consciente, como as cobras, quando lhes cortamos um pedaço do rabo.

Arrancado de seu doloroso tormento, Molinas abriu os olhos. — Estou consciente, sim, mas não tenho nada a lhe dizer. Saia daqui. — No início teve dificuldade em falar, mas depois as palavras saíram com fluidez de sua boca.

A testa de Nostredame enrugou-se.

— Talvez tenha acabado de salvar a sua vida. Mas não espero que você me agradeça. O que desejo é saber por que você me persegue há tanto tempo, com a obstinação de um cão de caça.

— O senhor não sabe nada a meu respeito, e de minha boca não saberá nada. Portanto, deixe para lá.

Nostredame pôs-se a gritar.

— Você diz que eu não sei nada? Você se ilude. Seu nome é Diego Domingo Molinas, é um súdito de Carlos V e um *famiglio* da Inquisição espanhola. Durante anos seguiu meus passos e usou minha esposa para me vigiar. Roubou-me um manuscrito e montou um castelo de acusações sobre uma montanha de bobagens e mentiras. Como pode ver, a sua resistência em falar é inteiramente inútil.

Molinas, apesar de novos espasmos de dor, sorriu interiormente. Queria saber o quanto Nostredame sabia a seu respeito e, agora, já tinha um panorama da situação. Magdelène havia dito muita coisa ao marido, mas não tudo. Para descobrir mais, deveria dizer alguma coisa que não o comprometesse: — O tribunal sagrado, ao qual obedeço, sabe que o senhor é um bruxo que se vendeu ao demônio, e que foi introduzido na magia em Bordeaux, pelas mãos de Ulrico de Magonza.

Nostredame estremeceu. — Você sabe disso? — Sentia-se perdido. Precisou de tempo para se recompor. Quando, finalmente, conseguiu, murmurou, com voz insegura: — Se está assim tão bem informado, então também sabe que reneguei aquele momento do meu passado. Não sou adepto de seitas demoníacas e não vejo Ulrico há mais de dez anos. Não tenho nada a ver nem com ele e nem com outros bruxos.

— Mentiras! — gritou Molinas. — O senhor descende de uma família repleta de astrólogos e feiticeiros! Na Espanha, onde estão as origens de seus ancestrais, há anos já foi instruído um processo contra o senhor. E não somos do tipo que se esquece de um acusado de tal porte.

Pelo rosto já alterado de Nostredame passou uma sombra de perplexidade. — Mas nenhum de meus antepassados jamais esteve na Espanha! Estas são lendas que meu pai... — Repentinamente percebeu que ele, acusador, estava agora se defendendo. Mudou, imediatamente, seu tom de voz. — Chega. Evidentemente você deu peso demais a um erro meu da juventude e supervalorizou a minha periculosidade. Mas não vou perder tempo contradizendo-o, visto que já está quase morto. Consegui persuadir o lugar-tenente da criminal e o prefeito a processá-lo amanhã mesmo, apesar da peste. As queimaduras que tive que lhe fazer, para seu próprio bem, são só uma antecipação daquilo que o espera. Você me arruinou e à minha família, e, Deus me perdoe, provarei um grande prazer com a sua morte. A não ser que... — Nostredame fez uma pausa premeditada. — A não ser que você me diga onde escondeu o manuscrito que me roubou. Quem hospedava você aqui, em Agen? Aposto que o manuscrito está na casa dessa pessoa. Vá, responda e tentarei interceder por você.

Molinas esboçou um meio sorriso.

— O senhor se refere ao *Arbor mirabilis*? Ou às notas daquele árabe, Al Farabi? O seu interesse demonstra para mim que, de fato, jamais renegou Ulrico, como deseja que eu acredite.

Pela primeira vez Nostredame sentiu-se realmente aterrorizado.

— O que é que você sabe? — perguntou com uma voz meio atrapalhada. — Não vai me dizer que conseguiu decifrar...

Foi interrompido pela chegada do lugar-tenente da divisão criminal, o senhor Serrault, escoltado por dois soldados.

— Por sorte o povo não sabe que este espanhol está aqui — disse, enquanto descia os degraus de pedra.

— Ele está sendo acusado de ser o responsável pela peste. Há quem diga que o viu, à noite, colocando trapos impregnados com pus infectado junto às bicas das fontes. Toda Agen está pedindo sua cabeça.

Nostredame apontou para o prisioneiro.

— Pode prendê-lo, senhor, ele é todo seu. Entregue-o ao

povo sem remorsos. Depois de alguns minutos de conversa convenci-me de que ele é realmente o responsável pela epidemia.

Molinas estremeceu. Podia esperar tudo, menos um final como aquele. Será que aquele bruxo iria levar a melhor? Havia falhado o plano organizado por Deus para aniquilar aquele homem? Não, não era possível. Tinha que haver uma saída. Agora, a dor que sentia havia deixado de ser prazerosa e se transformara em simples dor.

O senhor Serrault, satisfeito, concordou.

— Ouvir tais palavras da boca de um homem eminente como o senhor, doutor de Nostredame, equivale à sentença do mais importante dos tribunais. Claro que terei que falar com o prefeito, mas acredito que a solução melhor seja mesmo entregar este estrangeiro nas mãos da gentalha que se aglutina em frente ao Palácio do Governo, pedindo justiça. Venha comigo, o prefeito ficará contente em recebê-lo.

Na mente desesperada de Molinas, repentinamente, sobreveio a única saída possível.

— Viva Lutero! — gritou, usando toda a energia que ainda lhe restava nos pulmões. — Morte para o papa e seus seguidores! Lutero disse que deveriam morrer de peste e eu assim fiz! Nenhum católico deverá permanecer vivo na França!

O lugar-tenente, que já havia começado a subir os degraus, virou-se, estupefato.

— Bem, que novidade é essa? O que Lutero tem a ver com isso?

Nostredame, também surpreso, agarrou Serrault pela manga.

— Senhor, eu acho que as palavras desta serpente estão escondendo algum ardil. Pelo que sei, ele não é luterano, pelo contrário...

Molinas levantou um dedo.

— A tirania de Roma, parasita e corrupta, está com os dias contados! Centenas de homens como eu, de um lado a outro da

França, estão espalhando a peste para acabarmos com esta Grande Puta! Martim Lutero nos chamou para a batalha final! O Armagedon, a purificação. Marcaremos com fogo as terras pecaminosas da França!

O lugar-tenente estava perturbado.

— Meu Deus! Mas é um animal! E ele diz que tem outros como ele por aí? — Fez grande esforço para controlar sua emoção sem, contudo, conseguir. — Aqui não se trata de um caso de Justiça Civil. Temos que entregá-lo à Inquisição de Tolouse!

Nostredame compreendeu imediatamente o plano de seu inimigo. Segurou o lugar-tenente pelo braço.

— Não! É isso mesmo que ele quer! Ser entregue à Inquisição! Ele próprio é um membro da Inquisição!

— Lutero tem razão. É hora de acabarmos com a prostituição da Igreja! — gritava Molinas. — Até mesmo seu rei Francisco deverá morrer! Chegou a hora da vingança huguenote, e a peste será o nosso instrumento!

— O senhor está ouvindo? Está ameaçando até o rei! — exclamou o lugar-tenente, largando, com dificuldade, seu braço. — Será o prefeito que irá decidir, mas aqui há uma conspiração contra o Reino! É preciso que este herético seja entregue ao tribunal encarregado!

— Mas o senhor não vê que isto é um truque? — gritou Nostredame. — A peste tem matado também os huguenotes! Este aí está com medo da multidão e do nosso julgamento. Não é um herético e nunca o foi!

Molinas entreviu uma hesitação no rosto do lugar-tenente. Era preciso aumentar a dose.

— Sarrazin me disse quais as casas que deveriam ser atingidas — murmurou — e, em menos de uma semana, todos estarão mortos. Depois a peste derrubará a resistência em Marselha e nossos irmãos luteranos do norte saquearão Roma novamente. Até que o rei Francisco caia aos pés de nossos amigos, se é que já não está morto!

O lugar-tenente estava pálido como um cadáver, e seus soldados, desconcertados.

— Ele conhece Sarrazin e sabe que ele é um huguenote. Não, aqui existe algo de horrendo e precisamos descobrir. Pela salvação de nosso soberano e da pobre Provença. — Subiu os últimos degraus da escada. — Senhor de Nostredame, venha comigo! O senhor não pode ficar aqui.

— O senhor não percebe que ele está dizendo coisas sem sentido? — Nostredame estava exasperado. — Desde quando Carlos V é luterano? Quanto a Sarrazin...

O lugar-tenente balançou a cabeça.

— O senhor exporá suas razões ao prefeito. O meu dever é contar tudo a ele, imediatamente. Vamos, não me faça perder tempo. — Dirigiu-se a um dos soldados: — Vá procurar todos os colegas que encontrar. Quero que a multidão fique longe deste porão. Eu preciso deste homem vivo.

Nostredame suspirou e seguiu o oficial. Porém, quando já havia chegado à porta, virou-se e olhou para Molinas. Vislumbrou em seu rosto anêmico um escárnio obsceno, que o iluminava por completo, revelando uma alegria infernal. Mas, naquele momento, um dos guardas o afastou e fechou a porta, trancando-a à chave.

Agora que estava só, Molinas entregou-se a uma euforia selvagem, que se manifestou sob a forma de uma risada seca e asmática. Entretanto, havia se esquecido cedo demais de suas feridas e também das queimaduras, que agora o martirizavam. Uma dor feroz atravessou todo o seu corpo, embaçando sua mente. Desabou no chão, todo impregnado de sangue, e contorceu-se, como um verme, para não desmaiar. Seu cérebro o deixara satisfeito, mas a custo de dores desumanas que o fizeram berrar.

Permaneceu imóvel por alguns minutos tentando lembrar-se de uma oração qualquer. Mas não conseguia recordar mais do que poucas palavras de qualquer uma que fosse. Depois, para sua surpresa, ouviu novamente a voz de Nostredame. Desta feita, vinha da clarabóia e parecia séria.

A clarabóia, porém, estava longe de onde Molinas se encontrava. O espanhol, curioso, virou-se de barriga para baixo e arrastou-se, com o auxílio dos joelhos e dos cotovelos, até o lugar de onde vinha a luz. Dores terríveis acompanharam-no em seu percurso, mas seu esforço foi recompensado. Pôde ouvir, claramente, o diálogo do lado de fora.

— Michel, você deve vir conosco. — Molinas reconheceu a voz de Rondelet. — Uma pessoa a quem você quer muito bem contraiu a peste e está morrendo.

— Uma pessoa a quem eu quero bem? E quem seria?

— Passaram-se anos desde a última vez que a vimos... Mas eu e Robinet acreditamos que se trate de Magdelène, sua esposa.

Molinas sobressaltou-se. Nostredame soltou um grito.

— Não é possível! Ela saiu da cidade ontem à noite com as crianças...

— Se for mesmo ela... repito que não tenho certeza... aceitou uma carona em uma carroça dos *alarbres*. O contato com os mortos e os doentes... Você mesmo pode entender. Foram os próprios *alarbres* que a transportaram, que vieram nos contar a história. Quando desceu da carroça já estava febril.

— E... as crianças? — perguntou Nostredame, gaguejando.

— Se é que se trata mesmo de Magdelène, havia duas crianças com ela, um menino e uma menina. A menina já morreu, e o menino está morrendo, juntamente com a mãe.

Molinas ouviu o som de um soluço rouco. Depois, Nostredame murmurou:

— Levem-me até ela, por favor! Eu não queria...

— O que você não queria? — perguntou Robinet.

Rondelet interpôs-se.

— Deixe para lá, François. Venha, Michel. Não é longe daqui.

Quando o silêncio voltou, Molinas virou de barriga para cima. Apesar da febre, ou, talvez, até por causa dela, sua mente refletia intensamente. O desaparecimento de Magdelène lhe seria muito útil. A principal testemunha contra ele estava saindo de cena. Molinas conseguiu extrair de seu peito dolorido um sopro de satisfação. Não, a trama da vontade de Deus não havia sido desfeita. Cada peça continuava a encaixar-se no mosaico. E isso era o suficiente para justificar aquele martírio em seu corpo, tão cruel e, ao mesmo tempo, tão reavivante.

A agonia

Ao ouvir o que lhe disseram os amigos, Michel saiu em disparada, tanto que os outros tiveram que correr para segui-lo. O sol escaldante sobre Agen fazia-o suar abundantemente, mas ele sequer percebia. Tudo o que sabia era que deveria chegar ao leprosário antes que o pior acontecesse.

Agora a cidade já estava marcada pelos sinais da calamidade que a atingira. À exceção das carroças dos *alarbres*, as ruas estavam desertas e somente alguns cães abandonados as percorriam, latindo, à procura de algum lixo onde enfiar seu focinho. E lixo era o que não faltava. Ao que parecia, antes de abandonarem suas atividades e refugiarem-se, sabe-se lá onde, lojistas e mendigos, burgueses e religiosos haviam se preocupado em jogar, no meio da rua, seus instrumentos de trabalho. Ali estavam: um rolo de tecido caro enrolando uma muleta; um bar de bebidas com o balcão de cabeça para baixo e as garrafas quebradas deixando todo o líquido escorrer; um ostensório jogado em um bueiro, escurecido pelo tinteiro em pedaços de algum escrivão. A hipótese mais provável era que pessoas sem escrúpulos, desde ladrões profissionais até soldados, logo ao início do contágio, tivessem depredado as casas e lojas dos agonizantes. E, talvez, depois, tivessem morrido. Somente os *alarbres* pareciam invulneráveis e, já bêbados àquela hora da manhã, atravessavam, orgulhosos, aquele cenário de agonia.

Agen tinha o seu próprio leprosário, próximo à cidade, fechado entre grossas muralhas. Mas já eram tantos os doentes que os catres eram jogados nos campos em frente, às vezes protegidos por uma tenda, porém mais freqüentemente deixados ali, abandonados ao sol. Por outro lado, o odor repugnante dos empestados podia dispersar-se mais facilmente ao ar livre, os quais encontravam, no calor do sol, um certo conforto para o frio que os atormentava.

Michel, perdido, moveu-se em direção ao campo, mas encontrou à sua frente Schyron, severo e imperioso.

— Afinal, onde você estava? — zangou-se o médico. — É assim que o senhor me ajuda?

Robinet aproximou-se do mestre.

— A esposa dele está entre os doentes — murmurou.

Schyron, confuso, retraiu-se.

— Sinto muito, senhor de Nostredame. Vá vê-la, então. Se puder fazer alguma coisa...

Michel avançou em direção aos catres. Rondelet aproximou-se dele e o agarrou pelo braço. – Venha, eu levo você. É por ali.

Atravessaram uma fila enorme de colchões, sobre os quais tragédias horrendas se consumavam. Crianças, cobertas de chagas, agarradas a uma mãe cujos traços já haviam se tornado irreconhecíveis; cônjuges estendidos no chão, um ao lado do outro, à espera da morte; homens maduros que, incrédulos, apertavam as mãos contra o peito, enquanto cascatas de pus fedorento escorriam-lhe entre os dedos. E, em meio àquele açougue, a imagem alucinante dos médicos, com olhos vidrados e cabeças de pássaro, cujos movimentos eram dificultados pelo peso das couraças.

— Chegamos. Ela está sob aquela tenda — disse Robinet, que ia na frente.

Assim que entrou, Michel passou de raspão pelas costas enormes de um homem debruçado sobre uma espécie de trouxa. Ao ouvir os passos dos que estavam chegando, o homem virou-se, com ar de hostilidade. Vestia uma camisa branca aberta na frente, deixando à mostra um tórax musculoso. Em meio à penugem que lhe cobria o peito estava uma corrente de ouro que devia ter pertencido a um cavaleiro ou a um prelado.

— Pode ir, meu bom homem — disse Robinet. — Não há mais razão para ficar aqui. O marido chegou.

— Ah, é este aí o marido? — rugiu o colosso, ficando de frente para Michel. — Ouça-me bem, burguês. Eu devo ser um canalha e não o nego, mas você é mil vezes pior do que eu. Você é um assassino da espécie mais repugnante. Você sabe disso, não é?

Rondelet tocou o braço do homenzarrão. — Vamos, vá embora agora. Você já cumpriu com o seu dever. — Esperou que o homem virasse as costas e, depois, sussurrou para Michel. — É o *alarbre* que apanhou sua esposa, ontem à noite. Se for realmente ela.

Sim, era ela. Transformada em um farrapo, vestida com uma camisola que não conseguia esconder as chagas sob os braços e, mesmo assim, sempre linda. Apertava com força René, mas o menino parecia não respirar mais. Era provável que os médicos o tivessem deixado entre seus braços por pura piedade.

— Agora é melhor que deixemos você sozinho com ela — murmurou Rondelet. — Estaremos aqui por perto. Chame-nos se precisar.

Aquele era o momento que Michel mais havia temido. Viu Magdelène levantar em sua direção aqueles olhos azuis, febrilmente brilhantes, que se esforçavam em reconhecê-lo. Dos lábios da mulher saíram palavras ao léu, dirigidas a ninguém em particular.

— Onde está a minha menina? Por que levaram ela embora?

Michel começava a readquirir a sua lucidez. Desejava fugir para bem longe, mas sabia que não podia fazê-lo. Olhou para aquele corpo, todo encolhido, que ele tantas vezes havia surrado, violentado, tornado escravo de seus desejos. Tentou pensar na Magdelène que o traíra, que o espionara, mas não conseguiu: aqueles conceitos agora se perdiam como grãos de areia entre os dedos. Só havia uma única e assustadora alternativa: falar. Sim, mas o que poderia lhe dizer? De seus lábios saíram, inevitavelmente, palavras banais e mentirosas:

— Você vai ficar boa, Magdelène. Tenho certeza. Você vai ficar boa.

Ela apertou um pouco as pálpebras, como se quisesse colocar em foco sua visão.

— Michel? — disse, superando um espasmo em sua boca. — É você?

— Sim, sou eu. — Michel tossiu, como para livrar-se daquele bloco que parecia estar preso em sua garganta. Passou-se algum tempo antes que ele conseguisse falar novamente. — Acredite-me. Neste momento eu trocaria, feliz, a minha vida pela sua.

A resposta de Magdelène foi completamente inesperada.

— Teria sido melhor se você a tivesse trocado pela vida de Priscille. Ela foi levada embora há algumas horas. Acho que está morta.

Ele estremeceu. E tudo que soube fazer foi continuar a mentir:

— Não, não, ela está viva. A nossa menina está viva.

— Ontem ela não era a nossa menina. Era só minha. Assim como René. Mas temo que ele também esteja morto.

Michel estava profundamente perturbado. Esperava prantos, reprovações ou, até mesmo, uma total indiferença. Magdelène, porém, não parecia seguir nenhum esquema. Seria efeito do delírio? Ele, todavia, devia ajudá-la, de qualquer maneira.

— Escute-me — disse-lhe seriamente. — Sei que cometi muitos erros em relação a você. Passarei toda a minha vida tentando expiá-los. Mas você precisa ficar boa! Acho que ainda podemos ser felizes juntos. Temos que ser! Estudei alguns remédios para a peste que só eu conheço. Agora vou até em casa pegá-los e...

— Não, não vá embora.

Aos olhos de Michel, pareceu que aquelas palavras, pronunciadas com tanta dificuldade, tivessem um tom afetuoso. As lágrimas que ele vinha contendo, desceram copiosas, até inundar-lhe o rosto e encher-lhe de mucosa o nariz. Procurou tocar as mãos da esposa, que estavam agarradas ao cadáver do menino, e as acariciou com doçura.

— Ficará boa, eu sei! Tantos ficam bons!

Magdelène pareceu não ouvi-lo.

— Não vá embora — repetiu, balançando seus cabelos ruivos. — Os cadáveres não identificados são jogados em uma vala comum. Eu gostaria de ter uma tumba só para mim e meus filhos. Você pode confirmar a minha identidade e a de René. Fique, eu lhe peço: não vai levar muito tempo. Eu gostaria que Priscille também estivesse comigo, mas temo que já a tenham sepultado.

Michel sentia-se infinitamente desconcertado. Parecia estar falando com uma parede. Enxugou as lágrimas e disse, desabafando seu próprio tormento contra a causa de toda aquela ruína: — Molinas! Teríamos podido viver serenamente se aquela víbora não tivesse se colocado entre nós! Aquele homem é o próprio Belzebu em pessoa, a maldade em forma de gente!

Magdelène contraiu suas pernas, talvez por uma crise de frio. René escorregou de seus braços e caiu no chão: um pequeno cadáver; plácido e delicado. Mas a mulher pareceu não perceber e continuou a segurar o nada. Depois, um sorriso insinuou-se em seus lábios.

— Como a vida é estranha! — disse em um tom de sinistro

divertimento. — Molinas parecia ser o pior de todos, mas, ao contrário, é o melhor em toda esta comédia. Ele me usou, sim, mas convencido de estar fazendo o bem. Também usou meu corpo, mas sem nunca tocá-lo, apenas para aliviar uma abstinência que tanto lhe pesava. Sabe que não passa de um rato e creio que sofra por isso. No fundo, é o primeiro a desprezar-se a si mesmo. Ele não tem ambições de respeitabilidade.

Michel não entendeu. Ou, se entendeu, logo removeu o pensamento, atribuindo as palavras de Magdelène ao efeito da febre. Não era possível que uma mulher com a mente lúcida dissesse frases tão desconexas e complicadas. De repente, parou de chorar e chamou Rondelet, que agora também usava a couraça e a cabeça de galinha. O amigo veio correndo: — O que foi? — Abaixou-se para levantar a cabeça do menino, mas a deixou cair de novo.

Michel apontou para Magdelène.

— É possível transportá-la para a minha casa? Eu tratarei dela.

— Bem, sim, é claro. O edito do prefeito o proíbe, mas tenho certeza de que Schyron...

— Eu não quero ir para a casa dele. — Magdelène havia falado com voz trêmula, mas decidida. O que mais impressionava é que ela olhava para o nada e apertava suas mãos contra o peito como se ainda tivesse o menino entre seus braços. Parecia ter perdido, quase completamente, a visão e a sensibilidade, e que lhe restava apenas uma misteriosa lucidez intelectual, aguçada pela própria doença. — Não quero ir para a casa dele — repetiu. — Lá foi a minha prisão.

Notando o embaraço de Michel, Rondelet falou em seu lugar:

— Pense bem, senhora. A senhora sabe que seu marido é um médico competente e que já curou outros empestados. Aqui, a sua sorte está nas mãos de Deus.

Mais uma vez Magdelène surpreendeu a todos.

— É melhor estar nas mãos de Deus do que nas de um homem respeitável.

Rondelet olhou fixo para o amigo.

— Ela devia ser uma mulher muito inteligente.

— E era. — Michel entrelaçou os dedos. Mas seu desespero não o impediu de acrescentar, mecanicamente: — Mesmo sendo de baixa condição.

Naquele momento, Magdelène deu um grito sufocado. Provavelmente havia recuperado, por um instante, os sentidos e percebeu que segurava o nada.

— Onde está René? Ele também foi levado embora?

Rondelet curvou-se sobre o catre.

— Infelizmente, René já se foi, senhora. — Não ousou tocar aquele pequeno corpo estendido no chão, temendo que a mãe o visse. — Posso lhe assegurar que terá um enterro cristão.

— Então não me resta mais ninguém. Se minhas irmãs estivessem vivas, elas estariam aqui. Só me resta partir como os outros.

— Onde tem um padre? Será possível que não haja um padre? — gritou Michel. Aquela cena lhe parecia estranha e insuportável, e sentia uma enorme necessidade de colocá-la em um contexto trágico, sim, mas cujos contornos ele conhecesse. — Quem administra os sacramentos aqui neste campo?

Rondelet já ia responder, quando Magdelène, suavemente, o antecipou:

— Os padres foram os meus primeiros amantes. Eu tinha só onze anos. Não quero que sejam também os últimos.

— Chega! Não blasfeme! — Michel abaixou-se e pegou sua esposa no colo, indiferente ao pus e ao odor terrível que exalava de seu corpo, tão leve. Olhou para Rondelet e Robinet, que vinha chegando, já vestido com sua couraça. — Eu a levarei embora — disse secamente.

Enquanto se afastava, ouviu os dois amigos conversarem.

— Estou sem fala — sussurrou Rondelet. — Não sei se aquela mulher era um anjo ou um diabo.

— Anjos e diabos têm a mesma origem — respondeu, filosoficamente, Robinet. — Venha, outros doentes precisam de nós.

Nas proximidades do leprosário, enquanto apertava, furioso e destruído, o corpo de sua mulher contra o peito, Michel viu um daqueles pássaros grotescos vir ao seu encontro. Quando a criatura retirou a máscara, reconheceu Philibert Sarrazin, com o nariz inchado pelo algodão com desinfetante que estava enfiado em suas narinas. Para ele aquela aparição foi quase um alívio.

— Philibert, não há nenhuma carroça ou outro meio qualquer? Devo levar Magdelène para casa.

— Aqui as únicas carroças são aquelas dos *alarbres*. Mas posso procurar para você... — O amigo parou de falar, de repente. Aproximou-se de Magdelène nos braços de Michel, e levantou seu rosto. — Mas você tem certeza de que ela ainda está respirando? — perguntou de forma brutal, mesmo que não intencionalmente.

— Ah, claro. Até um minuto atrás... — Uma suspeita terrível atravessou a mente de Michel. A carne que apertava contra o peito não mais tremia pela febre. — Não pode estar morta, não pode... A peste não é assim tão rápida.

Sarrazin, com o rosto sombrio, colocou as mãos sobre o coração da mulher. Logo as retirou.

— Coloque-a no chão, Michel. Magdelène não está mais viva.

Michel deu um grito rouco e abafado. Apertou sua esposa contra o peito, como se quisesse salvá-la de alguma ameaça. Suas mãos perceberam um frio que, até aquele momento, ele não havia notado.

Sarrazin balançou a cabeça.

— Coloque-a no chão. Você é um bom cristão e sabe que ela continua a viver do outro lado. Agora deve apenas ter coragem.

Michel recomeçou a chorar, mas, desta vez, obedeceu. Colocou o corpo de Magdelène no chão, com toda a delicadeza de que era capaz. As lágrimas escorriam por seu rosto e inundavam sua barba. Caiu de joelhos. Acariciou a testa da esposa e ajeitou sua camisola.

— Volte para casa, Michel — disse-lhe Sarrazin, em um tom sério e decidido. — Deixe que eu cuido dela. Vou buscar um dos padres de vocês. Ela terá um funeral digno.

Foi preciso um pouco de tempo para que aquelas palavras adquirissem algum sentido na mente perturbada de Michel. Levantou-se devagar, depois de uma última carícia em seus cabelos ruivos, único vestígio de tempos passados. Depois murmurou:

— Queria ser enterrada com os seus filhos... com nossos filhos.

— Farei o possível para encontrá-los. Agora volte para casa.

Michel, desvairado, dirigiu-se para o centro da cidade. Sentia como se tivessem arrancado uma parte dele mesmo, da sua vida, das suas esperanças. Mas, em alguma parte de sua mente, ele sabia que aqueles sentimentos eram novos para ele. Havia sentido compaixão pelos filhos depois de mortos, mas enquanto estavam vivos não os havia amado realmente, e os havia sempre associado à conduta ultrajante da esposa. Além disso, um pensamento maligno, que, apesar de reprimido, se insinuava, lhe dizia que quase a mesma coisa também valia para Magdelène. De alguma maneira ele a tinha amado, mas também a tinha considerado como se fosse a sua ruína. Não tinha sido ele a botá-la para fora? Sentir pena diante da morte é pura hipocrisia. Nenhuma de suas atitudes havia sido errada. Aquela perturbadora desobediência dela ia contra todas as regras sociais. Para não falar de seu papel de espiã...

Não conseguia, contudo, deixar-se levar por reflexões deste tipo, como teria desejado. Repentinamente, os costumes e a religião pareciam não pressioná-lo mais. Pediu a Deus que lhe desse forças para parar de chorar e de sofrer. Mas, talvez, por causa do sol forte que o obrigava a fechar suas pálpebras, as lágrimas continuavam a escorrer, copiosas. Isso não era apropriado, disse a si mesmo. Estava claro que alguma vontade perversa continuava a impedir a sua luta pelo decoro.

Um nome odioso representava e encarnava aquela vontade: Molinas! A partir daquele momento este fora o único pensamento a dominar o cérebro de Michel. Havia sido Molinas a trazer confusão à sua vida, a tentar Magdelène, a empurrá-lo na direção de condutas irracionais. Aquele homem devia ser punido, mas sem esperar o veredicto de uma justiça comum, eclesiástica ou civil, que o espanhol parecia ter condições de enganar. Como já lhe havia acontecido no leprosário, o fato de conseguir encontrar um bode expiatório, em condições de simplificar dúvidas e contradições, trouxe-lhe um grande alívio. Mesmo que algo continuasse a roê-lo por dentro, a atormentá-lo. Mas agora, pelo menos, não chorava mais.

Quando chegou ao coração da cidade, Michel se dirigiu para o palácio do governo, esperando encontrar ali uma multidão reunida que exigia que lhe fosse entregue o estrangeiro, responsável pela epidemia. Ele próprio a teria conduzido até o porão onde aquele rato se encontrava escondido. Porém, a passagem dos carros fúnebres deve ter feito com que as pessoas entendessem o perigo que corriam ficando ali, agrupadas. A praça estava deserta, e o palácio parecia abandonado. Provavelmente, o prefeito se decidira a imitar seus colegas e havia se retirado para sua casa de campo. Os guardas tinham ido embora, sabe-se lá para onde.

Michel sentiu que não tinha outra alternativa: devia agir sozinho e vingar a sua própria honra. Ninguém teria ousado puni-lo. Andou entre as casas de pedra cinza, remexendo o lixo espalhado pelo chão. Finalmente, encontrou o que poderia lhe servir: um punhal dos mercenários alemães, do tipo conhecido como *cinquedea* por ter cinco dedos de largura em sua base. Uma arma incomum e letal, certamente trazida até Agen por um sobrevivente ou por um soldado.

Apanhou o punhal e o escondeu no corpete. Enquanto ajeitava sua roupa teve que se colocar em um canto. Uma carruagem preta, levada por quatro cavalos, deslocava-se a toda velocidade, sacudindo ao passar sobre os objetos deixados na rua. Tratava-se, certamente, de algum nobre ou de algum homem importante que havia se atrasado na fuga e agora tentava ultrapassar, rapidamente, as muralhas da cidade para chegar à sua casa de campo. Quando pôde afastar-se do muro, Michel ajeitou as pregas em sua camisa, de forma a esconder a arma. Depois foi para a hospedaria que servia de prisão.

Assim que chegou lá, um soldado fechava apressadamente a porta da hospedaria.

— Espere — gritou Michel. — Preciso ver o prisioneiro!

— Que prisioneiro?

— O espanhol que está preso no porão. Sou médico e tenho ordens para examiná-lo.

O jovem soldado retirou o elmo, que o sol já estava mais do que escaldando.

— O senhor chegou tarde. Ele foi levado embora.

— Levado embora? E por quem?

— Nada menos do que pelo cardeal Della Rovere, que não vinha a Agen há muito tempo. Parece-me que ele disse ter vindo em nome do inquisidor de Tolouse. Mas o senhor deve ter encontrado sua carruagem, toda preta e sem nada escrito.

Michel ficou sem ar. Somente após alguns instantes conseguiu perguntar.

— O senhor sabe onde está o lugar-tenente da criminal? Devo-lhe falar com urgência.

— Estava na carruagem, com o cardeal e o prisioneiro. — O soldado deu um leve sorriso, mostrando uma dentadura podre e incompleta. — Se o senhor for uma das vítimas do espanhol, fique tranqüilo. Ele estava em um estado de dar pena e perdeu sangue mesmo quando o arrastaram até a carruagem. E, depois, a Inquisição não é exatamente gentil com seus prisioneiros. Eu não queria estar no lugar daquele estrangeiro.

Michel foi embora sem responder. Duas ruas abaixo deixou o punhal cair dentro de um bueiro seco e empoeirado, perturbando o sono de um ninho de escorpiões.

A perda de seu bode expiatório teve o efeito que ele tanto temia. Em sua mente apareceram os olhos de Magdelène agonizante, úmidos e inquietos, em sua distância abissal.

Sentiu então uma necessidade imperiosa de tomar a poção de *pilosella*.

O quinto inquisidor

O jovem dominicano largou Diego Domingo Molinas sob o pórtico do Monastério de São Tomás, repleto de *famigli*, e desapareceu. Não foi uma espera longa.

— O *promotor fiscal* aceita recebê-lo — anunciou-lhe o religioso. — Tente não fazê-lo perder muito tempo.

— Mas eu tenho que falar com o inquisidor-geral! — protestou Molinas. — Eu estou sob as ordens dele!

O dominicano ergueu uma sobrancelha.

— O senhor deve estar há muito tempo fora da Espanha, não é verdade?

— Bem, sim. Pelo menos uns dois anos.

— E quando foi a última vez que o senhor se encontrou pessoalmente com sua eminência, o cardeal Manrique?

— Há cinco anos.

— Muitas coisas mudaram por aqui, desde então. — O jovem apontou para a porta escancarada que tinha, ao lado, os emblemas da família real. — E então, o senhor deseja me acompanhar?

Entraram em uma grande sala abobadada, que, no passado,

era usada como refeitório. Agora, havia nela uma grande mesa, cheia de papéis. Cerca de vinte empregados, com penas de ganso na mão, escreviam, transcreviam processos, copiavam mandatos, enquanto outros lacravam mensagens dirigidas a todas as regiões da Europa e das Américas. Dois tabeliães, do alto de uma cátedra, vigiavam o trabalho e respondiam a eventuais dúvidas dos escrivães.

O Monastério de São Tomás, erguido em Ávila pelo próprio Torquemada, possuía um corpo labiríntico, composto de pelo menos três claustros, e nele funcionava a mais eficiente burocracia de toda a Europa. Um mérito que se devia, sobretudo, a Alfonso Manrique, formalmente cardeal de Sevilha, mas, principalmente, o quinto grande inquisidor e nume tutelar da Suprema Corte. Desde 1523, ano em que assumiu o cargo, ele vinha administrando a complexa estrutura da Inquisição espanhola, incluindo suas filiais de além-mar, com equilíbrio e sensatez, enfrentando, com rapidez, todas as crises que ameaçavam a instituição. Agora, em 1538, o Santo Ofício rivalizava, em termos de poder, com a Coroa, graças às suas ramificações. Podia contar com os serviços de milhares de agentes, de fé comprovada e atestada pelos diplomas de *limpieza de sangre*. Possuía olhos e ouvidos que penetravam em todos os âmbitos da vida cotidiana dos súditos espanhóis, incluindo a sociedade criminal chamada de *Hermanidad de la Garduna*.

Na sala onde Molinas se encontrava, algumas portas conduziam a diversos escritórios. Ele foi levado a um deles. O dominicano o apresentou, sem muitas delongas:

— Senhor *fiscal*, este aqui é o homem que diz ser um *famiglio* pessoal do inquisidor. — Em seguida, retirou-se, discretamente.

Em uma escrivaninha, estava sentado um homem, com a pele um tanto esverdeada, aparentando ter uns cinqüenta anos. Seus traços eram finos, e sua cabeça completamente calva, o que contrastava com seu farto bigode e com sua longuíssima barba, muito bem penteada. Os olhos eram negros e com olheiras, e seus cílios eram compridos como os de uma mulher.

— Acomode-se, acomode-se — disse com cortesia, mas também com pressa.

Visto que não havia cadeiras, Molinas entendeu que o homem desejava que ele se aproximasse da escrivaninha, e assim o fez. Uma janela atrás de sua mesa deixava entrever uma bela paisagem de bosque, mas a luz que por ali entrava era corrompida pela poeira que predominava no ambiente, talvez devida àquela imensa quantidade de papéis que enchiam todas as estantes em torno da sala.

— Sei que não sou a pessoa com quem o senhor gostaria de falar, senhor Molinas, mas os cinco membros da Suprema Corte estão em reunião com o seu presidente Fernando Valdés, e deverão ficar lá durante toda a manhã — explicou-lhe o *fiscal*, com um sorriso. — Além disso, sendo hoje quinta-feira, a reunião se prolongará pela tarde inteira.

Molinas fez uma pequena reverência.

— Para o que tenho a dizer, pode ser que um promotor público seja ainda melhor do que um membro da Suprema Corte. Eu, porém, sempre mandei meus relatórios diretamente para o grande inquisidor.

— Estou vendo — respondeu o *fiscal*, folheando os papéis que estavam à sua frente. — Mandei que me trouxessem seu arquivo... Eis aqui o atestado de *limpieza de sangre*. O senhor não tem antepassados hebreus e nem árabes. Muito bem. E eis aqui seu decreto de nomeação, assinado pelo inquisidor Adriano... Ao que parece, está tudo em ordem. Posso dar uma olhada em seu currículo?

Passaram-se alguns minutos, durante os quais Molinas acompanhou o vôo de alguns corvos fora da janela.

Repentinamente, o *fiscal* fez uma exclamação em um tom um tanto divertido:

— Eis aqui! Típico de Manrique! O senhor passou anos na França. Custeado pela Coroa. E para quê? Para procurar um bruxo. Como se o nosso problema fossem os necromantes!

Molinas avançou um pouco em direção ao homem e enrugou as sobrancelhas.

— Por que o inquisidor não se preocupa mais com a bruxaria? Eu ainda sigo o edito de Manrique de 22 de fevereiro de 1528.

— Não era isso que eu pretendia dizer — corrigiu o *fiscal*. — É só que temos que nos ocupar de problemas mais concretos. Judeus aguerridos que se passam por cristãos, seguidores de Lutero que espalham a sua doutrina imunda, heresias já esquecidas que começam a tomar fôlego novamente. Não podemos usar nossos fundos para caçar um necromante isolado.

— Mas eu lhe asseguro que aquele necromante não está sozinho. Ele, e outros que estão com ele, representam uma ameaça para a cristandade que o senhor não pode sequer imaginar. — Molinas impôs-se com toda a sua personalidade, jogando sua capa preta para trás com um ar irritado. — Para levar a cabo a minha missão, me vi obrigado a suportar sacrifícios inimagináveis. O meu corpo está cheio de chagas. Isto me dá o direito de falar com pessoas qualificadas. Peço, aliás exijo, ser atendido pelo inquisidor Manrique.

— Manrique, Manrique... Meu amigo, o senhor não sabe realmente de nada. — Agora o *fiscal* falava com todo o cuidado para não irritar Molinas ainda mais. — Se o senhor se acalmar, eu lhe explico tudo...

— Estou calmo.

— É pelo menos desde 1534 que o cardeal Manrique não tem mais quase nenhum poder e não deve se afastar de Sevilha. A sua assinatura nos processos da Suprema Corte tem um valor puramente formal — o *fiscal* baixou, um pouco, seu tom de voz. — Em 1529, aproveitando a ausência de Carlos V, que se encontrava na Itália para ser coroado imperador, Manrique brigou para que o seu próprio primo se casasse com a jovem herdeira dos condes de Valenza, e fez de tudo para que os outros pretendentes fossem ignorados. Quando Carlos voltou para a Espanha, em 1533, ficou furioso. No ano seguinte, obrigou Manrique a isolar-se em Sevilha, onde vive até hoje.

Molinas ficou quase sem ar. Considerava o serviço que prestava ao inquisidor uma missão redentora, longe de qualquer baixeza. Via-o como um resgate de suas próprias fraquezas, das tentações sórdidas que lhe açoitavam a mente, da cruel mesquinharia que caracterizava cada um de seus atos. Saber que o homem que representava a pureza e a justiça por excelência, o grande inquisidor, havia sido acusado de usar o seu poder no Santo Ofício para seus interesses venais constituía uma ameaça ao álibi que sempre havia usado para justificar as suas próprias misérias.

— Então, quem está comandando a Inquisição espanhola? — perguntou, com um tom meio inseguro. — O presidente da Suprema Corte?

O *fiscal* deu uma leve risada.

— Valdés? Ah, não! Ele só se ocupa das grandes questões e, mesmo assim, não de todas.

— Quem, então?

— Bem, não é fácil dizer. Mas se tivesse que indicar o nome de um homem-chave, responsável por dois terços das ordenanças, citaria o reverendo Fernando Niño, o secretário da Suprema Corte.

Era demais! Toda a estrutura da Inquisição espanhola, enraizada em um terço da Europa e em toda a América, nas mãos de um padre obscuro, provavelmente habituado a funções de escrivão! Havia sido por uma pessoa dessas que Molinas sacrificara... nem sequer ousava pensar. Levou algum tempo para se recompor do trauma. Finalmente decidiu que, de qualquer forma, precisava falar com alguém que estivesse à altura de ouvi-lo e que tivesse conhecimento de causa, não importava quem fosse. Encheu o peito.

— Bem, quero falar com o reverendo Niño. E sem perda de tempo.

— Eu já lhe disse que a Suprema Corte está reunida — respondeu o *fiscal*, mostrando-se já irritado. — Talvez, se o senhor voltar amanhã à tarde...

— Devo falar com ele agora. E lhe aviso: quem quer que tente obstruir a Inquisição se arrisca a... mas o senhor deve saber melhor do que eu — disse Molinas, apontando para um livro colocado sobre a escrivaninha.

O *fiscal* dirigiu seu olhar para o livro em questão. Tratava-se do famoso *Directorium Inquisitorum* de Nicolas Eymerich, um dominicano catalão, que havia vivido dois séculos antes. Estremeceu visivelmente.

— Posso tentar avisá-lo — disse, rapidamente, enquanto já se levantava da cadeira. — Mas preste atenção, se o problema não for sério e se o reverendo se irritar...

— Assumirei as minhas responsabilidades. O senhor assuma as suas.

Sem fazer mais nenhum comentário, o *fiscal* saiu da escrivaninha e correu para fora da sala. Desta vez, a espera foi, realmente, demorada. Molinas passou o tempo remexendo nas gavetas sem nenhum pudor, abrindo os processos, lendo, comodamente, os papéis que se referiam a ele. Quando o *fiscal* voltou, Molinas recolocou no lugar um manuscrito que tinha em suas mãos e virou-se para ele.

O promotor fez uma reverência em direção à porta.

— Entre, excelência, este aqui é o *famiglio* que pediu para vê-lo.

O recém-chegado era um homem tão alto que, para poder entrar, teve que baixar a cabeça. Via-se que já havia passado, e há muito, da meia-idade, dadas as bolsas sob os olhos, vivazes e ornados por grossas sobrancelhas. Seus cabelos, bigode e barba, porém, eram pretos e cheios, com alguns fios grisalhos somente na altura do queixo. Tinha uma testa larga quase sem rugas sobre a qual caía uma franja meio rebelde. De seu colarinho branco de padre saía um pescoço comprido e fino, como também eram finos os dedos das mãos.

— Senhor *fiscal* — disse, cortesmente — peço-lhe que me ceda o seu escritório por um momento.

Talvez o promotor não esperasse ser deixado de fora, mas fez de conta que não se importava.

— Excelência, o senhor nem precisava pedir. Os papéis que se referem ao senhor Molinas estão aí, no centro da minha escrivaninha, inclusive o atestado de *limpieza de sangre*.

O secretário da Suprema Corte sorriu.

— Ah, o senhor Molinas é um velho amigo, mesmo que ele não se lembre. O senhor pode ir. Devolverei seu escritório o quanto antes.

Estava claro que o *fiscal* esperava receber um convite para ficar. Mas não fez objeções e, depois de uma nova reverência, saiu, fechando a porta.

Uma vez a sós com Molinas, Dom Fernando Niño colocou-se de frente para ele, de braços cruzados.

— O senhor, com certeza, me perguntará por que disse que éramos velhos amigos.

— De fato...

— O fato é que, há anos, venho lendo seus relatórios. Todos os relatórios que o senhor escreveu para o inquisidor Manrique vieram parar em minhas mãos. O senhor sabia?

— Não.

— Eu supunha que não. De qualquer forma, estou a par de suas atividades até o ano passado. Fiquei sabendo que o senhor se encontrava na França meridional quando houve uma terrível epidemia de peste. Que o senhor foi acusado de ser o causador da epidemia. Que foi salvo graças ao cardeal de Agen, Gallazzo Della Rovere e ao inquisidor de Tolouse, que o tomou em custódia. Até que um decreto do papa Paulo III o recolocou em liberdade. Não foi assim?

— Foi, excelência — respondeu Molinas, baixando a cabeça.

— Veja bem. O Santo Ofício está atravessando um momento difícil — explicou o secretário, com voz pacata, levemente gutural. — O imperador, na realidade, o decapitou, sem perceber que, ao fazê-lo, estava se arriscando a minar um elemento indispensável para a unidade de seu domínio. A Suprema Corte, de mero órgão consultor que era antes, teve que se tornar um órgão executivo, substituindo, de fato, o grande inquisidor. E, visto que os bispos que dela fazem parte estão às voltas com numerosas funções, tive que assumir a árdua tarefa de tentar manter a organização unida. — Cruzou os dedos e os colocou sob o queixo. — Não estou lhe dizendo isso para me gabar, mas para lhe mostrar em que pé estão as coisas. Se, anos atrás, era possível enviarmos um *famiglio* em uma missão para investigar alguma pista interessante, hoje não podemos mais nos dar a esse luxo. Portanto, devo lhe pedir que continue a prestar seus serviços aqui em Ávila, em Madri ou em nossas colônias de além-mar. Onde o senhor preferir. Mas não mais na França, onde já existem inquisidores sob ordens diretas da Santa Sé.

Molinas gostou do tom franco que Fernando Niño usava, assim como de seus modos refinados. Todavia, não podia deixar de perseguir aquele objetivo ao qual havia consagrado tantos anos de sua vida. Falou com veemência, contando com a inteligência do secretário.

— Senhor, visto que conhece os meus relatórios, já deve saber que Michel de Nostredame, ou Miguel de Nostra Dama, ou Miguel de Santa Maria...

— O senhor mesmo escreveu que sua ascendência espanhola era dúbia.

— Sim; porém, os vestígios que me levaram até ele, eu os encontrei aqui e, até mesmo, na Sicília. Peço-lhe que me deixe prosseguir. — Visto que o outro não se opunha, Molinas continuou:

— Não resta dúvida de que Michel de Nostredame pratica artes mágicas e se interessa por astrologia, alquimia e outras disciplinas perigosas. Ele afirma tê-las abandonado, mas eu não acredito. Ele, porém, não é um necromante como os outros, que invocam o demônio, fazendo mal somente à própria alma. Ele foi muito além, empurrado por um mestre realmente satânico. Ele possui um poder capaz de subverter as próprias bases da vida humana, quase a ponto de desafiar Deus e a ordem por Ele estabelecida.

Niño balançou a cabeça.

— Não oculte nada de mim. Quem seria este mestre ao qual se refere?

— Ulrico de Magonza. Foi ele quem o iniciou nas ciências ocultas.

— Li este nome em seus relatórios. Mas quais são estes poderes tão extraordinários que Ulrico teria transmitido a seu discípulo? Segundo seus relatórios, Nostredame parece ser uma pessoa bastante medíocre, escrava das aparências e cheia de pretensões.

— É o que se pensa dele, à primeira vista. O senhor se lembra, porém, do que diz santo Agostinho sobre a medida do tempo? "Medimos o tempo, mas não antes que ele chegue, não quando é passado, não aquele que ainda não terminou; enfim, não quando é determinado por limites. Portanto, não medimos o futuro, nem o passado, nem o presente, nem o tempo que ainda está transcorrendo; e, mesmo assim, medimos o tempo." O senhor sabe qual é a resposta?

— Sim, segundo santo Agostinho, é a alma que mede o tempo, já que é nela que se imprime a memória do passado.

— Exato! "Como pode diminuir ou consumar-se o futuro que ainda não existe, como pode crescer o passado que já não existe mais, senão porque na mente, na qual este complexo se desenrola, subsistem as três formas?" E estas três formas, passado, presente e futuro, subsistem porque existe aquele que, *in principio*, de fora do tempo lhes deu início. Deus! *In principio era Dio!*

Fernando Niño parecia estar muito interessado, mas também perplexo.

— Peço-lhe que volte a Nostredame. Quais seriam as suas faculdades?

Molinas fez uma pausa propositadamente dramática. Depois disse, escolhendo muito bem cada palavra:

— Uma só, mas decisiva. A de superar as barreiras do tempo e fazer com que outros também a superem. De ir em uma dimensão onde o tempo não pode ser medido, e passado, presente e futuro vivem em um único aglomerado, a ponto de tornarem-se, simultaneamente, visíveis. A esfera que é estranha aos homens, própria somente a Deus. Assim, negado, porque nela as palavras *in principio* perderiam seu sentido.

— Mas sempre houve adivinhos ou supostos adivinhos.

— Sim; porém os adivinhos eram charlatães, e os profetas tinham tal capacidade só momentaneamente e por vontade de Deus. Um homem insignificante como Nostredame foi muito além. Consegue transpor as barreiras do tempo não por vontade divina e nem pela intervenção do demônio, e sim graças a uma *tecnica*. Que, por isso mesmo, pode ser transmitida a outros. O senhor percebe a enormidade do perigo?

Em vez de responder diretamente, o secretário da Suprema Corte perguntou:

— O senhor tem provas dessa faculdade dele?

— Foi o que me contou a esposa dele, morta há um ano por causa da peste. Conheço somente um caso concreto no qual o método de Nostredame mostrou-se eficaz. Uma jovem mulher, colocada sob seus cuidados, previu, com uma precisão impressionante, a morte do Delfim da França. Comprovou-se, depois, que cada detalhe coincidia.

— Por quê? Tratava-se de uma previsão detalhada? Isto, realmente, me surpreenderia.

— Não; era um tanto alegórica, como ocorre nos sonhos.

Mas todos os elementos essenciais do que iria acontecer estavam ali.

Fernando Niño suspirou:

— Senhor Molinas, todos os anos, centenas, senão milhares de indivíduos fazem previsões. Existe até um comércio de almanaques que floresce a olhos vistos. A sua previsão correta está contrabalançada por uma infinidade de profecias erradas ou delirantes. Eu preciso de mais elementos para considerar este Nostredame um perigo concreto para toda a cristandade.

Muito embora cansado, após tanto tempo de pé, Molinas aprumou-se em toda a sua figura medíocre.

— Eis algo mais que o senhor procura. O senhor já ouviu a palavra *Abrasax*?

O padre pareceu assustado.

— Sim, já ouvi. E daí?

— Todo o segredo de Ulrico de Magonza e de Nostredame está contido nesta palavra. E o que me parece mais grave é que ela é conhecida por indivíduos de vários estratos sociais. Inclusive por aqueles judeus renegados que o senhor... quero dizer, o grande inquisidor Manrique ou a Suprema Corte... levam à fogueira por toda parte.

— Por que o senhor foi atrás de Nostredame e não do mestre dele?

— Porque Ulrico de Magonza está na Ásia e não pode ser encontrado. Porém, tenho certeza de que, mais cedo ou mais tarde, tentará entrar em contato com o seu discípulo predileto. Isso torna Nostredame o nosso homem-chave.

— Um homem sozinho não pode pôr a Igreja em perigo.

— Mas uma religião inteira sim. Ulrico criou a sua própria seita, chamada Os Iluminados. Chamam-na de *Ekklesia* e tem ramificações em toda parte. Todavia, só a Nostredame foi entregue o *Arbor mirabilis*, o texto sagrado dos heréticos. Somente ele conhece a chave e consegue usar seus preceitos. O senhor compreende, agora, o sentido da minha missão?

O PRESSÁGIO

Fernando Niño, agora vivamente interessado, relaxou, encostando-se no espaldar da cadeira e apoiando suas mãos sobre a escrivaninha.

— Senhor Molinas, espero que o senhor me diga qual é o significado da palavra *Abrasax* e me diga mais sobre estes Iluminados. Se o senhor conseguir me convencer de que existe um perigo efetivo, renovarei a sua missão e lhe conseguirei os fundos necessários. Pelo menos, até quando durar esta situação e não vier um novo inquisidor para substituir o atual. Se, porém, a sua explicação não for convincente, resigne-se a uma nova atribuição ou, talvez, a algo pior. Agora fale, estou ouvindo.

Molinas concordou e, depois, inspirou profundamente.

— Tudo começou com um pensador árabe, chamado Al Farabi. Mas já antes dele...

Quando escureceu, Molinas e Fernando Niño ainda conversavam.

A investigação

Enquanto estava abrindo sua pequena farmácia, agora funcionando em uma casa de madeira e tijolos, Michel viu passar, a toda velocidade, uma carruagem prateada, com um criado em pé sobre o estribo posterior, segurando um chapéu em suas mãos para que o vento não o levasse. Mas não deu muita importância. Há um ano ele vivia no vazio e na mais total indiferença. A peste desaparecera de Agen, e as tropas de Carlos V haviam abandonado a intransponível Provença, depois de terem depredado tudo que havia para ser depredado. Para ele, porém, nada disso importava muito. Cada vez que entrava em casa sentia a falta dilacerante da esposa e dos filhos.

Durante algum tempo, havia chegado a pensar em se fechar na longínqua Abadia de Orval, refúgio quase lendário, para as almas culpadas. Depois, havia abandonado essa idéia, porque, à luz da razão fria e das convenções em vigor, não havia motivos para se sentir culpado. Era, por acaso, culpa sua maltratar uma esposa paga para espioná-lo e que o desobedecia em todos os aspectos da vida cotidiana, inclusive os mais escabrosos? A sua racionalidade e toda a sociedade lhe diziam que não. Ele havia sido mais uma vítima do que um algoz. Esconder-se em um convento conhecido por alojar as almas atormentadas era o mesmo que imputar-se uma culpa que ele não tinha. Além disso, em Orval ele teria tido que largar suas pesquisas para se dedicar, juntamente com os monges, à fabricação de uma cerveja que, com justa razão, era bem famosa. Ele queria isso? Certamente que não.

Entretanto, vivia corroído por uma inquietação crescente que alimentava suas fantasias de fuga. Descobria-se chorando e, com raiva, enxugava as lágrimas, tentando reencontrar a paz perdida. A casa lhe parecia assustadoramente vazia e hostil. Até mesmo seu trabalho sofria as conseqüências de tudo aquilo. Havia largado, quase inteiramente, a medicina, e na farmácia vendia apenas produtos de cosmética para senhoras entediadas e frívolas. Como eram diferentes de Magdelène! Tão esperta, tão inteligente, tão viva...

Todas as vezes em que se sentia invadir por estes pensamentos angustiantes, Michel escondia-se no olvido espasmódico, induzido pela *pilosella* e pela falsa epilepsia que ela transmitia às suas pernas. Ele sabia que era perigoso. O tenebroso mestre que o havia iniciado e cujo nome ele tentava esquecer, avisara-lhe:

— Quem começa a freqüentar, com muita assiduidade, o *Abrasax*, acaba ficando por lá. E, então, passado, presente e futuro nele se confundem, transformando-se em um sonho contínuo e terrível. Queremos ser deuses, mas deuses conscientes. Sem a consciência um deus é idêntico a um demônio, prisioneiro do próprio inferno.

Michel sentia uma tal necessidade de escape que a verdade daquelas palavras não mais conseguia freá-lo. Assim que podia, corria para misturar o seu composto, no qual, a cada dia, o velenho prevalecia mais sobre a *erva sparviera*. Depois, enquanto suas pernas se contraíam, ele visitava mundos absurdos, opacos demais ou coloridos demais, junto a abismos estelares de onde a humanidade, com toda a sua história, podia ser abraçada por inteiro, apenas com um olhar. E sempre, escondida em meio à escuridão, havia uma criatura horrenda que lhe descrevia o espetáculo. Uma criatura tão concreta que, às vezes, parecia que ele, mesmo acordado, a sentia a seu lado, quando a noite caía. Mas, mesmo assim, somente naqueles momentos ele conseguia aplacar a sua angústia. Os outros momentos de seu dia-a-dia, em comparação, não despertavam o menor interesse.

Michel também havia parado de cuidar da epilepsia de Audette, a senhora Scaliger, eternamente grávida. Nesse caso, porém, a escolha não tinha sido apenas sua. O bizarro Jules-César, agora ocupado com um novo livro contra o médico italiano Girolamo Cardano ("Eu vou fazê-lo morrer, assim como fiz morrer Erasmo", dizia o tempo todo), começara a antipatizar com ele. O grande "humanista" não via com bons olhos a amizade entre Michel e o huguenote Philibert Sarrazin. Para Scaliger, Michel era um céptico, um ateu dissimulado e um feiticeirinho de pouca valia. Depois, em perfeita contradição com estes epítetos, começara a defini-lo como "um hebreu convertido só em aparência", um *recutitus*, um *rétaillon* e assim por diante. Insinuações que, naqueles tempos, eram por demais perigosas.

Excluído do parlamento municipal pela hostilidade do lunático *clavier*, impossibilitado de exercer a medicina pela inveja dos colegas e por sua própria impotência, desfeita toda a sua esperança de respeitabilidade pelo que se murmurava em relação à sua esposa morta, Michel estava vivendo um dos piores momentos de sua vida. Somente os cremes que preparava para as senhoras de Agen e as geléias que confeccionava com tanto carinho mantinham viva a sua farmácia. Mas não era disso que ele precisava.

Estava justamente colocando sobre o balcão alguns vasos com sua geléia de gengibre, de poderes afrodisíacos, e que constituía a sua especialidade mais requisitada, quando viu chegar Sarrazin, tenso e preocupado.

— Michel, você sabe quem chegou à cidade? — perguntou o amigo.

— Não. Eu vi passar uma carruagem, mas não prestei atenção ao brasão.

Sarrazin colocou suas mãos sobre o balcão.

— Ela não o tinha. Naquela carruagem estava Giovanni da Roma. Não lhe diz nada?

— Não. Explique-me.

— Você não se lembra do que aconteceu há sete anos no vale do Apt?

— Naquela época eu ainda era estudante em Montpellier.

— Então vou lhe explicar. O vale era habitado por heréticos valdeses, os mesmos que hoje vivem aos pés do monte Luberon. O inquisidor Giovanni da Roma caiu em cima deles. Homens e mulheres foram torturados com uma ferocidade desumana, o vale foi saqueado e houve dezenas de mortes.

Michel deu de ombros.

— Não pense que irei me comover. Não tenho nenhuma simpatia pelos fanáticos.

Sobre o rosto alongado de Sarrazin passou um leve sorriso.

— Imagino que eu também me encaixe nesta definição. — O sorriso logo desapareceu. — Jamais poderia imaginar que você fosse tão amigo da Inquisição. Até agora ela só lhe trouxe experiências ruins.

— Você está se referindo a um único *famiglio* e, além do mais, espanhol. Não se pode ser católico sem reconhecer as instituições da Igreja. Se a Inquisição vai atrás de alguém, está sabendo aquilo que faz.

— Você realmente está convencido disso?

— Totalmente.

— Então é bom que você vá logo se encontrar com Giovanni da Roma, porque ele está aqui à sua procura.

Sarrazin havia falado com certa brutalidade, talvez involuntária. O fato é que Michel sentiu a pancada. Por alguns instantes não conseguiu sequer falar, tão perturbado ficou. Depois conseguiu murmurar:

— Você tem certeza?

— Sim, meu amigo. Perguntou sobre você assim que desceu da carruagem. E sabe quem o estava esperando em frente ao episcopado?

Michel fez que não com a cabeça, escancarando os olhos, perdidos e assustados.

— Era aquela serpente do Jules-César Scaliger. Entendeu agora? Você está realmente em perigo.

Michel estava entendendo até bem demais, e a emoção bloqueava a sua garganta. Ele sabia perfeitamente bem que a Inquisição de Tolouse, uma reminiscência medieval, nem sequer longinquamente comparável à máquina de guerra espanhola, detinha, no momento, um poder extremamente limitado. O rei da França não lhe dava o menor suporte, apesar dos ferozes decretos contra os huguenotes. Ao contrário daquela época, cuja hostilidade contra Carlos V o induzia a encorajar os luteranos que proliferavam no Império inimigo. Havia chegado até a compactuar com os turcos, a ponto de hospedar, no porto de Marselha, as naves do velho pirata Barbarossa.

Dentro daquele contexto, Tolouse apenas sobrevivia. O papa Paulo III, embora perturbado com a expansão protestante, que agora havia encontrado em Genebra um novo centro de irradiação, pensava em instituir sua própria Inquisição, e não estava interessado naqueles farrapos referentes ao velho Santo Ofício. Tudo o que as ordens de pregação de Tolouse podiam fazer era criar leis destinadas a nunca serem obedecidas na prática.

Sob o ponto de vista moral, entretanto, ser condenado pela Inquisição era suficiente para colocar um homem fora da comunidade católica e, portanto, fora da sociedade das pessoas de bem. Àquela altura já estava claro para todos que, mais cedo ou mais tarde, teria sido inevitável um conflito entre os huguenotes, que nos últimos tempos haviam se tornado quase todos calvinistas, e as forças fiéis ao papado. A perseguição dos valdeses do Apt, embora de extensão muito limitada, havia aparecido, aos olhos dos observadores mais atentos, como a primeira prova geral de um conflito de proporções catastróficas.

Exatamente por prever esse conflito, sobre o qual a *pilosella* lhe havia feito ver cenas sanguinárias, Michel tremia só de pensar em ver-se empurrado à força em meio ao grupo fraco e desorganizado dos huguenotes e dos heréticos. A sua ruína seria total e o teria feito sentir saudades até mesmo daquela sua atual miséria.

— Qual poderá ser a acusação contra mim? — perguntou, tentando, em vão, reprimir o espasmo que sentia em seu lábio inferior. — Você sabe?

— Acho que sim — Sarrazin voltou a sorrir, mas sem alegria. — Se conheço bem Scaliger, a primeira acusação deve ser a de me freqüentar, um calvinista conhecido. Talvez com o agravante de ter me transmitido os seus conhecimentos.

A primeira e mecânica reação de Michel foi a de olhar em volta para controlar que não houvesse ouvidos indiscretos, por detrás das portas, escutando sua conversa com o amigo. Depois sentiu o impulso de afastar Sarrazin. Mas isso não lhe parecia moralmente correto e ajudaria a desacreditá-lo. Não, a solução melhor ainda era aquela que o colega lhe havia proposto casualmente.

— Vou ao encontro de Giovanni da Roma — disse, saindo do balcão. Sentiu-se, repentinamente, corajoso e decidiu permanecer assim. — Falarei com ele com toda a franqueza e vou mostrar-lhe a falsidade das acusações.

Sarrazin arqueou uma sobrancelha.

— Atenção, Michel. Um inquisidor não é um imbecil. E deve sempre encontrar alguma coisa nem que seja para justificar as despesas de sua missão.

— Mas eu também não sou nenhum imbecil. A minha força é que, realmente, não tenho nada para esconder.

Sarrazin soltou um leve suspiro.

— Talvez você tenha razão. Espero que depois me conte a conversa que teve com este santo homem.

Meia hora mais tarde, depois de ter inspirado profundamente, Michel subia a escadaria do palácio episcopal. Não se dignou sequer a olhar o mendigo, doente e magricela, que havia montado sua tenda à porta do palácio e pedia esmolas. Subiu os degraus até o portão. A primeira pessoa que viu foi um dominicano, de estatura baixa, com uma aura de cabelos brancos em volta da cabeça raspada, e um outro topete na altura da testa.

— Devo falar com o frade Giovanni da Roma – disse Michel, olhando nervosamente para o átrio do palácio. — É muito urgente.

— Eu sou Giovanni da Roma. Por que quer falar comigo?

Michel ficou sem fôlego. Moveu as mãos ao longo do corpo para tentar acalmar seus tremores. — Sei que o senhor deseja me interrogar — murmurou atrapalhado.

A resposta do dominicano foi a mais lógica.

— Ah, sim. E posso saber quem lhe informou as minhas intenções?

A pergunta, aliás pronunciada de forma suave, escondia toda uma série de insídias. Se Michel tivesse dito a verdade teria confirmado a sua familiaridade com um huguenote. Se ficasse a nível genérico teria parecido reticente. Se tivesse recorrido a frases neutras do tipo "ouvi falar que..." teria parecido estar em conluio com forças capazes de espiar os movimentos de um inquisidor, certamente por razões pouco lícitas. Só então percebeu em que cilada havia se metido e amaldiçoou Sarrazin por tê-lo induzido. E, mesmo assim, alguma resposta ele tinha que dar. Um silêncio pareceria mais suspeito do que qualquer resposta.

— Quem me informou foi um huguenote, Philibert Sarrazin — murmurou, aos borbotões. — Vim para denunciar a sua heresia e os seus complôs.

Um instante depois de ter pronunciado estas palavras, Michel compreendeu a enormidade da sua delação. Mas que outra coisa poderia ter feito? A causa original daquela horrível situação era, justamente, a falta de fé de Sarrazin. No fundo, aquele estúpido havia merecido. Nunca havia escondido sua verdadeira fé e nem sua hostilidade em relação ao papado. Provavelmente o inquisidor já conhecia muito bem o seu nome... Sim, mas... Michel sentiu-se mal.

A reação de Giovanni da Roma foi estranha. Em seus pequenos olhos pretos e vivazes, circundados por olheiras, passou um raio que parecia ser de compreensão, como se conhecesse todos os tormentos que afligiam o médico e, aliás, já os levasse em consideração. Quando ele falou, porém, não se pôde notar em sua voz nem compreensão, nem desprezo e nem nenhum outro sentimento identificável. Seu timbre de voz carecia inteiramente de inflexões emotivas.

— Denunciar um erro é dever de todo bom cristão. Como o senhor se chama?

Michel estava quase lhe dizendo. Mas, de repente, percebeu que depois não teria mais saída. Já havia denunciado ao inquisidor o nome de um amigo. Àquela altura deveria se transformar, de um simples confidente, em uma testemunha de acusação. Um passo automático para Giovanni da Roma, mas uma escolha gravíssima para ele. E se fosse colocado cara a cara com Philibert? Normalmente as testemunhas eram mantidas em segredo, mas não se podia confiar nisso. Não teria suportado ser colocado cara a cara com o amigo. Por outro lado, como poderia sustentar que fosse inteiramente estranho à fé professada por Sarrazin, uma vez que havia se transformado em seu acusador? Ver-se-ia amarrado, debatendo-se, em nós cada vez mais apertados que o teriam envolvido, irremediavelmente, em tudo aquilo de que tentava se livrar. Só havia uma solução, cretina, mas obrigatória.

— Desculpe-me; desculpe-me, realmente — gaguejou, confusamente — Acho que falei com a pessoa errada. Acho que...
— Não terminou a frase e correu para fora, quase rolando escada abaixo.

Atravessou a praça, correndo, atraindo a curiosidade daquela multidão de vagabundos que, reunidos à sombra, compraziam-se com o fim da peste e do medo. Continuou a correr até chegar à sua casa e à farmácia, que havia deixado aberta. Naquele momento seu chapéu quadrado, do qual jamais se separava, rolou em meio à poeira. Pegou-o e o limpou com o cotovelo.

Só então entendeu que, de qualquer jeito, ele estava perdido. Em toda a cidade, somente ele possuía um chapéu como aquele. Giovanni da Roma não teria dificuldades em descobrir o nome que ele não quisera revelar. Era questão de uma hora, no máximo duas, e ele seria convocado pelo inquisidor, desta vez oficialmente. A partir daquele momento, se ele se esquivasse, acabaria se comprometendo. Esperava-o a tortura, em todas as suas formas, a água enfiada goela abaixo a litros...

Só lhe restava a fuga. Coisa fácil de se dizer, mas difícil de se fazer. Ao entrar em casa, parecia arder em febre. Segundo a vontade de Deus, subiu até o sótão, onde estavam todos os produtos do seu saber, desde os ungüentos de beleza até as drogas que lhe permitiam chegar a *Abrasax*. Virou todas as ampolas, destruiu as garrafas, jogou no chão todos os pós que estavam dentro dos vasos, robustos demais para serem quebrados. Depois desceu e entrou na sala que agora funcionava como biblioteca. Havia tanta coisa ali que lhe lembrava Magdelène, inclusive um berço que havia sido usado por seus dois filhos. Deixou cair uma pilha de livros e rasgou alguns, mas logo entendeu que uma destruição daquele tipo levaria uma tarde inteira. Mais do que o tempo necessário para que Giovanni da Roma descobrisse sua identidade e fizesse com que o levassem até sua presença. Era imperioso que adotasse uma solução mais radical.

Apanhou um ateador que servia para acender a lareira, encostou-o a um raro exemplar manuscrito da obra *Turba Philosophorum*, e o acionou. O pergaminho antigo pegou fogo de imediato. Deixou que o livro caísse sobre os outros e correu para fora da sala. Antes de abandonar a casa, retirou a toga, larga demais, que estava usando, e permaneceu somente com as calças e o casaco. No armário, ele apanhou um saco cheio de florins e o amarrou no cinto. Então, saiu.

Na rua, que escaldava sob o sol do início da tarde, não havia ninguém. De sua casa levantava-se, saindo por uma das janelas, uma coluna de fumaça, ainda muito exígua. Somente quando já se encontrava na periferia de Agen, junto às muralhas, percebeu, ao virar-se, que as chamas já estavam bem altas. Procurou uma passagem, dentre tantas que as crianças haviam escavado ou haviam se formado ao longo do tempo, e a atravessou, quase sem fôlego. Seguiu, então, em direção aos campos.

Sabia que nunca mais, em sua vida, voltaria para Agen. Ao lhe vir tal idéia à cabeça, sentiu uma inesperada sensação de conforto. Os anos que havia passado naquela cidade representavam para ele anos de humilhações e derrotas. E, também, de suas próprias traições: agora, mais do que nunca, podia dizê-lo, já que havia consumado a última delas, naquele momento, e de uma maneira tão malfeita. Eram três as traições que havia cometido: em relação à sua esposa, em relação a seus filhos e, agora, em relação a um amigo. Se não fosse um bom cristão, somente no suicídio teria encontrado um remédio para seu remorso. Já que aquela hipótese não era factível, tudo que podia fazer era expiar seus pecados.

Parecia-lhe que só o exílio devia regenerá-lo. Magdelène, Sarrazin, Scaliger eram todos nomes que deveria esquecer.

Precisava começar uma vida nova. Precisava questionar, a fundo, sobre suas fraquezas, as origens delas, o modo como corrigi-las, para que pudesse transformar-se de agente do mal, que vinha sendo, em agente do bem. Sentia a necessidade de disciplina, de equilíbrio. Nunca mais recorreria a drogas para esquecer-se de seus tormentos. Nunca mais usaria a violência contra ninguém, não importa se justificada ou arbitrária. Nunca mais alimentaria ambições de espécie alguma. E nada mais de mulheres, pelo amor de Deus. Se os monges mais sérios conseguiam manter-se castos durante uma existência inteira, ele devia seguir este exemplo até quando pudesse formar uma família regular, coroando a sua difícil reconquista da honra.

Andou durante muito tempo, através de uma natureza extraordinariamente viçosa, com campos resplandecentes de sol e colinas recobertas por videiras. Quando começou a sentir fome, pôs-se à procura de uma aldeia, mas naquela região parecia que as casas rurais isoladas prevaleciam. A certa altura, quando já pensava em comprar de um camponês alguma coisa para comer, ouviu, às suas costas, o barulho de um caleche, com um cavalo, um cocheiro e um passageiro. O veículo passou por ele, deixando-o sujo de poeira, mas parou logo adiante. O passageiro desceu.

Tratava-se de um homem baixo e elegante, usando uma roupa de veludo, pouco adequada sob aquele sol escaldante. Veio em direção a Michel, sorrindo.

— Embora seu chapéu esteja tão sujo de poeira, logo pude reconhecer este símbolo dos diplomados de Montpellier. O senhor é médico, não é verdade?

— Sim — respondeu Michel sem lhe dar muita confiança.

— E para onde está indo, sem querer ser indiscreto?

— Para o norte.

— Ah, um *periodeuta*! — exclamou o homem. Eram chamados de *periodeuti* os médicos errantes que iam de uma cidade para outra, oferecendo seus serviços aos hospitais, e adquirindo, com a prática, mais conhecimento. — Escute, eu estou indo para Bordeaux. Se passar pelo lugar para onde o senhor está se dirigindo, ficaria feliz em levá-lo em meu caleche.

— Sim, mas não sei com quem tenho a honra de...

— Ah, sim, ainda não lhe disse meu nome. Chamo-me Léonard Bandon e sou farmacêutico em Bordeaux.

Michel estremeceu, mas de prazer. Léonard Bandon, conhecido como um dos farmacêuticos mais hábeis da França, tinha uma cultura que os médicos invejavam e era quem fornecia os remédios até para a casa real. Fez uma reverência.

— Aceitarei com prazer, senhor. Agradeço-lhe pelo convite. O meu nome é Nostr... — Michel decidiu alterar um pouco seu nome, latinizando-o, como costumavam fazer os grandes cientistas de seu tempo. — Nostradamus — completou.

— Nostradamus — repetiu Bandon com um ar comprazido em seu rosto. — É um lindo nome, daqueles que trazem sorte.

Michel intuiu que, com aquele nome, uma nova vida poderia descortinar-se. Era uma ocasião que não podia perder. Pela primeira vez, depois de anos, viu acenar-lhe a possibilidade de uma vida serena. Agarrou-a com toda a força.

— Eu o sigo, senhor — disse, fazendo uma nova reverência.

— Estava indo justamente para Bordeaux.

O visitador

SOLI DEO

Giovanni da Roma esperou que colocassem a refeição à mesa. Não era como a refeição de um nobre, mas superava, e muito, os hábitos alimentares do povo. Para começar, havia carne: vitelo cozido e presunto salgado, abundantemente condimentados. Depois, uma salada de grão-de-bico, alho-porró e cebolas, acompanhada por um molho à base de mostarda. O vinho, porém, era o clássico vinho pouco envelhecido, que se encontra nos campos, cuja duração era de, no máximo, um ano. Mas não seria conveniente, para religiosos, exceder-se em luxos.

Diego Domingo Molinas não parecia ter nenhum apetite. Serviu o seu anfitrião e depois cortou uma fatia de vitelo que deixou cair, sem grande prazer, em seu prato. Somente àquela altura Giovanni da Roma achou que era oportuno falar-lhe.

— A minha missão terminou. Já estou em Agen há oito meses e tenho outros deveres que me chamam. Não muito longe daqui, no monte Luberon, os valdeses estão construindo o seu pequeno reino, sob o signo da blasfêmia. Quando soube que o senhor iria chegar, pensei que viesse por causa deles. Eles também estão espalhados pela Espanha, não é verdade?

Sem grande entusiasmo, Molinas mordeu a sua carne. Engoliu, quase sem mastigar.

— Não, ou, pelo menos, a sua presença é irrelevante. O nosso problema continua a ser os *conversos*, os hebreus convertidos ou que afirmam sê-lo. As velhas heresias já estão quase todas mortas, ou porque as destruímos ou porque extinguiram-se naturalmente.

— E as novas heresias? Os luteranos e calvinistas?

— A sua expansão é muito limitada. Veja, padre, na Espanha a Inquisição tem seus próprios emissários em todas as cidades e é apoiada pela família imperial. É, portanto, possível identificar, no momento em que surge, com a ajuda das autoridades civis, qualquer sinal de desobediência e intervir imediatamente.

Giovanni da Roma esvaziou seu copo de vinho e disse:

— Invejo sua eficiência. Sei que Sua Santidade, o papa Paulo III, pretende estender o modelo espanhol a toda a cristandade. Só assim poderemos parar a expansão dos huguenotes.

Molinas ergueu uma sobrancelha.

— A eficiência à qual o senhor se refere funciona apenas com as heresias visíveis. Por isso eu lhe dizia que o nosso problema continua a ser o dos *conversos*. A perfídia judaica sabe mudar sua pele como uma cobra e penetra na vida pública para miná-la em seu interior. Não foi suficiente expulsar os hebreus da Espanha. Todos os dias ficamos sabendo sobre algum deles que se esconde bem no meio do país, pretendendo exibir seu catolicismo de fachada, enquanto, secretamente, cultiva as cerimônias de seu povo.

— E o Michel de Nostredame, que tanto lhe interessa, é, justamente, um judeu.

— Sim, mas não é por isso que estou em seu encalço já há anos. O senhor já ouviu falar de Ulrico de Magonza?

Os olhos do dominicano, já pequenos por natureza, apertaram-se ainda mais.

— Claro, é um filosofo bastante conhecido. Tomou parte na campanha do monge Tetzel contra Martim Lutero. Infelizmente, uma empresa fracassada.

— Não sabe nada além disso?

Giovanni da Roma calou-se por um instante, observando seu colega. Parecia perguntar-se até que ponto poderia confiar nele. Afinal, disse: — Disseram-me que ele teria se tornado uma espécie de necromante. É verdade?

— É verdade — confirmou Molinas. Largou a faca que segurava, apoiou as pontas dos dedos sobre a mesa e encostou-se no espaldar da cadeira. — O senhor deve saber que Ulrico também é um médico famoso. Bem, voltemos a 1527. Em Bourdeaux havia uma peste devastadora. Pietro d'Avellino, chefe do leprosário, mandou chamar Ulrico. Este chegou à cidade com o falso nome de Peter Van Hoog, e escolheu para seu assistente um jovem estudante de medicina. Adivinhe quem era?

— Nostredame?

— Exatamente. No início, a atividade dos dois foi normal. Depois, em 24 de dezembro de 1527, Ulrico convocou Nostredame e outros seus colaboradores para se encontrarem na capela de Saint-Michel. Não se sabe o que aconteceu naquela noite. Um clérigo declararia, depois, que sobre o pavimento havia sido desenhado um círculo com uma estrela no centro e, em torno, palavras em hebraico. Um amuleto mágico. O pequeno grupo ficou horas dentro da capela experimentando sensações assustadoras. Na manhã seguinte, os jovens saíram da capela, ainda perturbados. Cada um deles tinha, sobre os ombros, dois cortes em forma de cruz. O símbolo de uma nova *Ekklesia*, chamada "Os Iluminados".

Giovanni da Roma não fez nenhum comentário. Por instantes, tudo que lhe interessou foi o presunto avinagrado e com um perfume suave. Se o teto do refeitório não fosse tão alto e as janelas não se abrissem por detrás das traves de sustentação, aquele leve sol primaveril, que entrava no ambiente, teria dado ainda mais apetite ao inquisidor. Mas, ali embaixo, a luz era fraca e preocupações secretas limitavam a gula do dominicano.

— Vamos falar francamente, senhor Molinas. O senhor tem provas daquilo que está afirmando?

— Provas irrefutáveis.

— Então Nostredame seria adepto de uma nova religião.

— Muito mais do que isso. Ulrico o considerava seu melhor aluno, a ponto de lhe entregar um manuscrito secreto, intitulado *Arbor mirabilis*. A base da nova Igreja.

— O senhor viu este manuscrito?

— A cópia de Nostredame está em meu poder. Mas encontra-se escrita em código.

A testa de Giovanni da Roma enrugou-se.

— Nestes meses que passei aqui, em Agen, consegui desmascarar muitos heréticos. Fiz com que prendessem Jehan Bernède, um luterano, e condenassem ao exílio Jehan de Pommières. O educador Sella e o preceptor D'Allard preferiram fugir para a Espanha apesar de terem amizades muito poderosas. Abri um processo até mesmo contra o padre Marc Richard, superior da ordem dos agostinianos de Saint-Rémy. E, contudo, nenhum deles, nenhum mesmo, jamais mencionou Nostredame como seu cúmplice.

Molinas já estava começando a se irritar.

— Nostredame não é um huguenote. A seita à qual pertence é uma congregação de bruxos. É claro que ele não sai por aí se gabando desta sua afiliação.

Giovanni da Roma pegou da bandeja uma fatia de presunto e a colocou em seu prato.

— E, contudo, a sua conduta parece ser irrepreensível. Pode ter sido apenas um erro da juventude.

— O senhor chama isso de erro da juventude? — gritou Molinas, perdendo completamente a calma. — Vender-se ao demônio? Perdoe-me, mas, ao que parece, o senhor está se esquecendo de que o dever do Santo Ofício é abortar, desde seu início, qualquer tipo de manifestação satânica. E não são necessárias provas: os simples indícios já são suficientes.

Aquelas palavras, ditas com tanta veemência, chegaram a distrair Giovanni da Roma de sua refeição. Olhou para Molinas com certo respeito.

— Concordo com o senhor — murmurou. — Mas o que quer que eu faça?

— Ah, não sou eu quem lhe deve dar ordens — respondeu Molinas, voltando ao seu velho tom de modéstia. — O senhor me contou hoje, pela manhã, que se encontrou pessoalmente com Michel de Nostredame. Isso está correto?

— Sim, foi no verão passado, no dia em que cheguei em Agen. O próprio Nostredame veio me procurar para denunciar um seu amigo huguenote, Philibert Sarrazin. Eu já tinha ouvido falar de Nostredame pelo senhor Jules-César Scaliger, uma espécie de louco. Mas as minhas investigações não eram relativas a nenhum deles.

— O que o senhor fez com Nostredame?

— Nada. Foi embora correndo, dizendo coisas sem sentido. Depois fiquei sabendo que ele havia deixado a cidade, após incendiar a própria casa. Talvez ainda estivesse perturbado com a morte da esposa e dos filhos por ocasião da peste.

— O senhor interrogou Sarrazin?

— Não tive tempo. Foi para Genebra poucos dias depois. Devia estar com medo da fogueira ou da ruína. — Giovanni da Roma afastou o prato à sua frente. — Senhor Molinas, como pode ver, já respondi a todas as suas perguntas. Agora, com a sua permissão, teria algumas para lhe fazer.

Molinas concordou. — Às suas ordens, padre. Pode perguntar.

— A primeira pergunta pode soar um tanto provocativa,

mas não é essa a minha intenção. O senhor, com certeza, se lembra do que lhe aconteceu nesta cidade, não é? O senhor foi preso e acusado de ter sido a origem da peste que atingiu Agen, há dois anos. Muitos daqueles que o acusaram já estão mortos e os outros já o esqueceram. Mas ainda deve haver alguém que se lembre do senhor. Como, então, o senhor anda por aí, com a sua capa preta, como se nada devesse? O senhor não tem medo de ser reconhecido?

— Se sentisse medo não faria o trabalho que faço.

— E tem mais. Em relação a este Nostredame o senhor demonstra uma obsessão que parece irracional. Quantos outros bruxos o senhor já caçou pela Europa? Nenhum, suponho. E aposto que nenhum de seus colegas jamais fez algo semelhante. Entendo que o seu verdadeiro objetivo seja Ulrico de Magonza. Mas nem ele me parece suficiente. O que há de tão perigoso na doutrina de Ulrico?

Molinas estava esperando uma pergunta como aquela. Quando o secretário da Suprema Corte lhe havia feito a mesma pergunta, não poderia ter sido reticente, era o seu dever. Giovanni da Roma, porém, pertencia a uma outra ramificação do Santo Ofício.

— Se os huguenotes servem ao diabo, os Iluminados são a sua emanação direta — respondeu, secamente. — Isto lhes confere poderes concretos. Não me pergunte quais.

Talvez Giovanni da Roma estivesse impressionado, mas não parecia. Apoiou-se à mesa para apanhar a salada e, aproveitando que um criado vinha entrando, pediu-lhe que trouxesse outra garrafa de vinho. Somente depois, voltou a olhar para Molinas.

— O senhor realmente não pode me dizer mais nada?

— Não; sinto muito.

— E o que espera de mim? O senhor já pensou que é um simples *famiglio*?

— Não sou mais. Agora sou um *visitador*. Uma espécie de inspetor com autoridade para tomar decisões que caberiam a um inquisidor espanhol, desde que ele se demonstre incapaz.

— Nós aqui não estamos na Espanha. Repito a pergunta. O que o senhor quer de mim?

Molinas decidiu ignorar a visível hostilidade do outro.

— É fácil explicar. Antes de mais nada, preciso de um mandado oficial da Inquisição da França. Mas fique tranqüilo, as minhas despesas estão a cargo do Santo Ofício espanhol. O fato é que a carta do cardeal Della Rovere, que fez com que o senhor me recebesse e me dá trânsito livre em território francês, não me garante a colaboração das autoridades eclesiásticas. Onde quer que eu vá tenho que explicar quem sou e o que desejo, como estou tendo que fazer agora. Uma permissão de Tolouse me consentiria realizar a minha missão sem tantos empecilhos.

— Devo falar com o inquisidor-geral, Mathieu Ory. Qual é seu segundo pedido?

— Ah, é coisa simples. Com certeza o senhor deve ter recebido relatórios sobre Nostredame. Gostaria de saber onde ele se encontra agora. Há muito tempo que não tenho notícias dele.

Giovanni da Roma fez um gesto de quem não se importava, usando a mão que estava segurando a faca.

— Isto eu posso lhe responder logo. Ele se encontra em Bordeaux.

— E o senhor sabe o que ele está fazendo?

— Os relatórios que recebi não estão em dia. Acho que está produzindo geléias, cosméticos e outras coisas fúteis deste tipo. Trabalha na loja de Léonard Bandon, um famoso farmacêutico. Isto o fez criar amizades em meio a pessoas importantes.

— Hebreus, suponho.

Giovanni da Roma esperou que o criado colocasse a nova garrafa de vinho sobre a mesa e se retirasse.

— Não. Conheço pessoalmente Charles Seninus, Jean Tarraga e o advogado Jean Treilles. São todos bons cristãos e burgueses ricos. — O inquisidor sorriu. — Os espanhóis são realmente obcecados pelos hebreus.

— Temos boas razões para isso. Em seus relatórios consta que Nostredame tenha relações com alguma mulher?

— Com alguma, em particular? Não. Claro que deve freqüentar prostitutas, como todo mundo. — Giovanni da Roma deu de ombros. — Entenda-me, senhor Molinas. Mesmo depois do que o senhor me disse sobre os Iluminados, eu não tenho o menor interesse neste seu mago. Leve em consideração o fato de que, por aqui, os huguenotes estão aumentando a cada dia e que os valdeses tornaram-se tão arrogantes a ponto de celebrarem abertamente as suas cerimônias. Tentarei conseguir este documento que o senhor me pediu, mas não posso fazer mais nada além disso. Não posso desperdiçar a pouca energia que tenho indo atrás de um único homem.

— Pode ser que se trate de um único homem, mas o seu nome é legião.

Depois de ter dito essas palavras, em tom macabro, Molinas largou os talheres e levantou-se da mesa.

— Desculpe-me, padre, mas tenho muito o que fazer. Quando o senhor receber meu mandado de Tolouse, sabe onde me encontrar.

Sob o olhar, um tanto impressionado do inquisidor e da criadagem, Molinas deixou a sala. Atravessou o átrio do palácio, mas não saiu. Embocou por um corredor, decorado com tapeçarias flamengas, até uma porta de madeira rústica que contrastava bastante com o luxo que imperava no ambiente. Por uma autorização concedida pelo cardeal Gallazzo Della Rovere, ele tinha seu próprio quarto no edifício, que lhe permitia não ser visto na cidade, a não ser de noite. Tratava-se, porém, de um porão, mais ou menos ajeitado, mesmo que suas paredes não fossem úmidas e sua decoração, embora simples, fosse de bom gosto e ordenada.

Molinas desceu uma rampa de escada até um átrio apenas levemente iluminado por duas clarabóias. Abriu a porta, que estava só encostada, e desamarrou a sua capa. A mulher que estava sentada na cama levantou-se. Ainda era jovem e bonita, embora suas formas abundantes já denunciassem uma ligeira gordura e algumas pequenas rugas ao lado dos olhos prenunciassem a maturidade.

— O senhor me fez esperar quase duas horas! — protestou a moça. — Eu as contei, ouvindo os sinos tocarem. Já estava quase dormindo.

Molinas forçou um sorriso, contorcendo um pouco a boca, como quem não está habituado a gestos cordiais.

— Peço-lhe desculpas, mas não pude vir antes. Mas, afinal, Gemealle, você sabe que eu fiz você vir aqui no seu próprio interesse.

A moça fez uma careta graciosa.

— Eu não me chamo mais Gemealle. O meu nome é Anne, Anne Ponsarde. Para os amigos, Annie.

— Eu sei disso muito bem, Annie. Quero falar com você sobre um velho amigo seu. E sobre uma maneira de você se tornar rica.

O rosto da moça se distendeu.

— Com certeza eu não teria vindo até aqui se, junto com a sua carta, o senhor não tivesse me mandado dinheiro. O senhor deve ter um bocado de florins. Só não consigo entender por que o senhor quis me ver neste palácio de padrecos que, ainda por cima, se parece com um cemitério.

De fato, o quarto onde estavam era tétrico. Toda a mobília era composta de uma cama, duas cadeiras, um banco e uma mesinha colocada sob a clarabóia. Uma parede inteira estava ocupada por um crucifixo entalhado de forma rudimentar, em um único pedaço de madeira, talvez em uma parte de um tronco gigantesco. Como resultado, os traços do Cristo eram duros e pareciam, ao mesmo tempo, ausentes e severos. Uma obra como já não se via há mais de século, capaz de entristecer qualquer um.

Molinas pendurou a capa em um prego e sentou-se em uma das cadeiras.

— O dinheiro que lhe mandei foi apenas uma entrada. Posso fazê-la ganhar uma fortuna.

— Que ótima notícia — respondeu Gemealle. — Mas é claro que o senhor quer algo em troca. Antes de aceitar a riqueza que o senhor está me oferecendo, quero saber do que se trata. — Deixou-se cair sentada, na beirada da cama, abrindo as pernas. — Mesmo que já imagine o que é.

— Não, você não faz a menor idéia — respondeu Molinas secamente, desviando o olhar. — Já lhe falei que se trata de um velho amigo seu. Você se lembra de Michel de Nostredame? — Sem querer, ele se afastou a uma distância que fez com que o raio de sol que entrava pela clarabóia iluminasse o seu rosto. — Lembra dele?

— Eu me lembro do *senhor*! — exclamou Gemealle. Era o senhor naquela noite em Montpellier, em frente ao *La Soche*... — Uma sombra de susto alterou os seus delicados traços. — O senhor não pretende se vingar em cima de mim, não é? Olhe que eu não tive nada a ver com aquilo.

Molinas, imediatamente, recolocou o seu rosto novamente na sombra.

— Não tenho a menor intenção de machucar você. O problema aqui não são as ofensas que sofri. Eu quero falar é sobre Michel de Nostredame. Repito, você se lembra dele?

— E como me lembro! — respondeu Gemealle, com um tom de voz hostil. — Aquele porco me iludiu, me fez acreditar que me amava e, depois, foi embora com uma vagabunda magricela com cabelos cor de cenoura. Os homens são todos iguais.

— A vagabunda chamava-se Magdelène e morreu de peste.

— Bem-feito. Foi ali que a minha ruína começou. Não que

eu tenha do que me lamentar. Desde que Corinne foi morta por um soldado, sou eu que estou dirigindo as moças de *La Soche*. Estou ganhando bem e não preciso ir mais para a cama com o primeiro que aparece. Mas houve um tempo em que Michel me fez sonhar com uma vida diferente. Ele parecia ser uma pessoa séria.

Molinas estava esperando ouvir palavras como aquelas. Curvou-se para a frente.

— Aquela vida sonhada ainda é possível. Basta que você me obedeça em tudo e para tudo. Você terá dinheiro e respeitabilidade. E um homem que irá adorá-la e se casará com você.

Gemealle ficou de boca aberta.

— O senhor está falando de Michel? Eu deveria novamente...

— Não, não logo. Nostredame jamais se casaria com uma mulher da vida. Eu, porém, conheço um velho, meio idiota e decrépito, que está à procura de uma esposa. Um homem riquíssimo de Salon, chamado Jean de Beaulme. Você gostaria que fosse você a fazê-lo feliz? Ele pode sobreviver mais um ano, no máximo dois.

Gemealle, sempre mais estupefata, acabou jogando a cabeça para trás e dando uma risada.

— O senhor me faz esta proposta bem aqui, no palácio do cardeal! Não me diga que, assim que o velho morrer, o senhor quer me colocar nos braços de Michel!

— Mas é isso mesmo. Só que o que eu tenho em mente para você não é da sua conta. O que eu posso lhe prometer é que... graças a mim, você não será mais Gemealle. Será Anne Ponsarde, com todos os direitos de uma dama. Rica e bem aceita na sociedade.

— Mas isso vai levar anos...

— Eu não tenho pressa. Já tive pressa demais no passado.

— E deverei voltar com Michel?

— Não de imediato. Deixe tudo comigo. Serei eu que lhe

assinalarei cada movimento. Além disso, Nostredame, com certeza, não vai ser pior do que os seus atuais clientes. Durante algum tempo ele esteve, realmente, apaixonado por você.

    Gemealle torceu os lábios. — Na época eu era ingênua, tímida e acreditava nele. Mas, depois, entendi que tudo que ele amava em mim era isto. — Colocou suas mãos sobre os fartos seios. Notou que o homem à sua frente tremia levemente e então, sorriu, maliciosa. — Talvez, meu caro senhor, eles também interessem ao senhor. — Fez um gesto para desamarrar os laços que lhe sustentavam o corpete.

    — Não, não! — exclamou Molinas. Depois, percebendo que tinha dado vazão a sua emotividade, gritou com uma fúria contida: — Tudo o que me interessa hoje é a minha vingança.

A beleza das senhoras

Nostredame estava na porta da loja de Léonard Bandon, quase aos pés do altíssimo campanário da igreja de Saint-Michel. Era uma manhã meio nebulosa, como tantas naquele final de outono de 1539, e um certo cheiro no ar fazia prever chuva durante a tarde. Mas a temperatura era moderada e isso consolava o jovem médico, que, desde que havia se estabelecido em Bordeaux, sentia uma enorme saudade do calor do Languedoc e da Provença.

Estava esperando Bandon, que ainda não havia chegado. Michel sentia muita gratidão e amizade em relação ao farmacêutico. A ele devia sua atual posição de homem sério, aceito nas casas dos burgueses e estimado por seus conhecimentos. Como sua vida tinha mudado em tão poucos meses! Com aquela fogueira ele havia dado adeus, para sempre, às ciências ocultas, à astrologia e a todas as artes que a Igreja, apesar de certos períodos de tolerância, considerava perigosas. Agora passava a maior parte de seu tempo estudando as ervas (exceto a *pilosella*, da qual não queria nem saber) e rezando.

Rezava principalmente por Magdelène, René e Priscille, e isso o consolava um pouco daquele remorso que o atormentava e o levava às lágrimas. Seu maior consolo, porém, era pensar que ele não era mais o mesmo de antes. Havia matado, dentro de si mesmo, tanto o aprendiz de mago quanto o médico ambicioso. Ficara apenas o obscuro farmacêutico, inteiramente dedicado a seus deveres cristãos. Mais dia menos dia, o céu o recompensaria, fazendo com que esquecesse suas culpas.

Repentinamente, foi arrancado de suas reflexões.

— Bom dia! O senhor Bandon está?

A voz vinha da sua direita. Michel virou-se e reconheceu um camponês de Castillon que, vez por outra, trazia frutas, ervas e plantas que serviam para a produção de remédios e cosméticos.

— Não, ainda está para chegar — disse. Depois, percebendo que o camponês trazia um pacote debaixo do braço, perguntou: — Tem alguma coisa para vender?

— Sim, mas não sei se ele vai querer. É uma coisa realmente muito estranha.

— Abra. Deixe-me ver.

À diferença de outras farmácias, a de Bandon não tinha um balcão que chegasse até a rua. A loja era espaçosa e bem-iluminada, com uma mesa e algumas cadeiras no centro e, junto às paredes, estantes cheias de vasos e ampolas. Havia também uma escrivaninha com um registro onde, de vez em quando, o filho de Bandon vinha colocar em dia a contabilidade.

— Coloque aqui. — Michel apontou para a mesa no centro. — Preste atenção para não sujá-la.

— Não, não, não suja. Mesmo que, ao olhá-la, alguém possa pensar que...

O camponês começou a abrir o pacote. Quando o conteúdo apareceu, Michel deu um pulo para trás.

— Mas o senhor ficou louco? — gritou. — Isto é estrume de cachorro!

— Não; olhe melhor. Eu já vi coisas assim nas mãos de pescadores que as encontram no oceano em finais de dezembro. Eles a consideram uma coisa preciosa. Por isso pensei que pudesse interessar ao senhor Bandon.

Michel curvou-se sobre o pacote. De fato, a matéria era acinzentada e, se podia lembrar o estrume de cachorro por seu volume, tinha uma forma redonda, bastante regular. Além disso, não cheirava mal, pelo contrário, emanava dela um perfume suave, muito agradável e delicado.

— O que está fazendo, Nostradamus, examinando as fezes dos filhos desse grosseirão?

Michel levantou o olhar. Quem estava à porta era Jean Treilles, um advogado na faixa dos quarenta, rico e estimado, cuja casa ele vinha freqüentando há algum tempo. Junto com Treilles estava Jean Tarraga, médico recém-formado, mas de família rica que, portanto, podia contar com uma clientela numerosa. Os dois estavam rindo.

Michel, por sua vez, também riu. — Eu também pensei que se tratasse de estrume, mas não é. Ou, pelo menos, não provém nem de homem e nem de cachorro. Penso que talvez seja de algum animal marinho.

Os recém-chegados aproximaram-se, cheios de curiosidade. Tarraga tocou o material com um dedo e depois retirou rapidamente uma amostra.

— Pesa, pelo menos, três onças — comentou, tentando calcular seu peso. — Se é o que estou pensando, é difícil encontrar fragmentos deste tamanho. — Olhou para Treilles com um ar questionador.

O amigo concordou. — Não há dúvida: trata-se de âmbar cinza. Estrume de baleia. Nunca vi tanto assim, e, ainda mais, fora de estação. Geralmente eles são encontrados na costa, depois do solstício de dezembro.

— Se é âmbar cinza, então não é estrume — objetou Tarraga. — Segundo o *Pandectarius*, seria o esperma de baleia macho.

— Pode ser — Jean Treilles olhou para Michel. — Você já a negociou?

— Não, ainda não. Eu não sabia o que era esta coisa.

— Bem, então chegamos bem na hora. — Depois virou-se para o camponês. — Escute bem, meu bom homem. O senhor tentou vender para o meu amigo merda de baleia ou, talvez, esperma, o que é ainda pior. O senhor mereceria uma boa surra. Mas a sua boa fé está evidente, e o senhor deve ser recompensado pelo cansaço da viagem. Agora, o senhor Nostradamus vai lhe dar quatro torneses e o senhor voltará para seu trabalho no campo.

— Mas os pescadores dizem que é uma substância preciosa! — protestou o camponês.

— Preciosa? E quanto o senhor acha que valem dois pedaços de cocô...? Tudo bem, vamos pagar cinco torneses e não se fala mais nisso. Assim, hoje à noite, o senhor vai poder dar umas boas gargalhadas às nossas custas... Nostradamus, pague a este homem. Considere isto como uma esmola.

Michel abriu a pequena bolsa que trazia no cinto e deixou caírem, uma a uma, cinco moedas na mão aberta do camponês. Este fez uma rápida reverência e saiu correndo, com medo de que aqueles senhores voltassem atrás. Quando chegou à porta quase esbarrou em um jovem elegante que vinha entrando.

— Charles, você chegou na hora certa! — exclamou Jean Treilles, rindo à toa. — Michel acabou de comprar três ou quatro onças de âmbar cinza por apenas cinco torneses!

O recém-chegado abriu a boca, estupefato — Mas vale, pelo menos, cem vezes mais! — Correu em direção à mesa e recolheu um pedaço do âmbar. — É puríssimo e, ainda por cima, não "raposado"!

— Raposado? — perguntou Michel.

— Sim, as raposas são irresistivelmente atraídas por esta substância. Sentem o seu perfume a distância e tentam comê-la.

Mas não conseguem digeri-la e acabam colocando-a para fora, quase intacta, só que um pouco mais opaca. O âmbar que passou pelo intestino de uma raposa é chamado de "raposado" e vale muito menos. Este, pelo que estou vendo, está virgem e vale uma fortuna.

Jean Trailles olhou para Nostradamus, com ar irônico.

— Afinal, Michel, fizemos você concluir um negócio e tanto. Você pode confirmá-lo pela autoridade do, aqui presente, Charles Seninus. Você comprou um pedaço de cocô que, se Deus quiser, foi cagado só uma vez. Você está rico. Os escritos de muitos dos nossos filósofos têm esta mesma natureza e não valem tanto assim.

— O fato é que são cagados várias vezes — disse Seninus, demonstrando autoridade.

— Mas não se trata de cocô e sim de esperma ressecado! — protestou Tarraga.

— Bem, a nobreza da substância não muda.

Muito embora se divertindo, Michel colocou as mãos para a frente.

— Quem enriqueceu foi Léonard Bandon. Ele só vai ter que me devolver os cinco torneses que antecipei.

Seninus tocou-lhe os ombros, amigavelmente.

— Não faça essa bobagem, Michel. O âmbar foi comprado por você, em um negócio que você fechou por conta própria; ele é seu por direito. Não é verdade, Jean?

Treilles concordou.

— Ulpiano e Modestino falam claramente. Quem compra merda tem que ficar com ela. Mesmo que seja merda de baleia.

Tarraga concordou também. — O mesmo vale para o esperma seco. Isto não foi dito explicitamente, mas há, nas notas, uma referência a respeito.

Rindo sem parar, Michel fechou o pacote.

— Quando ouço vocês falando, parece que estou escutando

o meu velho amigo Rabelais. Está bem, vou ficar com esta coisa. Espero que ela me dê toda esta riqueza que vocês estão prometendo. Como posso lhes agradecer?

— Ah, é simples — respondeu Jean Treilles, cortesmente. — Você leva uma vida de monge de clausura, fora algumas vezes em que freqüenta os salões de nossas senhoras. Agora que fizemos você ficar rico, tem que nos prometer que irá conosco à taberna hoje à noite. O mínimo que podemos lhe pedir é que gaste uma ínfima parte de sua riqueza, oferecendo-nos uma bebida. Além disso, vai conhecer algumas moças virtuosas que farão você gastar o restante em uma atividade que fará muito bem para a sua saúde.

Michel, que estava escondendo o âmbar cinza em uma gaveta, balançou a cabeça.

— Esta era a vida que eu levava quando ainda era estudante. Agora estou com trinta e seis anos e não posso me dar o desfrute de gastar as minhas economias. Devo pensar na minha honra.

— Por quê? Você acha, por acaso, que nós somos pessoas desonradas? — Já não mais em tom brincalhão, mas, ao contrário, bastante ressentido, Jean Treilles virou-se para os amigos. — Esse aí fala como um desses judeuzinhos que vivem enterrados nas lojas de seus guetos, aumentando seus lucros através da usura. De hoje em diante, é melhor que ele fique longe das nossas casas e das nossas esposas. Todo mundo sabe que os judeus têm um espírito carnal.

Michel estremeceu de dor. Treilles e os outros não sabiam nada sobre suas origens. Seria possível que o seu comportamento denunciasse a sua origem hebraica mesmo àqueles que a desconheciam? Era óbvio que sim... Mas ainda dava tempo para tentar remediar. — Deixe eu acabar de falar, Jean — disse, com um sorriso meio forçado. — É claro que os meus propósitos austeros devem ceder diante do presente que vocês me deram hoje.

Vocês me tornaram proprietário de um precioso saco com merda de baleia. Hoje à noite vou com vocês até a taberna para festejarmos o acontecimento e para pagar bebida para todos, já contando com a fortuna que vai chover na minha cabeça.

A expressão do rosto de Treilles logo se distendeu. O jovem deu uma sonora risada. Os outros fizeram o mesmo. Quando ele finalmente falou, usou um tom afetuoso.

— Desculpe, Michel, se o comparei a um *rétaillon*. Foi só para sacudir você e obrigá-lo a sair dessa solidão. Mas esta noite não vai ser você quem vai pagar, serei eu. Você é muito querido, e desejamos que se junte a nós.

Michel sentiu as lágrimas começarem a despontar no canto dos olhos.

— Obrigado, meu amigo. Nós nos veremos na taberna depois do pôr-do-sol. Obrigado a vocês todos.

Os três se despediram e saíram. Um minuto depois, Tarraga reapareceu na porta.

— Não é estrume, é esperma. Pode acreditar.

— Eu acredito — respondeu Michel com uma meia reverência.

Satisfeito, o outro foi embora.

Durante o resto da manhã, nada aconteceu. Bandon chegou muito tarde junto com o filho, que logo começou a calcular os ganhos e as despesas. Tiveram poucos clientes. Um senhor idoso, que sofria de gota, ao qual foi prescrito um produto à base de cólquico de outono, imediatamente fervido em um fogão que ficava dentro da loja. Depois veio uma mulher, na faixa dos cinqüenta, que sofria de asma e pagou caro por um suco feito de eufórbia, para ser usado com todo o cuidado. A cliente mais interessante, porém, foi uma jovem, com vinte um ou vinte e dois anos, recém-casada. O marido, desde a lua-de-mel, não vinha cumprindo com seus deveres conjugais e parecia estar totalmente indiferente à sua graciosidade. Nem mesmo os afrodisíacos usuais haviam surtido efeito.

A moça expôs o caso com tantos pudores, que Bandon levou bastante tempo para compreender a verdadeira natureza do problema. Quando conseguiu, olhou perplexo para Nostradamus.

— Michel, acho que, neste caso, preciso da sua competência. Eu só conheço os remédios que, pelo que a senhora está me contando, não funcionaram.

Michel observou aquela jovem senhora, formosa e embaraçada.

— A senhora consegue fazer com que seu marido lhe dê, pelo menos, um beijo?

— Bem, sim — murmurou, com uma vozinha quase sussurrada. — Posso tentar.

— Existe, então, um remédio que pode lhe servir, cujo efeito é absolutamente seguro. Chama-se *Poculum amatorium ad Venerem*, e, ao que se sabe, parece ter sido inventado por Medéia. Trata-se de um líquido que deve ser deixado na boca e colocado sobre a língua do marido, durante um beijo. Mas tenho que avisá-la de que a sua preparação é demorada e muito custosa. — Enquanto falava, Michel lembrou-se dos lábios de Magdeléne e afastou tal pensamento.

— Ah, meu pai pode me dar o dinheiro necessário — disse a jovem esposa, tímida mas cheia de esperança. — Posso comprar logo uma garrafa?

— Não. Para que possa preparar o *Poculum amatorium*, preciso de, pelo menos, duas semanas. A senhora crê que possa agüentar tanto tempo de abstinência?

— Sim, é claro. Eu já tenho agüentado.

— Então, deixe conosco. Volte daqui a quinze dias. Comunicaremos o preço e, se for de seu agrado, lhe daremos a garrafa. Depois disso, a sua vida conjugal será feliz para sempre.

Bandon esperou que a moça fosse embora e começou a rir.

— Nostradamus, o senhor é um grande zombeteiro! Aposto que o senhor inventou este tal de *Poculum amatorium* de propósito!

— Não, não — protestou Michel, alegremente. — O *Poculum amatorium* realmente existe e era bem conhecido pelos gregos antigos. Nunca o havia preparado porque não possuía todos os ingredientes, mas conheço a receita. Só que é muito complicada.

— E como seria?

— Primeiro é preciso recolher três raízes de mandrágora, assim que o sol se levanta...

— A mandrágora nós já temos — disse Bandon, apontando para um vaso que estava sobre a estante. — E foi colhida ao amanhecer, como está na receita.

— Sim, mas isso não basta. É preciso enrolar as raízes em folhas de verberão e deixá-las repousar por uma noite. Depois, devemos espalhar sobre uma pedra seis grãos de *Lapis magneticus*, a chamada "pedra dos amantes", e jogar um pouco do suco da mandrágora. Sobre este composto deve-se acrescentar, ainda, o sangue de sete pássaros machos, recolhido por meio de um corte na asa esquerda. Mais sete grãos de almíscar, trezentos e setenta e sete grãos de cevada da melhor qualidade, três punhados de goivo e de poeira de madeira de aloé; um punhado de cada tentáculo de um polvo, cozido junto com vinte e uma gotas de mel, mais cinqüenta e sete grãos de âmbar cinza...

Bandon, meio estarrecido, o interrompeu: — Os outros ingredientes ainda podemos encontrar, mas o âmbar cinza é muito raro, principalmente nesta época do ano. No máximo, podemos achar um pouco de âmbar preto. O senhor iludiu aquela mulher com uma promessa que não pode cumprir.

— Não se preocupe — respondeu Michel, sentindo-se um tanto embaraçado. — Claro que o âmbar vai custar muito caro. O senhor terá que cobrá-lo da cliente.

— Confio no senhor. Acabou a receita?

— Quase. Ao produto é preciso acrescentar, ainda, o peso de quinhentos grãos de *Racina apurisus*, que já temos aqui na loja, e um pouco de vinho de Creta, que podemos encontrar no porto. E mais cerca de uma onça de açúcar bem refinado. Comprime-se tudo sobre um almofariz de mármore, usando um pilão de madeira e coloca-se um pouco da mistura em um vaso de vidro, recolhendo-a com uma colher de prata. A essa altura, fazemos ferver tudo até que o açúcar se torne uma espécie de xarope e colocamos o produto em uma bandeja de cristal, prata ou ouro. No momento do beijo coloca-se uma colher de chá do composto na boca. Depois será difícil conter o amante.

Bandon ficou um tanto preocupado.

— Para que aquela senhora compre uma coisa deste tipo, deve estar realmente sentindo muito o peso da castidade. Eu me informarei quanto à fortuna de seu pai. Devo ter certeza de que poderá pagar.

— Leve em consideração que, uma vez que o produto tiver sido preparado, e entregarmos uma colherada à jovem senhora, ainda vai sobrar uma boa quantidade de reserva — respondeu Michel, com ar astucioso. — A maior parte das senhoras desta cidade e, talvez, do mundo inteiro, anda insatisfeita com os serviços prestados por seus maridos. O *Poculum* vai vender como água, o senhor vai ver.

— Não tenho a menor dúvida. Decididamente eu fiz bem em colocá-lo aqui na loja. O senhor é um mestre na cosmética e nas poções amorosas. Tem só uma coisa que me surpreende.

— O quê? — perguntou Michel.

O rosto de Bandon assumiu, por um instante, uma expressão séria.

— O senhor tem conhecimentos científicos prodigiosos. Diplomou-se em Montpellier, que é reconhecidamente uma das universidades mais difíceis da França meridional. E, mesmo assim, o senhor vive às voltas com ungüentos cosméticos e geléias. O senhor nunca pensou em se dedicar a pesquisas mais complexas?

— O que o senhor quer dizer com "mais complexas"? — perguntou Michel, com muita cautela.

— Ir até o fundo dos elementos, onde a sua natureza se afina, o que torna possível não apenas a sua mistura, mas também a sua fusão. Não sei se o senhor teve a oportunidade de ler os textos de Paracelso ou de Denis Zacharie...

A testa de Michel enrugou-se. — O senhor está me falando sobre dois alquimistas, um dos quais, além do mais, é protestante.

— Não me entenda mal — replicou Bandon, um tanto alarmado. — Não estou tentando induzi-lo a estudar matérias que a Igreja desaprova. Só estou tentando estimulá-lo a aprofundar os seus conhecimentos.

— No momento não sinto necessidade de ir além.

Bandon percebeu o tom decidido de seu assistente e resolveu não insistir.

— Como quiser. Venha, vamos trabalhar. Fora o *Poculum*, temos muitos outros remédios para preparar.

Ficaram na loja até anoitecer, fora o tempo de fazer uma refeição rápida, à base de verduras, na casa de Bandon. Quando começou a escurecer, Michel dirigiu-se, de má vontade, para a taverna de nome *Au Poisson noir*, perto da pequena igreja de Saint-Eloi. Era o ponto de encontro dos jovens burgueses de Bordeaux. Não sentia a menor vontade de passar uma noite naquele local. Já há muito tempo habituara-se a apreciar as noites passadas em solidão diante de uma janela aberta, olhando para o céu estrelado. Até mesmo as *filles de joie* lhe interessavam muito pouco. Salvo em certos momentos, muito raros, sua região abaixo do ventre não mais sentia as necessidades de antes. O seu órgão viril havia se transformado em uma pobre criatura, sempre murcha, e os seus testículos não conseguiam mais se encher.

Somente as orações, juntamente com a contemplação do cosmo, eram capazes de lhe restituir algum impulso vital.

A verdade é que ele sentia falta da mistura de *erva sparviera* e velenho, mas resistia em confessá-lo, para não ter que admitir a sua dependência em relação àqueles ingredientes. Enquanto atravessava uma Bordeaux iluminada pela lua, ele tentava não pensar em nada, mas não conseguia. Finalmente, avistou o letreiro da taberna: um peixe de ferro, já escurecido pela ferrugem. Mas, em frente ao local, em meio a casas baixas feitas de madeira e tijolos, alguma coisa estava acontecendo.

Começou a andar mais devagar para poder observar a cena. Viu um círculo de pessoas que riam e, no centro, estava Treilles, que perseguia um velho aterrorizado. Este oscilava daqui para lá, mas sempre terminava em frente a alguém do grupo que, com um soco ou um tapa, mandava-o de volta para seu perseguidor.

— Venha aqui, canalha! — gritou Jean Treilles, quando conseguiu agarrar o fugitivo. — Eu disse para você, não foi? Que eu iria queimar a sua barba? Assim vai aprender a não pedir para um cristão lhe devolver um empréstimo! — Olhou para trás. — Charles, Charles, vê se corre.

Charles Seninus saiu da taberna com uma tocha acesa.

— Estou aqui, Jean! Pegue o instrumento ideal para um bom barbeiro!

Muitos na multidão riram. Algumas prostitutas, porém, que estavam paradas em frente à porta da taberna, pareciam sentir pena. Uma delas, que estava até chorando, juntou as mãos e as levou ao coração.

— Mas não é mais um judeu! — gritou. — Já se tornou cristão.

Seninus, rindo, virou-se para olhá-la. — Eles são os piores! Na Espanha, este aqui e outros como ele iriam acabar muito mal. — Entregou a tocha para Treilles. — Vamos, Jean! Faça a barba deste *recutitus*!

Jean Treilles colocou a tocha na vasta barba do velho. O homem deu um berro e levou suas mãos ao rosto. Saiu correndo, enquanto as chamas ainda devoravam seu queixo. A multidão abriu o círculo para deixá-lo passar, em meio a humilhações e insultos.

Treilles, satisfeito, dirigiu-se para a entrada iluminada da taberna.

— Eis uma bela lição que vai servir de exemplo para todos os usurários desta cidade — disse em voz alta. — Assim vão aprender a não lesar os verdadeiros cristãos. — Levantou-se um aplauso modesto, mas sincero.

Michel havia se refugiado na sombra, embaixo de um pórtico, tentando evitar o vômito que o aperto que sentia no ventre e no tórax lhe impelia. Em um raio de lucidez, percebeu que deveria abandonar aquela cidade de monstros, onde, cedo ou tarde, a sua origem acabaria sendo descoberta. Sim, mas onde encontrar o dinheiro necessário?

Naquele momento lhe veio à mente o âmbar cinza.

Abrasax. O abismo

Um vento inesperado varreu o deserto, levantando nuvens de areia e arrepiando os monstros que jaziam sob as rochas. Nostradamus e os três personagens que o rodeavam contemplavam, inquietos, os céus, agitados por uma violenta pulsação que fazia com que as estrelas aumentassem e diminuíssem, desordenando, aparentemente, a ordem das constelações.

— Mas, o que está acontecendo? — perguntou o jovem padre, o mais emocionado de todos.

Nostradamus fez um gesto de indiferença.

— Nada de incomum por aqui. O abismo irá abrir-se.

Ainda nem havia terminado de falar, quando a areia pareceu cristalizar-se e, então, crepitando, uma gigantesca cratera abriu-se sobre a planície. As extremidades da terra deslocaram-se com velocidade, formando-se, em poucos segundos, uma enorme fenda. Um demônio, perturbado em seu repouso, abriu suas asas e voou. Parou logo depois, à beira do despenhadeiro. O silêncio voltou.

Nostradamus caminhou em direção à borda do precipício e o atravessou, com segurança, seguindo uma trajetória estreita e quase invisível que levava às profundezas. A infinita cavidade, em forma de cone, escavada na rocha, parecia submergir no nada; um vazio escuro e ameaçador, translúcido nas beiradas, denso e sinistro no centro. Os passos na trilha deixavam cair pedras, sem que no abismo se ouvisse qualquer som. Logo, trevas densas tomaram conta de todo o precipício, impedindo que se pudesse ver qualquer coisa, a não ser as extremidades das paredes onde os quatro personagens passavam de raspão e o traçado estreito do terreno sob seus pés.

Não estavam com medo, porque, ali, o medo não tinha sentido. Medo do quê? De morrer? Em algum lugar eles já estavam mortos. Medo de se machucarem? Onde não havia rumor algum não poderia existir nenhuma sensação corpórea. O que os três sentiam era uma crescente inquietação. E se havia algum temor era o de que aquela sensação de angústia durasse eternamente.

Depois de um tempo incalculável, as trevas dissiparam-se. O abismo fechou-se, recolocando à mostra um céu, semelhante ao de antes, com os três sóis ao centro. Das estrelas, porém, emanava uma luz muito mais fraca.

Nostradamus virou-se para mostrar o coração escuro do conduto do qual emergiam, transformado em cratera, alongada para baixo.

— Olhem. Se observarem com atenção, poderão ver, em meio à névoa que deixamos para trás, uma outra face do universo. Nem todos podem percorrê-la. Estamos sobre um fio do tempo.

Somente a mulher dignou-se a olhar, de forma fugaz, para trás. Pareceu arrepiar-se.

— É verdade! — exclamou. — No fundo do abismo há um céu estrelado! Pensávamos estar descendo e estávamos subindo, encontrando o mesmo cenário!

— É que os nossos sentidos foram alterados — gritou o homem da capa preta. — Perdemos qualquer ponto de vista.

Antes de responder, Nostradamus esperou que estivesse, novamente, sobre a areia de uma planície sem confins e que seus companheiros o tivessem alcançado.

— Os senhores se enganam. Um ponto de vista nós temos. Aquele que nos permite atravessar, simultaneamente, o passado e o futuro, como se ambos fossem o presente.

— *E que ponto de vista seria este?*
— *O ponto de vista de Deus.*
O cosmo estremeceu, como um véu acariciado por um leve vento, e a ordem dos astros mudou.

O assassino

Sentado no fundo de uma carruagem que atravessava uma Provença coberta pela neve, Diego Domingo Molinas estava sentindo frio. E também os cavalos, tanto que o cocheiro os havia protegido com cobertores de lã. Molinas tentara fazer o mesmo, enrolando-se em sua capa, que, todavia, assim como era quente demais durante o verão, revelava-se leve demais para o inverno. Só não batia o queixo porque mantinha os dentes trincados.

Para esquecer-se daquele sofrimento, pôs-se a examinar, com má vontade, os documentos que trazia consigo, fechados em um grande envelope. Um deles era o projeto de um edito que Francisco I ainda não havia assinado. Dizia respeito aos castigos que deveriam ser infligidos aos heréticos e tornava mais severos aqueles de 1535. Os tribunais e parlamentos municipais de todo o reino deveriam reprimir a heresia, superando a lentidão dos processos ordinários. Se o alvo aparente eram os valdeses e outros grupos minoritários, não havia dúvida de que aquele edito também pudesse ser estendido aos huguenotes, com conseqüências imprevisíveis.

Molinas sacudiu a cabeça. O rei da França certamente levaria meses antes de assinar um edito como aquele, destinado a quebrar a unidade entre seus súditos e no seio de sua própria nobreza. A fraqueza do soberano era demonstrada pelo próprio fato de que um documento tão secreto acabasse nas mãos da Inquisição de Tolouse, talvez até através de um dos confessores da corte. Todavia, sem dúvida, mais cedo ou mais tarde Francisco acabaria assinando, já que ainda estava indignado com o fato de que, cinco anos antes, um manifesto luterano tivesse sido pregado na porta de seu quarto. Era só uma questão de tempo.

O segundo documento era uma carta pessoal do novo inquisidor geral da Espanha, Juan Pardo de Tavera, que havia tomado posse dois meses antes, no dia 7 de dezembro de 1539. Mandava sua bênção para Molinas e deixava claro que havia sido colocado a par da natureza de sua missão através do secretário da Suprema Corte, Dom Fernando Niño. Entretanto, ele não parecia estar realmente convencido, tanto que lhe pedia para estar disponível para ir à Sardenha como *visitador*, a fim de remediar a incapacidade de Andrea Sanna, o inquisidor da ilha. Por sorte, não estabelecia nem data nem tarefas específicas. Molinas teve esperanças de que àquela carta não se seguisse mais nenhuma.

O terceiro documento era uma mensagem escrita com letras grandes, cuja caligrafia elegante parecia ter sido elaborada por um escrivão. Molinas já a conhecia de cor, mas dado o frio que fazia suas mãos tremerem, pôs-se a lê-la pela milionésima vez. Estava assinada por Anne Ponsarde e provinha de Salon-en-Craux. O início estava escrito em latim, sinal de que o escrivão estava habituado a escrever rogativas, mas o resto do texto estava escrito em um ótimo francês.

Exponitur S V pro parte Annae Ponsarde quod matrimônio foi celebrado dias atrás. O noivo é velho, mas com uma constituição mais robusta do que aquela que o senhor insinuou e cuja saúde me parece estar em excelente estado. Para sorte minha não deseja consumar, ao que dou graças a Deus, já que é feíssimo e quase cego. Tremo, porém, só em pensar que possa passar o resto de minha vida neste lugar rústico e fedorento, onde não há nenhuma diversão a não ser o jogo de tênis para os nobres e o de dados para os plebeus. Peço-lhe que me venha encontrar o quanto antes, pois prefiro seu rosto de morto do que os focinhos de porcos entre os quais vivo.

Molinas, apesar do gelo que lhe fazia doerem os ossos, esboçou um sorriso. Naquele momento, porém, uma sacudida brusca e uma violenta batida na lateral do veículo fizeram com que os documentos que tinha em mãos caíssem no chão. Logo entendeu o que havia acontecido. Uma carruagem mais rápida havia tentado ultrapassar a sua, mas o gelo havia tornado a estrada fácil para a derrapagem e as duas carruagens haviam se chocado. Ouviu o relinchar dos cavalos e percebeu, com certo pânico, que seu próprio veículo perdia o controle, de forma perigosa. Inclinou-se para o lado oposto da carruagem, que começara a virar. Caiu, de forma terrível, de pernas para o ar, enquanto os relinchos tornavam-se agudos e cheios de terror.

Permaneceu imóvel com a carruagem capotada. Depois, tocou seu corpo, com cuidado, constatando que, se seu ombro estava dolorido, suas pernas permaneciam intactas. Do lado de fora vinha a voz de seu cocheiro, que alternava lamentos com maldições. Todavia, os lamentos mais agudos estavam sendo emitidos pelos cavalos, provavelmente com as patas quebradas.

Passou-se um certo tempo, mas, finalmente, a porta foi aberta à força. Molinas teve que sufocar um grito, quando viu que a cabeça que aparecia em sua janela era a de um mouro africano de pele negra. Pensou que se tratasse de um ataque de bandidos e remexeu em sua capa à procura da sua *misericordia*. Não a encontrou. Entretanto, o negro lhe estendia os braços com cuidado, com um ar que nada tinha de hostil. Então, Molinas recolheu seus papéis, espalhados pelo chão, e os colocou no cinto, aceitando a ajuda que lhe era oferecida por aquelas mãos escuras com as palmas róseas.

Quando conseguiu sair do veículo arrepiou-se de frio, porém mais ainda diante do desastre que se apresentava à sua frente. A carruagem que o estava transportando tinha uma roda que havia saído e outra que rodava, lentamente, em uma órbita oblíqua. Os dois cavalos estavam com as patas quebradas e tentavam se levantar, relinchando de forma aterrorizante. Ao lado deles, ajoelhado na neve, o cocheiro chorava como uma criança, com o rosto entre as mãos. Perdia sangue em função de uma ferida, grande mas superficial, na testa.

A outra carruagem havia parado um pouco mais adiante e todos os passageiros haviam descido. Molinas observou-os com surpresa, pois formavam um quarteto dos mais curiosos que ele já tinha visto. O mouro era um gigante, com os braços descobertos, como se não sentisse frio. Tinha um rosto inteligente, mas duro, que parecia ter sido esculpido no ébano, e vestia uma espécie de camisolão amarelo, leve e sem mangas. Também eram leves as calças roxas que terminavam em um par de botas.

Ao lado dele encontrava-se um jovem magro, com uma expressão astuta e cabelos muito longos arrumados em tranças. Trazia, ao flanco, uma espada comprida revestida com pele de peixe, muito embora nada em sua figura pudesse fazer pensar que se tratasse de um nobre ou de um soldado. Como se não bastasse, do cinto via-se pender, recoberto por uma proteção de couro, um punhal também comprido do tipo denominado *sfondagiaco*, talvez feito na Itália ou na Espanha. Um gibão de armas em couro e um grande chapéu com plumas ao redor levavam a crer que se tratasse de um mercenário que havia sobrevivido a um grande número de batalhas.

Já o terceiro homem se parecia com um pirata ou um bandido. Um tipo realmente inusitado, trazia no cinturão uma pistola como as usadas no exército de Carlos V, com um cano com três palmos de comprimento, com a ponta para cima, das que se costuma usar para dar o tiro mortal, e cujo cabo tinha, em sua extremidade, um parafuso com duas espécies de asas. Este também trazia uma espada, comum e leve, que fazia com que sua capa cinza ficasse um pouco levantada. Seus olhos eram pretos e penetrantes, e suas feições, certamente meridionais. Em sua cabeça havia um chapéu com uma única pluma, já consumida, murcha e amarelada.

Todavia, o olhar de Molinas, assim que pôs os pés no chão escorregadio pelo gelo, dirigiu-se ao quarto homem. Um jovem de vinte e seis ou vinte e sete anos, que ficava a certa distância, de braços cruzados. Tinha traços delicados, muito cabelo e uma barba escura e bem-cuidada. Vestia roupas menos chamativas do que as dos outros, de lã e seda de Bolonha. Não trazia espadas e nem outra arma qualquer, mas bastava olhá-lo para se compreender que era ele quem comandava o grupo.

Foi o jovem com ar esperto quem se aproximou primeiro de Molinas, afastando o mouro.

— Senhor, o meu patrão sente muito o que aconteceu e lhe pede desculpas sinceras — disse, fazendo uma leve reverência, já que o gibão não lhe permitia abaixar-se muito. Falava com um nítido sotaque italiano. — Eu me chamo Spagnoletto Nicolini e o meu amigo é Vito de'Nobili — apontou para o homem com a pistola. — Quanto ao mouro, seu nome é difícil de se pronunciar, por isso o chamamos apenas de mouro.

Molinas retribuiu a reverência sem abaixar-se muito.

— Sim, mas como se chama o seu patrão?

Foi o próprio quem se adiantou.

— Meu nome é Lorenzo da Sarzana, sou camarista no Colégio dos Lombardos de Paris. — Seu sotaque italiano era ainda mais evidente. — Sinto imensamente pelo acidente, cuja causa não foi a má-fé e sim as condições da estrada. Estou pronto a lhe ressarcir de qualquer eventual dano. — Apontou para o cocheiro, que continuava a soluçar, sentado na neve.

Molinas logo entendeu que o estrangeiro estava mentindo quanto à sua identidade. Se fosse realmente um estudante não traria consigo dois soldados e nem um negro, mesmo que se tratasse de um servo ou de um escravo. Decidiu que também mentiria:

— Eu me chamo Michel de Nostredame e sou um médico errante. Estava indo para Salon-en-Craux para oferecer os meus serviços.

— Ah, posso levá-lo — disse Lorenzo da Sarzana com extrema cortesia. — Contudo, primeiro precisamos cuidar dos cavalos. O senhor deseja que meus homens cuidem disso?

— Eu lhe agradeceria.

Os relinchos dos cavalos caídos, na verdade, já estavam ficando insuportáveis. Lorenzo deu um sinal autoritário em direção a Spagnoletto Nicolini.

— Tome conta você.

— Com prazer.

O jovem apanhou o *sfondagiaco* e caminhou na direção do primeiro dos animais feridos. Cortou-lhe a garganta com um só movimento e afastou-se um pouco para evitar respingos de sangue. O cocheiro, ajoelhado a poucos passos dali, e com as calças sujas de neve, olhou a cena sem entender muito bem. Quem entendeu tudo foi o outro cavalo, que emitiu um lamento capaz de causar arrepios, uma síntese de todo o possível sofrimento animal. Mas o relincho foi interrompido pela lâmina que lhe cortou a carótida. Spagnoletto observou os últimos espasmos daquela cabeça e recolocou o punhal no lugar, sem sequer limpá-lo. O cocheiro levantou-se, em um pulo, totalmente fora de si, e, depois, voltou a chorar. Molinas, ao contrário, admirou a habilidade cirúrgica do jovem de trancinhas. Pensou que um homem como aquele, a serviço da Inquisição espanhola, teria sido um *famiglio* perfeito. Mas, naquele momento, tinha outras coisas com que se preocupar.

Lorenzo lhe fez um gesto gentil, com a mão direita.

— Doutor Nostredame, a minha carruagem está à sua disposição. Visto que somos cinco, ficaremos um pouco apertados, mas daremos um jeito.

— Cinco?

— Bem, sim. Mouro deve ficar conosco. Antes ele ia na frente, mas agora acho que deve ceder este lugar ao seu cocheiro. Assim que o senhor tiver chegado ao seu destino, acertarei as contas com uma carta de crédito. O que o senhor acha?

— Sim, está bem.

Meia hora depois, a carruagem corria rapidamente através de uma Provença recoberta de neve. Molinas, que se sentia bastante à vontade, mesmo dentro daquele cubículo, junto com um negro, um cavalheiro um tanto suspeito e dois prováveis bandidos, não falou muito no início. Estava pensando. Encontrava-se na companhia de italianos, um dos quais, evidentemente, descendia de uma família aristocrática. Apesar disso, ele estava viajando com dois homens estranhos, certamente assassinos. Havia duas possibilidades. Ou o jovem nobre oferecia serviços de mercenário, ou os dois bandidos haviam sido contratados para protegê-lo.

A primeira hipótese podia ser tranqüilamente excluída, vista a preocupação de Lorenzo em relação à sua vítima involuntária. Só sobrava, portanto, a segunda. Mas que tipo de aristocrata italiano, em terras francesas, podia sentir-se tão ameaçado a ponto de precisar de uma escolta armada? Apenas quem tivesse ofendido uma pessoa mais importante do que ele, ou fosse responsável por algum crime, poderia ter tido necessidade de...

Repentinamente, Molinas intuiu a verdade. Na Itália havia um único fato recente que justificaria toda aquela situação. Todavia, era preciso ter certeza.

— De qual cidade provém a sua família? — perguntou, sem rodeios, ao jovem barbudo que se sentava à sua frente.

— De Florença... Isto é, mais precisamente das cercanias de Florença.

A resposta verdadeira era, com certeza, a primeira. Molinas exultou. Agora sabia tudo. O jovem com quem estava viajando era Lorenzino de'Medici, que os florentinos costumavam chamar de Lorenzaccio. Três anos antes, ele havia assassinado seu primo, Alessandro, colocado no governo de Florença por Carlos V, e que havia se revelado um tirano impiedoso. Desde então, os mercenários de Cosimo de'Medici, sucessor de Alessandro, estavam perseguindo-o por toda a Europa. Ao que se dizia, o jovem estaria na França, onde executava inspeções e missões por conta de Francisco I, seu protetor. Mas ninguém conhecia a sua falsa identidade e nem onde morava.

Molinas prestou bastante atenção em dissimular suas deduções, fingindo certa indiferença. Além disso, somente sob um determinado aspecto aquele jovem poderia ser de seu interesse. Ele era primo de Caterina de'Medici, a esposa estéril e infeliz de Henrique de Valois, que, depois da morte do Delfim Francisco, viria a ser um dia coroado rei da França. Todos sabiam que Caterina não havia chorado a morte de Alessandro. Toda a Europa havia se horrorizado ao saber que o tirano de Florença colocava os seus inimigos em celas minúsculas, onde mal entravam para lhes dar comida; uma forma de fazê-los sofrer durante mais tempo.

O pretenso Lorenzo da Sarzana sorriu para Molinas.

— O senhor está com frio, senhor de Nostredame?

— Sim. Eu sou muito sensível ao frio.

— Não se preocupe. Salon ainda está muito longe, mas faremos uma parada em alguma hospedaria no caminho, para comermos e trocarmos os cavalos. Naturalmente que o senhor é meu convidado.

— Eu agradeço muitíssimo.

— É o mínimo que posso fazer, depois do transtorno que lhe causei. Mas, fale-me de seu trabalho. O senhor é um médico diplomado, não é verdade?

— Sim, em Montpellier. Agora, como já lhe disse, ofereço meus serviços de cidade em cidade. Também trabalho com farmacêutica, cosméticos e, quando me pedem, até mesmo com questões sobre astrologia.

Lorenzino estremeceu.

— O senhor também tem conhecimentos de astrologia? Por acaso o senhor conhece Gerolamo Cardano?

— Apenas ouvi falar a seu respeito.

— E Jean Ferniel? E Cosma Ruggieri? E Agostino Nifo?

— Os dois primeiros sei que trabalham na Corte francesa, prestando serviços a Caterina de'Medici. Quanto ao terceiro, conheço somente algumas traduções que fez, do árabe. — Molinas colocou as mãos sobre os joelhos e aproximou-se do jovem. — Pelo que vejo, o senhor também entende de astrologia.

— Ah, apenas superficialmente. O fato é que...

A explicação que Lorenzino preparava-se para dar foi interrompida. Naquele momento a carruagem começou a ir mais devagar. Spagnoletto colocou a cabeça para fora da janela.

— Senhor, aqui tem uma hospedaria — disse ao seu patrão. — O cocheiro está perguntando se vamos parar.

— Sim, sim. Estamos todos precisando, principalmente os cavalos.

A hospedaria era uma construção de dois andares, com aspecto decoroso, que se encontrava isolada, em meio aos campos nevados. Para Molinas foi um verdadeiro prazer encontrar uma lareira, onde as chamas dançavam alegres e iluminavam as paredes decoradas com cenas de caça um tanto rudimentares, mas agradáveis de se ver. Como em todas as hospedarias de beira de estrada, não havia prostitutas, comuns nos centros urbanos, e, no momento, o pequeno hotel estava praticamente vazio. Os recém-chegados, inclusive o mouro e os dois cocheiros, sentaram-se em uma mesa perto do fogo.

O proprietário, acompanhado por sua esposa e por duas criadas, gritou algumas ordens para o garçom e, depois, disse:

— Já mandei trocarem os cavalos. — Apontou para a cozinha que ficava no fundo da sala. — Estávamos assando uma carne de porco com castanhas e outras frutas de estação. Sem condimentos, porque já faz um bom tempo que não temos encontrado. Contudo, também posso mandar preparar um outro prato se os senhores tiverem um pouco de paciência.

Sem consultar seus companheiros, Lorenzino levantou a mão.

— A carne de porco será ótima para esquentar o nosso estômago. Traga também um pouco de pão, de preferência branco, e queijo. Quais os vinhos produzidos por aqui?

— O melhor de todos é o vinho de Craux.

— Então traga-nos o vinho de Craux, e muito, para todos.

Assim que o proprietário se afastou, Lorenzino sussurrou para Spagnoletto e Vico: — Fiquem de olho na porta, qualquer estrangeiro que entre é suspeito. — Esperou que os dois fizessem sinal de que haviam entendido e dirigiu-se para Molinas, um tanto embaraçado. — O senhor sabe, senhor Nostredame, que desde os tempos das invasões estas terras têm sido martirizadas pelos bandidos. São ex-mercenários, camponeses que ficaram sem terra...

Molinas baixou suas pálpebras avermelhadas pelo frio.

— Sei muito bem disso.

Lorenzino ficou feliz em poder mudar de assunto:

— O senhor não sabe o quanto estou contente porque o senhor tem conhecimentos de astrologia e artes mágicas, a ponto de conhecer Nifo e os outros autores que citei. Acho que foi obra do destino nós nos encontrarmos. Veja bem; além de estudante, nas horas vagas eu presto serviços a pessoas influentes. Agora, por exemplo, fui encarregado de revirar a França...

— Encarregado por quem? — interrompeu Molinas.

— Trata-se de uma coisa sigilosa – respondeu Lorenzino, com um sorriso. — Digamos que fui encarregado por uma pessoa de alta linhagem.

— Desculpe a minha indiscrição.

— Ah, é perfeitamente compreensível. Como dizia, eu fui encarregado de encontrar um mago, um astrólogo ou um alquimista capaz de fazer uma coisa impossível.

— Ou seja?

— No ambiente da Corte há uma mulher que não consegue engravidar. A pessoa para quem estou trabalhando gosta muito dela e não gostaria de vê-la expulsa como acontece nesses casos. Ele, então, me contratou para encontrar alguém que conhecesse as artes ocultas e pudesse restituir a fertilidade à sua protegida. Eu estava indo para Milão, falar com o famoso Gerolamo Cardano. Depois, me disseram que em Bordeaux o farmacêutico Bandon é especializado em poções que imobilizam o útero e o enchem de sucos. Quando nos encontramos, daquela forma tão desagradável, estava indo para lá.

Os criados haviam trazido o vinho, e Molinas esperou até que as garrafas e os copos fossem colocados no centro da mesa. Dentro de si, estava exultante. Era claro que a mulher em questão era Caterina de'Medici e que o seu protetor secreto era o próprio Francisco I. Todavia, ainda não sabia como lidar com aquele mar de paixões e usá-lo em benefício próprio. Intuía que deveria transformar Lorenzino em um agente dócil e confiável.

Mas para isso não lhe bastava apenas conhecer suas intenções ocultas. Ele precisava de um instrumento que o tornasse seu escravo: uma mulher.

Esperou que Spagnoletto servisse o vinho para todos e, então, disse:

— Se entendi bem, senhor Lorenzo, o senhor acha que eu sou a pessoa que lhe pode ser útil.

— Isso mesmo. Sinto que é.

— Mas eu não posso vir com o senhor, de imediato, seja lá onde for. Tenho negócios para tratar em Salon. Precisarei ficar lá alguns dias.

— O importante é que depois o senhor possa vir me encontrar — disse Lorenzino, esvaziando o copo com um gole só e servindo-se de mais vinho. Seu rosto ganhara cor. Era óbvio que não agüentava beber muito.

Molinas percebeu essa alteração no rosto do nobre e tentou se aproveitar da situação.

— Em Salon, devo encontrar-me com uma jovem senhora que, para dizer a verdade, não precisa da minha ajuda médica. Ela casou-se há pouco tempo com um velho decrépito e já está sentindo a dor da abstinência. Mais do que remédios, ela está, realmente, precisando de um amante vigoroso.

Os olhos de Lorenzino iluminaram-se.

— E como é essa senhora? — O jovem esvaziou o segundo copo de vinho e já avançava novamente em direção à garrafa.

— Ah, é extremamente bonita. Acho que seu corpo está na mais perfeita ordem. Só precisa ser incitada.

Molinas estava contando com os excessos típicos da idade de Lorenzino, com a abstinência a que, certamente, sua vida errante o impelia, e... com a cumplicidade do vinho de Craux. O resultado superou as suas expectativas.

— Sabem de uma coisa, amigos? — gritou o jovem, olhando para os seus companheiros com olhos bem vivazes.— Ficaremos em Salon até que o senhor de Nostredame tenha dado suas consultas. Eu estarei presente para ajudá-lo a confortar a infeliz mulher que se chama... Como é mesmo o nome dela?

— Anne Ponsarde — respondeu Molinas. Mas sua voz foi sufocada pelo barulho das bandejas, cheias de carne assada, que estavam sendo colocadas sobre a mesa.

O tempo dos monstros

Michel reconheceu a farmácia à qual se dirigia, construída às margens de Valence-des-Allobroges, perto do Ródano, com um letreiro representando uma serpente. O farmacêutico, um senhor idoso de nariz grande e ar paternal, acolheu-o com gentileza e examinou o pedaço de âmbar cinza que Michel lhe mostrava.

— Meu amigo — disse, logo depois — comprarei o seu produto, cuja qualidade é excelente. Porém, usando de toda franqueza, o senhor não espere que lhe pague muito, já que é um produto difícil de trabalhar...

— Eu, porém, tenho alguns elixires já prontos — disse Michel, apontando para o saco que havia colocado perto do balcão. — Perfumes, afrodisíacos e ungüentos para acabar com a esterilidade e a frigidez femininas. Tudo aquilo que lhe possa ser útil.

A expressão do farmacêutico era de tristeza.

— O fato é que não sei se realmente preciso de seu âmbar. Hoje em dia não são os cosméticos os produtos mais procurados, a não ser aqueles para tingir de louro os cabelos das senhoras.

Michel sentiu-se levemente desesperado. Nos primeiros

meses de sua vida de andarilho pela França meridional, a venda do âmbar cinza e dos cosméticos que preparava com ele lhe havia garantido a subsistência. Além disso, naquela época, sua bolsa estava cheia de moedas. Bandon lhe havia pago regiamente pelo *Poculum amatorium ad Venerem*, que havia trazido felicidade à vida daquela jovem esposa abandonada e, com aquele dinheiro, Michel havia podido deixar Bordeaux, apesar da insistência do farmacêutico para que ele permanecesse em sua loja.

A sua reserva de âmbar, entretanto, começava a extinguir-se, a cada venda ou consumo que Michel fazia. Além disso, durante o inverno o produto, embora ainda fosse muito procurado, podia ser encontrado com mais facilidade, o que fazia com que seu preço despencasse. Michel não havia levado em consideração esse fator e, agora, tentava aumentar os próprios ganhos oferecendo seus serviços de médico errante.

Àquela altura encontrara uma nova e inesperada dificuldade. O edito de Fontainebleau, assinado por Francisco I, em junho, havia envenenado a vida social de toda a França. Havia muitos médicos hebreus, e outros tantos que eram huguenotes. A hostilidade do povo, atiçada pelo edito que clamava a punição de toda forma de heresia, dirigira-se, também, contra eles. Michel havia encontrado hospitais fechados porque os médicos haviam sido acusados de matar os pacientes fiéis ao papa e muitas farmácias ficaram abandonadas depois que seus proprietários fugiram. Vinha caminhando a pé como um mendigo, carregando o fardo de suas coisas e aquele, muito mais pesado, de seus remorsos.

— Posso fabricar cosméticos de todos os tipos, remédios e até geléias — disse, envergonhado por ter que insistir tanto. — Algumas receitas só eu conheço.

O farmacêutico balançou a cabeça.

— Estamos em uma pequena aldeia, não há uma grande demanda. Talvez em Vienne o senhor possa encontrar compradores. Há médicos famosos que moram lá. — Pareceu que, de repente, viera-lhe à cabeça uma idéia. — Se o senhor tivesse alguns monstros...

— Monstros? — perguntou Michel, bastante surpreso.

— Sim, como aqueles. — O farmacêutico apontou, atrás dele, para uma fila de grandes urnas de vidro que Michel não notara ao entrar. Quando viu do que se tratava, Michel sentiu um calafrio. Em um dos vasos estava um feto, certamente humano, mas com quatro pernas, duas maiores e duas menores. Flutuava dentro de um líquido que parecia feito à base de vinagre e apertava contra o vidro seus pequenos olhos esbugalhados. Na urna ao lado estava uma cabeça de bezerro, cortada e sem os olhos. Havia ainda um frango com asas de pássaro, uma lagartixa exageradamente comprida e outros horrores do gênero. No último vaso não havia nenhum líquido, mas somente um corpinho humano com uma cabeça de galo e dois rabos de serpente no lugar dos pés.

Michel, ao ver a última figura, não pôde conter sua emoção.

— O que é aquela... aquela coisa? — perguntou, quase gaguejando.

O farmacêutico levantou os ombros.

— Ah, aquela é a única criatura artificial da minha coleção. É a estatueta de gesso de uma divindade antiga, chamada *Abrasax*.

Michel sentiu o coração acelerar. Em uma fração de segundo, ele reviu a cena que pensava ter esquecido para sempre. A cortina de fogo em forma de círculo, em torno do pentágono traçado sobre o pavimento, os olhos gélidos de Ulrico e os olhos aterrorizados de seus companheiros, que ficaram fora do círculo. Depois, o adensamento de uma névoa escura, em meio a qual se insinuava uma criatura assustadora, com uma enorme cabeça de galo...

Não conseguiu evitar que sua mente pronunciasse o nome

odioso daquele demônio: *Parpalus*. Sua simples evocação causou-lhe uma pressão sobre a cabeça como se ela fosse explodir. Pensou que iria desmaiar. Depois, de repente, a lembrança desvaneceu e, com ela, toda a dor. Viu-se obrigado a apoiar-se ao balcão da farmácia, pois suas pernas tremiam. Em um instante, sua lucidez voltou. Quanto tempo teria passado? Aparentemente, nenhum.

O farmacêutico, que lhe havia virado as costas, com certeza não percebera a agitação de Michel. Apontou para as outras urnas.

— É este tipo de material que as pessoas querem. Monstros humanos e animais. Não sei por que, mas não há nenhuma família importante que não peça alguns destes monstros revoltantes para exibir em seu escritório ou mesmo na sala.

Michel engoliu em seco várias vezes. Somente quando teve certeza de que sua voz estava normal, ousou dizer, em tom muito sério:

— Tempo de monstros é anúncio de tempos de guerra e calamidades. Não há erro.

— Então vamos ter tempos muito duros. Um viajante me contou que em março, em Sarzana, na Itália, nasceu um menino com duas cabeças. Sabe-se que o solo da Itália está inundado com o sangue da guerra civil. Se o senhor tiver razão, isso significa que estamos à beira de outras tragédias.

—Michel levantou uma das mãos, tranqüilo por ver que ela não tremia. Parecia que nada lhe havia acontecido.

— Em geral, isso estaria correto, mas muitas vezes um parto monstruoso pode dizer respeito a um destino individual. Talvez, neste exato momento, alguma pessoa tema algum tipo de ameaça proveniente de Sarzana ou, de alguma forma, ligada a ela.

— E como ela pode ter certeza?

— Interpretando os sinais que atravessam o seu caminho. O futuro é desconhecido, mas deixa seus rastros até mesmo no passado, com o qual ele se confunde, fora do universo visível. Um homem atento e sensível pode seguir estes rastros e lhes atribuir um significado. Contudo, serão sempre símbolos a serem interpretados, porque a sua esfera não é humana.

O farmacêutico emitiu um som de admiração.

— Minha mãe, pelo que vejo o senhor entende de filosofia oculta. O senhor conhece Cornelio Agrippa?

— Sim, mas não gosto dele. Tudo aquilo que a Igreja condena para mim é desprezível.

— É, mas se o senhor renunciasse a esse tipo de preconceito poderia ganhar uma fortuna. Junto com a paixão pelos monstros, os meus clientes também cultivam o interesse pelas artes mágicas, a astrologia e tudo aquilo que possa dar um sentido à confusão na qual estamos vivendo nestes últimos tempos.

— É típico dos momentos de grande desvario, quando o futuro torna-se incerto. — Michel, que já havia voltado ao completo controle de si mesmo, falou em tom decidido. — Não, eu não me interesso mais por magia ou bruxaria, mesmo tendo-o feito no passado. Agora o meu único interesse é ganhar o suficiente para sobreviver, depois que acontecimentos trágicos turvaram a minha existência.

O farmacêutico entusiasmou-se ainda mais.

— Mas é disso mesmo que eu estou falando! Hoje em dia essas disciplinas astrais e divinas rendem muito mais do que a medicina e a farmacêutica! E lhe digo mais: elas permitem que pessoas de classe baixa ascendam a uma situação de honra e respeitabilidade, coisa que, até alguns anos atrás, seria impensável. — Baixou a voz. — O senhor quer um exemplo concreto? O senhor pode andar por toda Valence que não vai encontrar nenhum judeu, convertido ou não. A cidade já havia se livrado deles há tempos, e o edito de Fontainebleau, mesmo não sendo dirigido contra eles, ajudou o povo a colocar para fora os últimos que ainda existiam. E, mesmo assim, há um hebreu que ninguém ousou tocar. Ele é convertido sim, mas à fé huguenote. O senhor sabe por que ele ficou imune à perseguição?

— Posso imaginar — murmurou Michel, muito atento, mas também muito cauteloso.

— Porque tem a fama de ser um mago e um profeta — concluiu o farmacêutico. — Isto faz com que ele seja honrado, consultado e tratado como um igual pelas maiores autoridades da cidade. O prelado real adora estar com ele, e o próprio bispo o recebe. Como o senhor pode ver, com a sua cultura de necromante o senhor pode ganhar muito mais do que esta miséria que recebe por suas receitas de beleza.

Michel sentia-se tentado, mas temia que o pesadelo voltasse. Respondeu em tom quase mal-educado.

— Eu estou aqui para lhe vender este âmbar cinza, em pleno mês de agosto. O senhor o quer ou não?

O farmacêutico inclinou a cabeça como se o estivesse criticando.

— Sim, claro que quero. Espero, porém, que o senhor reflita quanto ao que lhe disse. Preciso de um astrólogo aqui na loja.

— Quanto o senhor me oferece pelo âmbar?

— Muito pouco, como já lhe havia dito.

— Qualquer quantia para mim está bem. Como o senhor pode ver pelas roupas que estou usando, estou precisando urgentemente de dinheiro.

O farmacêutico remexeu seu bolso e depois deixou cair nas mãos de seu visitante alguns torneses. Era muito menos do que Michel esperava. Mas ele não protestou. Deixou o último pedaço de âmbar sobre o balcão e foi embora.

Já estava longe quando o farmacêutico gritou:

— Não se esqueça da minha oferta! — Depois acrescentou: — Para onde o senhor pretende ir?

Michel virou-se.

— Para Vienne, como o senhor me sugeriu.

— Procure o doutor Francisco Valeriola. É um bom amigo meu e um homem de grande talento.

— Obrigado — respondeu Michel. Saiu e retomou o seu caminho doloroso à beira do Ródano.

Agora que tinha algum dinheiro no bolso poderia procurar uma hospedaria para comer, mas preferia aproximar-se o mais possível de Vienne. A sua mente estava confusa, e ele acreditava que, somente se afastando do lugar de seu pesadelo, poderia se sentir liberado.

A luz intensa do sol de meio-dia, refletida sobre as águas do rio, suscitou-lhe, porém, uma outra visão. Um mês antes, em um sonho a olhos abertos, ele vira uma grande nuvem pairar sobre Montpellier, revelando três sóis perfeitamente alinhados. Havia compreendido logo que os três astros representavam os rostos que povoavam suas noites insones: os de Magdelène, René e Priscille. Esperou que a voz daquela criatura, que não queria deixá-lo, lhe sussurrasse, invisível, o significado daquela alucinação. Porém, antes daquela visita angustiante, ele havia conseguido se esquivar daquele pesadelo.

Agora, parecia que o delírio havia novamente se imposto, por detrás daquele sol escaldante. Forçou sua mente a voltar à racionalidade. Pensou no dinheiro que já estava acabando e na forma como havia se embrutecido. A tentativa deu certo, e foi com alívio que Michel pôde concentrar-se em reflexões mais úteis.

O farmacêutico lhe havia dito a verdade. Enquanto a alquimia continuava limitada a um círculo restrito de sábios, a astrologia e a magia natural estavam conhecendo uma popularidade inesperada. Livros de astronomia, como os do conhecidíssimo Johannes Stoeffler, almanaques de profecias, e tratados prenunciando perigosas conjunções astrais, passavam de mão em mão, chegando, até mesmo, às classes incultas. Astrólogos e videntes atuavam em toda a França, indo de cidade em cidade para adquirirem fama, na esperança de serem convidados para a Corte.

Pelo que se dizia, a moda teria começado com a entrada na família real de Caterina de'Medici, esposa do Delfim Henrique de Valois. Era mais do que sabido que os Medici eram particularmente sensíveis à astrologia. Mas Michel estava convencido de que o triunfo de tais artes era fruto da incerteza e do terror. Ninguém melhor do que ele para afirmá-lo. Dentro dele, as ciências ocultas, as incertezas e o terror coincidiam perfeitamente.

O sol já estava se pondo, quando esbarrou em um grupo de soldados, a pé, guiado por um cavaleiro. Embora os homens não tivessem armaduras, não pareciam ser nem bandidos e nem gente dispersa. Pareciam ser jovens camponeses nem um pouco confortáveis naquele papel: alguns deles apoiavam-se aos arcabuzes, como se fossem bastões, e outros mantinham sua espada levantada, de forma muito estranha, para evitar tropeçarem nela.

Michel foi ao encontro do comandante, que também vinha a pé, puxando o cavalo pelas rédeas.

— Desculpe-me, senhor, mas a cidade de Vienne ainda está muito longe?

O oficial era um homem alto, com uma cascata de cabelos pretos e encaracolados que descia até os ombros, cobertos por uma capa muito elegante. Antes de responder, observou Michel, com grande curiosidade.

— O senhor ainda é jovem — comentou — e, mesmo assim, usa roupas desbotadas e sapatos furados, embora de boa qualidade. Como o senhor se chama?

— Michel de Nostredame.

— O senhor usa um estranho chapéu. Não é daqueles que são entregues em certas faculdades de medicina?

Michel tocou a borda de seu chapéu quadrado com pompom vermelho.

— Sim, diplomei-me como médico na Universidade de Montpellier.

— É exatamente de um médico que precisamos. O senhor é católico, espero.

— Católico romano — respondeu Michel, um tanto irritado com todas aquelas perguntas.

O outro esboçou uma reverência, fazendo oscilar seu longo bigode.

— Deixe que me apresente. Meu nome é Antoine Scalin des Aymars, barão de La Garde, capitão das galeras do Levante.

Michel temia ter encontrado um recrutador, daqueles que obrigam marinheiros completarem, à força, a tripulação de galés da frota francesa. Afastou-se, quase automaticamente, mas logo percebeu que a sua preocupação não fazia sentido. Estavam bastante longe do mar, e aquele grupo de infelizes não se parecia nem um pouco com uma tripulação.

O barão de La Garde provavelmente intuiu as suas preocupações, pois lhe sorriu:

— Fique tranqüilo, não estou procurando homens para os remos. Estou recrutando, sim, mas voluntários de comprovada fé católica. O senhor, com certeza, sabe o que está acontecendo no monte Luberon.

Michel, ao contrário, não fazia a menor idéia do que se tratava e não tentou escondê-lo.

— Tudo que sei é onde Luberon fica. É na Provença, não é verdade?

— Sim. A leste de Salon-en-Craux e ao norte de Aix. A heresia está imperando por ali e oprimindo os verdadeiros cristãos. Os valdeses estão reagindo à tomada de suas terras por comunidades católicas e estão punindo aqueles que se empossaram de seus bens. Até pouco tempo atrás nos víamos obrigados a mandar nossas rogativas para Paris, mas o edito de Fontainebleau nos deu via livre. Estou percorrendo o Ródano tentando agrupar um exército capaz de punir esses infiéis.

Michel observou, com um certo ar de crítica, aquele pequeno grupo de camponeses travestidos de guerreiros, que seguia o cavaleiro. A maioria, já cansada, mesmo com poucos quilômetros de viagem, havia aproveitado para sentar-se sobre a grama. Todavia, ele não ousou tecer comentários.

— O senhor tem terras por lá? — perguntou.

— Bem, sim. Moro em Salon, quando não estou no mar, e tenho algumas terras nas montanhas que me foram arrancadas pelos heréticos. Mas não pense que estou sendo movido por interesses pessoais. Trata-se de uma nova cruzada que está para acontecer, e acredito que serão necessários voluntários de toda a zona meridional. Ter um médico em meu grupo seria algo precioso.

Chegara o momento crucial, no qual Michel deveria recusar o convite. Por sorte, o farmacêutico de Valence, mesmo sem querer, lhe havia fornecido um bom pretexto. Abriu os braços, o tanto que lhe foi possível, visto o enorme saco que carregava.

— Eu o seguiria com prazer, senhor barão, mas devo chegar a Vienne de qualquer forma. O meu atual mestre, Francisco Valeriola, trabalha lá. Escolheu-me para seu assistente e devo ir ao seu encontro.

O oficial pareceu não se importar. Aliás, abriu um grande sorriso, iluminado por aqueles últimos raios de sol.

— Francisco Valeriola? Ah, é um grande amigo meu. O senhor teve muita sorte. Não há ninguém tão sábio quanto ele em toda a região e, talvez, em toda a França. Peço-lhe que o cumprimente em meu nome.

— Eu lhe prometo, senhor barão — respondeu Michel, satisfeito por ter-se saído bem.

— Obrigado. Exijo, porém, que o senhor me faça uma promessa solene. Assim que tiver terminado o seu trabalho com o doutor Valeriola, venha encontrar-me. Gostei do senhor, e algo me diz que é o tipo de pessoa de que estou precisando. Saiba que o estarei esperando.

— Onde, exatamente?

— Sobre o monte Luberon, é claro.

— Sim, mas em que lugar?

O sorriso do barão transformou-se em uma careta um tanto feroz.

— O lugar não importa. Onde quer que o senhor escute o pranto de um herético, esteja certo de que passei por ali. Para me encontrar, basta que o senhor siga os rastros dos incêndios.

Michel arrepiou-se. Colocou seu saco sobre os ombros e continuou seu caminho pela estrada, depois de ter murmurado:

— Boa sorte, senhor barão.

Não ouviu a resposta. Já ia longe quando escutou o cavaleiro gritar, como uma besta enlouquecida, para seus soldados:

— Em pé, plebeus sarnentos! O que estão achando? Que já chegamos? Rápido, rápido, seus malditos pulguentos!... Assim está melhor. Mas fiquem sabendo que nem as espadas e nem os arcabuzes são muletas!... E os senhores pretendem tornar-se cruzados? Que Deus nos proteja dos heréticos!

Quando Nostradamus chegou em Vienne já era noite, passada a hora que nos conventos é chamada de *completa*. Toda a população já se encontrava dormindo, somente as tabernas ainda estavam abertas e iluminadas. Entretanto, ele continuava sem apetite e preferia procurar uma hospedaria onde passar a noite. Assim que encontrou uma, entrou sem hesitar.

Como em todos os locais desse gênero, no térreo ficava uma taberna que estava superlotada. Abriu caminho a cotoveladas em meio a uma multidão composta de estudantes, comerciantes, soldados e artesãos, além de personagens com uma atividade um tanto incerta e bastante suspeita. Havia, ainda, um grupo de frades franciscanos, completamente bêbados. As numerosas prostitutas estavam, quase todas, com os seios de fora e, evitando as carícias, tentavam levar os clientes para o andar de cima.

Quando Michel, finalmente, conseguiu aproximar-se do proprietário, foi recebido com um olhar de desdém.

— Os mendigos dormem no estábulo, mas ele já está cheio.

Tentando falar mais alto do que o som dos barulhos e risadas, Michel gritou:

— Tenho meios para pagar e, se quiser, posso pagar tudo agora. Preciso de um quarto para passar uma noite.

A expressão de repugnância do proprietário tornou-se um pouco menos agressiva.

— Se o senhor tem como pagar, então é bem-vindo, mas talvez não tenha o suficiente para pagar um quarto. As moças precisam deles para seu trabalho. Posso liberar um para o senhor, mas preciso ter certeza de que não vou perder dinheiro. Quanto o senhor tem?

Muito embora estivesse sendo empurrado por todos os lados, Michel conseguiu mostrar aqueles torneses que possuía.

O proprietário balançou a cabeça.

— Não é suficiente. Ou melhor, por uma noite até poderia ser, mas as moças podem me fazer ganhar mais. O senhor conhece alguém aqui na cidade?

— Sim — exclamou Michel, já ensurdecido. — O médico Francisco Valeriola. Eu vim à sua procura.

O proprietário pareceu estarrecido. Depois de alguns segundos, agarrou o estranho pelo braço e o acompanhou até a escada de madeira que levava ao andar de cima. Ali, sentia-se todo aquele barulho, mas com muito menos intensidade.

— Posso lhe oferecer este quarto — disse, apontando para uma porta. Retirou um candelabro que estava apoiado a uma parede e brilhava com a chama de um pequeno pedaço de vela e, depois, abriu a porta. O teto era baixo, a cama estreita, mas, no geral, um ambiente acolhedor.

— Está bom para o senhor? — perguntou o proprietário.

— Está ótimo.

— Posso lhe perguntar seu nome?

— Michel de Nostredame, médico, e venho de Saint-Rémy.

— Acomode-se. — O proprietário colocou o candelabro sobre uma cadeira e retirou-se, fechando a porta.

Meia hora depois, Michel estava tentando fechar a janela, de forma a atenuar o barulho que vinha dos outros quartos, quando ouviu alguém bater na porta. Pensou que fosse, novamente, o proprietário.

— Entre — disse, sem desviar o olhar da janela. — O que o senhor ainda deseja?

Quando se virou, viu um homem de baixa estatura, quase um anão, que se apoiava à haste de madeira da porta.

— O senhor é Michel de Nostredame? — perguntou aquela espécie de gnomo, com uma voz baixa e profunda.

Michel ficou observando o perfil delicado do homem, escuro sobre um fundo intensamente iluminado.

— Um seu criado. E o senhor, quem é?

— Francisco Valeriola — respondeu o gnomo, com um tom alegre. — E o senhor nem imagina o prazer que tenho em conhecer o consultor particular da futura rainha.

Michel ficou tão desconcertado, que precisou achar uma cadeira e despencar nela.

Os pardieiros de Paris

Aquele animal adormecido em Molinas, que ele se esforçava em controlar, usando a força de sua fé, às vezes parecia querer acordar. Como agora, por exemplo, enquanto, no luxuoso apartamento parisiense dos cônjuges Beaulme, ele esperava que Anne Ponsarde, antes conhecida como Gemealle, e Lorenzino de'Medici terminassem seu duelo amoroso.

Já esperava há quase duas horas, sentado sobre um arquibanco. Estava começando a perder a paciência. Além do tédio, também havia aquele frio intenso, de um outono chuvoso, para atormentá-lo. Ele se encontrava em um corredor, onde, ao contrário dos quartos, não havia nenhuma lareira. Molinas estava sentindo muito frio, mesmo já tendo trocado sua capa preta, mais do que consumida, por uma forrada de veludo.

O animal dentro dele havia começado a se manifestar, quando percebeu que a porta do quarto estava apenas encostada, e que bastaria que ele se abaixasse um pouco para assistir às efusões dos dois amantes, ainda que de forma um pouco confusa. No início, conseguiu resistir à tentação, mas, aos poucos, aquela ânsia de olhá-los tornou-se irresistível. Havia começado dentro de Molinas uma luta feroz entre o rigor, que há anos ele vinha se impondo, e os desejos carnais que jamais havia conseguido domar. A evocação do Cristo visigodo, que governava a sua conduta, não estava adiantando de nada. A carne havia ganho a batalha, e ele começou a espiar, sufocando o terror de ser descoberto.

Na realidade, tratava-se de um espetáculo miserável. Afundados no colchão de uma cama coberta com cortinas, os dois amantes mal conseguiam ser vistos. O mais visível era o corpo jovem e magro de Lorenzino, que a Molinas não interessava nem um pouco. Aliás, cada vez que aparecia, Molinas tratava de se endireitar. De vez em quando, porém, o corpo sensual de Anne aparecia, justificando a longa espera. Ele a viu em posições que nenhuma dama de boa família jamais teria ficado e que os confessores nunca iriam proibir porque sequer as conheciam.

Molinas, embora escandalizado com a luxúria da mulher, também sentia uma culpa que não conseguia sufocar. Assim, ele teve que suportar uma espera desesperadora, que havia previsto não superar os quinze minutos, mas que, ao contrário, parecia não terminar nunca, como se as forças mais terríveis do inferno tivessem se reunido dentro daquele quarto.

Finalmente, um barulho de passos, no corredor, obrigou-o a se recompor. Era Spagnoletto Nicolini, que o olhou com certa ironia.

— Ainda por aqui? Mas o senhor não está com frio?

— Estou com frio, sim — respondeu Molinas em tom rancoroso. — Seu patrão, porém, pediu-me que o esperasse.

No rosto do mercenário apareceu uma expressão de sardônica simpatia.

— Talvez o senhor não saiba, mas quando o meu patrão está com uma mulher, o tempo para ele não existe. Com certeza isto se deve ao seu vigor juvenil e à energia que ele vem conservando nos últimos anos.

Molinas pensou na energia que, ele próprio, vinha contendo há uns vinte anos e que lhe inundava a cama todas as vezes em que lhe vinham à mente imagens pecaminosas. Fechou a cara e tentou desviar a conversa para assuntos de natureza mais prática e inocente:

— Onde está o senhor Beaulme?

— O velhote? Está lá embaixo. Dorme quase o tempo todo, e, quando acorda, o mouro lhe enche de vinho. Assim, ele volta a dormir.

— Os senhores deixaram as janelas abertas?

— Ah, sim. Na sala onde está Beaulme faz um frio terrível, e a chuva está entrando em cascatas, tanto que o pavimento está inteiramente alagado. O mouro se lamenta o tempo todo.

— E o velho, está tossindo ou escarrando?

— Que nada. Dorme tranqüilo, perdido na sua bebedeira. Acredite-me, caro doutor, o vovô Beaulme vai viver pelo menos mais uns vinte anos.

As vozes devem ter sido ouvidas no quarto, porque Lorenzino apareceu à porta, completamente nu, cobrindo o pênis com a mão. Atrás dele estava Anne, vestida apenas com o corpete e com um ar de serenidade quase beata.

— Quem está conversando bem aqui na porta? — o jovem de'Medici gritou. — Depois viu Molinas sentado e enrubesceu. — Ah, desculpe-me! É verdade, agora me lembro: pedi-lhe que me esperasse... Espero que o senhor não tenha me levado a sério...

Molinas olhou para ele sem demonstrar nenhuma expressão.

— Não se preocupe, mas, por favor, me diga por que precisa de mim.

— Estou desolado, realmente desolado — murmurou Lorenzino, e podia se ver que estava sendo sincero. — Tenha só um pouco mais de paciência. Vou vestir-me e venho lhe explicar do que se trata.

O jovem voltou para o quarto com a bela mulher e, desta vez, trancou a porta. Spagnoletto deu uma boa risada.

— Tente entendê-lo, doutor. O senhor já deve ter compreendido que ele é um homem procurado. Tem direito a um pouco de distração.

— Entendo perfeitamente — respondeu Molinas.

— Eu vou voltar para perto do velho e tentarei resfriá-lo da melhor forma possível. Na verdade, acho dispensável todo este trabalho. Quando o senhor quiser, eu o estrangulo, e pronto.

— A lei de Deus proíbe os delitos, e a dos homens os pune.

— Como quiser. Nos veremos mais tarde.

Molinas, dentro de si, compadeceu-se da simplicidade mental do mercenário. Em meio ao marasmo daqueles tempos, havia desaparecido qualquer maneira de se distinguirem os pecados venais daqueles mortais. Matar alguém era um pecado mortal; ultrapassava, portanto, os limites de um pecado venal. Da mesma maneira, quando ele, Molinas, olhava as partes íntimas de uma mulher, cometia um pecado venal, mas, se liberasse a sua libido, estaria cometendo um pecado mortal. A Inquisição espanhola, por acaso, não entregava à justiça secular a execução de suas sentenças de morte, aliás sempre ocultas por trás de expressões piedosas? Dessa forma, mantinha-se limpa. Todavia, não era fácil explicar tais conceitos às pessoas que se nutriam das idéias libertinas que andavam em circulação na Europa.

Lorenzino reapareceu, enquanto Molinas estava imerso em seus pensamentos, dos quais saíra à custa de grande esforço. O jovem de'Medici, que já há dois meses havia entendido que aquele que ele acreditava ser Nostredame já conhecia a sua verdadeira identidade e o havia admitido abertamente, vestia um casaco preto com um colarinho bordado e carregava uma pequena espada que, devido ao fato de ser inócua, era permitida, lógico, apenas aos aristocratas. A seu lado estava Anne, com um vestido cinza, bastante simples, que teria combinado bem com a sua futura condição de viúva, não fosse o decote exagerado.

Lorenzino acariciou seus cabelos, agora louros graças à tintura, e lhe deu um pequeno beijo na face.

— Pode ir, minha querida. Nos vemos hoje à noite.

— Estou contando com isso — respondeu a moça. Deu um olhar um tanto inquieto em direção a Molinas e desapareceu no fundo do corredor.

Lorenzino pôs-se de frente para o espanhol, que se levantou de imediato.

— O senhor sabe — disse ele — que já faz algum tempo que informei minha prima, Caterina, quanto à sua capacidade e seus conhecimentos. Mas existe algo que não lhe contei e que é uma das tantas coisas de que devo me desculpar.

— Deixe as desculpas para lá. Continue — replicou Molinas. O frio que estava sentindo o deixava um tanto rude, e não sabia como controlar-se.

— O que lhe devia contar, aconteceu na primavera passada, quando fui ver minha prima em Amboise, onde a Corte está quase sempre alojada. Seguindo as suas instruções, sussurrei aos magos e astrólogos que rodeiam minha prima, tentando curar a sua escandalosa esterilidade, a palavra que o senhor me sugeriu. *Ambra*...

— *Abrasax*.

— Exato, essa mesma. Ninguém pareceu entender, a não ser um homem que não é nem vidente e nem astrólogo. Trata-se de um médico de Valence, Francisco Valeriola, que, ao que parece, é muito famoso.

— Ele escreveu livros importantes, principalmente sobre como curar as pestes.

— Exato. Ele se encontrava na Corte, chamado pelo rei Francisco, justamente por causa da sua fama. O rei acreditava que ele pudesse tornar Caterina fértil. Quando me ouviu falar em *Abrasax* ficou muito emocionado. Fez-me um monte de perguntas que, obviamente, eu não soube responder. Nos dias que se seguiram, fiquei sabendo que ele havia falado sobre o senhor, Michel de Nostredame, com minha prima, sugerindo-lhe que o consultasse. Ele o apresentou como sendo um sábio extraordinário.

— Mas se ele nem sequer me conhece! — protestou Molinas.

— Ah, é? E mesmo assim parece que o seu nome lhe era familiar. De qualquer forma, tudo indica que esta palavra *Abrasax* é do conhecimento de muitos poucos, e que estes poucos se ajudam uns aos outros. O senhor poderia me dizer o que significa?

— Não — respondeu Molinas, e esta era a pura verdade. Depois acrescentou: — Imagino que agora Caterina de'Medici queira me ver em Amboise.

— Ela realmente gostaria, mas não pode recebê-lo. Não agora — Lorenzino parecia embaraçado. — O seu sobrenome, desculpe-me dizê-lo, parece ter uma origem hebraica, como o senhor mesmo me confirmou. Neste momento, minha prima não pode receber um Nostredame, nem um Benveniste, nem um Levites. O edito de Fontainebleau, neste verão, mesmo que indiretamente, decretou uma única religião na França. Sei que é a religião que o senhor professa, mas as suas origens hebraicas impedem o seu contato com a Corte.

Interiormente, Molinas estava feliz. Se as coisas se encontravam nesse pé, isso queria dizer que aquela pecaminosa tolerância de Francisco de Valois estava acabando. Todavia, fingiu sentir-se humilhado.

— Então, sobre o que o senhor queria me falar?

— As palavras são supérfluas. Venha comigo, e o senhor saberá. Prepare-se para uma viagem na profunda e secreta Paris. Dê-me apenas o tempo de preparar a minha carruagem.

Molinas sentiu-se enormemente feliz por poder sair do gelo daquele corredor. Não que lá fora estivesse melhor. A chuva caía aos borbotões, colocando em risco a solidez dos telhados.

A rua era uma espécie de rio que carregava imundícies de todo tipo. E um vento frio, de arrepiar, batia contra as fachadas das casas de uma cidade habituada à chuva, mas não ao rigor de um inverno precoce.

Na carruagem, sem brasões, sentaram-se, além de Molinas e Lorenzino, o mouro e Vico de'Nobili, todos encharcados. Vico não estava portando armas, mas a capa cinza que ia até seus joelhos deixava intuir o perfil de uma adaga e o de uma pistola grande, colocada no cinto.

A carruagem partiu, sob aquele dilúvio. Molinas conhecia pouco a geografia de Paris, mas, depois de um tempo, apesar da pouca visibilidade, percebeu que estavam deixando as Tuileries e descendo em direção à margem direita do Sena. Por aqueles lados, há quase dois séculos, concentravam-se todas as formas de marginalidade e miséria que uma cidade grande demais poderia hospedar; as mesmas cuidadosamente descritas e catalogadas, quanto à Itália, pelo *Speculum cerretanorum* de Teseo Pini e, quanto à Alemanha, pelo anônimo *Liber vagatorum*.

Era às margens do rio que se condensavam as chamadas "cortes dos milagres": aglomerados de cabanas e barracos que cresciam em estratos que se sobrepunham, criando entrelaçamentos tão complexos e tortuosos que nem sequer o *guet soldé*, formado por poucos gendarmes encarregados da ordem, ousava entrar. Um temor semelhante também paralisava a *maréchaussée*, a polícia a cavalo periodicamente chamada de volta à cidade, pelo Grande Prelado de Paris.

Além disso, durante aqueles meses de 1540 a já modesta força policial parisiense estava empenhada em reprimir o *Grand Tric* (do alemão *Streik*, depois transformado em *Tric*): uma greve geral dos tipógrafos que, iniciada em Lion um ano antes, havia chegado à capital. Francisco I ficara tão perturbado que, através de um edito, havia proibido aos *compagnons* tipográficos de se reunirem em assembléias, de terem pretensões salariais e de se juntarem em corporações. A aplicação da lei, entretanto, havia ocupado todo o tempo da polícia, deixando o caminho livre para a sociedade de mendigos e criminosos.

Para as "cortes dos milagres", desde aquelas maiores, reunidas em torno do Pont Neuf, até as menores, aquele era, portanto, um período de festa. Molinas pôde percebê-lo, assim que viu a carruagem entrar pelas ruelas da região próxima à prisão de Châtelet, sede histórica de uma associação criminosa que dentro do cárcere tinha sua escola e seu destino. Sob os letreiros das tabernas estavam enormes grupos de ciganos que, tempos atrás, a cidade seria capaz de pagar para que ficassem fora das muralhas. Ao lado deles havia todo tipo de mendicância: desertores que ainda vestiam farrapos de seus antigos uniformes, prostitutas velhas e jovens com uma expressão esperta demais ou ausente demais. Todos estavam esperando que a chuva passasse para voltarem para as ruas e retomarem suas ambíguas atividades.

A casa em frente onde a carruagem parou, situada entre uma hospedaria fechada e um depósito velho, não era nem um pouco diferente das outras quanto ao seu esqualor e à sua decrepitude. Sua base era feita de pedra, sobre a qual o tempo havia colocado estruturas de madeira que se sobrepunham até formarem uma espécie de sinistra torre de Babel.

— O senhor se surpreenderá — disse Lorenzino, sorrindo para Molinas. — Mas aqui, neste barraco, o senhor encontrará um dos homens mais sábios do nosso tempo.

— E por que eu deveria encontrá-lo? — perguntou, inquieto, o espanhol. O seu pânico permanente, mesmo que um tanto infundado, era o de acabar encontrando alguém que conhecesse o verdadeiro Michel de Nostredame e pudesse desmascará-lo.

— Eu lhe falei sobre o senhor e ele deseja vê-lo. Ele é um intermediário importante para se chegar à casa real.

De realeza, naquele saguão onde entraram, não havia nada. Só o que havia era uma série de rostos inquietantes debruçados sobre pequenas janelas em um corredor úmido, para poderem observar quem eram os visitantes. Molinas pôde ver apenas barbas muito longas e cabelos fartos escondidos em meio às trevas dos quartos. Não tinha dúvidas quanto à identidade daqueles personagens, que um ódio antigo lhe permitia reconhecer por instinto. Hebreus. Aquele lugar estava repleto de judeus. Enrolou-se em sua capa como se isso pudesse protegê-lo contra o horror daquela cena.

Lorenzino fez um gesto para Vico e para o mouro. — Vocês podem me esperar aqui. Estou seguro. — Dirigiu-se a Molinas — Siga-me, senhor de Nostredame. Não se deixe impressionar pelo ambiente. Até mesmo um monturo poderia esconder jóias aqui.

Ele o guiou através de escadas sinuosas até a parte de madeira da construção. Foi preciso que atravessassem uma passarela sobre uma parte descoberta onde outros indivíduos barbudos passeavam, imersos na leitura. Finalmente chegaram a uma porta com traves mal colocadas. Lorenzino bateu e esperou que uma voz lhe dissesse:

— Entre. — Então abriu a porta e empurrou Molinas na sua frente.

O espanhol viu-se em uma sala de aspecto decoroso, com as paredes recobertas com prateleiras cheias de livros e manuscritos. Sentado a uma mesa havia um homem de seus quarenta anos, um tanto envelhecido por uma barba preta, mas cujos traços eram finos e regulares. Atrás dele estava um judeu ancião, vestindo um gabão longo até os pés, e, sobre a cabeça, um barrete. Parecia preocupado em explicar para o outro o significado de um código antigo, aberto diante deles. Assim que viu os recém-chegados, ficou imóvel, mantendo seu dedo apontado para a folha de pergaminho.

Os olhos do homem com a barba preta brilharam, primeiro de surpresa e, depois, de alegria.

— Lorenzino de'Medici! Que prazer extraordinário em revê-lo!

Lorenzino não devia estar mais habituado a ouvir seu próprio nome e sentiu-se um tanto perturbado. Mesmo assim, apertou efusivamente as mãos do dono da casa.

— O prazer é todo meu, mestre Guillaume! Faz mais ou menos um mês que não nos vemos e isso é um intervalo realmente longo demais. — Dirigiu-se para Molinas, ainda parado à porta: — Senhor de Nostredame, este é Guillaume Postel. O senhor, com certeza, já ouviu falar dele.

Molinas estava ouvindo aquele nome pela primeira vez na vida, mas fez uma reverência de cortesia. Seus olhos, entretanto, deviam estar demonstrando certa perplexidade, porque Lorenzino acrescentou: — O senhor Postel é um caro amigo meu, depois... — Estava quase comentando o delito que havia cometido, mas deteve-se em tempo e se corrigiu: — Durante uma missão a serviço do rei na Corte de Solimano, eu era o embaixador, e mestre Postel um dos literatos e sábios do meu séquito. Depois que fui embora de Constantinopla, eu o reencontrei como professor de matemática e línguas orientais no Colégio Real, que, como o senhor sabe, eu freqüento.

Molinas não sabia o que dizer e fez outra reverência. Postel tirou-o daquela situação embaraçosa, dirigindo-se ao hebreu: — Obrigado, o senhor pode ir, rabi Todros. — Assim que o velho saiu, ele observou o homem da capa preta e lhe restituiu a reverência. — Senhor de Nostredame, imagino que as circunstâncias deste nosso encontro levantem no senhor algumas perplexidades que tenho o dever de afugentar. Disseram-me que o senhor é um bom católico, mas que a sua família dos Santa Maria teria vindo para cá, fugindo da Inquisição espanhola. Bem, a casa onde o senhor se encontra agora serve de refúgio a hebreus perseguidos pelo Santo Ofício espanhol. E mesmo aqui, em um momento como este, também se vêem obrigados a se esconderem, misturando-se entre mendigos e miseráveis. Mas ainda permanecem ligados à sua fé e à sua sabedoria.

Lorenzino pareceu perceber algo de hostil em Molinas, pois sentiu-se no dever de explicar:

— Mestre Postel não é hebreu e não mora nesta casa. Ele vem aqui apenas para estudar.

— Estudar o quê? — perguntou Molinas, tentando esconder o arrepio que sentia diante do que estava ouvindo.

Foi Postel quem respondeu:

— Estes pobres exilados trazem com eles conhecimentos de um valor inestimável. Não se pode fazer idéia de quanta ciência exista por detrás da filosofia hebraica e, particularmente, daquela conhecida como a cabala. Eu sou cristão como o senhor, mas estou convencido de que o hebraísmo contém o embrião de todas as outras religiões e de todas as outras línguas. Não é um mero acaso que o nosso rei Francisco descenda, em linha direta, do filho mais velho do hebreu Noé.

— Francisco I nutre uma grande estima por mestre Postel e o mesmo vale para minha prima Caterina — explicou Lorenzino. — Quanto a Solimano, ficou encantado com a sua infinita cultura. Isso nos ajudou muito a torná-lo aliado do rei da França na guerra contra Carlos V.

Postel bateu o dedo sobre o código que estava à sua frente.

— Lentamente, e a custo de muito esforço, estou traduzindo o *Bahir*, depois de ter traduzido o *Zohar*. Seria preciso reportar as religiões cristã e hebraica à sua origem comum, usando a cabala como um guia para sua síntese. Mas, para que esta verdade se torne de domínio público, preciso impor esta idéia à Corte. Eu, sozinho, não conseguiria. É preciso que haja alguém que, tendo nascido da confluência destas duas crianças religiosas, demonstre, na prática, a fecundidade deste encontro.

Molinas pensou que, se em seu lugar estivesse o verdadeiro Nostredame, ele teria ido embora, indignado. A ele, porém, não teria sido inteligente parecer intransigente.

— Ao que parece, não me querem na Corte — disse ele, em tom de tristeza.

— Eu sei, eu sei. O senhor está sofrendo as conseqüências do preconceito contra os judeus, que está contagiando até mesmo o nosso rei, que é tão liberal. Ofereço-ma para servir de intermediário entre o senhor e Caterina, que não apenas me estima, mas a quem também ensino filosofia, embora ela tenha predileção pela astrologia e pelas artes que o senhor cultiva.

— É verdade — confirmou Lorenzino. — Ela tem mais astrólogos do que damas de companhia ao seu redor.

— Se depois, senhor de Nostredame, a sua competência farmacêutica puder encontrar um remédio para a sua esterilidade...

Se, por um lado, Molinas percebia um emaranhado de nós para desatar, por outro sentia-se sufocar. Culpa, certamente, daquele casebre que, sob a chuva interminável que caía, emanava, de sua madeira podre, um cheiro horrível, em perfeita sintonia com aqueles seres caricaturais e obscenos que o povoavam. Mas culpa, também, da descoberta de que uma monarquia, que se dizia cristianíssima, na realidade estava subordinada à influência daquele Postel, mais hebreu do que qualquer hebreu.

— O senhor talvez esteja supervalorizando a minha capacidade — disse, reprimindo sua ânsia de vômito.

— Ah, não. — Postel acentuou o seu sorriso amigável. — Qualquer estudioso da cultura hebraica sabe o que significa *Abraza*, ou *Abraxas*. E sabe que não se pode chegar a tal palavra sem possuir conhecimentos profundos e capacidade equivalente. — Juntou os dedos. — Senhor de Nostredame, deseja confiar em mim?

— Sim, desejo.

O sorrisinho com o qual acompanhou a sua resposta não era de cordialidade, mas devia-se à consciência do destino que estaria reservado a Postel, àquele esconderijo imundo de judeus e a todos os seus cúmplices. Inclusive Lorenzino. Aliás, Lorenzaccio.

Os três sóis

Michel simpatizava com Francisco Valeriola. Apesar de sua reputação extraordinária, ele era um homem simples e dotado de grande cordialidade. Ele tratava os doentes, que estavam realmente muito mal, com tamanha doçura, que, muitas vezes, este comportamento surtia mais efeito do que qualquer remédio. Já com os doentes imaginários, ele usava a ironia, mas sem escárnio. Segundo ele, a doença imaginária era, ela mesma, uma doença. Assim sendo, ele sempre tinha uma palavra boa para cada um, e seus pacientes, mesmo que não conseguissem ficar totalmente curados, ao menos saíam de lá reanimados.

Todavia, Valeriola tinha uma verdadeira obsessão.

— Veja, Michel — dizia, às vezes, pegando-o pelo braço. — Todas as doenças com as quais lidamos não são nem a sombra do principal dos males, ou seja, a peste. Ela é a chave do nosso século, em termos de medicina. Se conseguíssemos resolver o problema da peste, todos os outros se tornariam secundários.

Normalmente essas conversas eram feitas na pequena sala que lhe servia de ambulatório. Uma sala que, juntamente com a loja onde preparava e vendia seus produtos, fazia parte da casa luxuosa em que morava, junto com uma esposa abúlica e uma montanha de filhos.

— Eu também estou convencido disso — respondia Michel, tentando reprimir aquela pontada de dor que sentia sempre que se lembrava de Magdelène e de seus filhos mortos. — É a única doença diante da qual somos inteiramente impotentes.

— Sim, e como médico errante, em suas caminhadas, o senhor deve ter percebido que ela só aparece quando por perto existem guerra e carestia. Por isso digo que ela é a chave do nosso século. Estamos vivendo tempos de fome e conflitos. As epidemias só vêm coroar este quadro. Se descobríssemos como se expande, também teríamos um mapa de nossos males sociais.

Para Michel aquelas eram palavras sensatas e muito sugestivas. Entretanto, ele também percebia que Valeriola, mesmo analisando o fenômeno com tamanha lucidez, não tinha propostas concretas a fazer. O homem limitava-se aos diagnósticos que, mesmo profundos, eram desprovidos de ações práticas. Nesse ponto ele combinava, perfeitamente, com a medicina ensinada nas universidades, ainda que de forma mais inteligente.

Foi somente na manhã de março de 1541, quando um sol, não muito quente mas brilhante, lhe deu vontade de continuar suas viagens, que Michel falou seriamente com Valeriola sobre o tema.

— O senhor sempre me diz que a peste acompanha as guerras e a carestia. Dita dessa forma, a sua tese pareceria dar razão àqueles que sustentam que a peste é mandada por Deus para castigar as culpas dos homens.

Valeriola, que estava com o filho menor sobre os joelhos, colocou as mãos à frente com um tal impulso que o menino quase caiu no chão.

— O senhor sabe muito bem que eu não condivido essas idéias estúpidas cultivadas pelos padres.

— E, no entanto, o senhor não extrai dessa sua repulsa todas as possíveis conseqüências. O que mais falta quando estamos em uma atmosfera de devastação? Eu lhe digo: a higiene. Uma cidade que esteja sempre bem limpa não tem razão para temer a peste. As minhas experiências demonstram isso.

Valeriola, retomando o filho novamente em seus braços, balançou a cabeça.

— O senhor me falou da sua experiência em Montpellier e depois em Agen. Mas há quem sustente que a peste entra na cidade quando os ratos, encontrando os campos devastados, vão procurar seu alimento nas cidades. É uma tese como outra qualquer, mas tem o mérito de, ao menos, tentar procurar as causas das epidemias. O senhor, ao contrário, está me falando sobre como atacar os sintomas. A sua é, se o senhor me permite, uma medicina vulgar.

Michel, por sua vez, também balançou a cabeça. — Para a medicina empírica as causas e sintomas compõem um todo único. Imagine uma cidade completamente limpa. O senhor acredita que os ratos entrariam lá? Não: eles não encontrariam a imundície da qual se alimentam. E mesmo que eles entrassem e contagiassem alguém, um ar, não infestado e sem mau cheiro, impediria que a doença se difundisse.

— O que o senhor proporia, então? — perguntou Valeriola, enquanto ninava o filho, que já estava quase chorando.

— Antes de mais nada, limpar toda a sujeira de todas as cidades atingidas. Depois, impedir que os habitantes inspirem o ar contaminado, dando-lhes substâncias esterilizadoras para colocarem nas narinas.

— Isso já tem sido feito.

— Sim, mas nunca em larga escala e utilizando bálsamos realmente idôneos.

— Pode-se ver no senhor o espírito do farmacêutico. Esta é uma concepção que diminui a medicina e a avilta, e lhe digo isto com a franqueza de um amigo. O senhor tem habilidade, sim, mas este não é o seu caminho. — O médico havia se acalorado um pouco, mesmo mantendo-se sempre educado. — O senhor está perdendo tempo fabricando cosméticos e geléias. Até mesmo os remédios que o senhor vem tentando encontrar, para Caterina, para que possa finalmente dar à luz um filho, não demonstram toda a sua capacidade... O que há?

— Não há nada.

Na verdade, Michel havia estremecido. Quando, em seu primeiro encontro, Valeriola havia feito alusão aos serviços que ele presumivelmente prestava a Caterina de'Medici, Michel não tivera coragem de contradizê-lo. Ele supôs, e com razão, que, se o iludisse, receberia em troca estima e consideração. Logo depois, após terem sido feitas várias referências como aquela, ele havia prometido a si mesmo que, assim que fosse possível, desmentiria tudo. Mas nunca havia encontrado coragem. Se Valeriola o tratava como um igual, a ponto de torná-lo, na prática, seu sócio, era porque acreditava que ele tivesse se introduzido na Corte. E Michel, apesar de suas obsessões e tormentos, no fundo, no fundo ainda sonhava com uma posição de respeito. Não poderia colocá-la em risco, dizendo-lhe a verdade.

— Deixe que eu continue — disse Valeriola. — Não quero tratar de um assunto que é escabroso tanto para mim como para o senhor, mas sei que conhece uma certa palavra que somente poucos iniciados conhecem, não é verdade?

Michel empalideceu imediatamente.

— O que o senhor sabe a esse respeito?

— Eu já lhe disse. O seu nome tem sido citado na Corte. E se fala também de uma outra epidemia que o senhor teria combatido em Bordeaux, muitos anos atrás. Combatida não com aromas e, sim, com injeções de sangue de ratos e de substâncias infectadas...

Michel sentiu que seu coração batia acelerado. Levantou a mão.

— Eu lhe peço! — exclamou, com voz rouca. — Eu eliminei da minha mente esta experiência. Não me faça relembrá-la!

— Como quiser — concordou Valeriola, usando um tom de voz sério. — Contudo, não era disso que queria lhe falar e sim de coisas muito mais concretas. Houve um momento em sua vida em que o senhor se aproximou de um certo tipo de conhecimento capaz de suscitar vertigens em qualquer ser humano. Coloque em prática esta sua experiência. Retome o estudo da filosofia oculta e tente utilizar a sua prodigiosa sabedoria. Isso fará muito bem para aumentar a sua fama, que agora é sólida, mas limitada.

Michel pareceu ter-se acalmado. Sacudiu a cabeça com firmeza.

— Decidi me dedicar apenas à medicina — disse, numa voz que parecia ainda um tanto insegura.

— Então dedique-se à *grande* medicina! Pare de perder seu tempo com cosméticos, geléias e extravagâncias gastronômicas! — Valeriola percebeu que o filho havia adormecido e o colocou no meio das almofadas revestidas de couro dourado espanhol. Mas não baixou seu tom de voz. Aliás, muito pelo contrário. — Existe a peste a ser combatida, o senhor entende? Quem for capaz de vencer a peste terá uma glória ilimitada e conquistará o povo, a Igreja e até a nobreza, para não falar da própria Coroa. O senhor tem os dons necessários para entrar nesta luta. O que está esperando?

— Na verdade, quando lhe estava falando sobre as substâncias... — Michel teve que interromper o que dizia. Um criado havia aparecido na porta da sala e olhava para ele, esperando a permissão para falar. Já que o dono da casa nada disse, ele acenou para o homem para que dissesse o que queria.

— Acabou de chegar uma mensagem para o senhor de Nostredame — disse o criado, mostrando um envelope selado. — Eu a recebi.

Michel, surpreso, pegou o envelope. Apenas duas pessoas sabiam que ele estava em Valence: seu irmão Jehan, que não via há anos, mas com quem mantinha uma correspondência meio irregular, e que sabia que ele se encontrava em Aix, fazendo uma carreira brilhante na magistratura, e o mestre Antoine Romier, a quem havia escrito umas duas vezes, sem receber resposta. Mas a caligrafia no envelope não parecia ser de nenhum dos dois. Tratava-se, certamente, de mãos masculinas e parecia ter sido escrita às pressas ou por alguém que nutrisse certa hostilidade por ele.

— Vou deixá-lo sozinho para que leia a sua correspondência — disse Valeriola com cortesia. Pegou a criança, ainda adormecida, e, apertando-a contra o peito, com grande carinho, afastou-se, juntamente com o criado.

Uma vez sozinho, Michel abriu o envelope e começou a ler a carta. Aquilo que leu fez acelerar, imediatamente, as batidas no seu peito:

Querido Michel,

Não sei se o senhor ainda se lembra de mim, mas minha alma me diz que sim. Nós nos conhecemos há muitos anos, em Montpellier, quando o senhor ainda era estudante. Talvez o senhor ainda se lembre de Gemealle, a moça mais tímida que freqüentava *La Soche*. Pois bem, aquela moça sou eu. Naquela época nos amamos, mas nossas vidas tomaram caminhos diferentes, e o senhor preferiu uma outra. Pensei que o odiaria, mas o amor que o senhor suscitou em meu coração continua vivo. Talvez tenha sido por essa razão que eu tenha mudado de vida e me tornado uma mulher com mais conhecimentos e muito religiosa. Agora estou morando em Salon-en-Craux, fora algumas estadias em Paris, casada com um velho mau e violento, que colocou toda a sua riqueza a serviço da maldade. Este homem me atormenta e, em virtude de sua idade, não pode me fecundar nem me fazer gerar filhos. Tudo o que posso fazer é sonhar. Sonhar, por exemplo, que um dia o senhor virá me libertar, bonito, austero e gentil, como costumava ser. Mas sei muito bem que este sonho nunca poderá se tornar realidade. Então, decidi lhe escrever, não para atormentar a sua vida, que imagino seja serena, mas apenas para fazê-lo sentir as batidas de um coração que, apesar de tudo, continua a viver para o senhor.

Anne Ponsarde, um tempo conhecida como Gemealle.

Quando acabou de ler, Michel sentiu-se estremecer, afetado por sensações contrastantes. A primeira delas era inteiramente física, ditada por três anos de voluntária castidade. Lembrava-se bem dos lábios frescos de Gemealle, de sua língua de movimentos lentos e sinuosos, dos seus seios grandes e macios, tão agradáveis de se apertar e acariciar. A reevocação daquela doçura o havia apanhado em um momento em que estava predisposto e vulnerável, invadindo sua mente com a lembrança, cheia de emoção e surpresa, de um homem e uma mulher, nus, um em frente ao outro. Uma sensação inigualável, que ele havia tentado expulsar de sua cabeça, evidentemente sem ter conseguido.

Todavia, o impulso de correr imediatamente para Salon era freado por outras sensações ditadas, agora, pela razão. Como Gemealle sabia onde ele estava? E quem havia escrito a carta? A caligrafia certamente não era feminina e nem formal, e sim neutra como a de um escrivão. A mensagem parecia levantar uma certa aura de hostilidade, que a um leitor comum teria passado despercebida, mas que a sensibilidade de Michel havia entendido plenamente.

De qualquer forma, não havia como saber a verdade. A não ser que... Não, ele havia jurado a si mesmo que não mais se dedicaria àquelas práticas. Claro que se tratava de um caso excepcional. Se não ficasse conhecendo a verdade, correria o risco de que a libido, reacesa, levasse a melhor sobre a razão. Aquela boca, aqueles seios... aquele sexo dilatado e escondido...

Rebelou-se com violência contra a sua própria fraqueza. Amassou a carta com a palma da mão direita e correu para o átrio que se comunicava com a farmácia. Valeriola estava lá, lendo um livro, enquanto esperava pelos clientes.

— O senhor tem *erva sparviera*? — perguntou Michel, excitado.

— Claro – respondeu Valeriola, impressionado com tanta agitação. Apontou para um vaso sobre uma prateleira. — Quanto quer? O senhor sofre de retenção urinária?

— E ainda temos um pouco de velenho?

A essa altura, o olhar do médico ficou mais circunspecto.

— Sim, mas o senhor deveria saber que só usamos o *altercum* em casos raros. Em gotas sobre dentes cariados ou, externamente, quando alguém está com piolhos. O senhor não tem nem dentes cariados e nem piolhos. Em pessoas sadias o seu efeito é terrivelmente enlouquecedor.

— Dê-me a *erva sparviera* e o velenho — ordenou Michel, em tom muito sério. — Eu sei para que coisa me servem. O senhor não deve se preocupar.

Valeriola não percebeu aquele tom imperioso, ou, pelo menos, fingiu não notá-lo.

— Quanto à *erva sparviera*, não há nenhum problema. Mas no que diz respeito ao velenho, eu apelo para a sua responsabilidade como médico. Avise à pessoa a quem o receitará sobre seus efeitos colaterais.

— Não tenha dúvidas.

Quando já tinha em mãos o que queria, foi para a cozinha da casa e ordenou a um dos cozinheiros que preparasse uma infusão com as duas plantas, cujo pó ele já havia misturado com a mão esquerda. Prestou toda a atenção ao cozimento e depois derramou o líquido em uma taça de cobre, dizendo ao cozinheiro para lavar muito bem a panela.

Segurando a taça com as duas mãos, seguiu para o quarto, pequeno mas bem-decorado, que Valeriola o estava hospedando. A porta não tinha fechadura, mas ele contava com a discrição do médico. Sentou-se na beirada da cama, enquanto sua testa encharcava-se de suor. O coração parecia querer explodir em seu peito.

Depois de um último momento de hesitação, ele bebeu o líquido, enquanto continuava a apertar entre as mãos a carta amassada. Passaram-se instantes intermináveis e penosos. Depois, como costumava acontecer tantos anos antes, começou a sentir suas pernas se contraírem, de forma violenta e incontrolável. Viu a taça cair no chão causando um estrondo tétrico. Naquele mesmo instante, a parede à sua frente desapareceu, dando lugar a um céu escuro onde brilhavam três sóis perfeitamente alinhados.

Percebeu que havia errado com relação àquela visão. Os astros não representavam o rosto de Magdelène e de seus filhos mortos. Era algo muito pior, do qual emanava uma luz avermelhada como uma Trindade perversa que dominava o cosmo. E, embaixo, havia uma cidade escura, impossível de ser identificada, inteiramente povoada por cadáveres enrolados em sudários brancos.

Ouviu uma voz que lhe sussurrou alguma coisa no ouvido. Em uma névoa invernal estava escondida uma figura obscura, indistinguível, mas deformada. Parecia agitada por uma enorme alegria, enquanto apontava para a cena que se desenrolava lá embaixo. Michel não pôde evitar que seu olhar se dirigisse para o quadro que aparecia no fundo de um abismo sem fim, com paredes fora de foco. Imediatamente ele se viu projetado em um dédalo de edificações que emergia de uma nuvem escura.

Onde quer que a luz vermelha chegasse, a vida apagava-se e tudo o que restava eram túmulos. Mas a visão daquela cidade aproximou-se dele. Agora Michel podia ver as casas e percorrer as ruelas. No final de uma delas havia uma figura viva que corria desesperadamente. Ele logo reconheceu aquele rosto pálido, com olheiras rosadas. Só que ele não mais vestia uma capa preta. Sua capa agora era cinza e toda manchada de sangue. Parecia que o homem estava fugindo de um inimigo invisível, porque olhava sempre para trás. Encontrava-se claramente aterrorizado e teria suscitado piedade, se ele soubesse do que se tratava.

Depois pareceu que seus olhos podiam ver Michel. O medo desapareceu e suas pupilas encheram-se de ódio. Apontou para ele. — Você acha que me venceu, mas eu voltarei! — gritou com uma voz estridente. Um instante depois, porém, suas roupas começaram a pegar fogo. Michel viu as chamas devorarem seu rosto e dissolverem sua carne como se fosse cera. — Voltarei! Voltarei! — continuava a gritar o homem. Mas, àquela altura, de seu rosto restavam apenas os olhos, alinhados paralelos aos sóis que dominavam o céu.

O demônio escondido nas sombras repentinamente parou de murmurar.

— Senhor de Nostredame! Senhor de Nostredame!

Michel encontrava-se mergulhado em uma inquieta letargia, da qual foi sacudido por aquela repetição de seu nome.

Piscou várias vezes. Viu Valeriola alarmado e preocupado, reclinado sobre ele, tentando enxugar-lhe a boca e o queixo com um lenço. Ele se encontrava deitado na cama, enquanto à sua volta estavam vários criados que tentavam colocar em ordem a mobília revirada e quebrada com fúria.

Valeriola pareceu sentir-se aliviado.

— Graças a Deus o senhor pode me ouvir — murmurou. Depois, com um tom de crítica branda, acrescentou: — O senhor nunca me havia dito que sofria de epilepsia. Poderia tê-lo curado. A não ser que o seu acesso tenha sido provocado pela infusão que quis beber.

Michel sentia-se envergonhado por aquela situação e, particularmente, pela baba que lhe escorria, encharcando a sua barba. Quando conseguiu falar, tentou dar um aspecto um pouco mais nobre àquele seu estado penoso.

— Eu quis experimentar, pessoalmente, um certo remédio. Não achei que deveria prescrevê-lo sem antes conhecer os seus efeitos.

— Isso é louvável, mas não irá me impedir de chamar a sua atenção — replicou Valeriola, com ar benévolo. — Eu o tinha avisado quanto aos efeitos do velenho. Quanto à *erva sparviera*, todos sabem que ela faz salivar. O senhor mesmo pode ver o resultado. O senhor queria criar um novo remédio e, ao contrário, inventou uma poção capaz de provocar a epilepsia.

— O senhor tem razão — admitiu Michel, com humildade.

Na verdade, tudo o que desejava era ficar sozinho. Ele já sabia que, por detrás da carta de Gemealle, havia a mão de seu perseguidor de sempre, Diego Domingo Molinas. Aquele monstro, a quem ele atribuía a morte de sua esposa e de seus filhos, evidentemente, estava mais uma vez em liberdade. E, o que era pior, sabia onde ele se encontrava.

Mas ele não cairia na armadilha. A carne fresca e bem-torneada de Gemealle era um convite que escondia uma insídia, talvez mortal. Esperou que Valeriola e os criados saíssem e, depois, com frenesi, começou a refazer sua bagagem. Descartando tudo que era supérfluo, levou menos de uma hora. Apresentou-se, na loja diante de seu anfitrião, todo bem vestido, com o saco nos ombros e um bastão nas mãos.

— Vou embora – comunicou de forma categórica.

Valeriola olhou para ele como se não estivesse entendendo.

— O senhor está brincando?

— Não, não se trata de nenhuma piada. Sou um médico errante e não posso ficar no mesmo lugar tempo demais.

— Entendo. Ou talvez não entenda, mas dá no mesmo. — Valeriola colocou sobre a mesa o livro que tinha nas mãos e abriu uma gaveta em frente a ele. — A sua decisão tem alguma coisa a ver com a crise que teve agora há pouco? Se for este o caso, saiba que intuí que o senhor não era epiléptico. Pensei que o tivesse feito entender isso.

— A epilepsia nada tem a ver com isso. Sinto que devo retomar o meu caminho. Tenho meus motivos para fazê-lo. Não me impeça.

— Não vou nem sequer tentar. — Valeriola mexeu na gaveta e retirou dela uma bolsa. Abriu-a e procurou dentro. — Aqui tem meio florim e alguns torneses. Por enquanto, aqui na farmácia, é tudo que tenho. Peço-lhe que aceite. A sua ajuda me foi preciosa, e também a sua amizade.

Os olhos de Michel umedeceram-se.

— Não posso pegar este dinheiro. Sou eu quem deveria recompensá-lo por todas as coisas úteis que me ensinou.

— Então aceite este meu presente em nome da reciprocidade. — Valeriola colocou a bolsa no cinto de Michel, que não protestou. — Para onde o senhor está pensando em ir?

— Vou descer o Ródano, parando nos lugares em que perceber que precisam de mim.

— Se voltar para Vienne, lembre-se de que ali moram Jérôme Monti e François Marius, dois grandes amigos meus. Mas se o senhor descer até Marselha, não deixe de procurar Loys Serre. Acredito que hoje em dia não haja médicos na França que estejam à sua altura.

— Não deixarei. — Michel dirigiu-se para a porta, mas o outro levantou-se e pôs-se à sua frente. Colocou sua mão sobre o ombro de Michel.

— Senhor Nostradamus, lembre-se de três coisas. A primeira é que, ter sob seus cuidados uma pessoa da Corte, como Caterina de'Medici, pode ser algo gratificante, mas também pode ser muito perigoso.

Michel, embaraçado, baixou a cabeça.

— Eu me lembrarei.

— A segunda é que, no nosso século, a única doença que

realmente amedronta é a peste. O senhor deve estudá-la profundamente, esteja onde estiver. O senhor compreende?

— Sim — respondeu Michel, com convicção.

— A terceira é que, para quem tem conhecimento das ciências ocultas, nos tempos de hoje, as possibilidades de ganho são inumeráveis. Faça com que seus conhecimentos dêem frutos, alternando o exercício da medicina com práticas divinatórias e feitiçaria. O senhor ficará rico e será estimado por todos. Destes três conselhos que lhe dei, pode ser que este último seja o mais importante. Pense bem.

Desta vez Michel não respondeu. Evitou o aperto de mão de Valeriola e lhe fez uma leve reverência acompanhada de um sorriso cordial. Depois, deu-lhe as costas e saiu para a rua. A luz intensa, que ofuscou seus olhos, parecia ser emanada por três sóis que brilhavam simultaneamente. Conteve, com certo esforço, o grito que estava para sair de sua boca.

As espirais da serpente

Já havia parado de chover, mas o céu ainda estava coberto de nuvens, e os canais ao centro das ruas parisienses estavam cheios de água suja. O fedor dos bueiros era uma marca registrada da cidade, e a imundície que carregavam, um indício de sua superpopulação.

A carruagem estava parada, esperando em frente ao palácio burguês que ficava diante da antiga fábrica de telhas chamada de "Tuileries". Os criados, ajudados pelo mouro, já haviam carregado um grande baú e coberto o telhado da carruagem com malas, porta-chapéus e pacotes, protegendo tudo com um grande lençol de tecido robusto. Somente depois que a carga havia sido bem fixada, Vico de'Nobili e Spagnoletto Nicolini saíram da marquise do palácio, transportando em seus braços o pobre senhor Jean Beaulme, vestindo uma camisa leve e com um gorro comprido em sua cabeça calva. O velho resmungava alguma coisa, como sempre fazia, e olhava ao seu redor com olhos amarelados e bem-atentos. Foi colocado sobre o banco da carruagem com menos gentileza do que a que havia sido dispensada ao baú.

Annie Ponsarde veio para a rua com Lorenzino a seu lado e Molinas atrás. A mulher estava vestindo uma capa elegante, forrada com pele, e sobre seus cabelos tingidos de louro, arrematados com uma tiara de ouro, um chapéu todo em brocado. Tinha os olhos cheios de lágrimas. Quando chegou à porta da carruagem, dirigiu-se a Lorenzino.

— É mesmo necessário? — murmurou-lhe.

O rosto do jovem parecia cansado e emagrecido.

– Você sabe que é necessário. Se você ficasse comigo, também correria risco de vida.

Ela desejava dar-lhe um beijo apaixonado, mas ele limitou-se a lhe colocar os lábios fechados e a retirá-los rapidamente. Àquela altura, Molinas achou que chegara o momento de falar:

— Senhor Lorenzo, gostaria de dizer duas palavras à senhora Ponsarde, em particular. Devo dar-lhe alguns conselhos quanto a sua saúde.

Lorenzino deu de ombros.

— Ah, não tem problema, senhor de Nostredame. Mas não se atrase, o senhor sabe que Guillaume Postel já está nos esperando. — Dirigiu-se para debaixo da marquise, para proteger-se do vento, juntamente com seus companheiros. Uma outra carruagem havia chegado.

Molinas pegou a mulher pelos braços e a levou alguns passos à frente da carruagem, para que ninguém pudesse ouvi-los.

— Você está chorando, Gemealle. Por acaso, você realmente se apaixonou por Lorenzino?

Ela fungou.

— Claro que não. Estou chorando porque deverei voltar a viver com aquele saco de ossos com quem o senhor me fez casar.

— Não se preocupe, não vai durar muito tempo.

— Há anos que o senhor me diz a mesma coisa.

Molinas deu uma risada. — Vai ser este ano. Você sabia que este ano, em Avinhão, apareceram três sóis no céu? Isto é sinal de morte, para quem é fraco e doente.

— Eu ouvi falar, mas temo que seja sinal de morte para todos. — Pelos olhos de Gemealle, agora já enxutos, passou um raio de ironia. — Senhor Molinas, será que o senhor não está se transformando, realmente, em Michel de Nostredame? Está falando igual a ele.

O espanhol fez um gesto irritado.

— Não se preocupe comigo. Daqui a pouco tempo você se tornará uma viúva rica. Nunca se esqueça a quem você deve esta sorte. Nunca!

— Tenho uma boa memória. — Gemealle deu uma piscadela. — Todas as vezes que o senhor quiser ver aquela minha parte do corpo, que tanto lhe agrada, é só me procurar.

A alusão àquela sua única fraqueza, que lhe havia retornado recentemente, fez com que Molinas se enchesse de cólera.

— Você está destinada a Nostredame! Veja se não se esquece disso!

— Meu caro amigo, o senhor está falando muito alto! — Gemealle olhou ao redor, sem perder seu tom sarcástico. — Vou esperar Michel, exatamente como o senhor deseja. Só peço a Deus que não tenha que ficar esperando tempo demais.

— Fique tranqüila, não vai esperar muito. O seu marido já está mais morto do que vivo. Mas venha, está na hora de ir embora.

Ele conduziu Gemealle até a carruagem e lhe acenou. A mulher também lhe disse adeus através da janela e depois jogou um beijo em direção ao saguão. Foi jogada para trás, sacudida pela carruagem que começara a se mover.

A outra carruagem veio à frente e parou onde a outra se encontrava antes. Molinas deixou que Lorenzino, Vico, Spagnoletto e o mouro entrassem e, depois, ele também subiu.

Lorenzino gritou um endereço para o cocheiro e se recostou no banco.

— Agora que Beaulme foi embora, eu não tenho mais casa.

— E antes, onde o senhor morava? — perguntou Molinas, mesmo conhecendo muito bem a resposta.

— No Colégio Real, onde conheci Postel, e, antes disso, no Colégio dos Lombardos. Mas não tenho vontade de retomar minha vida de estudante.

— Talvez o senhor tenha se livrado de Anne e de seu marido cedo demais.

— E o que mais poderia ter feito? — Lorenzino parecia realmente muito cansado. — Senhor de Nostredame, já faz muito tempo que lhe disse quem eu era. Mas, talvez, o senhor ainda não tenha entendido bem o que significa ser Lorenzo de'Medici, o homem que matou Alessandro, tirano de Florença. O seu sucessor, Cosimo, ofereceu uma grande quantia para quem me matar. Desde então, sou um homem marcado.

Molinas concordou. — Entendo. Mesmo assim o senhor goza da proteção de sua prima Caterina. E, o que é melhor, também da de Francisco, rei da França, e de sua irmã, Margarida de Navarra.

— O senhor acha que qualquer mercenário, diante de uma quantia tão alta, iria desistir tão facilmente? Talvez se Francisco tivesse me deixado ficar na Corte, pode ser, mas minha presença é incômoda, até mesmo para ele... Vico, como se chama aquele tal lá de Lion?

O capanga enrugou a testa demonstrando estar fazendo um grande esforço.

— Acho que é Cecchino. Cecchino della Bibbona.

— Isso mesmo. Cecchino della Bibbona, ex-capitão de não sei qual exército. Já é o quarto ou quinto destes facínoras que foi desmascarado. — Lorenzino olhou para Molinas de forma intensa. — O senhor está entendendo, senhor de Nostredame? Se os meus amigos de Lion não tivessem me avisado, este Cecchino já estaria aqui, pronto para me apunhalar.

— Espero que o senhor o tenha mandado prender.

— Deixei isso por conta dos meus amigos, mas ele já está de novo em liberdade. Que provas os juízes tinham? Talvez eu devesse lhe mandar uma carta pedindo desculpas, quem sabe — Lorenzino suspirou. — É por isso que tive que me separar de Anne e de seu marido. Ela não passa de uma meretriz que jamais me amou de verdade, mas não merece ser envolvida no meu assassinato. Quanto a ele, é um pobre doente que só faz tossir. O mais inocente de todos.

Spagnoletto coçou seus cabelos cheios de trancinhas.

— Este ano de 1541 está terminando da pior maneira possível.

— Disse bem, meu amigo. Preciso deixar Paris antes que o inverno chegue. Aqui há olhos demais que me espiam.

Nesse meio tempo, a carruagem chegou naqueles quarteirões perto de Châtelet, que a névoa fazia parecer ainda mais miseráveis. Um azedume horripilante saía daquelas palafitas, reunidas em uma espécie de aglomerados labirínticos, cuja forma era indecifrável. Só mesmo alguém que morasse por ali saberia distinguir uma casa honesta de um bordel, e este de tabernas fechadas, nas quais só se era possível entrar murmurando uma espécie de senha. Mas, naquele momento, aquela horrível fauna humana que pululava no lugar era quase invisível. Ainda faltava muito para anoitecer, e algumas recentes intervenções dos gendarmes desaconselhavam muitos de mostrarem-se à luz do dia, mesmo em um dia tão nebuloso como aquele.

Quando chegaram perto daquele barraco de hebreus, Molinas perguntou:

— O senhor sabe por que Postel quer nos ver?

— Ele não quer me ver. Quer ver o senhor.

Essas palavras deixaram Molinas alarmado. Seria possível que Postel já soubesse que destino teriam seus amigos? Não, não era possível. O cabalista não poderia estar a par dos jogos diplomáticos que se davam nas altas esferas, depois da paz precária entre Francisco I e Carlos V. Foi, exatamente, a fragilidade daquela trégua que permitiu que Molinas agisse com rapidez. A controvérsia quanto à posse de Milão mantinha as relações entre os dois soberanos ainda bastante tensas. A guerra poderia recomeçar a qualquer hora.

Em frente àquela construção, em vários estratos, Lorenzino foi o primeiro a descer da carruagem, tentando evitar uma poça de água que encharcou suas botas e a barra de pele de sua capa. Já na rua, cercado por seus companheiros, apontou para aquele colosso de pele escura. — Você, mouro, vem comigo e com o senhor de Nostredame. — Mostrou aos outros os dois lados do portão, aberto na única parte de pedra da construção. — Vico, Spagnoletto, fiquem de guarda e nos avisem assim que ouvirem algum barulho suspeito.

Mais uma vez, enquanto eles entravam no dédalo, homens barbudos, vestidos de preto, debruçavam-se, inquietos, às pequenas janelas de seus quartos. Sem se importarem com eles, Lorenzino, Molinas e o negro subiram até os barracos de cima, passando por escadas e passarelas suspensas sobre átrios asfixiantes.

Postel, quando os viu entrar no escritório, fechou imediatamente o livro que estava à sua frente e levantou-se. Sem muitos rodeios, apontou o dedo para Molinas.

— O senhor... o senhor... agora me deve uma explicação! E exijo que seja convincente, pois caso contrário... — Estava tão indignado que mal podia falar.

Lorenzino se interpôs.

— Por que o senhor está falando assim? O que fez o meu amigo?

— O que ele fez? Fez-me de palhaço, foi isso que ele fez! Arruinou a minha posição na Corte de uma maneira, talvez, irreparável! — O rosto de Postel, normalmente tranquilo e cheio de dignidade, havia se alterado. Uma luz um tanto enlouquecida agora brilhava em seus olhos, como se a humilhação, da qual havia sido vítima, tivesse mexido com a sua cabeça.

Molinas não estava entendendo nada, mas deixou que Lorenzino perguntasse: — Afinal, do que é que o senhor está falando?

— Aquele homem — gritou Postel, babando um pouco — prometeu tornar Caterina fértil. Durante meses lhe servi de intermediário na Corte, fazendo com que ela bebesse as poções que este aí me aconselhava. Umas coisas nojentas. Pastas de minhoca, fezes de vaca, mijo de jumentos. Até a mais indigna das piadas: o conselho para que ela costurasse em sua roupa cinzas de rã e pendurasse no pescoço os testículos de um javali!

Molinas, de repente, compreendeu. Desde quando vinha interpretando o papel de Nostredame, ele via-se obrigado a recomendar, ali, de pronto, produtos para fecundação, sobre os quais não entendia coisa alguma. Teve, então, uma idéia: aconselhar infusões e beberagens que ninguém, em sã consciência, teria bebido. E eis que, agora, ele ficava sabendo que tinha sido levado a sério e que Caterina, talvez desesperada, com medo de ser repudiada, havia engolido todas aquelas imundícies que ele prescrevera...

Todavia, paradoxalmente, a última recomendação era a única que tinha algum fundamento na literatura alquimista e necromante.

— As cinzas de rã e os culhões de javali são recomendados no livro de Isidoro, o físico — disse, calmamente. — Só precisa esperar um pouco para...

— Esperar? — gritou Postel, exasperado. — Toda a Corte está rindo da pobre moça! Francisco I, quando a viu com aquele saco pendurado no pescoço, e ficou sabendo do que se tratava, quase morreu de rir. O marido de Caterina, Henrique, lhe deu as costas e foi embora com sua amante, Diana de Poitiers. Já está há quatro dias sumido. O senhor não é nem mago e nem médico! É um trapaceiro!

No fundo do coração, Molinas estava alegre. Era exatamente aquilo que ele desejava, passar-se por Nostredame e fazer com que seu nome, através de Postel, chegasse até a Corte. Atrair sobre o médico a cólera do rei, preparando a sua ruína e, talvez, a sua prisão, com a sucessiva extradição para a Espanha, na esperança de que Ulrico di Magonza, sabendo do destino de seu discípulo, saísse de seu refúgio. Só não esperava obter este sucesso em tão pouco tempo. Escondeu a sua exultação por trás de uma expressão entristecida.

— Senhor Postel, o senhor está me insultando injustamente. — Dirigiu-se a Lorenzino. — Defenda-me, por favor.

O jovem parecia estar se divertindo.

— Eu acho que a irritação do nosso anfitrião tem uma razão um tanto inconfessável. Aposto que ele apresentou as suas poções como sendo dele. Não é verdade, senhor Postel?

Molinas estremeceu. Se isso fosse verdade, seu plano todo teria sido pura perda de tempo. Notou, com certa inquietude, o embaraço do mago, temperado com um ar de loucura que, agora, aparecia em cada traço do seu rosto. Molinas compreendeu que havia sido estúpido e ingênuo, confiando em um ambicioso e em um maluco. Por sorte, ainda lhe restava o outro plano, a prazo mais longo, confiado a Gemealle. Mas isso não fazia com que se esquecesse de que havia dado provas de sua incompetência.

Houve um instante de silêncio na sala, rompido apenas por um tropel no corredor. Era Spagnoletto que, ofegante, correu em direção a Lorenzino.

— Senhor, lá do final da rua, está vindo uma companhia inteira de *maréchaussée*. Parece ser a Compagnie de l'Isle.

— E daí?

— Junto com os oficiais está vindo um prelado. Espero que esteja errado, mas ele se parece muito com o bispo Tornabuoni.

Lorenzino deu um grito e correu para fora da sala, seguido por Spagnoletto e pelo mouro. Molinas, ao contrário, precisou de algum tempo para que lhe parasse o tremor nas pernas. Ele sabia muito bem por que o bispo Alfonso Tornabuoni da Saluzzo, que representava em Paris tanto os interesses de Carlos V quanto os de Cosimo de'Medici, encontrava-se ali. Mas jamais teria esperado que ele chegasse em um momento tão inoportuno. Decididamente, o destino estava lhe pregando uma peça e não havia jeito de se rebelar.

O espanhol nem sequer notou a expressão de surpresa de Postel, que parecia um alucinado. Assim que readquiriu o controle de suas pernas, atravessou, correndo, aquele labirinto de escadas e passarelas, até o andar de baixo. Chegou à rua com um segundo de atraso. A carruagem de Lorenzino já havia se afastado um pouco, e o jovem deixara a porta aberta para que ele pudesse entrar. Só que, diante de Molinas, estava o bispo Tornabuoni, rodeado por homens armados.

O prelado, montado sobre um cavalo cinza, recebeu-o com um sorriso amistoso.

— Senhor Molinas! — exclamou, com uma voz de barítono. — Chegou o momento que o senhor preparou com tanto cuidado. O rei, em nome de sua aliança com o imperador, acabou concordando. Daqui a instantes vamos prender a ralé judaica que vive neste buraco e os mandaremos para os confins da Espanha. — Depois, acrescentou, em tom de confidência: — Aqui ninguém se lembrava do edito de Inocêncio VIII de 1487, que obrigava todos os príncipes da Europa a entregarem os procurados à Inquisição espanhola. O senhor os lembrou disso no momento mais propício.

Molinas, com o rabo do olho, viu a porta da carruagem de Lorenzino se fechar e partir, a grande velocidade. A vergonha o tornara irascível. Agarrou o cavalo do bispo pelo freio.

— Monsenhor, eu lhe havia pedido que esperasse pelo meu sinal! O senhor sabe quem estava naquela carruagem? Lorenzino de'Medici!

A testa de Tornabuoni enrugou-se. — Está falando sério? — Mas logo a expressão do seu rosto distendeu-se. — De qualquer forma, não poderia tê-lo atingido agora, aqui. Não importa aonde ele vá, eu o encontrarei. Agora tenho mais em que pensar.

Um capitão da Compagnie de l'Isle aproximou seu cavalo daquele do prelado.

— Monsenhor, posso cumprir as ordens dadas pelo meu rei? Mesmo um instante de hesitação pode estragar o fator surpresa. Estas cabanas têm cem portas.

— Vá em frente.

Os guardas desceram de seus cavalos, desembainharam suas espadas e correram para dentro do edifício. Ouviu-se um coro de gritos que chegou até os andares mais altos. Homens barbudos, acompanhados por suas esposas e grupos de crianças, tentaram sair pelas ruas, mas foram agarrados. Outros tentavam correr nas escadas, mal equilibradas, dos telhados de palha.

Molinas, que não desejava assistir ao espetáculo, tentou afastar-se, enfiando suas botas nas poças d'água. Ele sabia que não havia lugar algum para onde pudesse ir, mas não se importava. Todo o seu pensamento estava voltado para o modo de como se autopunir por sua incapacidade.

O bispo Tornabuoni, que havia descido de seu cavalo, aproximou-se dele e o segurou pela capa.

— Senhor Molinas, para onde o senhor está indo? O senhor, certamente, não pode procurar novamente Lorenzino. Tem outro lugar onde possa se hospedar em Paris?

— Não, não tenho.

— Então, o senhor será meu hóspede. Quero lhe apresentar uma dama que lhe pode ser útil. É a minha recompensa pelo que o senhor fez em favor do imperador.

— Eu não sirvo ao imperador. Eu presto serviço à Inquisição espanhola.

— É quase a mesma coisa. Antes de entrar em ação, eu

escrevi a seu sexto inquisidor, Juan Pardo de Tavera. Ele me respondeu logo e me agradeceu. Ele o estima e está à espera dos deportados. — Naquele momento, os soldados começavam a sair pelas ruas, empurrando, à sua frente, os hebreus capturados. Tornabuoni sacudiu a cabeça. — Olhe bem, talvez seja a primeira e última vez que assistimos a um espetáculo como este. Duvido muito que, no futuro, Francisco I concorde, novamente, em entregar refugiados a Carlos V. Os dois se odeiam demais.

Perdido em seus pensamentos de autopunição, Molinas sequer conseguia prestar atenção ao que estava acontecendo na rua e nem ouvir os lamentos dos prisioneiros. Quando readquiriu consciência, disse:

— Monsenhor, aceito me hospedar em seu palácio. Não podemos ir logo?

Tornabuoni, embora não muito satisfeito, concordou.

— Sim, mas espere um pouco que farei vir uma carruagem. Tenho apenas um cavalo e não podemos atravessar esse bairro a pé.

Na realidade, passou-se quase uma hora antes que o veículo chegasse. Nesse meio tempo, Molinas pôde ver o prédio ser esvaziado pelos guardas, e uma multidão, principalmente de velhos, mas também de mulheres e crianças, caminhar, silenciosamente, entre duas filas de cavalos. Postel, porém, não foi preso, porque pulou, levando consigo alguns livros e, depois de olhar em torno, desapareceu em uma ruela. Perdeu uns dois manuscritos, mas não pareceu dar importância a isso.

Uma vez acomodado sobre o banco da carruagem, Molinas observou, com olhos semi-abertos, o bispo que estava sentado à sua frente. Viu aquele rosto gorducho, mas não flácido, com a cabeça calva e os olhos pequenos e azuis. Podia perceber os sinais de uma inteligência profunda, mas não necessariamente dedicada ao bem. Seus lábios eram finos, os dentes afiados e a cor de sua pele era incerta e maculada. Todavia, não era fácil, a partir de indícios tão efêmeros, chegar a conclusões seguras.

Depois da carruagem ter sacudido, durante um bom tempo, enquanto atravessava uma parte de pavimento mal acabada, Molinas decidiu perguntar:

— Monsenhor, o senhor pode me dizer alguma coisa sobre a dama que vou encontrar? Como essa jovem me poderia ser útil?

Tornabuoni, em vez de responder a pergunta, torceu os lábios em uma espécie de sorriso espertalhão:

— Meu amigo, deixe que lhe ensine uma coisa que o senhor desconhece. Não há instrumento melhor, para os fins que perseguimos, do que uma mulher. As mulheres são criaturas vazias, instintivas, traidoras e emotivas como crianças. Mas, exatamente como as crianças, elas podem ser totalmente maleáveis, nas mãos certas.

Molinas não pôde evitar um tom sarcástico.

— Interessante. Nunca havia pensado nisso.

— O importante é tê-las no pulso, como éguas que só obedecem aos freios e ao chicote. A mulher que vou lhe apresentar já foi muito forte e poderosa até deixar-se levar pela excessiva ambição. O nosso pontífice, Paulo III, a excomungou e a arruinou. Agora está desesperada. Foi Cosimo de'Medici quem me mandou essa mulher aqui para a França, conhecendo a sua vontade de se resgatar. Seria capaz de tudo para poder ser aceita novamente na Igreja.

Molinas arqueou uma sobrancelha.

— O senhor tem em sua casa uma excomungada?

Tornabuoni deu uma gargalhada.

— Não, tenho em minha casa uma escrava. Esta é a sua punição. Caterina Cybo-Varano foi a orgulhosa duquesa de Camerino. Agora ela é apenas cera mole, implorando um perdão que nunca irá chegar.

— E o que o senhor pretende fazer?

— O senhor ainda não entendeu? Dá-la ao senhor de presente. O senhor verá que ela lhe será útil. Bem ou mal, é uma mulher inteligente. Mas, de qualquer forma, é sempre uma mulher.

Os números ocultos

Marselha foi uma das primeiras cidades que, durante o verão escaldante de 1542, experimentou os sinais da nova guerra que estava por acontecer. Desde janeiro, ficara evidente que a aliança entre Francisco I e Carlos V, ainda formalmente operante, repousava sobre bases precárias. Quando chegou ao porto um navio que sobrevivera à destruição da frota imperial nas águas argelinas, o parlamento municipal recusou-se a receber os dois cavalheiros italianos que estavam a bordo: Marzio Colonna e Cornelio Marsili. Pior ainda havia sido a situação das pequenas embarcações que ancoraram nos dias e meses seguintes, conduzidas por comandantes de classes sociais inferiores. Em dois desses casos havia sido proibido o desembarque no porto e, nos outros, a tripulação havia sido tratada quase como se fosse uma multidão de empestados. As tabernas do porto batiam as portas em suas caras, e as prostitutas os evitavam. Um soldado imperial chegou a ser apedrejado em uma ruela por uma turma de garotos.

Claro que Marselha ainda sentia as feridas do longo assédio que sofrera seis anos antes. Mas o comportamento dos parlamentares não teria sido tão hostil se eles não estivessem seguindo as diretrizes, embora secretas, determinadas pelo rei. Bastava dar uma olhada no porto, em inícios de julho, para perceber que a guerra contra o Império estava quase começando novamente. Faluas turcas flutuavam, tranqüilamente, entre as caravelas cristãs, e nenhuma destas últimas ostentava o complicado estandarte imperial. Do prédio onde funcionava o hospital de Marselha, em que Michel prestava serviço, ele possuía uma ampla visão do ancoradouro, mas não lhe interessava ver os indícios da crise política iminente. Nada, naquele momento, lhe interessava menos, enquanto ele estava aplicando um clister em uma paciente, deitada de barriga para baixo, em um dos muitos catres da enfermaria. Sua atenção concentrava-se no que lhe estava dizendo Loys Serre, o médico que havia aceito seus serviços:

— Veja, senhor de Nostredame, esta cidade desgraçada ficou à mercê dos farmacêuticos. Sei que o senhor também já foi um deles, mas lhe asseguro que, aqui em Marselha, os farmacêuticos têm uma péssima reputação.

— Eu sei, mas não entendo por quê — disse Michel, enquanto observava aquela matéria amarelada e aquosa que estava enchendo uma bacia. — A profissão de meus antepassados quase impediu a minha inscrição na Universidade de Montpellier. Mas jamais soube a razão.

— Vou lhe explicar. — Loys Serre abaixou-se para enxugar, com um trapo, as nádegas da paciente, sobre as quais havia caído a camisola. Deu-lhe uma palmadinha amigável nas costas para que ela se virasse novamente. — Veja bem; por aqui, os farmacêuticos se dividem em várias categorias. Existem aqueles pobres, que não conseguem terminar as suas poções por falta de ingredientes. O senhor sabe muito bem quanto custa o âmbar cinza ou outras substâncias do gênero. Depois existem aqueles ricos, porém avaros e corruptos, que, por medo de não receberem o suficiente, deixam de colocar em suas beberagens um terço, ou até mesmo a metade, do que seria necessário.

Acrescente a tudo isso os farmacêuticos ignorantes, quase um terço do total, e aqueles que utilizam lojas úmidas e sujas. O senhor percebe que bela imagem temos como resultado?

Michel, apesar da estima incondicional que nutria por Loys Serre, sentiu-se um pouco chocado com aquelas considerações.

— Talvez isso possa ser verdade aqui em Marselha, mas em outros lugares a situação é bem diferente — protestou, enquanto entregava a bacia fedorenta a um criado. — Em Valence, eu trabalhei com um farmacêutico que era o escrúpulo em pessoa e, em Vienne, conheci François Marius, um jovem que...

— Todos pequenos centros — interrompeu-o Serre, enquanto enxaguava suas mãos em uma espécie de pia, colocada junto à janela. — Nas grandes cidades, tudo é bem diferente, e os honestos têm muito pouca possibilidade de influir sobre os maus costumes coletivos. Olhe à sua volta. Isto aqui lhe parece um hospital? Eu o definiria como um açougue.

Michel deu uma olhada na enfermaria, ampla e baixa, com as paredes cheias de teias de aranha. De fato, aquele espetáculo não era dos mais agradáveis. Sobre os catres, espalhados ao acaso, e, muitas vezes, encostados uns nos outros, os moribundos dividiam as mesmas cobertas imundas com doentes menos graves e, até mesmo, com mulheres próximas do parto. Um fedor nauseabundo dominava todo o ambiente, enquanto as pequenas janelas, sem vidros ou persianas, se de um lado impediam que o mau cheiro se acentuasse, por outro agravavam as condições dos que tinham problemas de pulmão.

— Pelo que sei, todos os outros hospitais da França são assim. Mas, pelo menos aqui, o doente pobre pode usufruir de seus cuidados, coisa que o rico teria que pagar caro para obter. Parece-me uma situação equânime.

— Mas isso não basta, não basta. — Serre virou-se para a doente que, depois do clister, estava bem melhor. — Minha boa senhora, mude de farmacêutico. Falarei com as autoridades para que lhe cortem a mão direita como fazem com os padeiros que, à farinha, misturam gesso ou venenos piores. A sua única doença é aquela que lhe foi provocada pelos remédios. Mas se a senhora ficar aqui, vai adoecer de verdade.

A doente murmurou alguma coisa a que Serre nem sequer prestou atenção.

— Venha comigo até o andar de cima, senhor de Nostredame. Tenho algo para o senhor.

— O quê? — perguntou Michel.

— Uma carta. Ela chegou hoje à minha casa, mas está endereçada ao senhor. Não sabia que conheciam o seu endereço.

— Nem eu sabia disso.

Michel sentiu um arrepio. Toda vez que tentava desaparecer, alguém conseguia encontrá-lo. Ele teve a ilusão de poder esconder-se no anonimato de Marselha, uma cidade grande e superpovoada, mas, evidentemente, isso não havia bastado. Será que Gemealle, inspirada pelo homem da capa preta, lhe havia escrito novamente? Suou frio.

Em Marselha, ele levava uma vida honesta e burguesa, o que lhe ajudava a acalmar seus remorsos e a esquecer as atrocidades na capela de Bordeaux. Finalmente, ele gozava dos privilégios de médico e não mais de farmacêutico. E, afora a nobreza, um médico com boa reputação colocava-se acima de qualquer outra categoria social. A perspectiva de se ver obrigado, novamente, a chafurdar na lama o aterrorizava. Até porque, sabia que, em meio à lama, as suas obsessões voltariam à tona.

Serre o levou através da sala e, depois, pela escada que ia até o andar de cima. Ali, em uma quantidade enorme de quartos que se comunicavam uns com os outros, entre paredes encharcadas de umidade, os médicos tratavam dos pacientes que podiam pagar, pelo menos em parte, as despesas de sua internação.

Em um dos pequenos escritórios, decorado de maneira sumária e sem tapeçarias, Serre apanhou um envelope cheio de lacres.

— O senhor tem amigos influentes — disse com um sorriso.
— Os lacres são da Coroa e o remetente é Caterina de'Medici. Sim, a futura rainha.

Michel ficou tonto. Pegou o envelope e percebeu que os dedos tremiam. — Deve haver algum engano. — murmurou. — Eu nunca conheci... — Enquanto falava, lembrou-se das alusões feitas por Valeriola quanto às suas presumíveis relações com a Corte. Ele já havia se esquecido disso por completo. Olhou para o envelope, quase sem fôlego: podia conter toda a sua sorte ou a sua total perdição.

Serre percebeu o embaraço de seu colaborador e dirigiu-se para a saída. Parou junto à porta.

— Vou ter que deixá-lo; volto lá para baixo. Se quiser responder, em minha casa o senhor poderá encontrar pena e tinteiro. Nos veremos mais tarde.

Mesmo depois de Serre já haver se afastado, Michel ainda hesitou um pouco. Finalmente decidiu-se a quebrar o lacre e retirar a carta de dentro do envelope.

A surpresa que teve no início não era nada em comparação com a que ainda estava para vir. Depois do cabeçalho e dos cumprimentos de praxe, escritos com uma caligrafia muito elegante, a carta dizia:

> Através das mãos de quem lhe escreve, duquesa Cybo-Varano, a futura rainha deseja lhe informar que fez várias pesquisas com o objetivo de encontrá-lo, até conhecer seu atual domicílio por meio de Hieronymus Montuus de Vienne, residente em Lion, e entre os médicos recebidos na Corte que, por sua vez, o souberam através do doutor Francisco Valeriola de Valence. A senhora Caterina deseja lhe informar que um homem indigno, de nome Guillaume Postel, tentou enganá-la durante meses, falando em seu nome e prescrevendo-lhe venenos que dizia terem sido confeccionados pelo senhor, até que a verdade veio à luz e o mise-

rável foi desmascarado. Já que nesse meio tempo, em total boa-fé, a futura rainha havia colocado em dúvida a sua honestidade, ela decidiu, visto que não pode punir o culpado, que resulta inteiramente louco e goza da proteção de pessoas importantes, pelo menos premiar o inocente e ressarci-lo dos danos que sofreu. Pediu-me, portanto, para lhe entregar a quantia de cem florins, que levarei pessoalmente até o senhor, em Marselha, e lhe assegurar a sua alta consideração, confirmada por tudo de bom que ouviu a seu respeito, por parte de pessoas dignas de confiança e com uma vida irrepreensível.

Cem florins! Michel estremeceu de alegria. Não era pobre, porque com freqüência recebia presentes dos médicos aos quais servia. Mas também não era tão rico a ponto de poder se dedicar à vida burguesa e trabalhadora que tanto desejava: uma pequena casa confortável em uma cidadezinha tranqüila do sul, com uma mulher séria e fiel, capaz de lhe dar uma prole numerosa e uma atividade médica com uma clientela de prestígio. Com cem florins ele poderia obter, não o esquecimento de seu passado, mas, pelo menos, um ponto do qual partir para recriar a sua existência.

Todavia, enquanto apertava aquela carta que o enchia de felicidade, sentia uma leve e misteriosa inquietação. Seria possível que, mesmo por detrás daquelas linhas cordiais, se escondesse o homem da capa preta? Não, tanto a lógica quanto a sua sensibilidade para as influências ocultas o excluíam. Ele percebia, porém, uma personalidade forte e decidida, bastante incomum naquelas criaturas frágeis e instáveis que eram as mulheres. A caligrafia, sobre a qual agora passava seus dedos, o induzia a acreditar que a desconhecida duquesa Cybo-Varano, de uma forma ou de outra, era uma mulher fora do comum.

Ele poderia confirmar ou não sua hipótese se tomasse a infusão de velenho e *erva sparviera*. Mas não tinha coragem de fazê-lo. Loys Serre era um homem positivo, da escola dos Romier, dos Montuus e dos outros grandes médicos empíricos. Jamais teria tolerado trabalhar ao lado de um epiléptico, mesmo tratando-se de um ataque induzido artificialmente. Além disso, Michel havia prometido a si mesmo não recorrer mais às drogas. Aquela dimensão louca e bizarra que Paracelso havia definido como luz astral para ele estava fechada para sempre.

Michel lembrava-se bem da seqüência de números a serem memorizados, e que só era conhecida por poucos iniciados em todas as seitas religiosas: 1, 2, 100, 1, 200, 1, 60. *Aleph, beth, qôf, aleph, resh, aleph, samekh*. Cifras que, na numeração grega, correspondiam às letras *Abrasax*. Entretanto, agora ele não podia se abandonar ao êxtase, artificial ou natural, que conferia àqueles números a qualidade de chave-mestra para ascender a uma outra percepção. Para fazê-lo, seria necessário que fosse para um lugar bastante solitário.

Dobrou a carta e a colocou dentro da camisa e, depois, voltou para o andar de baixo. Naquele momento, Loys Serre estava cuidando de um menino com problemas de vermes, apertando seu ventre sob o olhar inquieto da mãe. Acolheu Michel com um olhar cordial.

— O senhor recebeu boas notícias?

— Sim. O senhor sabe se chegou em Marselha uma dama com um nome exótico: Caterina Cybo-Varano?

Serre balançou a cabeça. — Não, pelo menos não que eu saiba. — Endireitou-se. — Uma marquesa Ricciarda Cybo foi implicada nos acontecimentos que ocorreram em Florença e no assassinato de Alessandro de'Medici, por parte do primo Lorenzaccio. O senhor acredita que esta sua duquesa seja parente de Ricciarda?

— Não, não sei nada a respeito dela e ignoro o que houve em Florença. Tudo que sei é que esta Caterina Cybo deveria vir me encontrar.

— Sinto muito, mas, se estiver aqui, eu não tive a oportunidade de encontrá-la. — Serre dirigiu-se à mãe do menino: — Não tem nada de grave. Eu mesmo irei preparar um composto que livrará seu filho dos vermes em uma noite. Assim, eu a manterei longe dos farmacêuticos e de seus venenos.

Deu os braços a Michel e afastou-se junto com ele. Foram até o terraço de pedra, mais do que aquecido pelo sol, de onde se descortinava toda Marselha, o que permitia que se visse desde a fortaleza até a pequena ilha em volta do porto, repleta de canhões e inteiramente ocupada por um castelo baixo, de construção maciça. Eram muitos os veleiros, mas os navios de guerra, inclusive as faluas turcas, predominavam absolutos.

— Meu amigo, temo que em breve, além de nossos doentes habituais, teremos, também, um bom número de feridos para curar — disse Serre, com um tom de voz triste. — Hoje pela manhã foi difundido, ao som de trombetas, um edito de Francisco I intitulado *Cry de guerre*. O nosso rei listou todas as ofensas que recebeu por parte do imperador, desde o furto de Milão. Mas, principalmente, ele insiste quanto ao assassinato do próprio emissário que foi à corte de Solimano. Ao que parece, ele teria sido estrangulado no Piemonte, por ordem do ministro imperial Del Vasto. A guerra, a essa altura, é coisa certa.

Michel deu de ombros. — A França meridional irá resistir. Depois do que houve há seis anos, toda a Provença está fortificada. Não será possível conquistá-la.

— O senhor tem realmente certeza? Em fevereiro do ano passado três sóis iluminaram Avinhão durante a noite toda. O senhor sabe tão bem quanto eu que fenômenos do gênero são prenúncio de tragédias, naturais ou não. Imaginemos que se reacendam os focos da peste, que está sempre latente. A Provença estaria à mercê dos invasores... Mas o que o senhor tem?

Michel tinha colocado a mão na testa. Percebia uma sensação estranha e insinuante, semelhante a uma vibração que percorria todo o seu corpo.

— Três sóis, o senhor disse?
— Sim. Foi o que várias testemunhas disseram. Talvez fosse um reflexo no céu invernal. Mas eu creio que tenha sido um presságio de desgraça.
— Não me sinto bem. Poderia ir embora? — Na mente de Michel reaparecera aquele sonho esquecido, com a cidade repleta de mortos, o homem com o rosto que queimava e os três astros, com luz vermelha, que inflamavam o firmamento. Além do demônio que lhe descrevia tudo aquilo, sempre escondido em meio às trevas.
— Ah, deixe que o acompanho à casa — disse Serre, parecendo preocupado com Michel. — O senhor está precisando descansar. Verá que logo estará melhor.

Serre morava em uma casa com uma elegância sóbria, que ficava na base da colina onde se localizava o hospital, em um bairro tranqüilo, com conventos e sedes religiosas, longe da vida caótica e barulhenta do centro da cidade. Tudo na casa, desde a criadagem, séria e confiável, à ternura da esposa e dos três filhos do médico, à beleza dos cômodos, decorados com tapetes de Bérgamo e quadros de estilo incomparável, dava a sensação de uma riqueza quase aristocrática mas não exibicionista.

Quando os dois entraram, recebidos por um criado já idoso, Michel sentia-se melhor, e a visão que o havia aterrorizado estava desaparecendo. Serre percebeu as condições em que ele se encontrava.

— Vejo que o senhor voltou à grande forma novamente. Ótimo. Mas um copinho de alquermes só irá lhe fazer bem.
— Eu lhe agradeço, mas acho que não estou precisando. Prefiro não almoçar, mas deitar-me um pouco. — Michel sentia uma necessidade imperiosa de imergir sua mente na combinação capaz de lhe dilatar a percepção: 1, 2, 100, 1, 200, 1, 60. Se a pronunciasse sob o efeito da *pilosella*, isso lhe revelaria se, por detrás da oferta de Caterina de'Medici, se escondia alguma armadilha.

O criado tossiu. — Antes que o senhor de Nostredame se retire para os seus aposentos, devo avisá-lo de que hoje, pela manhã, uma moça veio procurá-lo.

Michel estremeceu. — Uma moça? O senhor, por acaso, não estaria querendo dizer uma dama?

— Não, era uma moça muito jovem. Muito bem-vestida, é claro, mas não uma nobre. Talvez fosse uma criada.

Serre lhe perguntou: — Foi ela quem lhe entregou a carta para o meu amigo? Aquela que você me deu quando estava saindo para o hospital?

— Sim. Ela mesma.

— Ela lhe disse em nome de quem veio?

— Não, mas falou que passaria de novo para ver se havia uma resposta.

— Se ela voltar, nos avise.

Serre esperou que o criado se retirasse com uma reverência respeitosa, e depois disse para Michel, em tom carinhoso: — Vá descansar, senhor de Nostredame. Sinto muito não poder contar com a sua presença no almoço, mas espero vê-lo ao jantar. Hoje à tarde o senhor está livre.

— Eu lhe agradeço.

Michel subiu até seu quarto, no andar de cima. Tratava-se de um lugar amplo e elegante, com uma cama com baldaquim e móveis de gosto refinado. Um tapete esplêndido cobria todo o pavimento.

Tirou a capa e, sobre uma escrivaninha, colocou o chapéu quadrado, do qual jamais se separava. Deitou-se sobre as cobertas, muito embora os fantasmas que o haviam perturbado já tivessem desaparecido por completo. Pegou a carta da duquesa e passou, novamente, seus dedos sobre ela, sem que nada sentisse. Colocou-a, então, sobre sua testa, como se a sua mente pudesse captar o que dela emanasse. Mas não havia nada a ser feito, *Abrasax* não abria as suas portas. A culpa era do sol quente demais, do céu límpido que ele podia ver pela janela, da dificuldade que encontrava em se concentrar.

Se tivesse em seu poder o livro certo, talvez tivesse podido ultrapassar as barreiras, sem a ajuda da *pilosella*. Aquele livro que lhe servia, entretanto, o *Arbor mirabilis*, lhe havia sido roubado, há muito tempo. Dormiu durante horas, sonhando, como sempre, com os rostos tristes de Magdelène e de seus filhos mortos.

Acordou a tempo para o jantar, que não teve nada de especial, como também nada de interessante aconteceu nos dois dias que se seguiram. No terceiro, ao voltar sozinho do hospital, foi interpelado pelo criado idoso.

— A moça da carta voltou — disse-lhe o criado.

— Que moça? — perguntou Michel, cujo pensamento estava longe.

— O senhor não se lembra? Aquela que estava esperando que o senhor respondesse a uma carta que a Corte lhe mandou.

Repentinamente, Michel recordou-se de tudo. — Ela ainda está aqui? — perguntou, tremendo, sem razão aparente.

— Sim, mas não está só. Há uma dama com ela. Uma verdadeira dama.

— Ela lhe disse seu nome?

— Quem? A dama? Ela me disse, mas é um nome difícil de pronunciar. É um nome estrangeiro.

— Seria, por acaso, a duquesa Cybo-Varano?

— É essa mesma. Venha, eu o acompanho.

No andar de baixo havia uma série de salas. Michel foi levado até a mais espaçosa e luminosa de todas, cuja luz refletia-se nos vários espelhos pendurados nas paredes, em meio a quadros de escolas italianas, representando cenas mitológicas. Foi, justamente, através de um desses espelhos que ele teve a visão das duas mulheres, cuja beleza era estonteante. Quando as observou, percebeu que a mais jovem era elegante, mas que o seu fascínio viçoso e desembaraçado era atenuado pelas roupas modestas que usava e por uma espécie de echarpe, enrolada ao pescoço e cujas extremidades desciam até a altura da cintura.

A mulher, embora já tivesse uns quarenta anos, esbanjava beleza. O seu rosto, de formato oval, era moldurado por lindos cabelos louros, cuja cor, percebia-se, era natural. Seus traços eram bem regulares, e seus olhos azuis transmitiam uma frieza intensa que talvez fosse o que os tornava tão fascinantes. Ao contrário da jovem, ela não usava nenhuma echarpe, e seu vestido tinha um decote profundo, bem no estilo dos Valois, que deixava descoberto o sulco entre os dois seios, grandes e insinuantes. O resto da imagem, alta e elegante, estava escondido por um vestido de seda azul.

Michel ficou parado em frente à porta da sala, um tanto apatetado. Foi a mulher menos jovem quem falou primeiro: — O senhor deve ser Michel de Nostredame, não é verdade? Alguns dias atrás, minha filha Giulia — apontou para a moça que estava com ela — entregou-lhe uma carta da futura rainha, que me foi ditada pessoalmente por ela. Meu nome é Caterina Cybo-Varano.

Michel fez uma reverência, tentando esconder seu rubor. Aqueles olhos azuis e gélidos realmente o estavam perturbando.

— Trouxe-lhe o que Caterina de'Medici lhe prometeu. Mas, antes, devo entregar-lhe um presente. Giulia, entregue aquele manuscrito ao senhor de Nostredame.

A moça apanhou um grande livro, que ela havia colocado sobre uma mesinha. Michel pegou-o e, imediatamente, sentiu-se tonto. Conhecia muito bem aquele livro. Na capa, já consumida pelo tempo e pelo manuseio, aparecia o título *Arbor mirabilis*. A seguir viriam trezentas páginas de pura loucura.

Um novo patrão

Molinas amassou a carta e a jogou, furiosamente, na lareira, esquecendo-se de que ela estava apagada e repleta de cinzas, muito embora o inverno já tivesse chegado, e, lá fora, o frio imperasse. Ficou horas caminhando para frente e para trás, no quarto frio, com um teto baixo e reclinado. Quando, finalmente, lembrou-se de que o papel não podia ser destruído daquela maneira, abaixou-se para apanhá-lo. A falta de seus dedos mindinhos fazia com que o papel lhe caísse, várias vezes, da mão.

Resistiu à tentação de praguejar. Quando, para punir-se de sua incapacidade na história de Châtelet, havia cortado seus mindinhos com um golpe seco de punhal, não havia imaginado o quanto isso iria dificultar o uso de suas mãos. Agora, porém, era capaz de percebê-lo. Levou algum tempo para conseguir pegar a carta que havia amassado com a palma da mão direita. Quando, afinal, conseguiu, ele a rasgou, com a ajuda dos dentes pontiagudos.

Naquele momento, todos os sinos de Aix estavam tocando o meio-dia e as ruas encontravam-se desertas. Molinas jogou os fragmentos da carta pela janela, sem vidros e nem persianas. A duquesa Cybo, que havia entrado silenciosamente, viu-o enquanto ele observava os fragmentos flutuando no ar. Começou a rir.

— O que está fazendo, meu amigo? Está parecendo uma criança que acompanha o vôo de suas bolas de sabão.

Molinas virou-se, irritado, mas logo acalmou-se. A duquesa, com sua beleza fulgente, tinha o poder de acalmar a sua alma atormentada. Quando o bispo Tornabuoni a entregou para ele, Molinas jamais teria imaginado encontrar nela uma amiga e uma cúmplice. Pensava que se tratasse de uma criatura maleável e subserviente. Mas, ao contrário, havia descoberto a seu lado uma mulher soberba, tão astuta quanto ele próprio e igualmente apaixonada por intrigas. Molinas começara a acreditar que Páramo, um grande teórico da Inquisição espanhola, tivesse se enganado quando definira as mulheres como sendo, invariavelmente, leves de espírito, para não dizer inteiramente estúpidas. Pelo menos, a sua definição decerto não se aplicava à duquesa Cybo.

Por trás dos olhos azuis e frios da dama, de uma beleza incrível, não brilhavam ideais, mas apenas uma vontade de ferro. A mesma vontade que a havia feito conseguir, depois da morte do duque de Varano, seu marido, o ducado de Camerino, descartando todos os seus adversários. Até que a ira de Paulo III Farnese, cujo desejo era entregar o feudo a um sobrinho seu, cortou a sua ascensão pela raiz.

— Era uma carta do inquisidor geral da Espanha, Juan Pardo de Tavera — explicou Molinas, apontando para os pedaços da carta que ainda oscilavam fora da janela, carregados pelo vento. — Ele considera inútil que eu continue a minha missão aqui e exige que eu vá para a Sardenha, como *visitador*, para substituir o inquisidor da ilha, Andrea Sanna.

— E o que o senhor deverá fazer lá? — perguntou a duquesa.

— Monsenhor Tavera não me disse, mas acho que sei do que se trata. O papa Paulo III acaba de restaurar o Santo Ofício romano. Na Espanha acredita-se que a Sardenha possa voltar à jurisdição de Roma, e Sanna é considerado um homem fraco demais para poder resistir à ameaça.

— É claro que seus superiores espanhóis devem achar estranho que o senhor esteja residindo aqui, às custas deles, e se ocupando de um único homem.

— Todas as vezes em que um novo inquisidor toma posse, vejo-me obrigado a explicar tudo de novo. Mas já estou começando a ficar cansado. — Exasperado, Molinas abandonou-se sobre um sofá velho. Durante alguns instantes manteve a cabeça entre as mãos, que estavam apoiadas nos joelhos. Depois, levantou seus olhos, meio avermelhados. — Minha cara amiga, a senhora conheceu Nostredame e lhe entregou o manuscrito que ele há tanto tempo procurava. Acredito que já tenha compreendido por que considero aquele homem tão perigoso.

A duquesa sentou-se em uma poltrona rasgada, ajeitando as pregas de sua saia bordada.

— Eu compreendi, Diego, porque o senhor me explicou. Quando encontrei aquele homem, ele não me pareceu nem um pouco perigoso. Talvez um tanto mal-educado. Depois que lhe passou o susto de ter o manuscrito em suas mãos, mandou que os criados do doutor Serre pusessem a mim e a minha filha para fora.

Molinas admirou a graça felina com que a mulher havia se acomodado em meio às almofadas. Desde que ela se tornara sua cúmplice, ele não resistia ao seu fascínio. Todavia, mesmo com todo aquele fulgor ela não havia reaceso no espanhol a libido pecaminosa que, vez por outra, o devastava. Para satisfazê-la, eram suficientes as ocasionais exibições anatômicas da filha de Caterina, Giulia. A duquesa não se opunha. Para ela, tratava-se apenas de uma inócua mania de um amigo que lhe era muito querido. E, no fundo, era isso mesmo.

Molinas acordou de suas fantasias. — Tudo o que eu queria ver era justamente a reação de Nostredame — trincou os dentes em um sorriso sarcástico. — Eu já o conheço muito bem. Tudo a que ele aspira é a uma vida normal, que lhe permita estar em paz com a própria consciência. Todas as vezes em que acredita ter chegado a seu objetivo, eu apareço para destruir a sua segurança. Mais cedo ou mais tarde, acabará pedindo a ajuda de seu antigo mestre. E, então, estará perdido. Ambos estarão perdidos.

A duquesa concordou. — Até aqui eu entendo, Diego. O que não consigo entender é por que o senhor lhe devolveu o manuscrito.

— Porque, depois de tantos anos, nunca consegui decifrá-lo. Ele só me serviu para fazer com que Nostredame fosse embora de Marselha, onde estava muito bem protegido. — Molinas sentia uma satisfação liberatória em poder contar para alguém seus movimentos, depois de quase uma década de elucubrações e planos solitários. — Sem o código, o manuscrito é incompreensível. Só serve para dar medo.

— Como é possível um livro ser capaz de assustar alguém?

— São as suas ilustrações que provocam uma certa inquietação. A primeira parte parece ser dedicada à botânica, mas descreve plantas que ninguém nunca viu. A segunda parte parece tratar de assuntos ligados à medicina, mas é quase obscena. Existem imagens de funis estranhos e de mulheres nuas expostas a uma chuva de sangue. Depois, aquele sangue acaba formando poças, onde cães e lagartos vêm beber.

A duquesa sentiu um arrepio. — E a terceira parte?

— Esta é a mais enlouquecedora de todas. Parece falar sobre astronomia, mas as configurações estelares nela representadas não existem em lugar nenhum. É como se elas pertencessem a um outro universo. — A testa de Molinas enrugou-se.

— Seria preciso decodificar o texto, mas, sem a chave, é tempo perdido.

— O senhor me falou sobre uma seqüência de números.

— Sim, a palavra *Abrasax*, da qual Nostredame tanto gosta, é composta por números que, somando-se, o resultado é 365, ou seja, o total dos dias do ano. Mas o que isso quer dizer? Até que eu consiga sabê-lo não poderei descobrir como aquele homem parece ser capaz, em certos momentos, de ultrapassar as barreiras do tempo. Consagrei a minha vida à descoberta desse mistério.

A duquesa Cybo parecia estar compreendendo, mas também parecia um tanto perplexa.

— E uma vez que o senhor consiga conhecer tal segredo, o que pretende fazer?

— Levá-lo até a Suprema Corte, ou, quem sabe, ao papa. Ainda não sei. A vida de Nostredame não me interessa. O que realmente me importa é agarrar o autor de *Arbor mirabilis*, Ulrico de Magonza. A senhora me entende agora?

Houve um longo momento de silêncio; depois a duquesa fez sim com a cabeça. — Talvez, pela primeira vez, acho que posso entendê-lo. Até agora o senhor nunca havia sido tão explícito. — Apontou para a janela. — A carta que o senhor jogou fora, porém, pôs um fim em sua missão. Se o senhor for para a Sardenha, dificilmente deixarão que volte para cá. O que pretende fazer?

— Não sei, não sei. — Molinas sequer tentou esconder o seu próprio desconforto. Levou suas mãos ao rosto, deparando com os cortes, mal cicatrizados, de seus mindinhos perdidos. Colocou suas mãos novamente sobre os joelhos. — Eu jurei obediência à Suprema Corte, mas meus superiores não entendem a gravidade desta ameaça. Não posso nem mesmo ir até a Espanha para falar com o novo inquisidor. Se não partir imediatamente para a Sardenha, darei a impressão de estar desobedecendo ao Santo Ofício.

— Então, a única solução é o senhor procurar um novo patrão.

Molinas olhou, surpreso, para a duquesa. — O que quer dizer com isso? A Inquisição romana? Não acredito que eles me queiram.

— Não, não. Estava pensando em algo totalmente diferente. — O rosto encantador da duquesa Cybo havia se contraído em uma leve careta. A resposta do espanhol devia tê-la feito recordar-se de Paulo III, e essa lembrança lhe doía. — O senhor se lembra do bispo Tornabuoni? No momento ele está em Avinhão.

— E daí?

— O senhor sabe muito bem que aqui na França ele cuida de vários interesses, inclusive os do imperador.

— Continuo não entendendo.

A dama abaixou seu tom de voz e inclinou-se, mostrando, sem querer, o grande conteúdo por detrás do decote.

— Tenho informações precisas de que ele está recrutando homens corajosos, dispostos a servir ao imperador Carlos V, em solo francês. Já estamos em guerra, e é preciso encontrar gente de confiança, capaz de abrir os caminhos da Provença para as tropas imperiais.

Molinas ficou bastante perturbado, tanto pelas palavras que ouvia quanto pelo que via. Enrubesceu e desviou o olhar.

— Eu duvido que o monsenhor Tornabuoni se interesse por Nostredame e suas relações com o diabo.

A duquesa pareceu ter percebido o embaraço do espanhol, porque sorriu e se recompôs.

— Não, com certeza não lhe interessa nem um pouco. Todavia, se ele lhe pagasse, o senhor poderia permanecer na Provença. E, enquanto estivesse servindo Carlos, que afinal é o seu rei, teria como continuar controlando os movimentos de Nostredame.

— Mas o que, exatamente, eu deveria fazer?

— Não sou eu quem deve decidir. Já lhe disse que o monsenhor Tornabuoni encontra-se em Avinhão. Poderíamos ir juntos procurá-lo e o senhor lhe ofereceria os seus serviços. Pense nisso.

—Vou pensar, mas me parece que correrei grandes riscos em troca de vantagens, no final, escassas. Para começar, perderia a amizade do cardeal Della Rovere, que me protegeu e arranjou-me esta casa...

— Um barraco imundo.

— Mas sempre um teto. Além disso...

Molinas interrompeu o que estava dizendo porque Giulia, a filha da duquesa, havia entrado. Ao ouvir o nome Della Rovere a jovem estremecera. Com apenas onze anos de idade, tinha sido obrigada a casar-se com Guidobaldo della Rovere, herdeiro do ducado de Urbino, que a havia repudiado depois da desgraça de sua mãe. Era uma jovem muito graciosa, com plácidos olhos azuis e um narizinho arrebitado. Todavia, não tinha aquele algo mais da alegria de Caterina. Além do mais, a mãe, como que para manter certa distância, a obrigava a usar vestidos modestos e a cuidar de tarefas humildes. Molinas, com freqüência, suspeitava de que a duquesa invejasse a pouca idade da filha e desejasse, daquela forma, evitar comparações.

Caterina levantou-se e, sorridente, pegou as mãos da menina.

— Bom-dia, Giulia. O que houve?

A jovem, intimidada, como se estivesse esperando uma repreensão, apontou para os cômodos escuros atrás de si.

— Eu estava na cozinha preparando um doce, mas temo ter feito algo errado.

— Não se preocupe, vou até lá. O senhor me dá licença, senhor Molinas? — O olhar da duquesa dirigiu-se, novamente, para a filha. — Giulia, o senhor Molinas é um grande amigo e é preciso servi-lo de todas as formas. Eu a deixo em sua companhia. Veja se você o entretém.

Giulia enrubesceu, mas fez uma reverência.

Já na porta da sala, a duquesa virou-se para o espanhol.

— Devemos continuar a nossa conversa em uma outra ocasião. É claro que pode ser perigoso para o senhor obedecer ao bispo Tornabuoni e ao seu soberano. Mas também pode haver vantagens nas quais o senhor ainda não pensou. — Dito isso fez uma longa reverência. Depois, tendo obtido o resultado desejado, voltou para a cozinha.

Molinas estava realmente muito confuso.

Quatro dias mais tarde, sob uma chuva leve e gelada, Molinas e a duquesa desciam de uma carruagem em Avinhão, em frente a um palácio nobilitar no qual se hospedava o bispo Tornabuoni. O prelado logo concordou em recebê-los. Um criado os conduziu até uma enorme sala aquecida por uma grande lareira e com as paredes recobertas de troféus de guerra. Tornabuoni estava trabalhando em uma escrivaninha dourada, sob uma janela com cortinas de veludo vermelho. Vários candelabros e um castiçal, colocado sobre a mesa, forneciam luz suficiente.

— Acomodem-se, acomodem-se — disse o bispo, interrompendo o seu trabalho e apontando para duas poltronas. Juntou os papéis esparsos e dirigiu aos visitantes um grande sorriso. — Estou muito feliz em recebê-la, duquesa. Permita que lhe diga, como um homem que renunciou a todas as coisas mundanas, que a senhora está mais radiante do que nunca. Quanto ao senhor Molinas, meu prazer é redobrado, devido à gratidão que lhe devo. É mérito do senhor se o assassino Lorenzaccio vem sendo caçado todo o tempo. Ele esteve em Pesaro, na Itália, mas agora está de volta a Paris, sempre hospedado no Colégio dos Lombardos. Mais cedo ou mais tarde irá sofrer um acidente.

Molinas notou aquele fulgor de crueldade que atravessou

os olhos do bispo, enquanto falava de seu inimigo. Aquele homem lhe agradava. Naquele rosto enrugado do prelado, astúcia, determinação e ferocidade escondiam-se por detrás de um véu de benevolência. Exatamente como acontecia com a Inquisição espanhola.

— Eu realmente espero que a sacrossanta vingança de Cosimo de'Medici acabe atingindo aquele facínora. Entretanto, a minha contribuição para tal ruína foi mínima e casual.

— Pode até ser, mas não foi nem pequena e nem casual a deportação para a Espanha dos hebreus capturados. Sei que o próprio imperador ficou contente. Hoje, no entanto, uma operação tão brilhante não seria mais possível. Não sei quais foram os maus conselhos que fizeram com que Francisco I retomasse a guerra contra Carlos V. Uma tal fratura dentro da cristandade trará felicidade apenas para os maometanos e huguenotes.

A duquesa Cybo, que, pela primeira vez, havia escondido seus seios sob um xale, e usava um vestido elegante, mas não muito vistoso, levantou o dedo.

— Foi justamente sobre isso que viemos lhe falar, monsenhor. O senhor Molinas está tão angustiado quanto eu pela retomada da guerra. Até porque o rei Francisco parece ter perdido totalmente a lucidez, aliando-se àqueles mesmos turcos que estão ameaçando toda a Europa. Ambos gostaríamos de poder fazer alguma coisa.

É claro que o bispo Tornabuoni havia sido informado, por carta, quanto às intenções da dama, mas fingiu estar surpreso.

— Pelo que sei, o senhor Molinas já está servindo à Inquisição espanhola. Não posso imaginar uma causa mais santa.

Molinas entrou no jogo, mesmo não sabendo qual dos três estava dando as cartas.

— O meu serviço para a Inquisição já terminou, mesmo que seus ideais continuem a me inspirar. Agora, gostaria de poder servir meu soberano que o senhor mesmo, monsenhor, serve com tanto zelo.

Tornabuoni apertou as pálpebras.

— É um privilégio para poucos poder oferecer seus préstimos ao imperador. O que o senhor deseja em troca?

Molinas apreciou aquela franqueza. — Ah, muito pouco. O suficiente para me sustentar, sem luxos, e a possibilidade de permanecer na Provença, onde tenho assuntos a tratar.

— Disseram-me que, há anos, o senhor está atrás de um certo bruxo. É verdade?

— Sim, é verdade. Mas isso não me impediria de executar outras tarefas.

Tornabuoni parecia ter gostado da sinceridade com a qual o espanhol falava, assim como, no passado, gostara de sua forma reticente. Olhou para a duquesa Cybo.

— A senhora também tem a mesma intenção? Ou seja, dedicar-se de corpo e alma à causa de Carlos V, não importando os sacrifícios que ela comporte?

— Sim — respondeu a mulher, com um tom de voz decidido.

— Então, escutem-me. — Tornabuoni colocou seus dedos sobre o rosto e os fez descer através da face, como para deixar clara a importância do que iria dizer. — As melhores tropas imperiais encontram-se na Itália. Carlos V, agora, pode contar com o exército de Henrique VIII, rei da Inglaterra, que descerá pelo norte. As outras frentes de batalha, porém, são quase impenetráveis. A Provença continua a ser uma passagem obrigatória para que possamos invadir a França pelo sul, mas a experiência de alguns anos atrás não foi das mais felizes.

Molinas levantou os ombros. — A Provença está bem fortificada. Marselha resistirá hoje, assim como resistiu em 1536.

— Sim, mas hoje Carlos V tem um novo aliado natural. No sul da França multiplicaram-se os focos de peste, capazes de enfraquecer qualquer cidade. Digamos que a peste negra invada a região meridional. As cidades ficariam despovoadas, as fortalezas seriam dizimadas e eles teriam que bater em retirada. Qualquer um poderia invadir o território francês sem encontrar defesas.

Molinas deu de ombros.

— Estes são cálculos que devem ser deixados a Deus. Ninguém pode prever a difusão da peste e nem a sua natureza.

Tornabuoni começou a sussurrar.

— Todavia, sabe-se que a peste também pode ser induzida. Um trapo sujo de pus caindo em um poço, uma atadura usada sobre uma chaga, que é deixada sobre a bica de uma fonte. Não existe limite à Providência, se uma inteligência aguçada decide superá-lo.

Muito embora já tivesse visto de tudo, Molinas arrepiou-se de horror.

— Mas o senhor está falando do assassinato de milhares de inocentes! — exclamou.

— Assassinato? Senhor Molinas, eu achava que o senhor fosse mais reflexivo — respondeu Tornabuoni, levantando, levemente, os ombros. — Considere que a guerra sempre cria vítimas inocentes. Além disso, Carlos V é o único baluarte no qual o papa pode confiar para lutar contra luteranos e calvinistas. Uma derrota do imperador seria como abrir caminho para a heresia. O senhor não concorda?

O discurso convenceu Molinas, dada a sua lucidez. Embora ainda relutasse um pouco, acabou concordando.

A duquesa Cybo não parecia estar emocionada. Com certeza, já tinha ouvido aquelas argumentações.

— Monsenhor, a missão que o senhor está nos confiando é de grande risco. O senhor não acredita que dois estrangeiros que viajam de uma cidade para a outra, espalhando a peste, possam atrair muita atenção? — limitou-se a perguntar.

O bispo lhe sorriu

— Uma pergunta inteligente. Eu lhe digo, cara senhora,

que em todas as epidemias se vêem pregadores e religiosos andando pelas cidades infectadas para prometer conforto ou sugerir penitências que aplaquem a ira divina. Dois viajantes, com roupas comuns, seriam suspeitos, mas dois místicos, não.

— Em resumo, o senhor deseja que façamos como em um baile de máscaras.

— Talvez. Mas, se por trás da máscara se esconde o rosto de Deus, não há nada de ridículo nisso. De qualquer forma, não estou obrigando o senhor a nada. — O bispo olhou para Molinas, mudo e carrancudo. — Falo, principalmente, em seu interesse. Se desejar ajudar a causa de Carlos V, é este o modo de fazê-lo. Em troca, o senhor terá a ajuda do Império, e a minha pessoal, para agarrar o bruxo que tanto atormenta o seu sono. Mas não pretendo que aceite de imediato. O senhor me dará uma resposta mais tarde. — O sorriso de Tornabuoni tornou-se malicioso. — Mesmo que eu já saiba qual será.

O fascínio pela normalidade

Michel jogou na lareira da taberna o livro que tinha nas mãos, fazendo-o queimar em meio às brasas.

— *Prévisions d'un solitaire* — disse, fazendo uma careta. — Um monte de bobagens. Como se chama este astrólogo da Abadia de Orval?

— O nome verdadeiro eu não sei. Mas ele diz se chamar Olivarius — respondeu Jehan de Nostredame.

— Um ignorante e imbecil. — Michel observou o livro pegar fogo, gerando uma fumaça fina, mas densa. Provavelmente, o proprietário não estava nem um pouco contente ao ver todo aquele combustível juntar-se à lenha sob a qual se encontrava o espeto. Naquele momento, porém, ele estava servindo um outro grupo de clientes, sentado em uma mesa distante.

Jehan contraiu seu rosto largo em um sorriso de escárnio. Ele assemelhava-se a Michel, mas suas expressões eram marcadas e seu rosto enrugado, embora fosse mais jovem.

— Você nem imagina quantos almanaques destes existem por aí. Há muita gente fazendo fortuna escrevendo tudo que vem à cabeça. Depois vendem, dizendo que são profecias.

— Eu sei. Aonde quer que eu vá encontro alguém que me aconselha a fazer o mesmo.

— Ah, eu conheço você. Você nunca o faria. É honesto demais.

— Falsificar oráculos? Você tem razão, eu nunca faria. Mas não acredite que a arte da adivinhação paira no ar. A verdade é que poucos a conhecem. E é melhor que seja assim.

Jehan serviu-se de um copo de vinho tinto, denso e perfumado.

— Eu jamais acreditaria em tais coisas. Nossos avós nos encheram os ouvidos. E nosso pai também não era de brincadeira.

— A propósito, como ele está?

Jehan bebeu um gole, depois colocou o copo sobre a mesa e abriu os braços.

— Sempre na mesma. Está mais morto do que vivo, mas vai levando. Em seus raros momentos de lucidez, às vezes chama por você. Não o vê há anos. Aliás, como eu.

A testa de Michel enrugou-se. — Nem você e nem ele podem imaginar a vida que tenho levado. Não posso parar em um lugar sem que uma alma danada me encontre e me obrigue a ir embora. Há anos que não tenho paz.

— E quem é essa alma danada? Ou existe mais de uma?

— Não, trata-se de uma só, assim espero. Mas este é um assunto que não vai interessar a você. — Michel experimentou a geléia que estava no prato, acompanhando uma fatia fina de carne de porco, temperada e açucarada. Fez uma careta. — Horrível. Em toda Provença não existe mais ninguém que saiba preparar uma geléia como Deus comanda.

Jehan riu. — O mesmo narcisista de sempre. Acho que por aqui temos muito mais com que nos preocupar no momento.

— Quem não cuida da própria culinária, também não cuida de seu bem-estar e está se preparando para a tumba. — Michel largou a fatia de carne no prato. — Fale-me sobre você, meu caro irmão. Ainda está trabalhando para o tabelião Jacques Gigasque?

— Sim, estou aprendendo. Estou indo a Apt, a serviço dele. Eles são os profissionais mais estimados em Aix. Mas estou tendo uma outra possibilidade de carreira.

— Qual?

— François de Rascas de Bagarris, conselheiro no parlamento de Aix, estava procurando um secretário. Apresentei-me e causei uma boa impressão. Ainda não há nada acertado, mas acho que ele vai me contratar. Seria o início de uma carreira de procurador no parlamento.

— Vejo que você está bem de situação — murmurou Michel, com uma involuntária amargura. — Está usando uma capa de veludo e um colarinho caro. Pode-se ver que você encontrou o seu caminho.

— Você também pode encontrar o seu. Se conseguir esse emprego, posso tentar fazer com que você seja contratado. Ah, não como um empregado, mas... como é que são chamados vocês, médicos errantes?

— Periodistas.

— Isso mesmo. Aqui sempre falta médico. A peste continua a rondar. Os casos não são freqüentes, mas todo mês alguém adoece. E se a doença não aparece na cidade, ela se apresenta em alguma aldeia vizinha, depois em uma outra e depois em outra. Parece que se enraizou na Provença e não quer ir embora. Um outro lindo presente de Carlos V e de seus mercenários alemães. Que Deus os amaldiçoe.

Michel afastou a geléia e a carne de porco e colocou um pouco de vinho em seu copo. — Há quanto tempo que se ouve falar que os imperialistas podem voltar de uma hora para outra.

— Não, não. Há alguns dias os turcos tomaram Nice. A marcha do imperador sobre a França encontrou um obstáculo com o qual não contava.

Michel sempre se entediara com a política, mesmo assim disse: — Os turcos! Mas que grandes aliados nosso rei encontrou!

Jehan deu de ombros. — Já que deve enfrentar um Império, Francisco faz muito bem em não ter tantos escrúpulos. Mas vamos deixar essas questões para lá. — Remexeu nos bolsos. — Vou fazer você ver uma coisa que fará com que se alegre. — Afastou os pratos e os copos e abriu um grande papel sobre a mesa. — Olhe, este é o nosso emblema de família!

No papel aparecia o desenho de um escudo dividido em quatro partes. Em cada uma havia uma roda de ouro com quatro raios, quebrada entre um raio e outro, e uma testa de águia. Embaixo estava escrito "SOLI DEO".

— Ao único Deus! — comentou Jehan, entusiasmado. — Não é magnífico?

Michel esboçou um sorriso cético. — Lembro-me que este emblema havia sido esculpido sobre a porta da nossa casa em Saint-Rémy. As palavras também poderiam significar *Ao Deus sol* e parecer bastante pagãs. — No fundo de seu coração agradeceu a Deus por seu irmão não conhecer o verdadeiro significado da roda com oito raios. Jehan desconhecia a parte mais sinistra da sua vida, e ele, certamente, não tinha a menor intenção de revelá-la.

— Não brinque, Michel! Este emblema é o complemento do brasão que nosso pai começou a fazer quando decidiu se passar por nobre. — Jehan baixou a voz. — O importante é que se esqueçam de que descendemos de hebreus. Ao que parece, estamos quase conseguindo. Você se lembra do que aconteceu durante o período de Luís XII? Eu ainda era muito pequeno, mas você já tinha nove anos.

— Você está falando sobre aquela história das taxas sobre os judeus convertidos? Quase nos levaram à ruína. Para não falar da humilhação de se apresentar aos fiscais sob o risco de nos confiscarem todos os bens. — Michel estava falando com um tom de voz sereno, mas lembrava-se bem da humilhação de seu pai, obrigado a prestar contas, com o chapéu na mão, da renda exata de todos os seus bens.

Jehan, com um tom sério, concordou. — Vejo que você se lembra. Bem, meu caro irmão, aqueles tempos estão esquecidos. Há três anos, finalmente, papai conseguiu que a sua cidadania em Saint-Rémy fosse reconhecida. Acho que foi o momento mais feliz de sua vida. Eu sempre digo que descendemos de uma família ilustre. Hebreus, sim, isso eu não poderia negar, mas hebreus espanhóis, convertidos há um século. Com antepassados que foram médicos da Corte, requisitados pelos soberanos mais ilustres e que se distinguiram por seus conhecimentos em magia natural. Tudo isso surte um grande efeito.

— Você sempre teve uma imaginação muito fértil.

— Você também tem que ter, ou, pelo menos, deve se adequar à minha. Hoje, o nome dos Nostredame começa a ser respeitado. Temos até um emblema. Você deve parar com essa vida errante e se adaptar à nossa nova condição. Case-se com uma mulher dócil e paciente, estabeleça-se em algum lugar, desfrute das vantagens da sua condição de médico e seja um bom católico. Desta forma, você também ajudará a mim, a nosso pai e a nossos irmãos.

— É exatamente isso o que eu quero — respondeu Michel, com um suspiro. — Porém...

Naquele momento, a porta da hospedaria abriu-se e um exército de criados entrou, carregado de bagagens. Um instante depois, entrou um cardeal, alto e de porte majestoso, com um bastão na mão. O proprietário abandonou todos os clientes e correu para inclinar-se diante do recém-chegado. A sua robusta esposa, ouvindo todo aquele barulho, apareceu na sala e também correu para homenagear o prelado. Todos os criados a imitaram e também muitos clientes.

Enquanto o príncipe da Igreja saudava com um gesto todos os presentes, um homem de bigode e barba bem curta, que parecia ter cerca de cinqüenta anos, precipitou-se, com ar autoritário.

— O cardeal Du Bellay exige um quarto cômodo e outros alojamentos, igualmente cômodos, para o seu séquito, que é composto de onze pessoas — disse ao proprietário. — Além disso, ele ordena um jantar à altura do seu *status*, em um ambiente onde não haja nem mulheres vulgares, nem jogadores e nem ladrões. O senhor acredita que possa contentá-lo?

O proprietário, que ainda estava inclinado, permaneceu naquela posição.

— Sim, senhor. Mesmo tendo já muitos quartos ocupados, o que obrigará alguns criados de sua eminência a dormirem no celeiro.

— Nem em sonho. Jogue no celeiro os desgraçados que tiver em casa. O senhor irá ganhar em um dia o que normalmente só ganharia em um ano.

— O senhor será servido.

Michel havia escutado aquele discurso do secretário do cardeal, com uma emoção sempre crescendo. Aquela voz lhe era familiar e lhe lembrava momentos felizes. A certa altura, levantou-se e gritou:

— François! François Rabelais!

O homem de bigode olhou em sua direção, semicerrando os olhos como se quisesse focalizar quem estava à sua frente. Depois, gritou, feliz: — Não é possível! Michel de Nostredame!

Os dois afastaram mesas e cadeiras e acabaram um nos braços do outro, sob o olhar divertido dos presentes. Depois de uma abraço prolongado, Rabelais afastou um pouco o amigo e o observou, com alegria: — Você não mudou nada em todos esses anos. Como foi que não o reconheci logo?

— Você também não mudou nada! — respondeu Michel.
— Mas eu reconheci você, e como!

Rabelais fingiu que voltou a beijar o velho companheiro, mas, na verdade, murmurou-lhe ao pé do ouvido:

— Você ainda gosta de uma aberturazinha? Sabe do que estou falando.

Michel deu uma gargalhada.

— O *expert* era você. De qualquer forma, sim, ainda gosto.

— Não poderia explicar, com duas palavras apenas, a transformação pela qual havia passado. Além disso, ver o antigo companheiro era algo que o deixava realmente feliz e lhe trazia à mente momentos inesquecíveis.

— Então você é o mesmo Nostredame que eu conheci. — Rabelais pegou o amigo pelo ombro e o levou para conhecer o cardeal. — Eminência, permita-me apresentar-lhe o mestre Michel de Nostredame, meu companheiro de estudos em Montpellier. Um médico à altura de Hipócrates, um grande farmacêutico, o filósofo dos filósofos, um herborista refinado e dotado de uma rara erudição.

Du Bellay sorriu. — Uma apresentação deste gênero deixa qualquer um sem palavras. Senhor de Nostredame, o senhor tem diante de seus olhos um simples cardeal que se esforça em servir à Santa Madre Igreja.

Michel abaixou a cabeça. — Eminência, eu também sirvo à mesma causa, muito embora sem tanta dignidade.

Rabelais chamou a atenção do proprietário e de seus funcionários: — Vamos, o que estão esperando? Preparem os quartos e sirvam o jantar. — Enquanto eles corriam, apontou para Du Bellay uma mesa bem-iluminada. — Sente-se ali, eminência. Falarei um minuto com meu amigo e já volto.

Rabelais empurrou Michel em direção ao banco onde ele estava.

— É seu amigo? — perguntou, apontando para Jehan, que o cumprimentava.

— É meu irmão.

— Então, meu caro senhor, é também um irmão meu. — Fez com que Michel se sentasse e acomodou-se a seu lado. — Realmente, você não mudou nem um pouco. O que andou fazendo nesses últimos anos?

— Viajei como médico errante. Bordeaux, Arles, Avinhão, Valence, Vienne, Lion, Marselha. Agora fale-me sobre você. Hoje você é um escritor famoso. Depois de *Pantagruel*, o seu *Gargantua* está na boca do povo.

— Ah, todas as coisas para fazerem rir e para expor ao escárnio público um bocado de trapaceiros — respondeu Rabelais, levantando os ombros. Baixou um pouco o tom de voz. — Agora não tenho mais tempo para escrever, porque devo servir àquele santo homem lá. Eu o escolto em suas viagens, rezo com ele, arranjo-lhe moças jovens e cuido da sua correspondência. Agora estamos indo para Torino.

Jehan encheu com vinho um copo ainda não usado e o deu ao escritor.

— Para Torino? Com os turcos em Nice e a guerra por toda parte?

— Eu lhe agradeço, meu senhor. — Rabelais bebeu um gole acompanhado por um suspiro de satisfação. Depois enxugou os lábios com a mão e respondeu: — Um homem da Igreja pode passar por onde quiser, embora, certamente, tenhamos que evitar os turcos. O meu cardeal está carregado de tarefas diplomáticas, tanto de Francisco I quanto do imperador, e até do papa. Estamos sempre viajando. Viemos de Avinhão e paramos em Arles e Salon-en-Craux... — Bateu a palma da mão direita na testa. — A propósito, Michel, sabe quem eu encontrei em Salon? Você nunca irá adivinhar!

Uma inquietação inexplicável tomou conta de Michel que, mesmo assim, perguntou: — Quem?

— Você se lembra daquela meretriz com a qual você andava de amores em Montpellier? Gemealle?

Era exatamente o nome que Michel temera dizer. Logo lhe veio à mente uma frase da carta que a mulher lhe escrevera há tanto tempo. Uma frase que, apesar de tantos esforços, ele não tinha conseguido esquecer: "Tudo que me resta é sonhar. Sonhar, por exemplo, que um dia o senhor virá libertar-me, bonito, austero e gentil como costumava ser". Esforçou-se para parecer indiferente.

— Claro que me lembro.

— Bem, você deveria vê-la agora. Casou-se com um velho ricaço que, há alguns meses, bateu as botas. Ele lhe deixou uma casa, alguns terrenos e uma herança de milhares de florins. Agora é uma viúva respeitada e séria, e continua maravilhosamente bonita. Sabia que ela me perguntou por você?

— Ah, sim?

— Sim, e se eu fosse você iria correndo até Salon. Quem se casar com Gemealle, que agora se chama Anne Ponsarde, vai se arrumar para a vida toda. Além de uma linda esposa, terá posses e rendas e, conseqüentemente, um lugar garantido no Conselho Municipal. Além disso, Salon é uma cidade pequena e pacata, com pouquíssimos huguenotes e bem longe da guerra.

Jehan riu.

— Desse jeito quem vai sou eu.

— O problema é que ela perguntou por seu irmão — respondeu Rabelais, que também estava rindo. — Depois de sei lá quantos anos com um velhote, ela tem saudades do tempo em que Michel levantava sua saia e rolava com ela na cama. Agora que está viúva, a vontade deve ser ainda maior.

Michel, dominado por imagens agradáveis, misturadas a outras tétricas, esboçou um meio-sorriso.

— Eu quero continuar na minha atividade de médico.

— Você poderia perfeitamente fazê-lo em Salon. Claro que você não teria assim tanto trabalho. É uma daquelas poucas cidades que não foram atingidas pela peste. Você teria só casos de dores de barriga, prisões de ventre e resfriados. Pode ser ruim para o bolso, a menos que você tenha posses, mas com certeza é ótimo para a sua saúde. O padreco cinza ainda não foi visto em Salon.

Michel estremeceu.

— Quem é o padreco cinza?

Rabelais virou-se para Jehan e lhe mostrou o copo vazio.

— Poderia tomar um outro gole? Quando tenho que falar de coisas desagradáveis fico com a garganta seca. — Bebeu um pouco de vinho e, olhando para Michel, continuou: — Sou eu quem o chamo de "padreco cinza". As pessoas o consideram um santo. É uma espécie de frade, vestido com uma túnica, que está sempre em companhia de uma mulher lindíssima. Aparece nas aldeias, pregando a penitência e a devoção como únicos remédios contra a peste. Para dizer a verdade, ainda não entendi se a peste aparece antes ou depois que ele passa. As pessoas dizem que é antes, mas eu tenho cá as minhas dúvidas.

Michel sentiu arrepios febris atravessarem todo o seu corpo. Uma fisgada repentina tomou conta de sua mente, de forma dolorosa e instantânea. Por um momento, viu os três sóis sangrentos pairando no céu, e o homem da capa cinza com o rosto em chamas. Precisou engolir em seco, várias vezes, antes de conseguir perguntar:

— Por acaso, ele não se parece com aquele espanhol que nós surramos em Montpellier?

Os olhos de Rabelais ficaram um tanto perplexos e, depois, se iluminaram. — Ah, agora eu me lembro! Você acha que... — Sacudiu a cabeça, com firmeza. — Eu nunca vi o padreco cinza, mas não creio que seja a pessoa em quem você está pensando. Parece que ele não tem os dedos mindinhos, enquanto que aquele nosso amigo tinha. Além disso, pense na mulher lindíssima. O tal que nós surramos parecia um cadáver ambulante. Nenhuma mulher iria querer ter alguma coisa com ele.

Do outro lado da sala ouviu-se a voz séria do cardeal, já

meio irritado: — E então, senhor Rabelais? O seu jantar já foi servido. Largue seus amigos e venha ficar conosco.

— Estou indo, eminência. — Rabelais se levantou, mas não antes de esvaziar seu copo. Curvou-se até o ouvido de Michel. — Não se esqueça do que lhe disse sobre Gemealle. Ela ainda usa uma linguagem de bordel, mas no resto é uma mulher respeitável e poderia lhe garantir bem-estar e tranqüilidade. Além disso...

— Além disso...

Rabelais juntou as mãos e as colocou na altura do peito.

— Você se lembra daquelas duas coisas que ela tinha aqui? Bem, ainda tem. Saudáveis e grandes como naquela época. — Depois deu mais uma gargalhada e se afastou.

Jehan sorriu e olhou para o irmão.

— Você vai seguir o conselho do seu amigo?

Michel, que havia se libertado daquele seu pesadelo a olhos abertos, deu de ombros. — Acho que não. Já me casei uma vez com uma mulher maravilhosa e acabei... — Interrompeu, bruscamente, o que dizia. Já estava quase se imputando um delito. E há anos ele vinha tentando cultivar, o menos possível, a lembrança de Magdelène. Todas as tentativas de esquecê-la, porém, acabavam naufragando desastrosamente. Deveria se resgatar, mas não sabia como. Conseqüentemente, o remorso lhe voltava nos momentos mais impensados, como a dor de um ferro em brasa. A sua consciência já estava desfigurada pelas queimaduras.

Jehan parecia surpreso.

— Você nunca me apresentou à sua primeira esposa. Não sabia que você a amava tanto. Você falava dela sem demonstrar muito afeto.

Michel hesitou por um instante, mas, depois, respondeu com ímpeto:

— Eu a amava, mas só percebi isso quando já era muito tarde. Não quero mais espalhar o mal à minha volta. O meu destino deve ser outro. Eu exijo que seja.

Jehan estava cada vez mais surpreso.

— E em qual destino você está pensando?

— Mesmo contra a minha vontade, quando ainda era jovem, fui iniciado em segredos geralmente negados a quase todos os mortais! — gritou Michel. — Não me pergunte quais são, porque quem se aproxima deles se arrisca a enlouquecer. O meu objetivo é usá-los para fazer o bem, tornando útil aquilo que, em si, seria terrível. Espero que, assim, possa me reencontrar. — Passou a mão na testa, suada. — Eu lhe peço, não me pergunte mais nada.

A testa de Jehan enrugou-se.

— Não o farei. Mas estou contente com a sua decisão. A nossa família precisa de homens decididos. Não foi por acaso que fomos consagrados *ao único Deus*.

— Ou *ao Deus sol* — murmurou Michel. Depois, acrescentou, em favor de si mesmo: — É exatamente este o meu segredo.

Os envenenadores

Molinas estava deitado na cama, com os olhos fechados. Não tinha forças sequer para tirar a túnica cinza, encharcada de suor. O verão de 1543, que já estava perto de terminar, tinha sido realmente sufocante. Por sorte, um pouco mais ao sul, para os lados de Aix, chovia ininterruptamente há dias. Até demais, segundo algumas pessoas.

— O homem que nos hospedou está começando a desconfiar de nós — disse a duquesa Cybo-Varano, enquanto retirava seu modesto vestido.

— O dono da casa, com certeza, não irá nos colocar para fora — murmurou Molinas, com a voz cansada. — As pessoas de Apt viriam em nossa defesa. Eu é que estou começando a não agüentar mais tanta peregrinação. Além disso, não sou do tipo que gosta de multidões. Cada pregação que faço é precedida por momentos de pânico e, quando termino, tudo que eu quero é sumir.

— Mas o senhor não pode, meu caro amigo. — A voz da duquesa era, como sempre, persuasiva e imperiosa. — Como eu, o senhor jurou obediência ao cardeal Tornabuoni e, através dele, ao imperador. Agora tem que obedecer aos dois. Pense em mim, então! Olhe só para mim: antes eu governava uma cidade e, agora, pareço uma mendiga.

Molinas abriu os olhos, mas logo os fechou novamente. A duquesa estava quase nua e se, pudicamente, cobria os seios, por baixo da camisa deixava descobertas as pernas, bonitas e bem-torneadas. Outra armadilha, pensou o espanhol, resignado. Todas as vezes em que a sua fidelidade vacilava, aquela mulher, deliciosamente diabólica, encontrava uma maneira de usar o próprio corpo para convencê-lo a continuar.

Molinas nunca havia se apaixonado antes: uma educação severíssima o tinha feito desviar-se do sexo oposto, deixando-lhe, apenas, fragmentos de libido que ele desafogava como podia. Havia transformado as mulheres, que ele contemplava sem ousar tocá-las, em um instrumento de seus desenhos. E eis que agora, por causa de uma criatura gélida e fascinante, ele próprio havia se transformado em um instrumento, e na sua idade! O seu sentimento estava condenado a permanecer platônico e a não poder se expressar, como acontece com crianças tímidas. Que coisa mais imbecil, estar apaixonado aos sessenta anos!

Mesmo não ousando declarar-se, por medo de ser recusado, vivia à espera de um sinal de permissão que o levasse a dizer aquelas palavras, atrapalhadas e sinceras, que tinha em sua mente. A duquesa, todavia, desencorajava qualquer tentativa naquele sentido. Ela se limitava a mostrar-lhe, quando ele menos esperava, detalhes da sua própria nudez ou, então, a fazê-lo lembrar-se, indiretamente, através de exibições despudoradas da filha Giulia, da existência de delícias carnais, para ele inacessíveis. Assim, Molinas, que ignorava as regras daquele complicado jogo de sedução, agora tornara-se escravo e marionete, obrigado a fazer coisas que, até bem pouco tempo atrás, ele teria dado as ordens.

— A senhora está vestida? — perguntou, timidamente, como se tivesse dito uma frase ousada.

— Só mais um instante — cantarolou a duquesa. — Fale-me um pouco daquele homem que o senhor vem caçando há tantos anos, o tal de Nostredame.

— Já lhe disse tudo sobre ele.

— Sim, é verdade. Mas gostaria de que o senhor lesse novamente para mim um trecho que me mostrou há alguns meses. O que fazia parte daquele manuscrito que o senhor lhe roubou e que eu fui restituir. Aquele texto em árabe. O senhor sempre o traz consigo, não é mesmo?

— Quem lhe disse isso?

— O senhor mesmo; quem mais poderia ter sido? Ah, sim, o senhor não poderia se lembrar. Naquela noite o senhor estava bêbado, depois de ter engolido um único copo de vinho. Vamos, leia-me este trecho, eu lhe peço.

Molinas intuiu que havia uma outra armadilha. Se tivesse aberto os olhos para procurar o manuscrito, teria tido uma nova visão de Caterina seminua, e a sua consciência, sofrido mais uma ferida. Ele tinha certeza de que era exatamente isso que ela queria. Evitou a insídia, virando-se para a janela e abrindo um pouco os olhos somente naquela direção. As folhas que reproduziam as notas inseridas no *Arbor mirabilis*, e já desgastadas por terem sido tão consultadas, estavam bem perto dele. O espanhol as apanhou e grudou-as no rosto.

— Eu vou ler, mas a senhora não vai entender quase nada — disse Molinas, evitando levantar os olhos. — Eu mesmo, que consigo entender seu sentido geral, ainda desconheço a sua utilidade prática. Esta, somente Nostredame conhece, infelizmente.

— Quem sabe se eu não consigo interpretá-las, mesmo sendo uma mulher, coisa que o senhor tenta, obstinadamente, esquecer. — A duquesa deu uma risadinha, deixando entender que havia percebido o embaraço virginal do amigo. Depois, séria, acrescentou: — Em Camerino, eu recebia a visita de

astrólogos e alquimistas. A passagem que o senhor me leu é de um filósofo sarraceno, não é mesmo?
— Sim, chama-se Al Farabi e é difícil de entender.
— Farei um esforço. Vá em frente, estou ouvindo.
Molinas começou, com sua voz rouca.
— Eu o traduzo do latim.

Não é impossível que quando o poder imaginativo de um homem chegue à perfeição extrema, a ponto de em sua vida acordada ele receber da Inteligência Ativa o conhecimento dos fatos presentes e futuros ou de seus símbolos sensíveis e receber também os símbolos dos inteligíveis imateriais e dos entes imateriais mais elevados e até veja tudo isto; não é impossível que ele *se torne um profeta* dando-nos notícias do reino divino, graças aos inteligíveis que recebeu. Este é o mais alto grau de percepção a que um homem pode chegar com os seus poderes imaginativos.

— Agora o senhor pode me olhar, estou vestida — disse a duquesa. Depois acrescentou, alternando seriedade e frivolidade: — Não me parecem palavras tão incompreensíveis. O senhor tem certeza de que Nostredame possui poderes proféticos, não é verdade?
— Sim. Tenho provas incontestáveis.
— O que o senhor acabou de ler limita-se a afirmar que alguns homens podem adquirir este dom.
— Não; o texto diz muito mais do que isso. — Molinas levantou os olhos para ver a mulher que estava à sua frente; como sempre, extraordinariamente bonita. A ninguém mais, a não ser seus antigos chefes, ele teria fornecido explicações detalhadas. Com ela, porém, isso lhe vinha com naturalidade. — Deveria ler os trechos anteriores. Esta é só uma síntese do discurso. Ele se refere a uma hierarquia de inteligências, os "entes", que estão entre o homem e Deus. Cada um com a sua própria esfera, que precisa

superar para chegar até Deus. E isso, de acordo com o trecho, é considerado possível. Não posso imaginar nada mais contrário ao cristianismo.

— Acho que posso entender, pelo menos em parte.

— Não, a senhora não pode. Nostredame se utiliza de uma palavra que parece derivar de uma tradição que lhe é familiar, e que está nas bocas dos bruxos mais perigosos. *Abrasax*. Parece uma palavra, mas, na realidade, é uma série de números gregos que, somados, dão 365.

— Como os dias do ano.

— Exatamente. Como os dias do ano. Mas segundo Irineu e Hipólito, dois patriarcas da Igreja, a gnose basilidiana acreditava que *Abrasax* fosse uma entidade concreta, e que o número 365 indicasse...

A porta do quarto se abriu, empurrada por Giulia, que usava seu vestido modesto de sempre, e vinha acompanhada pelo homem que os hospedava. Tratava-se de um burguês, de cara amarrada, que, naquele momento, não parecia nem um pouco amigável. Os dois pareciam angustiados.

— O que foi? — perguntou Molinas, fechando rapidamente o livro.

Giulia correu para ele.

— Parece que também aqui em Apt apareceu o primeiro caso de peste. As pessoas estão correndo para cá e chamando o senhor. Precisam da sua bênção.

— E eu preciso descansar um pouco.

O dono da casa abriu os braços.

— Se o senhor não descer, temo que eles subam para pegá-lo. Parecem enlouquecidos. Começo a achar que não deveria tê-lo hospedado.

— O senhor deveria ter pensado nisso antes. — Molinas procurou o olhar da duquesa e interpretou a mensagem que ele transmitia. Levantou-se da cama.

— Está bem, eu vou. A senhora fique aqui e também a senhorita Giulia. Volto assim que puder.

Enquanto descia as escadas, Molinas ajeitava a túnica cinza, que vinha vestindo desde quando começara aquela missão idiota e homicida. Não estava nem um pouco convencido de que aquele fosse o caminho certo e nem de que todos aqueles riscos que ele corria fizessem aproximar-se o momento da ruína de seu inimigo. Mas ele amava Caterina tanto quanto seu coração ressecado o permitisse e não via outra maneira de continuar perseguindo Nostredame e o misterioso Ulrico.

A praça onde se localizava a casa estava repleta. Havia aqueles que rezavam, os que choravam e os que praguejavam contra o céu. A maioria eram mulheres usando túnicas de linho e alguns poucos homens de condição humilde. Os burgueses de condição não muito elevada, chamados *mediocres*, eram uns dez, e homens importantes não mais do que dois ou três. Não havia nenhum cavaleiro. O mesmo tipo de multidão que Molinas lembrava ter visto em torno das fogueiras das bruxas, na Espanha e na Sicília.

O olhar do espanhol foi atraído por uma única pessoa que estava de braços cruzados em um canto da praça. Vestido de forma sóbria e elegante, com uma capa vermelha e curta, seu rosto largo e róseo fez Molinas estremecer. Lembrava-lhe muito... Não, aquele homem era mais jovem e não tinha um chapéu quadrado e sim um chapéu de abas largas, decorado com plumas. O espanhol ignorou aquela imagem e deu alguns passos na praça.

A sua aparição foi recebida com um coro de gritos.

— Salve-nos! Abençoe-nos! Mande a peste embora!

Quatro jovens musculosos abriram passagem pelo meio da multidão. Traziam nos braços um lençol sobre o qual jazia o corpo de uma moça muito jovem, quase uma criança, fechado dentro de um saco de tecido branco, de onde somente a cabeça pendia. A palidez do rosto e certas manchas de pus deixavam intuir qual teria sido seu fim.

Diante daquela imagem horrível, Molinas deu alguns passos para trás. Um dos jovens, com o rosto inundado de lágrimas, acenou, com a cabeça, para o cadáver.

— Salve-a, eu lhe peço! O senhor pode! É minha noiva!

O espanhol o olhou, com uma expressão pálida.

— Mas já está morta! O senhor não percebeu?

— Sim, mas o senhor é um santo e pode chamá-la de volta à vida! Faça-o, eu lhe suplico!

A multidão estendeu as mãos.

— Faça-o! Faça-o! Em nome de Deus! — O choro parecia ter tomado conta de todos, até mesmo dos mais renitentes. As súplicas haviam se transformado em um estrondo. — Faça-a ressuscitar! Salve-nos a todos!

Por um instante, Molinas sentiu-se perdido. Ele não podia contentar aqueles loucos e, ao mesmo tempo, percebia o perigo de uma recusa. Para sorte sua, uma parte de seu cérebro, talvez iluminada pelo Espírito Santo, lhe sugeriu a única solução possível. Cruzou os braços e fez uma expressão de ira furiosa.

— Os senhores estão blasfemando! — gritou, fingindo estar rouco de indignação. — Os senhores, por acaso, não sabem que somente Cristo teve o poder de ressuscitar os mortos? Os senhores são pagãos e heréticos se acreditam que um simples mortal possa fazer o mesmo, por mais santo que seja. Depois se lamentam porque Deus os puniu com a peste! E estão aí, blasfemando, como uma manada de huguenotes!

A multidão imediatamente calou-se. Até mesmo o jovem em lágrimas emudeceu e abaixou a cabeça. Molinas compreendeu que não lhe restava muito tempo, porque, depois, toda aquela emoção daria lugar à hostilidade. Começou a gritar:

— Vergonha! Vergonha! Vergonha! Três vezes vergonha! Esta pobre coitada morreu por causa dos pecados dos senhores.

E ainda querem reanimá-la? Nunca ouvi nada mais obsceno! Esta aldeia está contaminada não pela peste e sim pelo pecado!

Houve um silêncio profundo e longo. Quem chorava continuou a fazê-lo, mas em silêncio. Quem estava tremendo descobriu qual era a diferença entre medo e terror. Todos esperavam, humilhados, uma palavra qualquer de perdão e conforto, que os libertasse de uma angústia incontrolável.

Molinas não havia notado que Caterina Cybo, desobedecendo seu conselho, havia descido e estava a seu lado. A duquesa murmurou em seu ouvido:

— Bravo! Agora aconselhe estes idiotas a beijarem o sudário da morta.

Era uma idéia genial, mas igualmente diabólica. Molinas sentiu arrepios de horror. Olhou desconcertado para a amiga, mas todas as suas dúvidas perderam-se naqueles olhos intensos. Olhou para a multidão e levantou as mãos, indicando a morta.

— Se há uma santa aqui, é aquela menina inocente que está entre os senhores! — berrou. — O que estão esperando para tocá-la, beijar as suas chagas e acariciar os seus lábios? Só assim, os senhores poderão aplacar a ira de Deus!

Depois de um instante de hesitação, a praça se transformou em uma espécie de córrego tumultuado e barulhento. Os quatro jovens que seguravam o cadáver foram empurrados por todos os lados, até que se viram obrigados a deixar cair o seu fardo. Um camponês barbado, com cabelos longos, foi o primeiro a conseguir arrancar um pedaço do sudário. Ele o beijou com emoção e o ergueu.

— Perdoe-nos! — gritou. — Perdoe-nos e proteja-nos!

Um segundo desgraçado inclinou-se sobre o rosto da morta e lhe deu um beijo na testa, mas, quase imediatamente, um jovem mendigo tentou tomar o seu lugar. Não tendo conseguido, ele arrancou uma mecha de cabelo da morta. Enquanto isso, algumas mulheres tentavam arrebentar o fundo do saco para poderem beijar os pés da moça.

De repente, um verdadeiro rebanho humano começou a agitar-se, sob o olhar aterrorizado de Molinas. A defunta foi arrancada de dentro do saco. O cadáver mostrava sobre o corpo magro e nu as chagas cheias de pus nas axilas e nas costas. Ela foi jogada de um lado para o outro. Flutuava em meio à multidão que, em momentos, a engolia para depois levantá-la novamente, fazendo-a aparecer daquela forma, martirizada e grotesca. Apenas poucas piruetas foram suficientes para que seus cabelos fossem arrancados e suas mechas sangrentas se transformassem em objeto de disputa.

Molinas estava paralisado pelo horror. Caterina o sacudiu, pegando-o pelo braço.

— Venha — disse-lhe. — É melhor irmos embora desta cidade o mais rápido possível.

Afastaram o dono da casa, que observava a praça boquiaberto, e subiram correndo para seus quartos. Giulia, que de nada sabia, se encontrava no quarto de Molinas, lendo um livro, perto da janela. A duquesa arrancou-o de sua mão. — Pegue as suas coisas, minha filha, e rápido. Precisamos ir logo embora. — Enquanto a moça obedecia, ela começou a remexer em um arquibanco.

— O que está procurando? — perguntou Molinas, meio imbecilizado.

— Os frascos, é claro. Onde o senhor os colocou?

— Estão aqui. — O espanhol abriu uma gaveta da escrivaninha, fazendo trepidar alguns frasquinhos de vidro. Eles continham um líquido espumoso da cor de sangue.

— Mas que belo esconderijo! — exclamou, sarcasticamente, a duquesa. — Vamos, coloque-os em qualquer lugar e prepare a sua bagagem. Rápido. Não sei se o senhor já entendeu. mas daqui a pouco estaremos correndo perigo de vida.

Pouco depois, Molinas, a duquesa e Giulia estavam percorrendo o corredor do andar térreo, que dava acesso à porta de trás, através da cozinha. O dono da casa, confuso, apareceu, sabe-se lá de onde, e lhes impediu a passagem. — Onde os senhores pensam que vão? — perguntou com expressão ameaçadora, que seria inesperada em um rosto normalmente tão benevolente. — Agora entendi o quanto fui ingênuo. Os senhores não combatem a peste, é a peste que viaja com os senhores! Mas assim que as coisas se acalmarem irei denunciá-los! Eu já avisei a um senhor de Aix que trabalha no parlamento, e que...

A duquesa olhou para Molinas. — Diego, o que está esperando?

O espanhol entendeu muito bem o que a mulher esperava que ele fizesse, mas também compreendeu que não seria capaz.

— Eu não...

Caterina não esperou que ele terminasse a frase. Deixou cair o saco que estava levando, pegou com ambas as mãos uma faca que estava pendurada na parede e a enfiou, por inteiro, na garganta do homem. Retirou-se ainda a tempo de evitar o esguicho de sangue. O homem tentou colocar suas mãos no pescoço, mas acabou desabando no chão. Giulia deu um grito sufocado. Este foi seu único epitáfio.

A duquesa observou Molinas com seus olhos gélidos.

— Vê-se que o senhor nunca teve que sustentar o governo de um principado cercado de inimigos. — Recolheu seu saco do chão. — Vamos. Este homem tinha uns dois ou três cavalos. Tentaremos chegar ao estábulo. Por sorte, ele fica longe da praça.

Meia hora mais tarde, eles estavam cavalgando em uma estrada empoeirada, em meio a colinas cheias de vegetação. No céu, o sol havia desaparecido, substituído por grandes nuvens negras, com bordas avermelhadas, que pareciam prenunciar um temporal. A duquesa Cybo-Sarano montava um cavalo de raça branco, selado às pressas, enquanto Molinas cavalgava um cavalo cinzento, com Giulia na garupa, agarrada às suas costas.

Na paisagem alternavam-se algumas colinas, até altas, repletas de vegetação, com planícies desertas. Quando tiveram que diminuir a velocidade, Molinas aproximou seu cavalo do da duquesa. Na sua mente, ele mal conseguia recompor as peças do que havia visto e feito em uma fração de tempo tão curto, depois de uma vida inteira tecendo tramas com a paciência de um santo. O crime cometido por Caterina não o incomodava e nem o escandalizava tanto assim. Sempre era possível apelar para a autodefesa ou necessidades de natureza superior. Todos os príncipes comportavam-se assim, começando pelo papa. O que o atormentava era o seu próprio crime. Ele sabia muito bem que, no dia seguinte, metade de Apt estaria com a peste e a outra metade já manifestaria seus primeiros sintomas.

— Acho que o que fizemos já é mais do que suficiente — disse, com voz rouca. — A nossa missão está concluída.

— Quase concluída. Falta Aix. A sua função estratégica é determinante.

— Mas já estamos comprometidos, a senhora não entende? Quando a peste começar a contaminar Apt, a notícia sobre o que ocorreu se difundirá em toda a região.

— É exatamente porque já estamos comprometidos que temos que ir até o fim. — A duquesa observou Molinas com seus olhos azuis, suavizando um pouco o olhar. Um vento forte havia desarrumado seu penteado, fazendo flutuar no ar seus longos cabelos louros. — A nossa salvação, meu amigo, está ligada à chegada de Carlos V. Foi por essa razão que fizemos tudo isso. Se parássemos agora, aí, então, estaríamos perdidos. Aix tem que cair.

Molinas achou aquelas palavras bastante convincentes, mas imaginou se teria se convencido tão facilmente se uma outra boca as tivesse pronunciado. Compreendia que estava se tornando escravo de uma vontade superior e isso o humilhava, já que se tratava da vontade de uma mulher. Por outro lado, ele tinha passado toda a sua vida obedecendo a poderes onipotentes e inacessíveis, e conhecia aquela volúpia que a idéia de submissão comportava. Nos exércitos, nos principados, na própria Igreja (para não falar da Inquisição), o elemento de coesão encontrava-se naquele sutil prazer de tornarem-se escravos e irresponsáveis. A mesma coisa que ele sentia quando se infligia punições dolorosas, compensadas por um prazer idêntico em castigar os inimigos da ordem à qual servia.

— Está bem, eu a sigo — disse, sério. — Que Deus nos proteja.

Quanto mais cavalgavam em direção ao sul tanto mais o céu escurecia. Quando pararam perto de um riacho e de um bosque, para que os cavalos descansassem, um camponês, que vinha do trabalho, os cumprimentou.

— Que Deus esteja convosco.

Apontou para o céu, coberto por nuvens baixas, simulando uma noite prematura e inquietante.

— Será melhor os senhores procurarem um abrigo. Daqui a pouco virá abaixo um temporal.

A duquesa, sentada sobre uma rocha, ao lado da filha, sacudiu a cabeça.

— Temos que chegar em Aix antes do escurecer.

O camponês abanou a mão.

— Aix? Não o façam! Lá já está chovendo há dias e parece que não vai parar. As estradas estão cobertas de lama e os rios transbordaram. Parece que as águas reviraram o cemitério e os cadáveres flutuam nas correntes. Voltem para o norte enquanto é tempo.

— Iremos para Aix — disse, com ar decidido, a duquesa.

— Façam como quiserem — respondeu, então, o camponês, coçando, na nuca, os cabelos longos que lhe nasciam sobre a cabeça calva. — Só espero que consigam sobreviver. Aqui existe a peste, mas lá está o inferno. Só que com a água no lugar do fogo.

O homem com o saio

O barão Jean Maynier d'Oppède, presidente do parlamento de Aix, estava exasperado. Colocou-se entre Michel e Jehan de Nostredame e os arrastou até a janela, empurrando-os pelos braços. Na praça, em frente ao palácio público, as carroças dos *alarbres* moviam-se lentamente, depois de terem carregado os cadáveres jogados ao chão. Em seguida, vinham os médicos com suas couraças de couro e suas máscaras com bicos de pássaros.

— Olhem! — exclamou Maynier com voz emocionada. — Como se não bastassem todos os problemas que tivemos com os huguenotes e os valdeses. Para completar o quadro era necessária a inundação dos últimos meses. Com todos os cadáveres arrancados dos cemitérios pelas águas e arrastados até os campos. Foram aqueles restos mortais que poluíram a água. A população de Aix já está contaminada, e cada dia fica pior.

Michel fez um gesto de desacordo.

— Eu não acredito muito nesta história dos cadáveres. Sim, eles podem ter contribuído para reforçar a epidemia, mas a peste vem se disseminando em toda a Provença, há muito tempo. Aix era a única cidade que ainda não havia sido contaminada.

O político, com seu rosto alongado e olhos minúsculos, cor de amêndoa tendendo ao amarelado, expressou um certo ceticismo.

— O senhor é médico e sabe mais do que eu. O fato é que o que temos aqui não é uma febrezinha passageira. O meu povo está morrendo como mosca. Ou foram os cadáveres exumados, ou então alguém trouxe a peste para a cidade. Gostaria de saber quem.

Jehan, que até aquele momento havia permanecido em silêncio, apoiou-se no parapeito. Apontou para Michel.

— Meu irmão não pode responder a tais perguntas. Mas ele é um médico qualificado, especialista em epidemias. Volto a lhe pedir, senhor, o que já havia pedido no início dessa audiência. O senhor poderia dar a Michel um cargo oficial, como secretário de saúde ou algo assim? Eu lhe asseguro que hoje ele é o único homem capaz de acabar com um contágio assim tão sério.

— Não duvido da sua capacidade. Eu deveria reunir o parlamento, mas agora isso é impossível. Pelo menos deveria ouvir os cônsules, que fugiram todos para suas casas de campo, embora elas estejam alagadas. — O magistrado observou Michel. — Confio plenamente no senhor, doutor Nostredame. Ficarei grato por tudo aquilo que puder fazer por essa cidade, mas, pelo menos por enquanto, não posso lhe confiar nenhum cargo público.

Michel escondeu sua decepção com uma reverência.

— De qualquer forma, eu lhe estou muito grato, senhor D'Oppède, pela confiança que deposita em mim. Prepararei o remédio que estudei para combater a peste. Uma essência com um perfume suavíssimo, capaz de combater os miasmas.

Maynier concordou.

— Faça-o. Se o senhor conseguir seu intento, Aix inteira lhe será grata.

— E eu ficarei grato a essa cidade. Diga-me uma coisa. É

verdade que as mulheres empestadas costuram os seus próprios sudários?

— Sim, é verdade. Elas não querem se apresentar nuas diante dos *alarbres*. É horrível dizer isso, mas foram freqüentes os casos de violência carnal com moribundas.

Michel arrepiou-se.

— A peste é como a guerra. Desencadeia os instintos mais bestiais. Não é por acaso que a peste e a guerra caminham juntas. Por sorte, a segunda ainda não chegou.

— Pelo contrário, ela chegou! — exclamou Maynier, com o rosto entristecido. - Ah, não a guerra contra os imperialistas. Desde que começou este maldito ano de 1544, um inimigo, talvez ainda pior, levantou a sua crista.

— A quem o senhor se refere? — perguntou Jehan, um tanto surpreso. — Mesmo morando aqui, não sei de nada.

— Poucos sabem disso. Mas lá em cima, no monte Luberon — Maynier apontou para um lugar qualquer, do lado de fora da janela — os valdeses se aproveitaram da nossa fraqueza para reconquistar o terreno perdido. Colocaram para fora várias famílias de bons cristãos para se restabelecerem nas terras que Giovanni da Roma lhes havia expropriado. Enfim, a peste não é a única doença que devemos combater.

— Isso é terrível — murmurou Michel, perturbado. — E imagino que nesse período todo o exército esteja nas fronteiras.

— Sim. Para nossa sorte, chegou um exército de voluntários de Salon. O capitão De la Garde o está agrupando, há anos, às próprias custas, andando por toda a Provença. Ele deve chegar aqui de uma hora para outra, para tirar esses heréticos de suas tocas nas montanhas. Espero que depois do temporal esta peste não os impeça de chegar.

— Deus irá proteger uma causa assim tão santa.

Naquele momento, começaram a chegar, das ruas, as primeiras notas de um cântico, cada vez mais nítido. Eram vozes que entoavam, em coro, o *Vexilla Regis prodeunt*, desafinando bastante. Parecia ser uma multidão a cantá-lo.

— Uma procissão em plena epidemia! — exclamou Michel, escandalizado. — É só do que precisamos para que a doença se transmita mais rápido!

— Não é uma procissão eclesiástica – explicou Maynier. — Trata-se daquele tipo sinistro que diz poder mandar a peste embora, através da penitência. As pessoas, capazes de agarrarem-se a qualquer fio de esperança, acreditam nele e o seguem. Não conseguimos fazê-los raciocinarem.

— O senhor sabe o nome deste santinho?

Um homem vestindo um saio preto, que até aquele momento havia ficado quieto em um canto, deu um passo à frente. Michel sabia pouco a seu respeito, a não ser que se chamava padre Pietro Gelido, era toscano e ocupava o cargo de secretário de Maynier. A sua permanente palidez e seus traços cadavéricos suscitavam uma certa inquietação.

— Ninguém sabe — explicou Gelido. — É chamado de "homem de cinza" pelo modo como se veste. Está sempre em companhia de uma mulher lindíssima e, às vezes, de uma moça. Ele, ao contrário, é muito feio e, além disso, não tem os dedos mindinhos.

Tanto Michel quanto Jehan ficaram atônitos. Foi Jehan quem falou primeiro: — Sem os mindinhos? Mas, então, ele não é santo coisa nenhuma, é um assassino! — Sua voz estava tão rouca de emoção que chegava a estar ofegante. — Estava em Apt quando aquele homem chegou e causou uma tragédia! É ele quem espalha a peste! Ele e a sua companheira!

— Rabelais também disse ter dúvidas quanto a ele e que a peste só se manifestava depois que ele passava! — Michel observou o barão. — Senhor D'Oppède, deve nos mostrar quem é esse canalha! Talvez o contágio que está destruindo Aix tenha uma monstruosa explicação.

Maynier enrugou a testa.

— Ah, é? Se for assim, o homem de cinza e a sua meretriz terão o que merecem. Sigam-me os dois!

Desceram correndo até o andar térreo do palácio público. Maynier dirigiu-se ao oficial que, pelas escadas, comandava os guardas.

— Reúna os homens que conseguir encontrar e venha conosco! Dou-lhe, no máximo, um minuto. Quero que estejam bem armados.

Pouco tempo depois, o magistrado, seguido por Michel, Jehan e Pietro Gelido, e mais uma escolta de uns vinte homens armados, atravessavam a praça, indo ao encontro do cortejo, que acabara de entrar ali.

Os penitentes que participavam do cortejo eram, na maioria, homens e mulheres malvestidos, mas havia um bom número de burgueses que também estava nele. Todos cantavam aos berros, oscilando as cabeças, com ar perdido. Também havia um bom número de crianças que, não conseguindo entoar aquele cântico tão difícil, acompanhava, batendo as mãos e divertindo-se muito. Na frente, vinha um homem com um saio cinza, apoiado a um bastão, e, a seu lado, uma mulher loura vestida com roupas elegantes, totalmente desapropriadas àquelas circunstâncias. A sua beleza fria impunha respeito.

Michel, ao ver os dois, ficou tonto.

— Diego Domingo Molinas — murmurou, quando conseguiu falar. — Junto com a mulher que me trouxe o manuscrito de volta, em Marselha. Eu sabia que aí tinha a mão daquele monstro...

— O senhor o conhece? — perguntou Maynier.

— Eu o conheço. — Jehan estava tão pálido quanto o irmão, mas muito mais enraivecido.

— São os responsáveis pela tragédia de Apt e pela difusão da peste. Além disso, parece que são culpados também do assassinato do infeliz que os hospedou lá.

O céu estava parcialmente encoberto por nuvens negras que

começavam a dominar todo o horizonte. Maynier dirigiu-se ao comandante dos guardas.

— Capturem o homem de cinza e a mulher, e dispersem esta gentalha.

O oficial fez que sim com a cabeça.

— Às suas ordens. — Deu uma ordem aos soldados, que desembainharam as espadas e precipitaram-se em direção ao cortejo.

Molinas viu os homens armados e ficou surpreso. Depois seu olhar cruzou-se com o de Michel. Sua boca abriu-se em um berro, enquanto em seu rosto alternaram-se sofrimento, terror e ódio. Todavia, ele não fugiu, pois suas pernas ficaram paralisadas por um visível tremor.

A duquesa também gritou, mas dirigindo-se à procissão:

— Bons cristãos, nos defendam! Querem machucar o santo que os protege contra a peste! É Satanás quem os está inspirando!

A multidão, que havia parado de cantar, começou a falar e a se agitar, irritada. Mas a visão das espadas desencorajou qualquer ação violenta. Além disso, muitos que estavam ali conheciam Maynier d'Oppède e a sua fama de homem terrível. Mesmo gritando, ninguém tentou defender o santo e sua companheira.

O céu tornara-se tão escuro que parecia noite. Vendo que estava perdida, a duquesa tentou fugir, mas foi agarrada e presa por um soldado. Outros soldados puseram as mãos em Molinas, que não opôs resistência. Um dos penitentes, um camponês com cabelos compridos até a cintura e o peito descoberto, deu um passo à frente, com o rosto quase deformado pela raiva.

— O que este santo homem lhe fez, senhor D'Oppède? — gritou para Maynier. — Não ousem tocá-lo! Ele é o único que pode nos salvar!

Atrás do energúmeno, a multidão emitiu um grito ameaçador. Maynier não se deixou intimidar. Olhou fixo para o camponês e disse, com um timbre de voz bem alto para que todos pudessem ouvir:

— Você está enganado, meu amigo. Este homem que vocês seguem é um bruxo e um assassino. Foi ele e a sua puta que contaminaram esta cidade e toda a Provença. Não tente criar obstáculos à justiça do rei, que eu represento, ou deverei considerá-lo cúmplice dos dois.

O camponês replicou, com uma voz agora muito menos decidida:

— Mas o senhor tem provas disso?

— É claro que tenho — respondeu Maynier. – E também testemunhas. — Indicou Michel. – Quem está aqui, a meu lado, é o doutor Nostredame. Ele libertou Montpellier e muitas outras cidades da peste. Além do mais, não devo prestar contas do que faço a um pobre coitado como você. Continue com a sua insolência e, antes de anoitecer, estará pendurado na forca.

O camponês, assustado, voltou para o meio da multidão. A duquesa tentou gritar alguma coisa, mas o soldado que a segurava apertou a sua garganta e tudo que ela pôde fazer foi sussurrar.

Molinas, finalmente, tentou fugir, mas bateu as pernas no ar, segurado pelos guardas. Do meio da multidão, surgiu um berro furioso, mas, desta vez, dirigido contra ele:

— Entreguem-no a nós! Maldito envenenador! Impostor! Assassino! De todos os lados da praça começou a insurgir-se uma multidão inflamada e feroz.

Um jovem chegou correndo, trazendo um saco de pano.

— Olhem, é a sua bagagem! — gritou. — Está cheia de frascos de sangue misturado com pus!

Os gritos de raiva transformaram-se em um rugido coletivo. Os soldados que seguravam Molinas tiveram que apontar suas espadas contra todos para conter os mais furiosos. Mas não poderiam resistir por muito tempo.

— Precisamos fazer logo alguma coisa – murmurou Maynier a Jehan. Deu um passo à frente e levantou as mãos, conseguindo apenas um instante de trégua. — Povo de Aix, o seu desejo de vingança é sacrossanto! — gritou, solenemente. — Como presidente do parlamento desta cidade, ordeno que este assassino, vestido de cinza, seja queimado em praça pública, como exemplo para todos que desejem tentar matar pessoas inocentes!

Houve uma aclamação geral. Uma velha gritou, com voz aguda: — Agora!

— Sim, agora — respondeu Maynier.

— E a puta também! — acrescentou a velha.

Maynier curvou-se para falar com Jehan.

— Não me sinto em condições de justiçar uma mulher sem um processo. — Visto que o outro concordava, ele levantou a mão. — Sou eu quem decide! — disse com firmeza. – Fiquem calmos e escutem a minha sentença.

Fez-se um silêncio imediato. O magistrado esperou alguns instantes e depois gritou:

— Em nome de Sua Majestade, o rei, e na impossibilidade de convocar o parlamento de Aix, eu, Jean Maynier, barão d'Oppède e prefeito de Cavaillon, assim decido. Que o bruxo, conhecido como o "homem de cinza", seja queimado vivo como deve ser feito com os necromantes. As provas contra ele são irrefutáveis. Quanto à mulher que o acompanha, que seja desnudada e chicoteada até sangrar em todos os cruzamentos da cidade, depois de ter assistido à punição de seu cúmplice. Se sobreviver, passará o resto de seus dias no cárcere. Se morrer, que morra de forma infame. Agora, agradeço a Deus por nos ter permitido desmascarar estes criminosos.

A multidão sufocou sua aclamação de júbilo e inclinou a cabeça, ajoelhando-se, recolhida em oração. Michel, ao contrário, manteve a cabeça erguida e os olhos voltados para Molinas.

Seu inimigo parecia um animal enlouquecido. Contorcia-se, tentava libertar-se dos guardas, batia as pernas. Percebia-se que ele queria falar, mas a voz não lhe saía, sufocada por litros de baba que lhe escorriam até o queixo.

Finalmente, enquanto a oração terminava, ele se acalmou um pouco e olhou para Michel com uma expressão de ódio que beirava à loucura. Entretanto, os sobressaltos em seu peito denunciavam o medo devastador que lhe fazia o coração sair pela boca.

Terminado aquele breve tempo de aparente calma, Maynier chamou o oficial que os havia escoltado.

— Capitão, o senhor está vendo aquela carroça abandonada pelos *alarbres*? Traga-a até aqui, retire os cavalos e prenda o homem de cinza em uma das rodas. O senhor percebe o que tenho em mente?

— Acho que sim, senhor.

— Então faça. — Maynier falava, propositalmente, em voz alta, para que a multidão, impaciente por assistir ao suplício, não decidisse tomar a iniciativa. Para acalmá-los, o magistrado acenou para os soldados que estavam segurando a mulher. — Os senhores ouviram as minhas ordens. O que estão esperando?

Ouviu-se um trovão ao longe, como se o céu, escuríssimo, quisesse destacar a dramaticidade daquele momento. Um soldado colocou-se atrás da mulher e rasgou suas roupas elegantes. Outro agarrou-se à sua saia, fazendo com que ela caísse. Caterina não reagiu até sentir que lhe puxavam os cabelos. Levou suas mãos até a cabeça, mas era apenas um truque para tocar a sua blusa. Foi através dos gritos da multidão que descobriu-se que estava nua. Então curvou-se para tentar cobrir o púbis e os seios. Mas os soldados seguraram-na pelos braços, obrigando-a a mostrar toda a sua nudez para a plebe.

Michel constatou que aquela mulher era realmente lindíssima. Notou que ela não chorava, mesmo parecendo desejar fazê-lo. Mais do que tudo, naqueles olhos azuis o que se podia ler era um desespero ilimitado e algum resíduo de pudor. Mas, sobretudo, muito ódio.

A atenção de Michel, espasmódica e um tanto confusa, foi distraída pela chegada da carroça. Viu Molinas ser jogado ao chão e arrastado até uma das rodas e, depois, amarrado pelo braço ao círculo inferior. Logo depois, os soldados, com pouco esforço, viraram a carroça para o lado oposto. Molinas ficou de pernas para o ar com o dorso pressionado pelo círculo das rodas e os braços presos em uma delas. Ele parecia balançar um pouco.

— Ateiem fogo à carroça — ordenou Maynier, sem dirigir-se a ninguém em particular. Olhou para o céu. – Vamos logo, antes que comece a chover.

Uma nova ovação de alegria encheu a praça. Michel, que sentia uma estranha febre em seu corpo, escutou um trovão, para além do vozerio que invadia seus ouvidos. Um soldado saiu do palácio público trazendo em cada mão um candeeiro a óleo. De início, nada aconteceu, depois viu-se um fio de fumaça. As chamas vieram logo a seguir.

Só então Molinas pareceu ter recuperado a voz. Cuspiu um muco de baba e gritou:

— O bruxo é outro! Está aí no meio de vocês!

Quando percebeu que o condenado olhava bem na sua direção, Michel tremeu. Mas, afinal, já estava esperando por isso.

— Olhem para ele, o seu homem honesto! — gritou Molinas. – Os senhores sabem que ele é judeu? Sabem que toda a sua ciência é uma ofensa contra Deus? Mas tem algo que certamente os senhores não sabem! Este demônio matou a sua esposa e seus filhos! Não é verdade, Michel?

Em meio à multidão não houve ninguém capaz de compreender o sentido daquelas palavras. Além disso, ninguém estava dando a menor importância às revelações. A atenção se concentrava no fogo, que aumentava e já cobria toda a carroça. Uma extremidade da roupa do condenado começou a queimar. Os soldados, após um gesto de Maynier, empurraram Caterina para perto da fogueira para que visse bem o que estava acontecendo. E, em momento algum, ela baixou seu olhar.

Molinas observou a amiga e depois fechou os olhos em uma expressão de dor. Reabriu-os somente para procurar, novamente, os de Michel. — Você sabe quem de nós dois é o monstro! — gritou. — Onde está a sua esposa? Onde estão os seus filhos? Você deveria estar aqui, no meu lugar! — Soltou um grito dilacerante. O fogo envolvia-lhe as pernas. Chutou o vazio e, depois, escancarou a boca. — Eu voltarei! — As chamas já chegavam à sua cintura. Dirigiu seus olhos escuros, movidos por tremores animalescos, para Caterina. — Eu voltarei, minha amiga! Voltarei por você também! — gritou tanto, até que sua voz se apagou.

Um instante depois, o rosto de Molinas estava coberto pelo fogo. Antes que se transformasse em uma máscara monstruosa de pele dilacerada, a Michel, que o olhava aterrorizado, pareceu passar sobre o olhar do moribundo uma luz vagamente estática. Pareceu-lhe, ainda, que seus lábios, carbonizados, disseram, em castelhano:

— Obrigado, Cristo. Eu mereci esta agonia.

Molinas, então, transformou-se em um grotesco pedaço de carvão aceso. Pouco depois, a queda da carroça o enterrou em uma grande fogueira. Caterina, finalmente, caiu em prantos.

Michel sentia-se muito mal, e afastou-se do local da execução, cambaleando. Jehan correu atrás dele e o agarrou por um braço. — Que serpente! — exclamou indignado. — Teve até a coragem de falar de sua pobre esposa e de seus filhos. Entendo a sua dor. Mas ele não mais lançará o seu veneno, fique tranqüilo. Daqui a pouco as suas cinzas estarão misturadas à lama.

Jehan referia-se ao temporal que se aproximava. Michel largou seu braço.

— Deixe-me. Preciso ficar sozinho.

— Como quiser — respondeu Jehan. — Mas preste atenção, a chuva já está chegando. Não vá para muito longe.

Michel andou em direção a uma ruela. Atrás de si, ouviu a ordem de Maynier: — E agora, chicoteiem a puta! — Houve ferozes aclamações de júbilo. Michel não quis ver o espetáculo e afastou-se, cambaleando, por entre as portas trancadas por causa da peste. Nem sequer prestou atenção a uma moça que, com o rosto escondido pelo braço, chorava desesperadamente, apoiada a uma das paredes do palácio público. Pareceu-lhe reconhecer a menina que, em Marselha, lhe havia trazido a carta da duquesa Cybo-Varano. Naquele momento, porém, ela não lhe interessava nem um pouco.

Andou durante muito tempo, enquanto as nuvens se condensavam e o céu era recortado por relâmpagos. Mas a chuva nunca caía. A certa altura, ergueu os olhos, quase na certeza de poder ver no céu os três sóis alinhados. Mas havia só nuvens e o roncar de trovões prolongados e vazios.

Quando chegou a uma rua, nas cercanias da cidade, viu-se obrigado a parar. A rua estava toda ocupada por fileiras de homens armados que seguiam alguns cavaleiros. Não eram soldados do rei. Quase todos estavam mal armados, e vestiam pedaços de couraça, armaduras enferrujadas e escudos que haviam sobrado, sabe-se lá de quantas outras guerras. Alguns traziam grandes arcabuzes, e outros, simples bastões. Dir-se-ia que eram ladrões não fossem os frades e padres presentes. Os únicos estandartes eram as cruzes, que se elevavam acima da selva de lanças.

Michel ficou observando o cortejo sem entender, até que um dos cavaleiros saiu de sua fileira e veio ao seu encontro. Quando o homem levantou o seu elmo, Michel viu um rosto brutal, mas sorridente, que ele, de início, não reconheceu, mas sabia que já havia visto antes.

O homem inclinou-se até ele.

— O senhor talvez não se lembre de mim, mas eu me lembro do senhor. Sou o barão De la Garde. Nó nos encontramos na estrada de Valence.

— Sim, agora me lembro — respondeu Michel, depois de hesitar um instante. — Para onde o senhor está indo?

— Para o monte Luberon, acabar de vez com os valdeses heréticos. Todo bom cristão deveria vir conosco. Por que o senhor não se une ao nosso exército?

Michel balançou a cabeça.

— Desejo-lhe muita sorte, mas tenho outras coisas em que pensar.

— Posso ver. Mas leve em consideração que, se o senhor tiver coisas tristes para esquecer ou contas para acertar com Deus, esta cruzada é a oportunidade certa. Para aqueles que participarem, não haverá apenas a glória, mas também a indulgência completa. Entende? A total anulação de todos os pecados e a reconciliação com a Santa Madre Igreja.

Michel estava quase fazendo um novo gesto de recusa, quando um impulso incompreensível o conteve.

— Não tenho armas... — objetou, sem grande convicção.

O barão De la Garde lhe sorriu cordialmente.

— Não se preocupe, nós pensaremos nas armas. Precisamos mais de médicos do que de espadas e seu chapéu me diz que o senhor continua a exercer a sua profissão.

A hesitação de Michel durou muito pouco. Servir a uma causa autenticamente cristã poderia fazê-lo esquecer seus remorsos e suas origens. Ele tinha, diante de si, a possibilidade de obter a respeitabilidade que sempre procurara.

— Está bem, irei — disse, em tom decidido.

O barão concordou, enquanto seu rosto, de feições tão duras, irradiava amizade.

— Sabia que poderia contar com o senhor. Eu tinha essa certeza desde a primeira vez em que nos encontramos. Junte-se a nós. Vou cumprimentar o presidente Maynier e depois nos poremos em marcha, antes que caia a tempestade.

Michel misturou-se, quase mecanicamente, àquele exército de esfarrapados, com sua mente agitada por pensamentos contraditórios. Adequou seu passo aos de seus novos companheiros e, então, olhou para o céu. Apesar dos relâmpagos e trovões, a tempestade não caía. Aliás, parecia que as nuvens negras estavam indo para o norte, para o monte Luberon.

FIM DO VOLUME 1

Breve bibliografia

Tratando-se de um romance e não de um ensaio, este livro não tem a ambição de ser um relato histórico; pelo contrário, desejo deixar claro que mantive minha imaginação bastante livre. Todavia, no que tange a passagens da biografia de Nostradamus, utilizei textos documentados e bem aceitos por sua veracidade a nível científico, o que, aliás, é raríssimo de se encontrar em um campo no qual, há séculos, florescem biografias imaginárias e interpretações absurdas (as únicas que podem ser encontradas em língua italiana).

As minhas principais fontes foram: E. L. Roy, *Nostradamus. Ses origines, sa vie, son œuvre*, s.l, Editions Jeanne Laffitte, 1993; J. P.Clébert, *Nostradamus*, Aix-en-Provence, Edisud, 1993. Utilizei, ainda, porém secundariamente e fazendo certas reservas: L. Schlosser, *La vie de Nostradamus*, Paris, Pierre Belfond,1985. (Este autor, que aliás oferece uma das interpretações mais originais e agudas quanto às profecias de Nostradamus, às vezes cede à tentação de inserir episódios cuja autenticidade é um tanto dúbia, além de ser o único a se referir a Ulrico de Magonza, pelo que lhe estou grato, já que forneceu uma ótima idéia para a minha trama.)

Utilizei muito também a obra de J. Boulenger, *Nostradamus*, Paris, Editions Excelsior, 1933, cujas fontes estão bem documentadas, enquanto o contexto histórico possui várias lacunas.

Para aqueles que realmente desejam conhecer Nostradamus, são absolutamente indispensáveis as obras de Pierre Brind'Amour (infelizmente morto recentemente), sem dúvida o maior *expert* neste setor. Dentre suas obras ressalto, *Nostradamus astrophile*, Ottawa, Les Presses de l'Université d'Ottawa — Editions Klincksieck, 1993, e a extraordinária edição de Nostradamus, *Les premières Centuries ou Prophéties*, Genève, Droz, 1996. Aviso a todos os leitores que estejam seriamente interessados na figura histórica e literária de Nostradamus para que desconfiem de qualquer livro que não cite, em sua bibliografia, as obras de Brind'Amour.

Aqueles que de fato acreditarem que Nostradamus previu o futuro da humanidade (coisa que não estou em condições de afirmar ou negar), podem ler os livros, muitas vezes bizarros e agradáveis de Giorgio Giorgi, Carlo Patrian, Renuccio Boscolo, Serge Hutin, Ottavio Cesare Ramotti, David Ovason, Jean Charles de Fontebrune (de um livro deste último, intitulado *Monsieur de Nostradamus*, Paris, Ramsay, 1997, extraí os detalhes sobre a *erva sparviera*, mesmo suspeitando que derive de uma errônea interpretação do adjetivo *hiraclienne*), além de uma dezena de outros "decifradores" dos famosos versos.

Quem, finalmente, tiver interesse em ler uma biografia de Nostradamus ainda mais romanceada do que a minha, tem à sua disposição a obra de M. Böckl, *Vita e visioni del profeta Nostradamus*, trad. ital., Casalmonferrato, Piemme, 1996, muito interessante já que inteiramente inventada, sem nenhuma base biográfica a não ser certos dados demográficos.

Outras indicações bibliográficas aparecerão ao final dos próximos volumes. Posso apenas antecipar não ter inventado Parpalus, já que, em verdade, é citado como "profeta de Salon" em uma carta datada de 27 de agosto de 1562.

Em

A Astúcia

Uma mulher muito má
e sedenta de vingança persegue
Michel de Nostredame.
Desde a Veneza libertina dos Doges
até a Provença flagelada pelas guerras religiosas,
o Magus deverá combater inimigos
extremamente poderosos, usando apenas
a sua capacidade de ler o futuro
e de anunciar as catástrofes nele presentes.

SOLI DEO

Impresso no Brasil pelo
Sistema Cameron da Divisão Gráfica da
DISTRIBUIDORA RECORD DE SERVIÇOS DE IMPRENSA S.A.
Rua Argentina 171 – Rio de Janeiro, RJ – 20921-380 – Tel.: 585-2000